KB195276

세계 유일의 여성 문자

중국 여서女書

이경복 지음

임진호 · 김미랑 옮김

문현
MUN HYUN

역자 서문

　이 책은 이경복 교수가 지난 40여 년간 여서 문화 연구에 종사하면서 관련 자료를 수집하고 축적한 연구 성과를 토대로 체계적인 논증과 분석, 그리고 저자의 설명을 덧붙여 여서 문자에 숨겨진 문화적 가치와 특징을 규명하고자 심혈을 기울여 저술한 책자이다. 특히 여서가 세상에 남긴 일련의 미스터리, 여서 문자의 특징, 여서와 요족과의 관계, 여서와 현지 민속과의 관계, 여서 서예의 유파와 심미적 가치, 여서 문화 연구의 문제점, 해외 학자들의 여서 연구, 여서의 전승 및 보존 등의 다양한 내용을 체계적으로 서술하고 있어 여서문화에 대한 이해와 연구 참고서로서 중요한 가치를 지니고 있다. 여서는 1950년대에 알려진 이래 80년대부터 본격적인 연구가 시작되면서, 문자 자료에 대한 수집과 함께 방언학, 사회언어학, 문자학, 인류학, 여성학 등의 다양한 학문 영역에서 연구되어 오고 있다.

　여서의 정확한 기원은 아직까지 베일에 싸여 있다. 여서 유물이 처음 발견된 청나라 초기를 여서의 기원으로 보는 사람이 있는가 하면, 중국의 문자가 통일된 진시황 시대부터 쓰였다는 견해도 있다. 또한 여서에 보이는 갑골문과 금문의 특징으로 미루어 상대 고문자의 변형으로 보기도 하며, 혹자는 여서의 기원을 갑골문보다 앞선 도문陶文에서 찾기도 하였다.

이렇듯 여서의 생성 연대를 정확하게 알 수 없는 것은 여서의 작자나 보존자가 세상을 떠나면서 여서로 작성한 작품을 부장품으로 삼거나 혹은 소각해버린 경우가 대부분이기 때문이다. 이러한 여서가 발견된 지역이 바로 호남성과 광서성, 그리고 광동성의 접경지역인 강영江永으로서 중원의 한문화와 남방의 월문화가 교차되는 지역이다. 당 이전에는 이곳에 요인과 월인越人들이 거주하였으나, 당·송대 이후 요족의 봉기를 진압하기 위해 중앙정부의 군사가 파견된 이후 요족의 한화가 빠르게 진행되었고, 이 과정에서 강영 지역의 요족 문화 역시 한문화권의 영역에 속하게 되어 오늘에 이르게 되었다.

여서라는 명칭을 통해 엿볼 수 있듯이 문자 사용집단의 정체성이 분명하게 드러나고 있다. 즉 여서는 여성의 글쓰기를 의미하는 개념으로 중국 호남성 강영현 지역에서 오랫동안 발전되어 온 문자를 가리킨다. 여서가 단순히 여성의 글쓰기 형태를 벗어나 지니는 가치는 바로 전통적인 중국의 가부장적 사회에서 여성들만의 문화 왕국을 건설하였다는 점에 있다. 여성들 사이에서 비밀스럽게 전해온 여서는 문자를 부채에 그려 넣거나 손수건에 수를 놓아 기록함으로써 문자가 남성들만의 전유물이었던 시절, 짧고 함축적인 여서 문자로 여성들만의 내밀한 감정과 생각을 전하였는데, 이 문자는 대체로 5자나 7자로 된 시가의 형태로 표현되었다. 전통적 중국 사회에서는 남성이 줄곧 주도적 위치를 차지함으로써 여성들은 남성과 평등한 사회적 지위를 누리지 못하였다. 여성은 사회참여는 물론 생활의 거의 모든 영역에서 문화적 전통과 예교 습속에 의해 구속되었으며, 심지어 법률적으로도 독립적인 지위나 권리를 누리지 못하는 신세로 중국의 여성들은 오랫동안 봉건 체제와 종법제도의 희생자들이었다. 이러한 그녀들이 한자리에 모여 뜨개질과 자수를 하며 자연스럽게 여서를 노래하고 남성 지배에 대한 자신들의 분노를 드러내는 것은 어쩌면 지극히 자연스러운 일이었을 것이다. 따라서 그녀들이 만든 문양이나 문자는 지금도 이러한 문화를 대변해 주고 있다. 이제는 사라질 위기에 놓인 여성들만의 비밀 문자 여서, 그들의 노래와 언어는 놀라울 만큼 서정적이고 자유로움을 느끼게 한다.

이경복은 1964년 중국 광서성 부천현富川에서 출생하여 중남민족대학의 도서관 관장을 지냈으며, 여서 연구에 40여 년간 종사한 여서 연구의 대표적인 권위자로서 남방 민족문화 연구에 많은 성취와 업적을 남겼다. 그는 일찍이 "여서여고월문화女書與古越文化", "포의족 간사수정布依族簡史修訂" 등의 국가 중점 프로젝트를 수행하였으며, 주요 저서로는 『여서문화연구女書文化研究』, 『여서습속女書習俗』, 『포이족 간사布依族簡史』 등이 있으며, 이외에 논문으로 《여서문화연구 20년女書文化研究20年》, 『풀기 어려운 여서의 미스터리 難解的女書之謎』 등을 발표하여 학술계에 적지 않은 공헌을 하였다.

이 역서를 출판하기까지 많은 분들의 도움이 있었다. 먼저 이 책의 번역을 흔쾌히 허락해 주신 저자 이경복 선생께 진심으로 감사의 말씀을 드린다. 이와 아울러 이 책이 무사히 번역 출간될 수 있도록 수고로움을 마다하지 않고 애써 주신 문현출판사 한신규 사장님께도 감사를 드리며, 이 책을 보시는 모든 분들의 따뜻한 충고와 기탄없는 지적을 기대한다.

2024년 12월
동학골 학사제에서
임진호

여서는 세계 유일의 여성 문자이나 정사나 지방지에 기록되어 있지 않으며, 현지 거주민들의 족보나 비문 등에서도 역시 그 단서를 찾아볼 수가 없다. 20세기 80년대에 이르러 중남민족대학의 전문가에 의해 학계에 소개되면서 세계인들로부터 주목을 받기 시작하였는데, 특히 일본을 비롯한 미국, 한국, 프랑스 등 적지 않은 국가의 학자들이 이러한 특수한 여성 문자 연구에 주목하였다.

2009년 인민출판사에서 출판한 『여서 문화 연구』는 필자의 첫 번째 전문 연구 서적으로서 여서 문화 연구 분야에 관한 비평과 반성을 제기하고, 여서의 성질과 민족, 그리고 유전의 범위 등에 관한 필자의 관점을 제시하였다. 또한 여서 서예에 관한 분파를 상파湘派와 예파豫派라는 두 개의 유파로 구분하고, 여서의 서예와 관련된 다섯 가지 심미적 특징을 설명하였으며, 이와 동시에 오늘날 여서의 계승과 보존을 위하여 북경, 상해, 천진, 성도, 정주, 장사, 우루무치 등 전국 각지의 서예가들이 강영현 지역의 여서 전승자들과 공동으로 여서 문화를 발전시켜 나가고 있는 상황을 살펴보았다. 필자 역시 학부와 대학원생들을 대상으로 '여서 문화 연구'와 '여서 서예 감상'이라는 교과과정을 개설하는 한편, 일부 지역 사회와 연계하여 여서 서화 양성반을 개설하고, 관련 연구자들을 양성하고 있다. 이 뿐만 아니라, 여서 연구 전문가들과 함께 『영명여서』, 『여서 간략 교정』등의 전문 서적을 출판하고, 『여서 이체자 연구』, 『여서 작품 '요문가'의 학술적 가치』등 관련 학술 연구 논문을 발표하여 필자 나름대로 여서 문화 연구 발전에 심혈을 기울여 오고 있다.

여서 문화 연구는 지난 40여 년 동안의 세월 속에서 적지 않은 성과와 더불어 어느 정도 공감대가 형성되었다고는 하지만, 아직도 풀리지 않은 미스터리가 많이 남아 있다. 더욱이 여서 문화에 관한 연구가 아직까지 비인기 학문 분야에 속하다 보니 갑골문이나 금문, 범문梵文, 서하문西夏文 등처럼 국가적 차원의 관심을 받지 못하고 있어 관련 연구에 대한 학문적 관심도와 성과는 물론 인재 양성에도 많은 어려움을 겪고 있다. 특히 여서 문화 연구는 학문적 특성상 언어학, 문자학, 민족학, 민속학, 여성학 등의 다양한 학문 영역이 교차하고 있어, 이 분야의 인재 양성과 연구팀 구성에도 많은 어려움을 겪고 있다.

끝으로 필자의 이 작은 성과가 이제 한국어로 번역되어 출판된다고 하니 더없이 기쁜 마음이 든다. 향후 이 작은 책자가 여서 문화 연구에 조금이나마 도움을 주었으면 하는 바람과 함께 출판을 흔쾌히 허락해 주신 출판사, 그리고 번역을 진행한 임진호, 김미랑 교수께 깊은 감사의 마음을 전한다.

2023년 7월 5일
중남민족대학 이경복

목 차

역자 서문 ··· 3
한국어판 서문 ··· 6
여서 문화 연구 25년(서문을 대신하여) ··············· 11

제1장 이해하기 어려운 중국 여서의 수수께끼 ············ 25
   1. 여서의 발견 ··· 27
   2. 학계를 곤혹스럽게 하는 여서의 미스터리 ············· 31
   3. 여서에 발생 연대에 관하여 ························· 38
   4. 여서 기록의 언어 문제 ····························· 40
   5. 여서 부호체계의 성질 문제 ························· 43

제2장 여서는 오늘날까지 유전되고 있는 또 하나의 고문자 ········ 49
   1. 여서의 독특성 ··· 52
   2. 여서의 고문자적 특성 ······························· 64
   3. 여서의 원형적 특성 ································· 69

제3장 여서와 평지요平地瑤의 관계 ····················· 79
   1. 평지요 분포와 언어 ································· 82
   2. 문헌자료 기록 중의 요문瑤文 ······················· 88
   3. 광서의 종산과 부천, 호남의 강화 등지 평지요의 여서 문자 전승 ···· 99

제4장 여서와 민속문화 ··· 109

  1. 여서 전승 지역의 여성 사교社交 습속 ································ 111

  2. 여서 좌가당坐家堂 ··· 127

  3. 여서 곡가가哭嫁歌 ··· 132

제5장 여서 서예 ··· 141

  1. 여서 서예의 심미적 가치 ·· 143

  2. 여서의 서예 유파와 전파 ·· 149

제6장 여서 문화 연구의 비평 ·· 167

  1. 여서 문자의 진위 문제 ·· 169

  2. 여서 작품의 번역 문제 ·· 172

  3. 여서 자전字典의 편찬 문제 ·· 185

제7장 홍콩과 대만, 그리고 해외의 여서 연구 ······························· 195

  1. 대만 학자의 여서 연구 ·· 197

  2. 일본의 여서 열기 ·· 205

  3. 기타 국가의 여서에 대한 관심 ···································· 212

제8장 여서의 전승과 보존 ·· 217

  1. 여서의 세계무형문화유산목록 등재 신청 의미 ················· 219

  2. 여서의 인류문화유산목록 등재 추진 가능성 ··················· 222

  3. 여서 문화의 전승과 보존 조치 ···································· 227

부록 1 호남성 강영현 여서문화관광산업 개발 좌담회 요록 ······· 241

부록 2 중국 여서 문화 보존 프로젝트 ······························· 264

부록 3 여서 문화 연구자료 목록 색인 ···························· 270

부록 4 여서 원작 선選 - 『요문가猺(瑤)文歌』 ························ 294

부록 5 여서 서예 및 전각篆刻 작품 ······························· 304

후기 ··· 327

여서 문화 연구 25년(서문을 대신하여)

20세기 80년대 세상에서 유일한 여성 문자로 알려진 여서가 중남민족 대학의 전문가에 의해 발견되어 학술계에 소개되면서 국내외 학자들의 깊은 관심을 불러일으켰다. 지금까지 25년이라는 세월을 거치며 여서 문화 연구는 풍성한 연구 성과를 토대로 깊이 있는 연구와 성과가 지속적으로 세상에 등장하면서, 중국의 여서 연구는 또 하나의 독특한 학문적 영역으로 자리 잡아가고 있다.

여서가 처음 발견되었을 당시 여서는 규방 중의 여홍女紅(길쌈)처럼 현지 부녀자들 사이에서만 사용되고 있었다. 일반적으로 부녀자들은 자신이 만든 필기용 책자, 부채, 손수건, 종잇조각 등의 재료 위에 글을 썼던 까닭에 천이나 화대(넙적하고 두껍게 짠 띠) 위에서도 여서가 발견되었다. 현재 우리는 20여 년의 세월을 거쳐 수집되고 정리된 대략 500여 편의 작품과 30여 만자에 이르는 글자를 볼 수 있다. 여서 문자는 독자적인 어음, 어휘, 어법 구조를 갖추고 있으며, 약 2,000여 개의 문자 부호로 구성된 일종의 기호 음절 문자이다. 여서 문자는 대부분 하나의 음이 여러 개의 뜻을 가진 일음다의一音多義로 활용되는 까닭에, 동일한 글자를 여러 가지 형태로 쓸 수 있고, 여러 가지 독음으로 읽을 수 있으며, 독립적으로 일상생활에서 운용할 수도 있다. 여서 작품의 내용은 대부분 부녀자의 감정 표현이나 중요한 역사적 사건들을 기록해 놓았는데, 예를 들면 장정이 정교하고 아름다운 『삼조서』나, 혹은 개인의 전기를 다룬 『고은선자술高銀仙自述』, 『의년화자전義年華自傳』, 『호자주자술胡慈珠自述』, 『당보진전唐寶珍傳』, 『팔여지가八女之歌』 등과 같은 작품이 이에 속한다. 또한 일부 작품은 『고여원孤女怨』, 『과부가寡婦歌』, 『몰야몰낭근수변沒爺沒娘跟嫂邊』 등처럼 불행 속에서 고통을 겪었던 옛 부녀자들의 비참한 삶을 묘사하고 있다.

　여서 문화는 현지의 여홍女紅문화, 가당歌堂문화, 결교結交문화, 혼가婚嫁문화 등과 밀접한 관련을 맺고 있다. 여서를 부르거나 여홍(길쌈)을 익히며, 혹은 노동老同(같은 해에 태어난 것을 가리키지만, 또한 생김새나 성격이 비슷한 남자아이나 혹은 여자아이가 마음을 터놓고 일생동안 서로 보살피고 아끼는 형제나 자매처럼 가까운 친구 사이를 말한다)을 맺거나, 묘회와 좌가당(여자아이가 시집가기 전 마지막 날 저녁에 치루는 일종의 결혼의식)을 비롯한 취량절, 투우절 등에 참가하는 등 여서 세계의 여인들은 이처럼 자신들만의 문자를 통해 극락정토를 건설하고자 하였던 것이다. 여서는 대부분 노래로 부를 수 있는 시가체로 구성되어 있는데, 그 중 7언체가 가장 많은 편이고, 5언체는 소량 보인다. 일부 작품의 경우는 순수한 7언체 형식을 갖추고 있지만, 한문의 고전시가처럼 7언 율시나 7언 절구와 같이 엄격한 압운이나 댓구를 추구하지 않으며, 간혹 잡언체의 작품도 보인다. 현지 부녀자들은 여서로 노래를 지어 부르거나, 혹은 현지에서 유행하는 한어 노랫말을 여서로 번역해 부르기도 했다. 2000년 여름방학 기간에 중남민족대학 여서문화연구센터의 구성원들이 강영현 동산령 농장을 답사할 때, 당시 이미 88세 고령의 양환의陽煥宜 노인이 자신이 오랫동안 간직해온 여서 작품을 꺼내어 들려주었는데, 이때 노인은 처음부터 읽는 것이 아니라 노래로 이야기를 들려주었다. 그리고 노인은 노래가 끝나자 다시 이어서 쓰기 시작하였다. 거의 90세에 가까운 노인이 붓을 들고 온 정성을 다해 한 획 한 획 여서를 쓰기 시작하였는데, 글자가 굳세고 힘이 있어 보였다. 이른바 종이 위에 쓰는 것을 '지문紙文', 부채 위에 쓰는 것을 '선장扇章', 손수건 위에 쓰는 것을 '파서帕書', 천 조각 위에 수놓는 것을 '수자繡字'라고 부르며, 이불이나 띠에 직접 수놓아 짜는 것을 '자피字被', '자대字帶'라고 부른다. 그리고 종이에 쓴 여서를 읽을 때는 '독지讀紙'라고 하고, 부채 위에 쓴 여서를 읽을 때는 '독선讀扇'이라 하고, 손수건 위에 쓴 여서를 읽을 때는 '독파讀帕'라고 한다. 명절이나 혹은 농한기가 되면 부녀자들이 함께 모여서 여서를 부르며 여가를 보내기도 하고, 사건이나 역사를 기록하거나 혹은 자신들의 신세를 토로하며 서신을 서로 주고받기도 하였다. 이외에도 부녀자들이 함께 모여 제사를 지내거나 기도를 드리기도 하였는데, 이에 관해 남자들은 묻지도 않고 반대하지도 않았다. 여서의 유전은 일반적으로 노인이 젊은이에게, 혹은 모친이 딸에게, 혹은 친척이나 친구 사이에 대대로 전해지며 오늘날까지 이어져 오고 있다. 이처럼 여성에게만 전해지고 남성에게는 전하지 않았던 비밀 문자는 세대를 거치며 창조되고 완성되어 감히 남성들이 다가갈 수 없는 여인들만의 성역으로 거듭나 수천 년 간 면면히 이어져 오며 영남 일대의 부녀자들 사이에 널리 유전되었다. 1931년 7월 화제인쇄공사에서 편찬한 증계오曾繼梧의 『호남 각 현의 답사 필기 · 화산花山』(상책)에 "화산花山이란 명칭은 산봉우리로 첩첩이 둘러싸인 산기슭에 자리잡고 있는 바위의 광채가 마치 꽃처럼 아름답다고 해서 붙여진 이름이라고 한다. 또한 전하는 바에 따르면, 당나라 때 담譚씨 성을 가진 자매가 불도를 닦기 위해 산에 들어와 약초를 캐다가 이곳에 앉아 입적하자, 그 지역의 사람들이 두 사람을 위해 산 정상에 사당을 짓고 제사를 지냈다고 한다. 가지런히 놓인 바위 옆으로 숲이 높게 우거져 있어, 그 사이에 난 돌계단을 오르내리면 수고로움을 잊게 해준다고 한다. 매년 5월이 되면 각 마을의 부녀자들이 모여 향을 피우고 절을 하며, 가선歌扇(여서가 쓰인 부채)을 들고 추모의 노래를 함께 부르는데, 가선에 보이는 파리 머리 크기만한 작은 글자는 마치 몽고문처럼 생겼으나, 현의 전체 남자 가운데 이 문자를 아는 사람을 아직까지 보지 못하였다."고 기록해 놓았다. 이 말은 여서가 강영현과 그 인근 지역에서 성행하였다는 사실을 설명해 주는 것이지만, 실제로 여서에 관한 연구는 20세기 80년대에 이르러서야 비로소 사람들의 주목을 받기 시작하였다.

지난 25년 동안 여서 문화에 관한 연구는 기본적으로 자료의 수집과 정리가 거의 완료되었으며, 또한 적지 않은 관련 연구 책자도 이미 세상에 출판되었다. 더욱이 여섯 차례의 학술토론회를 거치며 여서 문자의 특징, 성질, 유전 범위, 그리고 전승과 보존의 필요성 등에 대한 공감대가 이미 형성되었다.

첫 번째, 광범위한 현장답사와 조사를 통해 여서 원본에 관한 자료를 수집하였다. 여서가 발견된 이후, 여서에 관한 연구는 국내외 전문가와 학자들로부터 점점 더 많은 관심을 받게 되었으며, 이에 관한 광범위한 조사와 연구는 중남민족대학이 최초로 진행하였다. 전후 20여 차례에 걸쳐 조사팀을 꾸린 중남민족대학은 강영현과 그 인근의 향촌을 직접 답사하며 대량의 여서 관련 원본 자료를 수집하였다. 1992년 6월 12일 여서 전문 연구기관인 '중남민족대학 여서문화연구센터'를 정식으로 개설하고, 전문 연구 인력을 배치하였다. 이 기관은 현재 11명의 연구원으로 구성되어 있으며, 그중에 교수가 7명, 부교수가 4명, 그리고 언어학, 문자학, 여성학, 소수민족 언어와 문화학 등 관련 분야 전문가가 연구를 진행하고 있다. 이외에도 청화대학, 중앙민족대학, 중산대학 등 대학과 정주대학 여성학 연구센터, 주해시박물관 등 연구기관을 비롯한 홍콩과 대만 지역의 학자들 역시 강영현을 직접 답사하고 조사를 진행하였으며, 청화대학의 조려명 교수의 경우는 무려 30여 차례에 걸쳐 강영현에 대한 답사와 조사를 진행하였다. 이외에도 미국, 일본, 독일, 프랑스, 오스트레일리아 등 외국의 관련 학자들 역시 이 소식을 듣고 강영현을 직접 답사하고 조사를 진행하였으며, 그중에 어떤 외국 학자의 경우는 6개월 동안 강영현에 머물며 조사를 진행하기도 하였다. 불완전한 통계지만 20여 년 동안 강영현을 비롯해 강화江華, 부천富川, 공성恭城 등의 지역에 여서 관련 문화 답사를 위해 다녀간 국내외 학자들은 모두 2만여 명에 이른다. 이뿐만 아니라 여서 관련 원본 자료집 역시 지속적으로 출판되어 왔다. 예를 들어, 궁철병宮哲兵 주필의 『부녀문자와 요족 천가동千家峒』(중국전망출판사, 1986년 5월), 사지민謝志民의 『강영 여서의 미스터리』상·중·하(호남인민출판사, 1991년 5월) 등을 들 수 있는데, 특히 후자의 경우는 여서의 원형이 가장 잘 보존되어 있다는 평가를 받아 제6회 중국도서전시회에서 2등 상을 수상하였다. 이외에도 양인리楊仁里, 진기광陳其光, 주석기周碩沂 등의 편역본 『영명여서永明女書』(악록서사, 1995년 5월), 조려명 등이 책임 편집한 『중국여서집성中國女書集成』(청화대학출판사 1992년 3월)과 『중국여서합집中國女書合集』(중화서국, 2005년 1월) 등이 있다. 『중국여서합집』은 현재 가장 많은 여서 작품이 수록되어 있으나, 제1권과 제2권을 제외한 나머지 제3권에는 위조된 여서 문자가 적지 않게 섞여 있다.

두 번째, 6차례의 국내외 학술대회를 통해 여서 문화 관련 학술 활동을 개최하였다. 중남민족대학은 여서 문화와 관련된 심도 깊은 연구 촉진을 위해 관련 기관과 함께 연이어 5차례의 국내 학술대회와 1차례의 국제학술대회를 개최하여 여서 문화의 연구 성과를 함께 교류하였다. 1991년 9월 21일 중남민족대학은 무한에서 전국적인 여서학술토론회를 최초로 개최하였으며, 이 회의에는 장순휘張舜徽, 이격비李格非, 장정명張正明, 풍천유馮天瑜 등 전국 각지의 저명한 전문가와 학자 30여 명이 참가하였다. 회의에 참가한 모든 사람은 여서가 세계에서 지금까지 사용되어 오고 있는 유일한 여성 문자라는 사실에 공감하였으며, 이와 동시에 문자학, 언어학, 역사학, 고고학, 민족학, 여성학, 민속학, 민간문학 등 다양한 학술적 연구에도 중요한 가치가 있다는 점에 의견을 같이 하였다. 특히 중남민족대학의 여서 관련 연구 성과와 적극적인 노력과 공헌을 높이 평가하였는데, 이번 무한에서 개최된 회의는 향후 여서 문화 연구를 위한 견고한 초석이 마련되었다는 점에서 그 의의를 찾아볼 수 있다.

이후 얼마 지나지 않아 같은 해 11월 16일부터 19일 사이에 중국민족고문자연구회를 비롯한 청화대학, 전국부련부녀연구소, 중국사회과학원역사연구소, 중남민족대학, 호남성강영현정부 등이 공동으로 주최한 '전국여서학술고찰토론회'가 호남성 강영현에서 개최되었다. 전국 10개 성, 시, 자치구에서 참가한 60여 명의 전문가와 학자들이 여서의 고향인 강영현에 모여 요채瑤寨의 농가 깊숙한 곳까지 들어가 여서가 생존하는 자연환경과 사회적 환경을 답사하고, 여서의 독특한 문화적 현상에 관한 심도 있는 논의를 진행하였다. 저명한 학자 계선림과 주유광 교수는 회의에서 서면 발언을 하였으며, 대만 부녀신지기금회婦女新知基金會의 정지혜鄭至慧, 영국 런던대학의 일라리아살라Ilariasala 연구 팀 역시 해외에 미친 여서의 영향과 연구 상황을 소개하였다. 이번 회의에는 30여 편의 논문이 접수되었는데, 회의 후 북경어언출판사에서 『기이한 여서奇特的女書』라는 제목의 학술논문집으로 발간되었다.

2001년 5월 25일부터 27일 사이에 중남민족대학의 여서문화연구센터와 호남성 강영현 정부가 공동으로 '중국 여서 문화 보전 프로젝트'라는 주제로 좌담회와 전국 여서 학술 토론회를 개최하였다. 중남민족대학에서 거행된 이 회의에는 명망 높은 왕녕생汪寧生 교수, 육요동陸耀東 교수, 주조연朱祖延 교수, 유수화劉守華 교수, 오영장吳永章 교수 등을 비롯한 학술계의

100여 명 인사들이 참가하였다. 이 회의를 통해 10여 년 이상 진행되어 온 여서 문화 연구 성과와 경험을 진지하게 결산하였으며, 이를 토대로 여서 문화의 전승과 발전 계획에 대한 합의를 이끌어 냄으로써 마침내 『중국 여서 문화 보존 프로젝트 제안서』를 채택하게 되었다. 이번 회의는 기존 연구 성과를 토대로 새로운 세기를 맞이하여 여서 문화 연구에 대한 지평을 새롭게 여는 성대한 행사가 되었다.

2002년 11월 19일부터 22일 사이에 호남성 강영현에서 제1회 여서와 관련된 국제학술토론회가 개최되었다. 강영현의 인민정부와 중남민족대학의 여서문화연구센터, 그리고 무한대학의 여서문화연구보호센터가 공동으로 참여하여 '여서의 전승과 보존'이라는 주제로 회의를 개최하였다. 이번 여서국제학술토론회에는 국내 8개 성, 시, 자치구의 전문가와 미국, 일본, 호주 등의 전문가들이 참석하였다. 참석자들은 회의 기간에 포미浦尾의 여서문화촌과 여서원女書園을 비롯한 여서의 계승자 고은선高銀仙 선생의 고택을 참관하였다. 회의에서 중남민족대학 여서문화연구센터의 이경복李慶福 선생은 여서의 세계문화유산 등재를 직접 의제로 제시하고, 여서의 세계 문화유산 등재가 여서의 전승과 보존에 매우 필요하다고 주장하였다. 이번 토론회는 요족의 '반왕절' 축제와 함께 개최되었으며, 기존의 토론회에 비해 그 영향력이 더욱 크고 광범위하였다. 이번 토론회의 또 다른 특징은 토론회가 강영현에서 개최됨에 따라 강영현의 간부들이 여서 문화의 중요성을 새롭게 인식하는 계기가 되었으며, 또한 일반 대중 역시 여서 문화와 관련 개발에 대한 자신감을 가지는 계기가 되었다는 점이다. 따라서 이번 회의의 개최는 여서 문화의 전승과 보존이 실질적 단계로 접어들었다는 사실을 상징한다고 하겠다.

2004년 9월 10일 중국사회과학원의 언어연구소와 일본의 중국여문자연구회가 공동으로 '여서의 역사와 현황, 그리고 미래'라는 주제로 국제학술토론회를 주최하였다. 회의에서는 전문가와 학자들이 여서의 역사, 작품, 문자, 음송언어, 여서 연구 등의 데이터베이스 구축 및 연구 가치, 여서 전승과 보존, 여서 연구 전망 등에 관한 논의를 진행하였다. 중국사회과학원의 부원장 강남생江藍生은 회의에서 "세계 여러 나라의 문자 체계는 대체로 표의문자와 표음문자 두 가지로 크게 나뉜다. 한자는 표의문자 체계에 속하고, 여서는 표음문자 체계의 음절문자에 속한다. 음절문자인 여서 문자가 글자 구성 원리에 있어 특이한 점은 없지만, 이처럼 오직 여성들 사이에서만 전승되고 발전되어왔다는 사실은 세계문자학사에서 보기 드문 독특한 현상으로 볼 수 있으며, 더욱이 현지의 부녀자 사이에서만 여서 작품이 제한적으로 전승되어왔다는 사실 또한 인류사회에서 매우 보기 드문 경우라고 하겠다. 따라서 인류의 언어와 문자학적 측면에서 이에 관한 지속적인 연구가 필요할 뿐만 아니라, 사회, 문화, 정치, 지리, 민족, 민속 등 다양한 학문적 입장에서 다각적인 연구가 요구된다. 세계 문자의 발전이 결코 정해진 하나의 형식에 의존한다고 볼 수 없는데, 언어의 어휘를 기록하는 기능적 측면에서 볼 때 표의문자나 표음문자도 이와 다르지 않다. 따라서 표의와 표음이라는 두 문자 체계가 인류 역사의 발전과 함께 공존해 오고 있다."고 주장하였다. 한편, 일본의 중국여문자연구회 회장 겸 분쿄오대학文敎大學 교수 엔도 오리에는 좌담회에서 여서의 위상에 대한 자신의 견해를 피력하는 가운데 여서처럼 호남성 산촌의 부녀자들이 창조한 민간의 문자를 '문화유산'이라고 할 만하다고 주장하였다. 이어서 그녀는 단 한 번도 교육을 제대로 받지 못한 산촌의 부녀자들이 완전한 문자 체계를 갖춘 여성 전용 문자를 창조했다는 사실로 미루어 볼 때, 아마도 이 세상에서 또 다른 예를 찾기 어려울 것이라고 지적하였다. 과거에 사람들이 종종 여성의 능력을 평가할 때, 모방 능력은 뛰어나지만 반면에 창조력이 떨어진다고 생각하였으나, 여서의 창조와 출현은 바로 이러한 과거 사람들의 편견을 뒤집는 가장 유력한 증거가 된다고 볼 수 있다. 하지만 현재로서 여서의 기원이나 발전, 전파 등에 관한 고증이 매우 어려워 학계에서는 이와 관련된 다양한 견해가 존재하고 있다. 이로 인해 여서 관련 역사 연구는 새로운 도전에 직면해 있다.

2006년 11월 3일 제6회 전국 여서 학술토론회가 중남민족대학의 학술교류센터에서 개최되었는데, 이 회의에 호북성, 호남성, 운남성, 복건성 귀주성 등 각 성 및 시에서 50여 명의 전문가와 학자들이 참가하였다. 이 자리에는 국내의 저명한 언어학자 형복의邢福義, 민속학자 유수화, 왕녕생, 여서 문화 연구 전문가 사지민, 궁철병 등도 참석하였다. 이 회의에 참가한 전문가와 학자들은 한결같이 인류학, 민족학, 사회학, 언어학, 문자학, 민속학 등 다양한 학제 간의 종합적 연구가 필요하다고 역설하였다. 또한 이와 함께 여서의 세계문화유산목록 등재에 관한 다양한 조언과 의견도 제시되었다.

학술계의 전문가들 가운데 많은 이들이 오랜 역사를 지닌 요족瑤族이 남부 산간 지역에 거주해 오면서 자신들의 언어뿐만 아니라 문자도 가지고 있으며, 여서가 바로 이러한 요족의 오랜 역사 속에서 광범위하게 전승되어 온 민족 문자라고 여기고 있다. 한문화의 영향으로 여서 문자에 한어적 요소와 요어적 요소가 서로 혼합되고, 그 발전 과정 속에서 한어의 방언적 요소와 요어적 요소가 가미되었지만, 실제로 여서 문자는 한자와 아무런 연원 관계도 없는 새로운 문자 체계이다. 즉 여서는 중국에서 가장 오랜 역사를 지닌 문자 가운데 하나로서 고월어古越語, 요어瑤語, 한요漢瑤 혼합어 등의 역사적 변천 과정을 거치며 발전한 문자이다. 따라서 여서에 담겨 있는 문화적 의미를 밝혀내는 것이야말로 현대언어학 연구에 있어 매우 중요한 의미와 가치를 지닌다고 하겠다. 이외에도 이번 회의에서는 세계문화유산목록 등재를 위한 학술위원회 구성이 건의되었다. 그리고 중남민족대학에 재학 중인 두 명의 강영현 출신의 학생들이 여서로 낭송한 『여아성장가女兒成長歌』를 들으며 회의를 원만하게 마무리하였다.

세 번째, 대량의 학술적 연구 성과가 등장하였다. 여서 문화 관련 연구가 지속적으로 심화됨에 따라 풍성한 여서 관련 연구 성과와 함께 연구자들이 쏟아져 나와 200여 편의 학술 논문이 발표되어 여서 문자 체계의 성격과 연원, 발생 시기, 일반 한자와의 관계 등 관련 연구에 중대한 돌파구가 마련되었을 뿐만 아니라, 여서가 독특한 여성 문자부호 체계를 갖추고 있다는 점에 대해서도 심도 있는 공감대가 형성되었다. 이외에 현대의 여서를 한문의 이형자로 보는 견해에 대해서도 어느 정도 일치된 입장을 취하였다. 이와 동시에 조려명과 궁철병의 『여서 - 하나의 놀라운 발견』(화중사범대학출판사, 1990년 8월), 궁철병의 『여서 - 세계 유일의 여성문자』(대만부녀신지기금회, 1991년 1월), 『여성 문자와 여성사회』(신강인문출판사, 1995년 8월) 등과 같은 여서 문화 연구와 관련된 중요한 저서가 다수 출판되었다. 조려명이 저술한 『여서와 여서문화』(신화출판사, 1995년 8월)와 『여서 사용자 비교』(지식산권출판사, 2006년 9월) 역시 비교적 학술적 가치가 높다고 평가할 수 있으며, 이형림이 저술한 『여서와 선사시대 도기문 연구』(주해출판사, 1995년 9월) 또한 저자만의 독특한 견해를 주장하고 있다. 중국 문련출판사는 1999년 8월 양효하梁曉霞 여사가 10년간 심혈을 기울여 저술한 『중국여서』를 편찬하였는데, 이 책은 산문 형식으로 문자학, 사회학, 윤리학, 철학 등의 관점에서 여서 문화에 대한 다양한 고증과 고찰을 기술하였다. 사명요謝明堯와 이경복 등이 편찬한 『여서습속』(호남인민출판사, 2008년 11월)은 풍부한 그림과 문장으로 여서와 고월古越의 문화풍습 관계를 상세히 논증하는 한편, 여서 전승 지역의 사교社交, 혼가婚嫁, 생육生育, 상장喪葬, 명절 습속, 여서와 여홍女紅 문화 등을 함께 기술해 놓았다. 이밖에 사지민 등이 편찬한 『여서 유성有聲 전자자전』(화중과기대학출판사, 2002년 9월), 주석기의 『여서자전』(악록서사, 2002년 11월), 진기광의 『여한女漢자전』(중앙민족대학출판사, 2006년 8월), 궁철병과 당공위唐功偉 등이 편찬한 『여서통通』(호북교육출판사, 2007년 3월) 등이 차례로 출간되었는데, 이 4부의 여서 자전 중에 『여서 유성 전자자전』과 『여서통』이 참고 가치가 있고, 나머지 두 권은 위조된 여서 글자가 많이 섞여 있어 사용하기에 부적합하다고 할 수 있다. 한편, 주석 기를 비롯한 반신潘愼, 왕징계王澄溪, 구양홍염歐陽紅艷 등은 여서 서예와 관련하여 자신들만의 독창적인 견해를 주장하였다. 반신은 모택동의 시사詩詞와 손중산의 『총리유촉總理遺囑』, 『홍콩 기본법』 등을 두루마리에 여서로 써서 전국 각지에 전시하였고, 왕징계는 『징계澄溪여서서법자첩』(하남미술 출판사, 2002년 1월)을 출간하였다. 그리고 반신이 편찬한 『여서 사전』 등도 곧 출간될 예정이다. 이러한 저서는 다양한 관점에서 대량의 여서 연구자료를 제공해 주고 있어, 여서 문화 관련 연구의 심층적 발전을 촉진시켜 주고 있다.

국외를 비롯한 홍콩과 대만 등의 학자들도 여서 문화 관련 연구에 깊은 관심을 가지고 있다. 예를 들면, 미국의 캐시 실버Cathy Silber, 프랑스의 페이 수신Fei Shuxin, 마르턴 소쉬르Martine Saussure, 독일의 아바Ava, 일본의 엔도 오리에遠藤織枝, 나가오 이치로長尾一郎, 중국과 대만의 강위姜葳와 정지혜鄭至慧 등이다. 대만 여성문화 연구 전문가인 정지혜는 궁철병이 집필한 『여서 - 세계 유일의 여성 문자』의 출판을 후원하는 동시에 양약청楊跃青 등과 함께 『여서 - 중국 부녀의 은밀하게 숨겨진 문자』를 촬영하는 등 홍콩과 대만 학자들에게 여서 연구를 적극적으로 홍보하였다. 국립대만대학 의 외문과 학생인 강위 역시 여러 차례 강영현을 답사하고 돌아가 1991년 11월 대만 삼민서국에서 『여성 코드: 여서 현지 조사 일기』를 출간하였다. 일본 문교대학의 엔도 오리에 역시 9차례에 걸쳐 강영현을 답사하고, 이를 토대로 여서 연구 관련 논문을 발표하는 동시에 약 20만 자에 이르는 『중국의 여문자女文字』(일본주식회사 삼일서방, 1996년 6월 15일)를 출간하였으며, 또 한편으로는 『기이하고 특이한 여서 - 전국여서학술고찰토론회문집』(북경어언학원출판사, 1995년 1월)의 출간도 후원하였다. 미국의 하버드대학 교수 캐시 실버는 여서 연구를 위해 재직 중인 대학에 결연히 사직서를 제출하고 홀로 여러 차례 강영현을 답사하며 현지 노부인들에게 여서를 배워 현지의 언어를 유창하게 구사할 수 있었을 뿐만 아니라, 여서 관련 원문 자료도 대량으로 수집하였다.

여서 관련 문화의 전승과 보전에 대해 각 지방의 정부와 신문 매체도 이에 뒤질세라 대대적인 보도를 통해 여서의 존재와 가치를 세상에 알렸다. 예를 들어, 중국 신화사, 미국 연합통신, 독일의 『프랑크푸르트 평론보』, 중앙방송국, 중경방송국, 호북방송국, 호남방송국, 『인민일보』, 『광명일보』, 『북경일보』, 『양성만보』, 『심천특구보』 등 수백여 개의 신문사에서 여서와 관련된 특별 인터뷰를 진행하였으며, 신화사 기자가 초안을 작성하고 중앙인민방송국에서 검수하였다. 신문 매체의 홍보에 힘입어 여서 문화 관련 연구와 여서 문화 보존에 대한 전국적인 관심을 불러일으켰다. 강영현 정부 역시 여서문화 보호센터를 설립하고, 포미의 여서원과 여서 문화촌 건설을 위한 기금 조성과 함께 여서 전승자 보호와 육성을 위한 적극적인 조치를 취하였다. 이와 같은 학술계와 언론계, 그리고 현지 정부의 공동 노력으로 마침내 2002년 4월 여서가 국가의 당안국에 의해 '중국당안문헌유산명록'에 등재되었고, 강영현 정부에서는 정식으로 유네스코에 세계문화유산 등재를 신청하였다. 그리고 2005년 10월 기네스북에 등재된 여서는 세계에서 성별 의식이 가장 완벽한 문자로 손꼽히게 되었다. 2006년 5월 20일 국무원은 518건의 국가급 무형문화유산 목록을 발표하였는데, 그중에서 '여서 습속'이 국가무형문화유산 1차 목록 가운데 하나로 선정되었다. 2007년 강영현은 미국의 포드기금회로부터 20만 달러를 지원받아 여서 디지털박물관과 포미의 여서 생태박물관을 건립하였다. 2008년 여서는 호남성 유일의 세계무형문화유산 등재 목록으로 선정되어 국가문화부에 제출되면서 여서의 세계무형문화유산목록 등재 속도가 가속화되고 있다.

제
1
장

이해하기 어려운 중국 여서의 수수께끼

　20세기 80년대 후반에 이르러 여서가 마침내 산간 지역 농부의 손에서
학술의 전당에 오르게 되었다. 이렇게 여서가 시야에 들어오자, 사람들의
커다란 흥미와 광범위한 관심을 불러일으키며 학계의 뜨거운 논쟁거리로
떠올랐다. 그래서 저명한 계선림과 같은 학자들조차도 "들은 적도 본 적
도 없다."고 경이로움을 나타낼 정도로[1] 기이하고 신비한 여서는 세상 사
람들이 이해하기 어려운 미스터리로 남겨지게 되었다.

1. 여서의 발견

　1982년 중남민족대학의 정치학과 교수 궁철병이 호남성 남부 일대의
요족 거주 지역을 답사하였는데, 이때 호남성 강화요족자치현 상류 지역
의 공사公社로부터 이 지역에 옛부터 일종의 여성 문자가 전해져 오고 있
다는 사실을 알게 되었으나, 당시에 궁철병은 현지에서 이와 관련된 자료
를 발견하지 못하였다. 이에 그는 강영현에 들려 여서에 정통한 고령의

---

1) 趙麗明, 『中國女書合集 · 序』, 中華書局 2005年版.

고은선(당시 81세)과 당보진唐寶珍(당시 70세)을 찾아가 『양산백梁山伯과 축영대祝英臺』, 『삼고기三姑記』, 『초씨여肖氏女』 등 3권의 여서 원본을 수집하는 한편, 이들의 합창을 녹음한 후 한문으로 번역하였다. 그리고 자신이 수집한 여서 자료와 사본, 녹음 내용을 본교의 저명한 언어학자 엄학군嚴學窘(이미 작고함) 교수에게 감정을 의뢰하였다. 여서를 본 엄 교수는 다시 본교 언어학과에서 민족 언어와 문자 연구 전문가인 사지민 교수를 추천하며 그에게 감정을 의뢰하도록 하였다. 그 결과 요족의 부녀자들이 사용하는 이 부호가 일종의 독특한 여성 문자 부호체계를 갖추고 있다는 사실을 발견하였다. 1983년 7월 『중남민족대학학보』(철사판 哲社版) 제3호에 궁철병의 『특수한 유형의 문자에 관한 조사 보고』가 발표되었고, 이어서 1983년 8월 미국에서 개최된 제16회 국제 한장漢藏언어학회에서 궁철병과 엄학군이 공동으로 『호남 강영 평지요족의 문자 분석』이라는 문장을 발표하였다. 여서를 처음 소개한 이 논문은 발표되자마자 한장漢藏언어학자들의 큰 관심을 불러일으켰다. 이 회의의 집행위원장이자 미국의 저명한 언어학자인 해리 노먼Harry Norman 교수가 엄학군에게 보낸 서신에서 "이것이야말로 정말 놀라운 발견입니다. 이 문자부호는 언어학자와 인류학자의 지대한 관심을 불러일으킬 것으로 믿습니다."라고 전하였다. 이후 지금까지 잘 알려지지 않았던 외진 산촌의 부녀자 손에서 나온 여서가 즉시 해외의 학자들에게 토론의 화두가 되어 관심의 초점이 되었으며, 결국 여서의 발견은 20세기 인류 문화사에서 가장 중요한 발견 중의 하나가 되었다.

사실 여서는 민국시기 이미 일부 학자들에 의해 관심과 주목을 받기 시작하였다. 국가박물관에서는 당시 장개석의 고급참의高級參議를 지낸 원사영袁思永이 소장하고 있던 『요문가猺(瑤)文家』와 그 『서序』를 소장하고 있었다. 일찍이 『서』에서 "1945년 하효남何曉南이 요문瑤文 한 장을 들고 찾아와 요족의 부녀자들이 읽는 물건이라고 전하였다. 이 자료는 전광동田廣洞 진

중흥陳中興에서 얻어 나에게 기증한 것으로, 내가 수년 동안 구하고자 했으나 얻지 못하였다. 사람의 손때가 묻어 종이가 붉고 오래되어 보였는데, 종이 위에는 종횡으로 574자가 적혀 있었으며, 글씨체가 아름답고 행렬이 단정하였다. 어떤 집 규수의 손에서 나왔는지 모르지만, 애석하게도 한 글자도 알지 못해 그 음과 뜻을 이해할 수가 없었다. 더욱이 각 지역의 요족이 이미 한족과 동화된 지 오래되어 이를 읽을 수 있는 사람이 매우 드물었다.……"고 자신이 여서를 얻게 된 경위를 설명해 놓았다. 현재까지 파악된 자료를 통해 볼 때, 원사영은 이 여성 문자에 관심을 가졌던 최초의 인물이라고 볼 수 있다. 그의 설명을 통해서 이 여서가 호남성 도현의 전광동에서 얻은 것으로, 지금도 이곳에 여서가 전해지고 있다는 사실을 엿볼 수 있다. 또한 원사영은 이 문자가 갑골문과 밀접한 관련이 있다는 점도 명확히 밝혔으나, 갑골문이 출현하기 훨씬 이전의 일인 데다가, 더욱이 당시의 시대적 상황으로 인해 더 이상 조사와 연구를 진행하지 못하고 말았다.

20세기 50년대 이후, 여서는 일종의 기이한 여성 문자로 세상에서 새롭게 조명을 받으며 사람들의 관심을 끌기 시작하였다. 1954년 이후 강영현의 문화관에 근무하는 주석기 선생이 이와 관련된 자료를 전문적으로 수집하는 과정에서 상강우 갈담촌의 호자주胡慈珠 노인을 만나게 되었는데, 이를 계기로 호자주 노인은 자신이 창작한 『문형자가蚊形字歌』(또한 『여서지가女書之歌』라고도 일컬음)의 한문 번역을 그에게 부탁하였고, 동시에 그에게 여서 문자를 열정적으로 가르쳤다. 1959년 출판된 『강영현 해방10년지』에는 주석기가 제공한 자료를 토대로 '부녀문자婦女文字'라는 제목을 써서 상강우 지역의 여서를 간략하게 소개하고, 그 뒷면에 『여서지가』와 번역문을 첨부해 놓았다. 원래 주석기는 여서와 관련된 자료를 계속 수집해 정리할 생각이었으나, 얼마 지나지 않아 우파로 몰려 문화관을 떠나게 되어 여서에 관한 조사를 중지하게 되었고, 그동안 수집해 놓았던 자료마저 모두 유실하고 말았다. 1979년 다시 문화관으로 다시 돌아오게 된 그는 『강영현문물지고江永縣文物志稿』의 집필 책임을 맡게 되었다. 이때 그는 자신이 일찍이 써놓았던 '부녀문자'를 토대로 '문형자蚊形字'를 집필하면서 여서 문자의 유전 지역과 사용 범위에 대해 비교적 상세하게 소개하였다.

1958년 강영현의 부녀자 한 사람이 북경에 와서 일을 처리하게 되었는데, 당시 그녀의 말이나 글씨를 이해하는 사람이 아무도 없었다. 그래서 어쩔 수 없이 공안 부서에서는 그녀가 쓴 글자를 문자개혁위원회에 보내 저명한 언어학자 주유광 교수에게 감정을 의뢰하였으나, 그 역시 그녀의 글자를 이해하지 못하였다고 한다. 후에 1961년 문자개혁위원회의 사무실 직원이 다시 '강영현의 부녀자婦女字'를 주유광 선생에게 문의하였는데, 당시 주유광 선생은 이를 일반적인 소수민족의 문자이거나, 혹은 희귀 문자로 여겨 관심을 크게 보이지 않았다.

1957년 중국과학원 언어연구소의 『중국어문』 잡지사에 근무하는 반신이 호남성 박물관의 이정광李正光에게서 여서 원문의 사본을 한 보따리 받았는데, 여기에는 20여 권의 여서 원본 사본을 비롯한 남색천의 파서帕書 한 권과 선장扇章 한 자루가 들어 있었다. 반신은 이 여서 원본 자료와 여서에 관한 이정광의 설명을 토대로 약 3,000자 분량의 『희귀한 문자 - 부녀자』라는 제목의 기사를 『중국어문』 잡지에 발표할 예정이었으나, 우파로 몰려 강소성 북쪽의 대풍현大豊縣 상해上海 농장에 노동 개조를 위해 하방(농촌이나 공장에 보내져 노동에 종사하게 한 운동)되었다. 이로 인해 문장은 결국 1987년에 이르러 비로소 산서성의 『어문연구』에 발표될 수 있었다. 만일 문화대혁명이 일어나지 않았다고 한다면, 아마도 여서가 20세기 80년대 사라질 위기로 내몰릴 때까지 기다리지 않았어도 되었을 것이고, 또한 수많은 풀리지 않는 미스터리로 지금까지 남아 있지도 않았을 것이다.

2. 학계를 곤혹스럽게 하는 여서의 미스터리

'여서의 발견'은 학술계에 한바탕 경이로움을 전해 주었을 뿐만 아니라, 이와 동시에 학술계에 풀리지 않는 어려운 미스터리를 남겨 주었다. 예를 들면, 여서는 일종의 한어 방언(사투리) 문자이다. 그런데 어째서 강영현 지역에서만 보이고, 다른 한어 방언 지역에서는 보이지 않는 것인가? 많은 지역의 한어 방언 문자에서는 남녀를 구분하지 않을 뿐만 아니라, 기존의 한자를 사용하면서 융통성 있게 응용하거나, 혹은 약간의 보완을 통해 활용하고 있다. 그런데 강영현의 여서는 자신만의 독특한 풍격을 갖춘 색다른 스타일을 보여주고 있는데, 그 이유는 대체 무엇 때문일까?

강영현 여서의 문화적 환경이 과연 어떤 상황이란 말인가? 여서가 현지 사회에서 통용되는 한자와 어떤 상호적 관계에 있는가? 여서를 쓸 줄 아는 부녀자가 남자에게 편지를 쓰게 되는 경우에는 도대체 어떤 문자를 사용하는가? 여서를 알고 있으면서 동시에 한자도 알고 있는 부녀자가 있는가?

강영현 지역은 요족이 가장 먼저 거주하던 곳이었다. 그렇다면 여서의 탄생이 역사적으로 요족과 관련이 있단 말인가? 역사적인 측면에서 볼 때, 강영현은 고대 한족과 한漢문화의 변방 지역이었다. 그렇다면 어째서 여서가 한족과 한문화의 중심지가 아닌 한족과 한문화의 변경 지역에서 출현하게 된 것일까?[2]

여서는 도대체 어떤 문자이며, 언제 생겨났으며, 어째서 오직 부녀자들 사이에서만 전해지고 있는 것일까? 여서는 일종의 한어 방언 문자란 말인가? 여서는 한자와 어떠한 관계가 있으며, 요족과는 또 어떠한 관계가 있는가? 1991년 주유광은 전국 여서 학술 고찰토론회에서 이와 같은 일련

---

2) 周有光, 『奇特的女書 · 序言』, 北京語言學院出版社, 1995年版.

의 의문점들을 학술계에 제기하였다. 여기서 분명한 점은 여서가 남겨 준 미스터리를 풀어나가기 위해서는 앞으로 우리가 해결해 나가야 할 산적한 문제점들이 많다는 사실이다. 이를 종합해 보면, 주로 다음과 같이 몇 가지 측면에서 살펴볼 수 있다.

1) 여서의 전파 범위

여서가 발견된 초기 고은선, 의년화, 양환의 등의 거주 지역은 대부분 강영현 상강우 일대에 집중되어 있었다. 이로 인해 많은 사람들은 여서의 전승 지역이 강영현 상강우와 도현을 중심으로 한 인근 일대에 국한되어 그 범위가 크지 않다는 인식 아래 강영의 여서 혹은 영명의 여서로 규정하였다.

그러나 현장 조사가 점점 더 광범위하고 심화됨에 따라 특히 2000년대 이후 중남민족대학 여서문화연구센터의 구성원들에 의해 호남성 남부와 계북桂北 등의 10여 개 현에 대한 광범위한 조사가 진행되면서 기존에 우리가 알고 있던 지역을 훨씬 뛰어넘어 호남성의 강화와 도현, 광서성의 부천과 관양 등지에서도 여서가 전파된 흔적이 발견되었다. 실제로 1982년에 이미 궁철병이 강화요족자치현 평지요 촌락에서 여서와 관련된 단서를 발견하였으나, 당시의 여건 속에서 실물이나 여서를 직접 사용하는 사람들을 찾지는 못하였다.

2001년 8월 13일 중남민족대학 여서문화연구센터의 이경복과 오주일보梧州日報의 기자 왕충민王忠民 등이 함께 광서성 종산에 있는 양영신梁永新을 찾아가 그가 소장하고 있던 『삼조서三朝書』를 감정했다고 한다. 당시 양영신의 소개에 따르면, 그가 소장하고 있는 이 『삼조서』는 1981년 종산현鐘山縣의 홍화紅花요족자치향에 거주하는 나택만羅宅㪵 노인이 그에게 건네준 것이었다. 이 『삼조사』의 겉표지는 청흑색 거친 천으로 이루어져 있고, 그 위에 붉은색과 노란색 단자를 이용해 세로로 묶어 놓았는데, 이는 강영현 상강우에 전해오는 『삼조서』와 같은 제본 형태를 띠고 있었다. 총 26페이지 가운데 앞쪽 6페이지는 『삼조서』의 작자가 새로운 처자에게 보낸 편지 내용으로 구성되어 있고, 뒤쪽 6페이지는 새로운 처자가 『삼조서』의 작자에게 회신한 내용이 실려 있는데, 그 내용과 형태는 강영현의 여서 『삼조서』와 별반 다를 바가 없었다. 그리고 부록으로 8폭의 그림을 덧붙여 놓았는데, 그림의 내용은 화초花草, 조鳥, 수樹, 기린麒麟, 암팔선暗八仙 등으로 구성되어 있고, 나머지 부분은 공백으로 남겨져 있었다.

2005년 9월 15일 호남성 사회과학원의 역사연구소 소장을 역임한 여방문呂芳文 연구원과 호남성 인민정부 경제연구정보센터의 연구원 곽휘동郭輝東이 함께 동안현東安縣을 답사하던 중 이 현의 노홍시盧洪市에 있는 진참용교鎭斬龍橋 좌측 상단 일곱 번째 계단 모서리에서 여서 문자가 새겨진 청석靑石을 발견하였는데, 길이가 약 43cm이고, 너비는 약 34cm이며, 두께는 불규칙하고 중량은 23kg이었다. 세월이 오래되어 글자를 대부분 알아보기 어려울 정도로 마모가 심하였다. 10월 20부터 21일 사이에 중남민족대학 여서문화연구센터의 사지민, 섭서민葉緖民, 이경복 등은 영주시위원회 선전부와 시문화관리처의 요청으로 호남과기대학과 전문가팀을 구성하여 여서 문자에 대한 고정밀 사진 촬영을 하고 석각에 대한 면밀한 분석을 진행하였다. 청석 위에 문자는 세로 다섯 줄과 가로 네 줄로 배열되어 있는데, 행과 글자 간격이 모두 규칙적이며, 글자의 수는 총 20자로 이루어져 있었다. 이 석각 위에 보이는 문자의 필형筆形, 필식筆式, 자부字符 등에 대한 형태 분석과 함께 관련 자료를 참고 검토하여 최종적으로 이 문자가 여서와 동일한 여서 문자 체계에 속한다고 결론지었다. 그리고 그 중 몇 개의 석각 문자를 잠정적으로 다음과 같이 확정하였다. (1) 오른쪽부터 첫 번째 줄의 세 번째 문자는 ''(대응하는 한자는 호好, 후候, 긍肯, 구口, 가可)이며, (2) 오른쪽부터 두 번째 줄의 네 번째 문자는 ''(대응하는 한자는 빈瀕, 풍風, 풍楓, 분分, 분盼, 혼昏, 환患, 혼魂, 분坟, 분粉, 분汾, 온溫)인데, 이 문자는 가장 선명하게 보여 확대하지 않아도 알아볼 수 있다. (3) 오른쪽에서 세 번째 줄의 세 번째 문자 위에 다른 문자보다 조금 작게 보이는 문자 부호가 있는데, 이 문자는 ''(한자에 대응하는 문자는 점點, 체替, 조條, 축畜, 소小, 세細, 소笑, 숙宿, 시媳, 식息, 식媳, 실悉, 새塞, 삭削)의 형태를 가지고 있다. 이 문자는 아마도 정문正文의 문자를 잘못 새겼거나, 혹은 누락 된 후에 다시 정정한 것으로 추정된다. (4) 세 번째 줄의 네 번째 문자는 ''(한자에 대응하는 문자는 일日, 여如, 양兩, 천千)의 형태로 보이며, 나머지 다른 문자는 비교적 모호해 판별하기에 어려움이 있다.

이상의 자료는 호남성의 강영, 도현, 강화, 동안東安 등과 광서성의 부천, 종산 등을 중심으로 주변 10여 개의 현에 인접한 영남 일대에서 여서 문자가 전해지고 있음을 보여주고 있다.

2) 여서는 자생문자인가 아니면 한자의 변체인가?

여서는 강영현에서 한어 방언을 기초로 형성된 부녀자들의 집단 언어, 즉 여서의 문어체로서 한어의 독특한 사회 방언에 속하며, 현지의 그 어떤 구어와도 다른 음성 체계, 어휘 계통, 어법 체계를 갖추고 있다. 여서 문자가 비록 한어의 이형자라고 하지만, '한자문화권'의 문자인지에 대해서는 여전히 학계에서 의견이 엇갈리고 있다. 어떤 사람의 경우는 여서가 독립적인 기원을 가진 자생문자로서 '한자문화권'에 속하지 않는 문자라고 주장하는가 하면, 또 어떤 사람의 경우는 여서가 비록 독특한 형태를 갖추고 있지만, 기존의 자료 분석을 통해 보면 절반 이상의 문자가 한자에서 파생되어 나온 것임을 알 수 있다는 주장을 제시하였다. 그리고 또 어떤 사람은 여서가 한자와의 친연관계, 즉 여서의 필획과 한자 해서의 규칙적인 대응 변화 관계를 언급하였는데3), 이러한 관점을 지닌 학자들은 "여서 문자의 형태는 발생학적 측면에서 독자적으로 창조 발전된 문자가 아니고, 한자의 형태를 차용하고 참조해 만든 문자이다. ……"4)라든가, "여서 문자의 구조나 형태적인 특징을 놓고 볼 때, 여서는 한자에서 파생되어 나온 한자의 변형, 즉 네모난 한자에 기원을 둔 재탄생 문자이다. 상세한 연구를 통하여 여서 원본 수백 편과 수십만 자의 자료 중에서 1천여 개의 기본 단어를 정리하였는데 이중에서 한자를 차용해 만든 여서 문자는 무려 80%를 차지하고 있지만, 아직까지 그 기원을 알 수 없는 자체 제작 문자는 20%에 불과하다는 것에서 그 이유를 알 수 있다."5)와 같은 입장을 취하고 있다. 그렇지만 여서가 발생학적으로 한자의 해서와 무관하다고 주장하는 학자들의 입장은 "필획은 문자 구성에 중요한 토대가 된다. 따라서 그 어떤 문자도 일정한 수의 필획을 특정한 규칙에 따라 조합하여 문자 부호를 구성하며, 또한 이러한 자부를 조합하여 어음의 표기 체계를 구성한다. 그러므로 필획과 그 조합 구조의 유사점과 차이점이 바로 서로 다른 문자 간의 연원 관계를 판단하는 직접적인 근거가 된다. ……"6)라든가, "여서가 비록 한문에 속하지만, 한자의 해서와 필형이 다르고, 필획의 구조 또한 서로 다른 까닭에 한자의 해서와 연원 관계가 있다고 말할 수는 없는 것이다. 즉 일반적인 '한자문화권' 안에 포함시킬 수 없으며, 또한 '한자 계통'의

---

3) 陳其光,『中國語文槪要 · 女字』, 中央民族學院出版社, 1990年版, p.206.
4) 史金波 主編,『奇特的女書』, 北京語言學院出版社, 1995年版, p.114-115.
5) 陳瑾,『試析"女字"形 · 音 · 義的特點』, 宮哲兵 主編,『婦女文字和瑤族千家峒』, 中國展望出版社, 1996年版, p.55.
6) 趙麗明,『女書與女書文化』, 新華出版社, 1995年版, p.19.

문자에 속한다고도 말할 수 없다. 현대의 여서가 비록 한문에 속하지만, 한자 계통이나 여서 계통의 고유한 문자 부호와는 아무런 관련도 없으며, 더욱이 여서 중에 보이는 상형자나 회의자 등 역시 갑골문 계통의 문자와 큰 차이를 보인다. 따라서 여서 문자의 기원이 결코 일반 한자가 아니라는 사실을 분명하게 알 수 있다."고 주장하였다.

그렇다면 도대체 여서 문자는 어디에서 기원한 것이란 말인가? 이에 대해 장백여張伯如는 『강영 여서와 백월문화의 관계』라는 문장 중에서 여서에 장족壯族과 요족 등의 천 위에 보이는 편직 부호와 같은 문자 부호가 존재한다는 사실을 근거로 "여서 문자가 백월百越의 기사 부호에 기원을 두고 있다."[7]고 주장하였으며, 전옥지錢玉趾의 경우는 『강영 부녀 문자의 기원 초탐』에서 여서 중에 청강淸江 오성吳城의 도문 부호와 유사한 문자가 존재한다는 사실을 근거로 "강영의 부녀 문자는 오성의 도기 문자에서 유래한 것으로 보이며, 또한 여서는 고촉古蜀의 문자, 이족彝族의 문자, 일본의 가나 문자와 마찬가지로 음절문자에 속한다."[8]고 주장하였다. 주주株州 박물관의 연구원 이형림의 경우는 여서 중에 신석기시대 앙소문화 유적지에서 출토된 각화刻畵 부호가 존재한다는 사실을 근거로 "여서는 각화 부호에서 기원한 것으로, 시간적 공간적 측면에서 신석기시대 앙소문화, 혹은 그보다 더 이른 시기까지 거슬러 올라갈 수 있다."[9]고 주장하였다. 한편, 유지일劉志一은 『강영 여서의 기원』에서 "여서의 기본 문자 부호는 고이문古夷文에 기원을 두고 있으며, 글자를 만드는 방법 역시 기본적으로 고이문과 같다는 관점을 근거로, 여서 문자는 고이인古夷人의 한 갈래인 동이인東夷人이 순제시기에 황제와 요제시대 사용했던 원시 고이문을 이용해

---

7) 史金波等 主編, 『奇特的女書』, 北京語言學院出版社, 1995年版, p.127.
8) 史金波等 主編, 『奇特的女書』, 北京語言學院出版社, 1995年版, p.140.
9) 李荊林, 『女書與史前刻畵符號』, 史金波等 主編, 『奇特的女書』, 北京語言學院出版社, 1995年版, p.144 참조.

만든 관방 문자"[10]라는 주장을 제기하기도 하였다.

또한 일부 학자들은 여서에 갑골문과 유사한 문자 부호가 분명하게 보인다는 사실을 근거로 이러한 자부가 모두 '여서 계통' 문자 중에 유입된 갑골문의 차용자로 여겨 갑골문과 밀접한 관련이 있는 상대商代 고문자의 유산이나, 혹은 그로부터 진화되어 나온 문자[11]라고 주장하였다. 이외에 여서의 자부 구성에 여성의 문신 풍습을 비롯한 난간식 주택의 건축적 특징, 원시적 벼농사 문화, 새鳥 토템 문화 등의 고월古越의 문화적 특성이 반영되어 있다고 보아, '여서 계통' 문자의 창시자가 바로 고월인古越人이라고 보는 견해도 있다. 비록 역사적 문헌에서 고월인이 문자를 창제하고 사용했다는 기록은 보이지 않지만, 갑골문자의 필획이나 자형 등의 구조적 차이만으로도 갑골문과 충분히 구분할 수 있다. 또한 여서 문자는 독특한 음부 체계를 갖춘 '기호 음절'[12] 문자라는 사실 역시 갑골문과 구별되는 유력한 증거라고 할 수 있다. 이처럼 여서의 문자 부호 가운데 보이는 고월古越 문화를 통해서도 여서가 고월 문자의 유산, 혹은 그로부터 파생되어 나온 문자라는 사실을 증명할 수 있다. 다만 역사적으로 이러한 고월 문자가 사용자의 어음 대체에 의해 점차 고월어를 기록하는 부호체계에서 한어를 기록하는 부호체계 바뀌게 되었다. 즉 고월 문자에서 한문의 이형문자 체계로 발전하였으며, 이와 아울러 강영현과 그 인근 일대 산악지대 부녀자들의 사용과 발전을 통해 오늘날까지 전해져 내려오게 되었다. 그 결과 '여서 계통'의 문자가 고대와 오늘날 서로 다른 두 가지 언어체계로 변화 발전하게 되었다고 하겠다. 다시 말해서 고문자 발전 단계에서는 고월 문자에 속했으나, 오늘날 문자 단계에 이르러서는 한문의 이

---

10) 史金波等 主編, 『奇特的女書』, 北京語言學院出版社, 1995年版, p.150.
11) 謝志民, 『"女書"是一種與甲骨文有密切關係的商代古文字的孑遺和演變』, 『中央民族學學報』 1991年 第3期.
12) 謝志民, 『"女書"之源不在漢字楷書』, 『中南民族學院學報』, 1991年 第1期.

형자로 변화 발전하였다고 볼 수 있다.

3. 여서의 발생 연대에 관하여

여서는 도대체 누가 만들었으며, 또 언제 생겨난 것일까? 현재 학술계에서는 이에 관해 의견이 분분하다. 어떤 학자의 경우는 구근고낭이 창제했다고 하고, 또 어떤 학자의 경우는 요족의 어느 처자가 발명했다고 한다. 심지어 어떤 학자는 송대 황비였던 호옥수가 황궁에서 창조했다는 설을 주장하기도 한다. 이러한 주장은 모두 민간의 전설에 근거를 두고 있어 그 신빙성이 떨어진다. 여서의 발생 연대에 관한 관점은 대략 세 가지의 견해가 있다.

(1) 여서는 갑골문과 동시대, 혹은 그 이전의 선사시대 각화刻畵 부호에서 발생하였다는 관점이다. 이형림李荊林은 도문과 비교 연구를 통해 여서가 도문과 깊은 연원 관계가 있다고 주장하였다. 주주공업대학株州工業學院의 유지일劉志一과 강영현문화관의 주석기는 여서가 요순 시기에 출현한 부락 문자로서 일찍이 순제舜帝가 남순 때 남방 부족에게 남긴 일종의 고대 문자라고 주장하였다. 반신과 양효하는 『남초南楚의 기이한 문자를 다시 논함-여서』13)이라는 문장에서 여서의 출현은 갑골문보다 이른 중국 고대 각화刻畵문자의 '모자母字'이며, 모계씨족사회의 산물이라고 주장하였다. 사지민 교수 역시 여서가 갑골문과 동일한 시대에 발생했다는 관점에 찬성하여 여서가 상대商代 고문자의 한 갈래라고 주장하였다.

---

13) 『太原師範專科學校學報』, 1999年 第3期.

(2) 여서가 당송시기에 발생했다는 관점이다. 원래 강영현 현지縣誌 사무실에 근무했던 유지표劉志標는 『강영의 여서와 요족의 역사 연원 분석』[14]이라는 문장에서 여서는 요족의 문자로서 요족 사회의 초기인 수당 시기에 생겨나 만당과 오대십국五代十國 시기를 거치며 성숙하였으며, 양송과 명청시기에 성행하였다는 주장을 제기하였는데, 이러한 유지표의 관점 역시 단지 추론에 불과할 뿐, 그 근거자료가 부족하다. 최근 강영현에서 진대晉代 창건한 여사女寺가 발견되었는데, 혹시 그곳에서 어떠한 단서라도 발견할 수 있지 않을까 기대해 본다.

(3) 여서의 출현이 명대보다 이르지 않다는 관점이다. 궁철병과 조려명 두 사람이 이 관점을 지지하였다. 그래서 일찍이 조려명은 『여서와 여서문화』라는 문장에서 여서 문자의 특징을 분석하고, 이를 통해 여서의 출현을 명대로 보는 것이 비교적 타당하다고 주장하였다. 궁철병 역시 『여서의 시대적 고찰』과 『강영의 여서는 결코 선진시대의 고문자가 아님을 논함』 등의 문장에서 여서와 한자, 여서 작품, 여서의 조자造字자, 여서의 계승자, 사지史誌 기록 등의 내용을 분석해 본 결과 여서의 기원은 결코 선진시기의 고문자가 아니며, 그 발생 시기 역시 명대 이전까지 거슬러 올라가지 않고, 청대 말기와 민국 시기에 성행하였다고 주장하였다. 현재까지 명청시기 이전의 여서 자료가 발견되지 않고 있어, 이러한 견해가 상당수 학자들의 공감을 얻고 있다. 아울러 여서가 고대 문자에서 기원했다는 주장에 대해서도 "여서가 근대에 창제되었다는 설이 비교적 사실에 가깝다고 할 수 있다. 여서가 갑골문 시기나, 혹은 그 이전에 출현했다고 하는 주장은 실로 종잡을 수 없는 환상"[15]이라고 비평하였다.

---

14) 『貴州民族硏究』, 2000年 第4期.
15) 周有光, 『序言』, 史金波等 主編, 『奇特的女書』, 北京語言學院出版社, 1995年版 참조.

여서 문자의 연원과 그 발생 연대에 관한 학계의 의견이 비록 분분하지만, 여서의 자휘 중에 보이는 갑골문의 차자借字, 특히 그중에 형태소인 '보전차세步前此歲'를 표시하는 갑골문의 경우, 그 구조 중의 뜻을 표시하는 편방 '지止'와 여서의 형태소인 '보전지세步前止歲'를 표시하는 문자 부호 사이에 규칙적인 구조 변화 현상이 존재한다는 것은 '여서 문자'가 갑골문의 영향을 받았다는 유력한 증거이며, 또한 여서 문자가 이미 갑골문 시기에 존재했었다는 유력한 증거이기도 하다. 상형자나 회의자는 문자 체계에서 가장 먼저 생성된 문자 부호이다. 따라서 상형자나 회의자 중에 나타나는 문화 현상에는 문자 창조자가 처한 당시의 생활환경과 사회문화가 직접적으로 반영되어 있다고 하겠다. 즉 여서의 상형자나 회의자 구성에서 나타나는 고월古越의 문화적 특징은 '여서 문자'의 창시자가 고월인古越人이었다는 사실을 반증해 준다고 볼 수 있다. 갑골문이 지금으로부터 약 3천여 년 전에 출현하였으니, '여서 문자'는 적어도 3천여 년 전이나, 혹은 그 이전의 역사를 가지고 있다고 볼 수 있다. 따라서 여서는 중화민족의 문화 속에 살아 숨 쉬고 있는 또 하나의 유서 깊은 고대의 문자라고 할 수 있다.

4. 여서 기록의 언어 문제

여서 연구자 가운데 상당수는 여서가 현지 방언(사투리)을 기록했다고 여기고 있지만, 일부 학자들의 경우는 이와 반대로 사회적 방언, 즉 현지 부녀자들의 집단 언어를 기록했다고 주장하기도 한다. 또한 일부 학자들의 경우 한족과 요족의 혼합어로 보는 시각도 있다.

1) 여서는 현지의 방언을 기록한 것이다.

대부분의 여서 연구자들은 여서가 지역의 방언이나 토속어로 기록되었다는 점에 확신을 가지고 있다. 그들은 금강촌錦江村의 방언을 근거로 음계音系를 만들어 여서 문자의 음과 뜻을 표시하였거나, 혹은 포미촌의 방언을 근거로 음계를 만들어 여서 문자의 음과 뜻을 표시하였으며, 혹은 백수촌白水村의 방언을 근거로 음계를 만들어 여서 문자의 음과 뜻을 나타내었다.

① 여서의 금강錦江 음계
여서의 금강 음계는 『부녀문자와 요족 천가동』이라는 서적에서 여서의 음과 뜻을 기록하기 위해 사용한 음계로서, 강영현 상강우 금강촌의 방언을 근거로 만든 음운 체계이다. 발음은 현지 중학교의 남자 교사인 장발륭蔣發隆이 하였으며, 그는 금강촌의 사람이지만 여자女字를 알지 못하였다.

② 여서의 포미浦尾 음계
여서의 포미 음계는 『여서 - 놀라운 발견』이라는 서적에서 여서의 음과 뜻을 기록하기 위해 사용한 음계로서, 강영현 상강우 포미촌의 방언을 근거로 만든 음운 체계이다. 발음은 포미촌의 청년 호강지胡强誌(여서 계승자 고은선의 손자)가 하였으며, 그는 여자女字를 알지 못하였다.

③ 여서의 백수白水 음계
여서의 백수 음계는 『중국여서집성』이라는 서적에서 여서의 음과 뜻을 기록하기 위해 사용한 음계로서, 강영현 성관진城關鎭 백수촌의 방언을 근거로 만든 음운 체계이다. 발음은 강영현의 문화관 직원 주석기가 하였으

며, 그는 이미 세상을 떠났다. 주석기는 강영현의 윤산향允山郷 사람으로
여서 연구에 적지 않은 공헌을 하였다.

2) 여서는 사회 방언을 기록하였다

① 여서는 현지의 하층 부녀자들의 집단 언어를 기록한 것이다.

일찍이 이홍천易洪川은 "사회적 방언에서 논의되는 변형은 어휘, 어음 등
변화하는 언어 항목의 사회적 분포 상황에 따라 구분되는 것으로, 결코
변체 자체가 반드시 완전한 체계를 갖추어야 하는 것은 아니기 때문에 종
종 다른 변체와 교차하거나 경계가 모호한 경우가 존재한다. 여서 중에
변화된 언어 항목이 상강우 일대 하층 부녀자들의 소집단에 분포되어 있
으므로, 여서가 기록한 사회적 방언이란 바로 그 지역의 현지 방언을 사
용하는 하층 부녀자 집단의 변체를 말한다."16)고 주장하였다.

② 강영현 성관城關의 토착어이다.

중국사회과학원 언어연구소의 황설정黃雪貞에 의하면, "여러 차례에 걸
친 현지 조사와 강영현에서 나고 자라 사투리에 익숙한 현지인들의 협조
를 받아 마침내 하나의 결론을 얻을 수 있었다. 여서가 광범위하게 전승
되고 있는 지역이 상강우이고, 또한 여서에 능통한 부녀자들이 일상생활
에서 사용하는 언어도 상강우의 토착어지만, 여서 작품을 음창할 때는 자
신의 모어가 아닌 성관城關의 방언을 사용하거나, 혹은 성관의 방언을 모
방해 부른다."고 언급하였다.17)

---

16) 易洪川, 『女書與社會方言』, 史金波等 主編, 『奇特的女書』, 北京語言學院出版社, 1995
年版, p.112.
17) 黃雪貞, 『女書唱詞的音變』, [日]遠藤織枝 · 黃雪貞 主編, 『女書的歷史與現狀 - 解析女書
的新觀點』, 中國社會科學出版社, 2005年版, 第27.

③ 여서 기록은 여서의 문어체이다.

사지명 교수는 여서의 전승자 고은선과 의년화가 독해한 여서 작품을 녹음한 자료를 소장하고 있다. 그는 일찍이 『현대 여서 문어체와 강영현 상강우 토착어』라는 문장에서 자신이 소장하고 있는 녹음 자료는 여서가 오랜 세월을 거치며 독특한 여서 문어(여성 문학 언어)체로 형성되었음을 명백하게 보여준다고 주장하면서, 이러한 문어체가 비록 현지의 전통 방언을 토대로 형성되었지만, 현지의 그 어떤 마을의 말과도 다른 어음 체계와 어휘 체계, 문법 체계 등을 갖추고 있다고 주장하였다. 즉 여서 문자의 기록은 바로 이러한 독특한 여서의 문어체이지, 일반적으로 학자들이 말하는 지방의 토착어(혹은 지역 사투리)가 아니다. 그래서 『강영 여서의 미스터리』에서 사용된 여서의 음과 뜻을 나타내는 음계音系는 여서의 전승자 고은선과 의년화의 원래 발음, 즉 여서의 문어체 음계라고 주장하였다.

5. 여서 부호체계의 성질 문제

여서를 연구하는 학자들은 여서 문자 부호체계의 성질에 대해 두 가지 서로 다른 견해를 가지고 있다. 그 가운데 하나는 여서가 일종의 표음문자라는 견해이고, 또 다른 하나는 여서가 일종의 희귀한 기호음절 문자에 속한다는 입장이다.

1) 여서는 표음문자이다.

① 진근陳瑾은 "현재 600여 개의 '여서 문자' 부호를 집계한 결과에 의하면, 서로 다른 음절을 나타낼 수 있는 부호가 약 485개로 전체 부호 가운

데 80%를 차지하고 있으며, 이 80%의 부호가 모두 하나의 형태로 하나의 음절을 나타낼 수 있다. 현재 사용되고 있는 한자와 비교해 볼 때, 다른 점은 한자는 한 글자 한 음절이지만, 글자마다 의미를 나타내는 성분을 가지고 있으며, 같은 음의 단어나 형태소는 의미에 따라 그 형태가 다르다는 것이다. 이 점에 있어 '여서'는 한자와 다르게 대다수의 '동음同音'은 '동형同形'을 표시한다. 그리고 '형形'은 오직 '음音'만을 나타낼 뿐, 뜻은 나타내지 않는다. 기능적인 측면에서 한자는 음과 뜻을 겸비한 문자라고 할 수 있지만, '여서'는 음만을 나타내는 일종의 음절문자라고 할 수 있다."18)고 주장하였다.

② 진기광은 "현존하는 자료를 귀납해 보면, 여서 문자는 대략 700여 자(일부 이체자 포함)에 이르는데, 이것은 현지의 한어를 기록한 것이다. 문자에 따라 다른 음절을 표시하며, 음절을 통해 의미를 나타낸다. 같은 글자는 단지 한 음절을 나타내고, 일반적으로 다른 음절을 나타내지 않지만, 또한 서로 상관없는 여러 가지 의미를 나타낼 수도 있다. ……. 여서가 비록 한자에서 파생되었다고 하지만, 한자의 성질과는 이미 다르다. 여서는 표음문자 중의 음절문자이다. …… 요컨대 여서는 일자일음다의一字一音多義가 대다수를 차지하고 있고, 일자다음다의一字多音多義, 일음다자다의一音多字多義, 일음일의다형一音一義多形 등은 모두 소수이고, 이 삼자를 모두 합쳐도 소수인 까닭에 이러한 현상은 기본적으로 음절문자의 성질에 영향을 미치지 않는다."19)고 주장하였다.

---

18) 陳瑾, 『試析"女字"形·音·義的特點』, 宮哲兵 主編, 『婦女文字和瑤族千家峒』, 中國展望出版社, 1996年版, p.47.
19) 陳其光, 『中國語文槪要』, 中央民族學院出版社, 1990年版, pp.207-208.

③ 궁철병은 "여서는 한 글자가 하나의 고정된 음절을 대표하는데, 음절을 통해 간접적으로 형태소를 표시함으로써, 문자의 형태로 직접 음을 나타내고, 간접적으로 뜻을 나타낸다……. 비록 동음이형자同音異形字와 동형이음자同形異音字가 존재하지만, 여서의 성질에는 영향을 미치지 않는 일종의 음절문자이다.[20]라고 주장하였다.

④ 조려명은 "한자가 표음문자로 완전히 발전하기 직전에 오히려 형성形聲으로 돌아서서 의부意符의 형방形旁을 늘리는 방법으로 가차자를 구별하였다. …… 의도적이든 무의식적이든 표의表意적 성분이 강화되어 의음문자意音文字 단계에 머물러 있다. …… 안타깝게도 세계 공통의 병음 문자로 발전하지 못하였다. 반면 여서는 '본무기자本無其字, 의성탁사依聲托事'의 가차 조자 단계에서 한 걸음 더 발전하여 단지 개별 단어에서 개별 단어의 형체를 빌리는 것이 아니라, 하나의 형체를 음부자音符字로 삼아 하나의 음절 표기나 일련의 동음사同音詞, 혹은 형태소를 기록하였다. …… 여서는 일종의 민간 문자로서 규범화 과정을 거치지 않았기 때문에, 필연적으로 어느 정도 동형이음자同形異音字(一字多音), 동음이형同音異形(一字多形), 동형이자同形異字(一形多字)의 현상이 존재할 수밖에 없다. 하지만 연구를 분석한 결과에 따르면, 이러한 여서의 기본적 속성이 음절문자에 영향을 미치지 않는 것으로 나타났다."[21]고 밝혔다.

2) 여서는 기호음절 문자에 속한다.

사지명謝志明 역시 초기에는 여서를 순수한 음절문자로 받아들였으나,

---

20) 宮哲兵, 『女性文字與女性社會』, 新疆人民出版社, 1995年版, pp.251-252.
21) 趙麗明, 『女書與女書文化』, 新華出版社, 1995年版, p.27.

후에 반복적인 비교 연구를 통해 여서가 일종의 기호 음절 문자라는 관점을 받아들였다. 그는 "여서의 문자 부호는 어음을 표시할 때 음절을 단위로 삼기 때문에 하나의 자부가 하나의 음절을 나타낼 수도 있으며, 또한 여러 개의 다른 음절을 표시할 수도 있다. 이뿐만 아니라 형태가 다른 여러 개의 자부가 동일한 음절의 동일한 형태소를 표시하거나, 혹은 형태가 다른 여러 개의 자부가 동일한 음절의 여러 다른 형태소를 표시하기도 한다. 그래서 여서 중에는 하나의 자부가 하나의 음절을 표시하거나, 혹은 하나의 형태소를 나타내는 단음단의자單音單義字와 하나의 자부가 하나의 음절을 표시하는 여러 개의 동음 형태소를 지닌 단음다의자 등등이……자주 보인다. 여서 자부가 어떤 음을 표시하며, 또한 어떤 의미를 나타내는가에 대한 규칙적인 형식이 있다기보다는 단순히 사람들의 습관에 의해 형성된 것이기 때문에 형태에서 표음이나 표의적 근거를 찾아볼 수 없다."고 밝히고 있듯이, 여서의 자부는 대부분 표시되는 음의音義와는 직접적인 연관이 없다. 이러한 여서는 기호문자의 특성을 갖추고 있어 세계적으로도 보기 드문 희귀한 기호 음절 문자에 속하기 때문에 결코 음을 나타내는 음절문자라고 할 수 없다.

중국의 여서는 인류사에서 존재하는 유일한 여성 문자일 뿐만 아니라, 세계문화사에서도 그 유례를 찾아보기 어려운 특별한 문화유산이라고 할 수 있다. 더욱이 여서는 갑골문, 금문 등과 밀접한 관계를 지닌 은주殷周 시대의 고문자 유산으로서 오늘날까지 전해오는 세계적인 성격의 문자라고 하겠다. 수 천 년 동안 한자 문화에 둘러싸인 영남 지역의 산채山寨에서 여서는 강인한 생명력으로 자신만의 독특한 문자 부호체계를 형성하고 발전해 왔다. 여서는 자신만의 상형자와 회의자 체계를 갖추고 있으며, 이러한 문자에는 조류 토템숭배 유적, 원시 벼농사 문화, 난간식 건축물, 부녀 문신 습속, 하층 부녀자의 비한어적 요소 등등의 요소가 반영되어 있다.

여서는 독특한 인류문화의 '화석'으로서 인류가 우리 자신의 미스터리를 풀어나가는데 풍부한 정보를 제공해 주고 있다. 여서는 인류의 문자와 문명의 기원, 여성문화와 민족의 기원, 특히 남방 문명의 발전 과정에 대한 연구에 매우 중요한 가치를 지니고 있다. 다만 다학제적, 다각적, 다층적 교차 통합 연구가 이루어져야 비로소 여서가 우리에게 남긴 수많은 미스터리를 풀어나갈 수 있을 것이다.

　(주석 : 이 장의 주요 내용은 미국 뉴욕『중외논단』2000년 제6기에 발표한 사지민, 추건군, 섭서민, 이경복의『이해하기 어려운 중국 '여서' 문자의 미스터리』에 보이며, 특히 마지막 두 부분은 사지민 교수가 제공한 자료를 참고하였다.)

제
2
장

여서는 오늘날까지 유전되고 있는 또 하나의 고문자

여서는 특이한 여성 문자 부호체계일 뿐만 아니라, 세상에서 보기 드문 희귀한 음절문자로서 독특한 구조적 특징과 서사書寫 규칙을 가지고 있다. 여서는 풍부한 고대 문화 정보, 특히 고대 중국의 남방 민족에 관한 문화 정보를 담고 있어 장강 유역의 문화를 대표한다고 말할 수 있다. 여서 어휘 중에는 일련의 한문 해서의 차용자가 존재할 뿐만 아니라, 갑골문과 금문의 문자 부호도 적지 않게 존재하고 있으며, 또한 역사시대 이전의 각화刻畵 문자와 유사한 문자 부호도 존재하고 있어 세계 문자사에서 볼 수 있는 문자들과는 전혀 다른 독특한 문자 부호를 가지고 있다. 여서의 기원 및 발전과 관련된 논의와 풀어나가야 할 미스터리가 아직 많이 남아 있고, 또한 역사시대 이전의 각화刻畵 문자와 여서와의 관계 역시 고증이 더 필요한 부분이지만, 갑골문과 금문의 영향으로 인해 여서의 자휘字汇 중에 오늘날까지도 갑골문과 금문의 차용자가 많이 남아 있다는 사실도 주목해야 할 부분이다. 그러므로 이러한 점들을 고려해 볼 때, 여서는 중국의 갑골문 외에 오늘날까지 전해지고 있는 또 하나의 고대 문자라고 말할 수 있을 것이다.

1. 여서의 독특성

1) 여서 문자의 구조적 특징

여서는 일반적으로 자신이 직접 만든 필사본, 부채, 헝겊, 종이쪽지 등에 쓰지만, 또한 간혹 비단 천이나 화대花帶에 수를 놓아 짜기도 했다. 글자체의 구조적 측면에서 볼 때, 여서는 점點, 수竪, 사斜, 호弧 등 네 가지 필획으로 구성되어 문자가 이루어지는 까닭에, 점點, 횡橫, 수竪, 철撤, 날捺 등 여덟 가지 필획으로 구성되는 한자와는 다르다. 여서는 주로 사斜와 호弧를 위주로 사용하며, 아래와 위의 굵기가 동일하다. 또한 곡선은 혹은 크거나 혹은 작아 변화가 심하다. 간단한 여서 문자의 경우는 하나의 획으로 구성되며, 복잡한 여서 문자의 경우에는 2~3개의 획으로 구성된다. 여서 문자는 일반적으로 상하 구조나 혹은 상중하 구조의 조합으로 나타나며, 좌우 구조나 좌중우 구조의 조합은 보이지 않는다. 그 형태는 이탤릭체의 마름모꼴로서 일반적으로 오른쪽의 상단 모퉁이가 전체 글자의 최고점이 되고, 왼쪽의 하단 모퉁이가 전체 글자의 최저점이 된다. 문장에는 표점 부호가 없고, 단락도 나누지 않아 하나의 문장이 끝까지 이어진다. 여서 문자는 자기만의 독자적인 발음, 어휘, 어법 체계를 갖추고 있으며, 대략 2,000여 자의 문자 부호로 구성된 일종의 표음문자이다. 대다수의 글자가 일음다의-音多義를 표현하기 때문에 동일한 글자라도 여러 가지 필법이나, 혹은 여러 개의 독음으로 쓸 수 있으며, 또한 일상생활에서는 독립적으로 응용할 수도 있다. 현재 약 20년에 걸쳐 수집되고 정리된 여서 작품은 총 500여 편에 약 30여 만자에 이른다.

동파문東巴文

여서문女書文

　여서 문자는 서하문西夏文, 장문壯文, 동파문東巴文, 수서水書 등의 중국 소수민족이 사용하는 문자와도 다르고, 또한 베트남에서 사용되었던 영남寧喃(또한 자남字喃이라고도 부름) 문자와도 차이가 있다. 동파문은 현재 세계에서 유일하게 살아있는 상형문자로 인정받고 있는데, 이 문자는 주로 동파교도가 동파경東巴經을 가르치거나 전수할 때 사용하였던 까닭에 동파문이라고 불리며, 이외에도 민간에서 서신을 주고받거나 장부 기록, 대련對聯, 공예품 제작 등에도 사용되었다. 납서족納西族의 말로는 '사구노구思究魯究'라 부르는데, 그 뜻은 '목적석적木迹石迹'으로, 이는 나무를 보고 나무를 그리며, 돌石을 보고 돌을 그린다는 의미이다. 하지만 동파문은 아직까지 상징적인 기호를 병합하거나 혹은 첨삭해 만드는 문자 발전의 초기 단계에 머물러 있다. 동파문은 당대에 창시되어 지금까지 천 년 이상의 역사를 이어 오고 있으며, 대략 1,400여 개의 단어를 가지고 있다. 문자 부호의 구조는 상하 구조를 가진 자형도 있고, 또한 좌우 구조를 가진 자형도 있다. 글자를 쓰는 방법은 좌측에서 오른쪽으로, 그리고 위에서 아래로 쓰는 규칙을 가지고 있다. 단어의 경우 어떤 때는 이어 쓰기도 하지만, 어떤 때는 연이어 쓰지 않기도 한다. 또한 음절 사이에 빈칸이 있는 경우도 있고 없는 경우도 있다. 오늘날의 학자들은 동파문이 바빌론의 쐐기문자를 비롯한 이집트의 성서聖書 문자, 중남미의 마야문자, 그리고 중국의 갑골문자보다도 더 원시적이고 고풍스럽다고 생각한다. 서하西夏의 문자 구조는 '상하', '좌우', '좌중우' 등 모두 44가지 구조로 이루어져 있다. 글자를 쓸 때는 위에서 아래로, 왼쪽에서 오른쪽으로 쓰는데, 이는 고대 한문의 쓰기 규칙과 동일하다. 서하문은 한자를 변형해 만든 표의문자로서, 그 조자造字 원칙은 물론 문자 구조, 글자 획수, 자체字體의 형태, 쓰기 규칙 등이 모두 한자의 영향에서 크게 벗어나지 못하였다. 베트남의 문자인 영남寧喃은 주로 형성形聲 조합 방식에 의거하여 두 개의 한자(하나는 표음表音, 하나는 표의表意)를 결합해 새로운 글자를 만든다. 수서水書는 '귀서鬼書'와 '반서反書'라고도 부르며, 수족水族의 언어로는 '늑휴泐睢'라고 부른다. 수서는 어떤 글자의 경우 한자를 모방한 것도 있으나, 기본적으로 한자를 반대로 혹은 뒤집어 쓰거나, 혹은 한자 자형을 변형해 쓰는 구조적 특징을 가지고 있다.

2) 여서는 희귀한 기호음절 문자이다

여서 문자는 한자, 영어, 러시아어, 일어 등과는 그 발전 과정이 다르다. 그렇기 때문에 1, 2천여 개의 문자 부호만을 가지고도 일상적 문화생활을 완전하게 표현할 수 있다. 그렇다면 여서는 모두 몇 자나 될까? 현재 이에 대해 명확하게 내려진 결론은 아직까지 보이지 않는다. 양인리 등이 편역한 『영명여서』의 '여자휘女字匯'에는 비교적 많은 1,570자가 수록되어 있고, 사지민이 저술한 『강영 여서의 미스터리』의 '자료휘석資料匯釋'에는 대략 1,774자가 수록되어 있으며, 곧 출간될 예정으로 있는 자전字典에는 2,435자가 수록되어 있다. 그리고 주석기가 『여서자전女書字典』에서 1,800자, 진기광이 『여한女漢자전』에 3,000여 자를 수록해 놓았으나, 그중에는 편찬자 스스로 제작한 글자가 다수 존재하고 있다. 한편, 궁철병은 『여서통』에서 860자로 간략하게 정리해 놓았다. 따라서 이를 통해 볼 때, 여서의 상용자는 대략 2,000여 자 정도로 볼 수 있다.

서하문西夏文

여서문女書文

여서의 상용자는 대부분 다음다의자多音多義字로 이루어져 있으나, 이 중에는 단음단의자單音單義字, 다음다의자多音多義字, 동음자同音字, 이체자異體字 등이 서로 교차하는 매우 복잡한 양상을 띠고 있다. 따라서 문자 부호가 어떤 음을 나타내고, 또 어떤 의미를 지니고 있는지 파악할 수 있는 명확한 규칙이 없기 때문에 구절 중에 보이는 구체적인 내용을 근거로 유추할 수밖에 없다. 더욱이 역사적으로 남아 있는 상형자, 회의자를 포함한 현대 여서의 대다수가 기호성 부호로 변화 발전되었다는 사실에 비춰볼 때, 여서가 자신만의 독특한 발전 궤적을 걸어왔다는 사실을 알 수 있다. 일찍이 사지민 교수는 『중국여서의 기호성 부호체계』라는 문장에서 "여서 문자 부호의 의미 표시는 형태소를 단위로 하기 때문에, 하나의 자부字符가 하나의 형태소를 표시하거나, 혹은 여러 개의 다른 형태소를 표시할 수도 있다. 여서 자부의 어음 표시는 음절을 단위로 하기 때문에, 하나의 자부가 하나의 음절을 표시하거나, 혹은 여러 개의 다른 음절을 표시할 수도 있다. 또한 여러 개의 다른 형태의 자부가 동일한 음절의 동일한 형태소, 혹은 동일한 음절의 서로 다른 여러 개의 형태소를 표시할 수도 있다. 그래서 여서에서는 하나의 자부가 하나의 음절을 표시하거나, 혹은 하나의 형태소를 표시하는 단음단의자單音單義字를 종종 볼 수 있으며, 또한 하나의 자부가 하나의 음절을 표시하거나, 혹은 여러 개의 동음 형태소를 표시하는 단음다의자單音多義字 현상도 종종 볼 수 있다. 이외에도 하나의 자부가 여러 개의 다른 음절이나, 개별 혹은 여러 개의 동음 형태소를 표시하는 다음다의자多音多義字 현상과 여러 가지 다른 형태의 자부가 동일한 음절의 여러 개의 동음 형태소를 표시하는 동음자同音字 현상, 여러 가지 다른 형태의 자부가 동일한 음절이나 동일한 형태소를 나타내는 이체자 현상 등을 흔히 볼 수 있다. …… 여서의 자부가 어떤 음을 표시하는지, 또한 어떤 의미를 나타내는지에 대한 명확한 형식적인 규칙 없이 완전히 약속에 의해 형성되었기 때문에, 형태에서 자부의 표음이나 표의적 근거를 찾을 수 없다."고 하였다. 또한 "대다수의 여서 자부는 그 표현하고자 하는 음의音義와 아무런 직접적인 관계도 없는데, 이러한 종류의 여서를 바로 기호성 자부라고 한다. 그러므로 여서는 당연히 세상에서 보기 드문 희귀한 기호음절 문자에 속하며, 절대로 음을 나타내는 음절문자가 아니다."라고 주장하였다. '🏃'를 예로 들면, 네 가지의 독음과 네 가지의 서로 다른 뜻을 가지고 있다. 첫 번째는 [liu³¹]으로 읽으며, 그 뜻은 '여묘'의 의미를 나타낸다. 두 번째는 [kaŋ⁴⁴]으로 읽으며, 그 뜻은 '감甘, 간肝, 감疳, 공功, 궁宮, 관官, 관觀, 관棺, 관冠, 광光, 홍烘' 등의 의미를 나타낸다. 세 번째는 [kaŋ³⁵]으로 읽으며, '간趕, 관管, 광廣, 망罔' 등의 의미를 나타낸다. 네 번째는 [kaŋ³¹]으로 읽으며, 그 뜻은 '간干, 강杠' 등의 의미를 나타낸다. 하나 더 예를 들면, '❤'역시 네 가지의 독음과 네 가지의 뜻을 내포하고 있다. 첫 번째는 [kɯɯ⁵⁵]으로 읽으며, 그 뜻은 '국가國家'라는 의미를 나타낸다. 두 번째는 [Kue⁵⁵]라고 읽으며, 그 뜻을 '격隔'이라는 의미를 나타낸다. 세 번째는 [Kue³⁵]라고 읽으며, 그 뜻은 '압壓'이라는 의미를 나타낸다. 네 번째는 [Wue⁵⁵]라고 읽으며, 그 뜻은 '조條'라는 의미를 나타낸다. 이와 같이 서로 다른 독음과 어의語義는 특정한 문맥을 통해서 확정할 수 있다.

조선의 언문과 일본의 가나 역시 음절문자이며, 이 또한 한자의 영향을 받았다고 하겠다. 그러나 여서는 조선의 언문이나 일본의 가나와는 또 다르다. 조선 민족은 15세기 중엽에 이르러 비로소 자신만의 문자를 가지고 되었고, 그 이전에는 줄곧 한자를 사용하였다. 조선에서는 한자를 '이두문자吏讀文字'라고 부르며, 한문으로 각종 문헌을 편찬하였다. 조선의 언문은 1443년에 창제되었다. 조선왕조의 세종은 서민들이 사용하기에 간단하면서도 쉽게 배울 수 있도록 표음문자인 언문을 창제하였다. 학자들은 왕의 명을 받들어 11개의 원음元音과 14개의 자음子音으로 구성된 표음문자를 창조하였으며, 한글 반포 당시 명칭을 '훈민정음'이라 칭하였다. 그렇지만 귀족을 비롯한 관원들은 여전히 한자의 사용을 고집하여 부녀자나 아동에게만 표음문자를 사용하도록 하고, 표음문자를 이용해 쓴 문장을 '언문諺文'이라 불렀다. 19세기 중엽에 이르기까지 조선에서는 여전히 한자를 사용해 정부 문건이나 작품을 지었다. 중일 갑오전쟁 이후 한국은 한자에서 한자와 표음문자를 결합해 사용하는 과도기를 거치는 과정에서 일본의 식민지로 전락한 후, 표음문자인 한글 사용이 식민 통치에 저항하고 민족정신을 고양하는 상징이 되었으며, 이 시기에는 '한글'이라는 명칭으로 불리었다. 제2차 대전 이후 한반도 북부에 위치한 조선민주주의공화국에서는 '조선글'이라 부르고 있으며, 한반도 남부에 위치한 한국에서는 '한국어' 혹은 '한글'이라 부르고 있다.

일어의 자모字母는 가나假名(かな)라고 일컬으며, 히라가나(ひらがな)와 가타카나(かたかな) 두 종류가 있다. 히라가나와 가타카나는 서로 대응되는 관계로서, 여기서 '가假'는 바로 '차借'자를 뜻하며, '명名'은 바로 '자字'자를 뜻한다. 한자의 음과 형태만 빌려 쓰고 의미는 쓰지 않아 '가나'라고 한다. 일어에서는 히라가나와 가타카나 이외에도 부분적으로 한자가 사용되고 있다. 히라가나는 중국의 한자인 초서에서 변화 발전되어 나온 것으로, 초기 일본 여성들이 전용하였으나, 후에 무라사키 시키부의 『겐지 이야기源氏物語』가 유행함에 따라 일본의 남자들 역시 히라가나의 사용을 받아들이기 시작하였다. 히라가나는 48개의 글자로 구성되어 있으며, 일본 고유의 어휘, 허사虛詞, 동사의 종결 등에 사용되거나, 혹은 통용되는 글자지만 주로 한자 외래어를 표기하지 못할 때 사용한다. 일본 한자에 발음을 표기할 때는 일반적으로 히라가나를 사용하는데, 이를 진가나振假名라고 부른다. 가타카나 역시 48개의 글자로 구성되어 있는데, 주로 한자 이외의 외래어 표기에 사용되거나, 혹은 의성어를 강조하거나 동식물의 학명을 표기할 때 사용한다. 가타카나는 한자 해서체의 편방 부수를 간략화 한 것이다.

조선의 언문과 일본의 가나는 후에 정부의 보급과 전파에 힘입어 국가의 문자로 자리 잡았다. 한편, 여서는 영남 지방에 분포하고 있는 특이한 지역 방언을 기록하고 있는데, 일부 학자들은 이를 한어의 방언 중에 하나로 간주하고 있다. 하지만 여서는 한어의 방언도 아니고, 객가어, 광동어, 상어湘語와도 또 다른 언어이다. 더욱이 순수한 요족의 언어라고 하기보다는 한어의 영향을 비교적 많이 받은 요족의 언어와 한어가 혼합된 언어라고 볼 수 있다. 그중에는 대량의 고대 월어越語를 비롯한 묘어苗語와 요어瑤語가 바탕에 깔려 있으며, 또한 한어의 영향을 받아 어느 정도 한화漢化된 형태를 보여주고 있다. 또한 여서는 자신만의 독특한 어휘적 특징뿐만 아니라 어법적인 특징도 가지고 있다. 이처럼 독특한 언어 환경 속에서 생성된 여서 문자는 청나라 말기부터 민국 초기에는 광동, 광서, 호남, 귀주 등지의 요족 집단 거주지에서 '날조한 전자篆字'로 간주되기도 하였다. 이 문자는 평지요 가운데 널리 사용되었던 희귀한 기호 음절 문자로서, 후에 한문화의 영향으로 그 사용 범위가 점차 축소되었고, 이에 따라 문자의 민족성과 사회성을 잃고 일부 부녀자들 사이에 전해져 오면서 오직 부녀자들의 규방에서만 사용되는 문자가 되었다고 볼 수 있다.

3) 여서는 세계에서 유일한 여성 문자이다

여서는 오직 부녀자들 사이에서만 유전되고 사용됨에 따라 남자들은 알지 못하였다. 이러한 까닭에 또한 여자女字라고 부른다. 여서는 대대로 다정다감하고 선량한 여성들이 지혜를 모아 창조한 문자이다. 따라서 여서의 사용자나 감상자, 창조자 등 역시 모두 평범한 여성들이었다. 여성들은 여서로 노래를 짓거나 작품을 창작하였는데, 그중에서 시가 작품이 대부분을 차지하고 있다. 특히 시가 형식은 7언이 주류를 이루며, 5언의 작품역시 소수 전해져 오고 있다. 일반적으로 여서는 화선지나 부채면, 혹은 머리띠나 허리띠 위에 정교하게 기록하였다. 여서 작품은 대체로 여자의 출가出嫁나 자매 결연, 제사, 추모 등에 널리 사용되었으며, 이외에도 『태평천국太平天國 영명을 지남』, 『해방가』 등의 역사적 사건에 대한 기록도 보이며, 『초씨여肖氏女』와 『삼고기三姑記』 등처럼 한족의 민간 고사를 여서로 번역한 후 창본唱本을 만들기도 하였다. 여서의 전승은 모녀가 대를 이어 전하였으나, 남자에게는 전하지 않았다. 이러한 원인에 대해 한 대학의 교수는 "수천 년 동안 남권 사상이 확고하게 자리 잡고 있었던 까닭에 일반 여성들은 문자를 배우거나 책을 읽을 수가 없었다."고 말하였다. 이처럼 여서의 주인들은 여서를 이용해 억압받고 차별받는 자신들의 아픔을 작품이나 노래로 표출함으로써, 현실사회 속에서 억눌려 일그러진 영혼과 마음을 조금이나마 풀어내고자 하였던 것이다. 여서는 단순한 문자에서 여성의 운명적 투쟁을 위한 무기로 변화하면서 여성의 정신적 지주가 되었다. 여서는 세계에서 유일한 여성만을 위한 문자였던 까닭에 사람들에게 신기하고 독특한 문화 현상으로 인정받아 마침내 2005년 10월 기네스북에 등재되었다.

여서 중에는 '삼조서'라는 독특한 형식의 편지가 있다. 여서가 전승되어 오는 지역에서는 부녀자들 사이에 서신을 주고받을 때 여서 문자를 사용해 작성하였는데, 다른 여서 작품과 비교해 볼 때 상대적으로 편폭이 비교적 긴 편이며, 여성적 특징을 뚜렷하게 보여주고 있다. 현지에서는 여성이 결혼 후 3일째 되는 날 여서로 여성 친지들과 축하문을 써서 주고받는 풍습이 있는데, 이것이 바로 '삼조서'이다. 이들은 신혼 때 자신이 받은 '삼조서'를 하나하나 진열해 놓고 손님들에게 감상하도록 하였는데, 이는 자신의 친구들이 모두 재능과 지식을 갖추었다는 점을 자랑하기 위함이었다. '삼조서'의 제작과 글쓰기는 모두 전통적 형식을 따라 겉표지는 흑색을 사용하고, 제본은 화대花帶를 사용했다. 제본선 양 모서리는 작고 네모난 붉은 천을 덧붙여 정교하면서도 독특하게 보이며, 책장은 백지를 사용하는데, 일반적으로 40쪽 정도로 구성되었다. 편지를 쓰는 사람은 이중 처음의 몇 쪽(일반적으로 5~6쪽이며, 많은 경우 7~8쪽)만 사용하고, 그 나머지는 신부가 회신용으로 쓸 수 있도록 남겨두었다. 현존하는 여서 작품 중에서도 이처럼 발송한 편지와 답장을 하나로 엮어 만든 '삼조서'를 살펴볼 수 있다. 만일 축하객이 여서를 쓸 줄 모르거나 미처 다른 사람에게 부탁할 겨를이 없다면, 여백의 '삼조서'를 보내 신부에 대한 그리움을 표현하기도 하였다. 예를 들면,

春天時來正月節춘천시래정월절　　好花移園到貴家호화이원도귀가

父母所生是兩個부모소생시양개　　親娘年輕守空房친낭년경수공방

只靠上天來冥佑지고상천래명우　　朗公剛强交却孫낭공강강교각손

臺是姊娘寫信到대시자낭사신도　　看察妹娘滿三朝간찰매낭만삼조

前朝茫茫送出你전조망망송출니　　路中分離刀割心노중분이도할심

轉身上樓起眼望전신상루기안망　　妹沒在家共團圓매몰재가공단원

親家娘呶請放量친가낭노청방량　　禮數不全望厚包예수부전망후포

妹娘年輕到貴府매낭년경도귀부　　不知禮情慢慢教부지예정만만교

妹娘在他要記念매낭재타요기념　　慮着親娘沒依身여착친낭몰의신

臺是姐家眞沒分대시저가진몰분　　他屋一家不算人타옥일가불산인

他家親娘多枉惡타가친낭다왕오　　十二時辰扯 不寬십이시진차부관

落入人家生殺壓낙입인가생살압　　從高就低幾面難종고취저기면난[22)]

여서 작품 중에는 부녀자의 고통을 호소하는 고정가苦情歌도 있는데, 이러한 작품은 봉건적 제도하에서 여성에 대한 탄압을 고발하는 내용이 대부분이며, 이들의 자전적인 호소도 일부 포함되어 있다. 예를 들어, 『고은

---

22) 謝志民, 『江永"女書"之謎』, 河南人民出版社, 1991年版, pp.123-127.

선자술고가高銀仙自述苦歌』,『양환의자전陽煥宜自傳』,『의년화자전義年華自傳』,『옥수탐친서玉秀探親書』등이 바로 이러한 작품이며, 하염신何艶新의『자전自傳』[23)도 이와 같은 경우이다.

身坐空房無出氣신좌공방무출기
心中念想把筆寫심중념상파필사
出身薄命猶小可출신박명유소가
跨入他門四十載과입타문사십재
好情好意不得有호정호의부득유
夫不當頭親不貴부부당두친부귀
丈夫有錢妻子貴장부유전처자귀
配夫無難(能)眞難過배부무난(능)진난과
透夜想來透夜哭투야상래투야곡
雖然子女沒顧慮수연자여몰고려
東出太陽紅日色동출태양홍일색
夫妻和氣三年滿부처화기삼년만
得病三年多受苦득병삼년다수고
診得家窮無所事진득가궁무소사
一家大小傷心哭일가대소상심곡
夫死陰朝無依靠부사음조무의고
丈夫在世多寒苦장부재세다한고
房中無夫妻無主방중무부처무주
透想漏流入心氣투상루류입심기
淸早起來愁到黑청조기래수도흑
以前有夫千日好이전유부천일호

述我可憐傳世間술아가련전세간
不曾修書漏先垂불증수서누선수
如今落他受苦情여금락타수고정
一世爲人不得歡(일세위인부득환)
丑情丑意我受多축정축의아수다
站出四邊不如人참출사변불여인
無錢別人來看輕무전별인래간경
可比烏天黑路行가비오천흑로행
心中可如雪一般심중가여설일반
一家大小可安言일가대소가안언
誰知牛天起烏雲수지반천기오운
三不所知得星神삼불소지득성신
銀錢用了一萬多은전용료일만다
人財兩空沒功勞인재양공몰공로
哭天哭地好凄惶곡천곡지호처황
受盡辛苦雪上梅수진신고설상매
如今死後更凄涼여금사후경처량
大小千般沒商量대소천반몰상량
世上可憐見開個세상가련견개개
無人疼惜我可憐무인동석아가련
如今無夫百日難여금무부백일난

---

23) 趙麗明,『中國女書合集』, 中華書局, 2005年版, pp.3714-37268.

左思右想心不靜좌사우상심부정　想我將身也無能상아장신야무능
田地功夫不會做전지공부불회주　求人種田十分難구인종전십분난
六個兒女無依靠육개아여무의고　千斤百担自承當천근백단자승당
別人有夫春下種별인유부춘하종　是我無夫草種田시아무부초종전
求人犁地天下雨구인리지천하우　手拿種子種不成수나종자종부성
自坐田中雙流漏자좌전중쌍류누　夫不回生愁斷腸부불회생수단장
回想舊年大天旱회상구년대천한　插下田來不過刀삽하전래불과도
連夜挖水過幾夜련야알수과기야　獨坐大洞好凄寒독좌대동호처한
坐到五更心中惊좌도오경심중량　可如鋼刀割心腸가여강도할심장
守到天明起眼看수도천명기안간　田間沒水漏漣漣전간몰수누연련
人的有夫引水到인적유부인수도　是我無夫旱殺禾시아무부한살화
回家空房高聲哭회가공방고성곡　有種無收沒功勞유종무수몰공로
我是前生不行善아시전생불행선　六十有餘受苦辛육십유여수고신
想來想去眞無路상래상거진무로　四路無門走哪方사로무문주나방
又想上天天無路우상상천천무로　又想入地地無門우상입지지무문
我想投河弔頸死아상투하조경사　又惜子女沒爺娘우석자녀몰야낭
有爺有娘如珠寶유야유낭여주보　無娘子女見凄寒무낭자녀견처한
要是有錢贖得命요시유전속득명　講到天頭贖夫婦강도천두속부부
夫君回頭好商議부군회두호상의　一家遙遙沒點猶일가요요몰점유
……

이와 같은 여서의 자전적 작품들은 모두 여성 자신에 관해 서술한 내용
으로, 현재까지 남성에 관해 서술한 전기 작품은 보지 못하였다.

2. 여서의 고문자적 특성

　전통적 관점에서 볼 때, 세계에서 가장 오래된 3대 문자 체계는 고대 이집트의 성서 문자, 티그리스강과 유프라테스강 유역에서 번영했던 수메르인들의 쐐기문자. 그리고 중국의 한자로 알려져 있다. 한자는 주로 아시아태평양 지역에서 한어漢語를 비롯한 일본어, 한국어, 베트남어 등을 기록하는 문자 체계로 사용되어왔으며, 이는 세계에서 가장 오래된 문자 중에 하나로서 대략 4,000년 이상의 역사를 이어오며 지금까지도 광범위하게 사용되고 있다. 한자는 일종의 표의문자로서 일반적으로 하나의 글자에 여러 가지 뜻을 내포하고 있다. 또한 한자는 매우 강한 어휘 조합 능력을 가지고 있으며, 많은 한자가 독립적으로 어휘를 형성할 수 있어 대략 2,000여 개의 상용자로 서면의 98%를 표현할 수 있을 정도로 매우 높은 효율성을 가지고 있다. 한자는 읽기 효율이 매우 높다. 한자는 자모字母보다 정보 밀도가 높기 때문에 같은 내용이더라도 한문 표현이 평균적으로 그 어떤 다른 자모 문자보다 짧다고 할 수 있다. 현재의 한자 체계는 간자체와 번자체로 나뉘며, 이밖에 일본어, 한국어에도 한자의 변체가 대량으로 남아 있다.

　사실상 여서 역시 오래된 고문자의 일종이다. 사지민 교수는 여서와 갑골문에 대한 비교를 통해 양자 간에 단체류동單體類同 현상이 존재한다는 사실을 발견하였다. 예를 들어,

여자女字	갑골문甲骨文 (출처)	해서楷書
✕	✕ 明藏一四七	殺

	晉戈二二・二	春
	珠二五	見
	乙二八三	母
	後上七・一〇	聲
	前四・二七・四	豕
	工一二〇六	止(趾)
	鐵二二・二	步
	甲一五〇三	此
	佚六九八	前
	餘一・・一	歲

위에서 열거한 여서 문자를 통해 형태 구조에 있어서 상대商代 갑골문과 유사하고 문자의 의미 역시 동일하나, 금문金文, 전서篆書, 해서楷書 단계의 해당 자부와는 형태 구조에 거리가 있음을 알 수 있다. 특히 분명한 것은 갑골문 '止—趾'가 여자 문자에 유입된 후 윗부분의 사선 획이 분해되어 외부에 두 점을 그린 ''(여전히 문자 부호의 원래 의미가 보존되어 있음)로 변형되었다는 사실이다. 갑골문 '步', '此', '前', '歲' 등의 경우도 편방인 '' 를 일률적으로 ''로 표시해 규칙적인 대응 변화 관계를 분명하게 나타내었는데, 이러한 현상은 여서 문자가 전승 과정에서 일찍이 갑골문과 동일한 시대에 사용되었으며, 갑골문과 밀접한 관계가 있어 그 영향을 받아 일부 갑골문의 문자 부호를 흡수하였다는 사실을 보

여준다. 이러한 점은 여서 문자가 적어도 상나라 때 이미 출현했다는 사실을 설명해 주는 것이라고 볼 수 있다.[24)]

여서의 고문자적 특성은 민국 시대에 원사영이 이미 제기한 바 있다. 원사영은 일찍이 절강신군독련공소浙江新軍督練公所의 초대 총참의를 지냈으며, 1945년 호남성 도현 전광동에서 여서 원본 작품을 하나 얻었는데, 그는 이 작품의 가치가 매우 높다고 여겨 소장하고 『요문가猺(瑤)文歌』와 『서序』를 지었다. 일찍이 『서序』에서 그는 "이 여서 문자는 가로 세로 574자로 이루어져 있으며, 필적이 수려하고 행렬이 단정하나 어느 집 규수에게서 나왔는지 알 수가 없다. 애석하게도 한 글자도 알지 못해 그 음과 뜻을 해석할 수 없고, 더욱이 각 지역의 요족이 한족에 동화된 지 이미 오래되어 읽을 수 있는 사람이 더욱 드물다. 다만 그 필획이나 조자造字 구조로 볼 때, 일찍이 근대 은우殷圩발굴소에서 보았던 갑골문과 동일한 형태를 띠고 있어, 적어도 상고시대 전주篆籒 이전에 창조된 것으로 추측해 볼 수 있다."고 밝혀 놓았다. 이처럼 그는 여서 문자가 근대 은우에서 발굴된 갑골문과 동일한 체계로 보았을 뿐만 아니라, 심지어 갑골문보다 더 이른 시기에 출현한 것으로 여겼다. 원사영의 말처럼 여서는 표면적으로 갑골문과 유사해 보일 뿐만 아니라, 조자 방법이나 글자의 내부 구조 역시 갑골문이나 금문과 유사한 현상을 보여주고 있다. 예를 들어, 앞에서 열거한 예들, 즉 '刀(𝄞), 見(𝄢), 五(𝄪), 八(𝄫), 眞(𝄐), 春(𝄑), 聲(𝄓), 命(𝄔), 母(𝄕)' 등의 글자는 형태의 구조가 갑골문에 가까워 보인다.

이외에 일부 학자들은 여서 문자가 신석기시대 창제된 도문으로서 갑골문의 출현 시기보다 이르다고 주장하였다. 예를 들어, 주해珠海박물관의

---

24) 謝志民, 『"女書"是一種與甲骨文有密切關係的商代古文字的孑遺和演變』, 『中央民族學院學報』, 1991年 第6期.

이형림李荊林은 "여러 가지 사실을 통해 여서의 기원이 신석기시대부터 시작되었다는 사실이 증명되고 있으며, 이러한 사실이 더욱더 명확해지고 있어, 여서가 역사시대 이전의 도문에서 기원한다는 사실을 분명하게 알 수 있다. 그러므로 역사시대 이전의 도문이 여서의 기원이자 출발이라고 할 수 있다."[25]고 주장하였다. 그는 여서 중에서 '算(𝕍), 見(𝕈), 五(𝕎), 八(𝕏), 分(𝕐), 聲(𝕑), 萬(𝕒)' 등의 글자가 전국 각지에서 출토되는 도문과 유사하다는 점을 예로 들고 있는데, 이러한 관점 역시 어느 정도 일리가 있다고 볼 수 있다.

고고학적 발굴에 따라 호남성 소수瀟水 유역은 중화 문명의 초기 기원지 중 하나라는 사실이 밝혀지고 있다. 1995년 고고학자들은 호남성 도현의 옥섬암玉蟾巖 유적지에서 가장 원시적인 볍씨 껍질 4개와 도기를 발굴하였는데, 이는 인류의 쌀 재배가 이미 12,000년 전부터 시작되었다는 사실을 밝혀주는 유력한 증거가 되고 있어, 20세기 중국에서 발견된 가장 중요한 고고학 발견 100가지 중의 하나로 선정되었다. 특히 두 차례의 발굴을 통해 발견된 볍씨는 전문가들의 감정 결과, 야생종의 특징과 메벼, 찰벼가 혼합된 특징을 가지고 있다고 한다. 이는 현재 세계에서 최초로 발견된 인공재배 볍씨 표본으로서 인류의 쌀 재배 역사를 새롭게 밝혀주고 있다. 이 시기는 서안의 반파유적보다 약 6,000년에서 7,000년 정도 이른 것이며, 더욱이 중화문명의 시조로 추앙받는 순제가 구억산九嶷山에 묻혀 있고, 대대로 제사를 지내 왔다는 점을 들어 인류학자들은 순제가 영주 지역과 불가분의 관계에 있다고 믿고 있다. 즉 고대 문명이 탄생한 소수瀟水 유역에서 문자가 탄생한 것은 어쩌면 지극히 당연한 일로 볼 수 있을 것이다. 따라서 여서 문자 역시 도문에서 직접 재탄생되어 나왔을 가능성을 배제

---

25) 李荊林, 『女書與史前陶文硏究』, 珠海出版社, 1995年版, p.187.

할 수 없다. 이처럼 여서가 신주神州 대지의 문자 출현에 영향을 주었다고 보는 시각은 여서 문자 중의 '산算'자를 반파半坡 부호 중에서도 찾아볼 수 있기 때문이다. 여서 중의 '문門'자는 회의자로서 산기슭 아래 있는 두 개의 동굴을 나타내고, '만萬'자는 예로부터 사람들 사이에서 길하고 상서로운 부호로 널리 사용되어 왔는데, 이러한 문자는 출토되는 유물을 통해서도 쉽게 찾아볼 수 있다. 물론 상강우 지역에 분포하고 있는 수많은 마을이 어느 곳에서 옮겨 왔는지 단정하기는 어렵지만, 어느 마을의 시조가 어느 지역에서 옮겨왔다는 사실 정도는 분명하게 말할 수 있다. 한 집안의 시조가 외지에서 상강우에 이주하여 독자적으로 발전을 이루어 나가기는 사실상 어려움이 있기 때문에, 이 과정에서 외지인들은 현지인들과 결혼을 통해 빠르게 현지 문화에 동화되고 융합되었다고 할 수 있다. 즉 어떤 지역에 외지인들이 들어와 함께 살아간다고 해도 그 지역의 문화적 DNA는 결코 쉽게 변하지 않기 때문이다. 고고학적 발견에 따라 상강우 일대에서도 석기시대 인류의 활동 흔적을 찾아볼 수 있다. 상강우의 지형은 두 개의 산 사이로 냇물이 흘러가는 형태를 가지고 있는데, 이와 같은 지형은 상고시대 인류가 수렵이나 고기잡이, 농경 등을 하기에 가장 적합한 곳이었다. 양환선陽煥宣은 『수엄천문水淹天門』에 영명현 지역에 유전되어 오는 상고시대의 홍수신화와 관련된 민간전설을 채록해 놓았는데, 이 홍수신화 중에는 현지인들의 선조가 겪었던 상고시대 홍수에 관한 기억이 반영되어 있다. 이 전설은 서양의 『성경』 속에서 나오는 노아의 방주 이야기와 유사한 내용을 보여주고 있다.

3. 여서의 원형적 특성

1) 여자女字는 자체 기원을 가진 독립적인 문자 체계이다.

여서 문자와 한자는 상형자와 회의자 구조에 있어 근본적으로 필획의 형식과 풍격의 차이를 가지고 있어, 양자 사이에는 발생학적 관계가 존재하지 않는 일종의 자생문자라고 할 수 있다.

(1) 여서 문자와 한자는 상형자와 회의자의 구조에 근본적인 차이가 있다.

사지민 교수는 여서 문자가 오랜 역사적 발전 과정을 거치면서 그 형태의 구조가 비록 서로 변형되었다고는 하지만, 현대 여서 문자 중에는 오래된 상형자와 회의자의 특징을 그대로 간직하고 있는 글자가 있다고 주장하였다. 예를 들어,

[sa⁴⁴] 山	[ŋau⁵¹] 牛	[tɕau⁵⁵] 角	[me⁵¹] 門
[siŋ⁴⁴] 星	[pe⁵¹] 盆	[maŋ⁵¹] 芒	[wu⁵⁵] 屋
[kau³⁵] 狗	[n⁴⁴] 安	[tso⁴⁴] 灾	[s̩⁵⁵] 濕
[pa⁵⁵] 筆	[sie³⁵] 寫	[xɯ⁴⁴] 開	[pa⁴⁴] 悲

여서 문자에 보이는 의 '산山'자는 두 개의 봉우리 형상으로 구성되어 있으나, 한자의 '산山'자는 세 개의 봉우리(갑골문 가운데 어떤 자는 다섯 개의 봉우리로 구성)로 구성되어 있다. 여서 문자의 '우牛'자는 소의 옆 모

습처럼 보이는 형상을 하고 있지만, 갑골문의 '우牛'자는 소의 머리 형상과 같은 모양을 보여주고 있다. 여서 문자의 '각角'자는 짐승의 머리 위에 뿔이 여러 개로 갈라진 형상을 보여주고 있으나, 갑골문의 '각角'자에서는 짐승의 머리 위에 뿔이 하나 있는 형상을 보여주고 있다. 여서의 '문門'자는 문짝 위에 새 깃털이 꽂혀 있는 형상처럼 보이나, 갑골문에서 '문門'자는 두 개의 문짝이 마주보고 있는 형상을 취하고 있다. 여서 문자의 '성星'자는 구름 사이로 뭇별들이 떠 있는 형상처럼 보이나, 갑골문에서 '성星'자는 '종정생성從晶生聲'으로 구성되어 있다. 여서 문자의 '분盆'자는 다리가 달려 있는 동이의 형태(상上: 동이, 하下: 동이 다리)를 취하고 있으나, 한자의 '분盆'자는 '종명분신從皿分身'으로 구성되어 있다. 여서 문자의 '망芒'자는 망초芒草를 닮은 형상을 보여주고 있으나, 한자의 '망芒'자는 '종초망성從草亡聲'으로 구성되어 있다. 여서의 '옥屋'자는 세로로 세운 측면 가옥의 형태(좌: 곡선은 지붕, 우: 벽체)를 취하고 있으나, 한자의 '옥屋'자는 '종시종지從尸從至'로 구성되어 있다. 여서 문자의 '구狗'자는 개의 머리와 같은 형상(삼각형이 개의 머리처럼 보인다. 둥근 선은 개처럼 보이며, 입안에서 혀가 밖으로 나와 있는 형상이다)을 취하고 있으나, 한자의 '구狗'자는 '종견구성從犬句聲'으로 구성되어 있다. 여서 문자의 '재灾'자는 '수水'자와 '지趾'자(위쪽은 수水. 아래쪽은 지趾로 구성)로 이루어져 있으며, 큰물이 다리까지 올라오는 것으로 해석하였으나, 갑골문에서는 '재灾' 자가 '옥屋'자와 '화火'로 구성(밖에 옥屋과 안에 화火로 구성해 집안에 불이 일어나는 것을 '재灾'라 한다)되어 있다. 여서 문자의 '습濕'자는 '수水'자와 '인人'자로 구성(위쪽은 수水, 아래쪽은 인人으로 구성되어 있어 물이 사람 몸에 떨어지는 것을 '습濕'이라고 하였다)되어 있으나, 갑골문에서 '습濕'자는 '수水'자와 '사絲'자의 형상으로 구성(좌측은 수水, 우측은 사絲로 이루어져 물이 실 위에 떨어지는 것을 '습濕'이라 함)되어 있다. 여서 문자의 '안安'자는 길괘

☶의 괘상과 점치는 장소를 취한 형태(좌측에 짧게 세워져 있는 것이 점치는 장소이고, 우측에 사선으로 교차하여 그린 형상은 길한 괘상으로, 삼복☷길괘는 마음을 편안하게 할 수 있다)로 이루어져 있으나, 갑골문에서 '안安'자는 여자가 집안에 편안하게 있는 모습을 가리킨다. 여서 문자의 '필筆'자는 작은 나뭇가지와 문자 부호(좌측은 작은 나뭇가지를 잡고 있는 모습이며, 우측 아래 찍은 점은 문자 부호처럼 보인다. 즉 글자를 쓰는 작은 나뭇가지를 '필筆'이라 부른다)로 이루어져 있으나, 갑골문에서는 '수집필형手執筆形'으로 구성되어 있다. 여서 문자의 '사寫'자 역시 마찬가지로 작은 나뭇가지를 잡고 있는 형상과 문자 부호(가운데, 작은 나뭇가지를 잡고 있는 형상이 필筆처럼 보이며, 아래 좌우에 점을 찍은 것이 문자 부호와 같다. 필筆로 글자를 쓰는 행위를 '사寫'라고 부른다)로 구성되어 있으나, 한자의 '사寫'자는 '종문○성從門🐦聲'으로 구성되어 있다. 여서 문자의 '개開'자는 두 개의 쐐기형의 물체와 쐐기에 의해 열린 물체의 형태(상하는 두 개의 쐐기형 물체처럼 보이며, 중간의 좌우는 쐐기에 의해 열려 있는 물체로 보인다. 물체가 쐐기 형태의 물체에 의해 둘로 나누어진 것을 '개開'라고 한다)로 구성되어 있다. 한자의 '개開'는 '종문종○從門從廾(두 손으로 빗장을 빼는 형상)'으로 구성되어 있다. 여서 문자의 '비悲'자는 눈물과 두 뺨의 형상으로 구성(위와 아래 점을 찍어 눈물처럼 보이며, 그 중간은 두 뺨처럼 보인다. 눈물이 두 뺨에 떨어지는 것을 '비悲'라 한다)되어 있으나, 한자의 '비悲'자는 '종심비성從心非聲'으로 구성되어 있다.

여서 문자에 존재하는 독특한 상형자와 회의자는 이와 대응하는 한자와 근본적인 차이를 보여주고 있는데, 이는 여서 문자가 독립적으로 탄생한 문자로서 한자와 아무런 연원 관련도 없다는 사실을 설명해 준다고 할 수 있다. "상형자와 회의자는 문자 중에서 가장 일찍 출현한 문자 부호이다.

즉 상형자와 회의자는 창조자의 생활환경이나 사회적 환경과 밀접한 관계를 가지고 있는 까닭에 문자 부호를 창조할 때도 창조자의 생활환경이나 사회적 환경의 제약에서 벗어나지 못한다. 설사 서로 다른 집단의 문자 창조자가 상형 조자법을 이용해 동일한 사물을 창조했다고 해도 창조자가 다른 까닭에 물체의 각도나 취사선택이 다를 수밖에 없다. 따라서 창조된 문자 부호 역시 자연히 다를 수밖에 없다. 또한 동일한 회의자 조자법을 사용했다고 해도 창조자가 다르면, 동일한 개념의 '비류합의比類合誼' 사물이라고 해도 역시 다를 수밖에 없다. 그러므로 창조된 회의자 역시 자연히 다를 수밖에 없다. 이처럼 상형자와 회의자의 같고 다름은 문자가 동일한 기원에서 유래했는지를 판단할 수 있는 가장 직접적이면서도 믿을만한 근거라고 할 수 있다. 다시 말해서 여서 문자와 갑골문의 상형자나 회의자가 이처럼 서로 큰 차이를 보인다는 사실은 바로 문자의 창조자가 각기 다르다는 것을 의미한다고 할 수 있다. …… 갑골문에서 실내에서 불이 일어나는 것을 '재灾'라고 한다는 사실로 미루어 볼 때, 갑골문의 창조자는 당시 비가 적고 건조한 북방 지역의 사람이었다고 볼 수 있으며, 여서 문자에서 큰물이 다리까지 차오르는 것을 '재灾'로 본다는 사실에 근거해 볼 때, 여서 문자의 창조자는 당시 강물이나 호수가 많고 우량이 풍부해 쉽게 물의 재앙을 받는 남방 지역의 사람이었다는 것을 짐작해 볼 수 있다. 즉 이는 갑골문이 고대 북방 민족의 문자 체계였던 점에 반해, 여서 문자는 고대 남방 민족의 문자 체계였다는 사실을 가리킨다."[26]

---

26) 謝志民, 『江永女書是一種獨立的自源文字』, 戴慶厦等 主編, 『民族語文論文集』(慶祝馬學良先生八十壽辰文集), 中央民族學院出版社, 1993年版.

(2) 여서와 한자는 필획의 형식과 구조에 근본적인 차이가 있다

여서 문자의 문자 부호는 필획이 가늘고 단단하며, 굵기는 변함이 없이 한결같다. 필획의 형식은 오직 점點, 수竪, 사斜, 호弧 등 네 가지 유형뿐이지만, 세분하면 점點과 수竪는 다시 길고 짧게 구분하여 사용할 수 있고, 사斜와 호弧 획은 다시 좌우 방향으로 나눌 수 있으며, 내부의 분류 역시 매우 간단하다. 이뿐만 아니라 구鉤, 절折, 별撇, 도挑 등의 구분이 없고, 경필식硬筆式의 고문자 풍격을 유지하고 있다. 예를 들어,

① 점획點劃

[pi⁴⁴] 別　　[pi⁵⁵] 通　　[ji³¹] 你　　[mo⁴⁴] 賣

② 수획竪劃

[pau³⁵] 打　　[miau³¹] 卯　　[mai³¹] 米　　[fo⁵⁵] 穴

③ 사획斜劃

[paŋ³¹] 半　　[liaŋ³¹] 兩　　[ɕue⁴⁴] 石　　[jaŋ⁴⁴] 央

④ 호획弧劃

[xu⁴⁴] 枯　　[ku³¹] 過　　[po⁴⁴] 飛　　[tɕue³⁵] 准27)

필획의 서사書寫 풍격에 있어서도 여서 문자와 한자 사이에는 커다란 차이점이 존재한다. 여서 문자의 필세(글씨를 쓸 때 붓으로 글씨를 쓰거나 거두는 필획의 흐름)는 주로 좌측과 아래쪽 방향으로 필획을 써 내려가지만, 한자의 경우는 주로 우측과 아래쪽 방향으로 필획을 써 내려간다. 여서 문자의 필획(글자를 쓸 때 필획의 전후 순서)은 주로 위에서 아래로, 오른쪽에서 왼쪽으로, 그리고 먼저 중간을 쓰고 오른쪽을 쓴 다음 다시 왼쪽을 써 내려간다. 이에 반해 한자의 필획은 먼저 위에서 아래로, 왼쪽에서 오른쪽으로, 밖에서 안쪽으로 써 내려간다. 문자 부호의 외관상 형태로 볼 때, 여서 문자의 경우는 대부분 정체正體의 마름모꼴이나, 혹은 약간 오른쪽으로 기울어진 사체斜體 형태의 마름모꼴로 보이는 반면, 해서 한자의 경우는 대부분 정체正體 형태의 네모꼴 형태를 보여준다.

사지민 교수는 여기서 한 걸음 더 나아가 "필획은 문자 구성의 기초이기 때문에, 그 어떤 문자도 일정한 수의 필획을 일정한 규칙에 따라 조합하여 문자 부호를 구성하고, 또한 일정한 수의 자부字符를 조합하여 언어를 표기하는 체계를 형성하게 된다. 따라서 필획과 그 조합 구조의 유사점과 차이점은 서로 다른 언어 사이에 원류 관계를 밝히는 직접적인 근거가 된다. 베트남 역사에서 사용된 자남字喃을 비롯하여 장壯, 백白, 동侗, 포의布依, 요瑤, 합니哈尼, 무노仏佬 등의 토속 문자와 거란契丹문자, 여진女眞문자, 서하西夏문자 등의 표의문자, 그리고 일본의 가나假名, 거란契丹의 소자小字, 조선의 언문 등의 표음문자는 문자를 창조한 민족에 따라 창조 시기와 장소는 물론 언어 기록도 다르지만, 이들의 기본적인 필획 형식이나 조합 구조가 한자의 해서와 같거나 유사한 까닭에 한자문화권, 혹은 한자 계통에 속한다."28)고 주장하였다.

---

27) 謝志民, 『論女書是瑤字不是漢字』, 『中國民族古文字研究會第七次學術研討會論文』, 中國民族古文字研究會, 2004年.

여서 문자는 독특한 자신만의 상형자와 회의자 체계를 가지고 있는 까닭에, 금문金文의 상형자나 회의자와 근본적인 차이를 보인다. 이 점을 통해 여서 문자가 독립된 기원을 가진 문자이며, 한자와는 근본적으로 발생학적 관계가 존재하지 않는다는 사실을 증명할 수 있다. 또한 여서 문자가 한자와 전혀 다른 독특한 필획과 조합 구조를 가지고 있다는 사실 역시 여서 문자와 한자 사이에 아무런 발생학적 관계가 존재하지 않는다는 사실을 뒷받침해 준다. 그러므로 여서 문자를 한자의 또 다른 갈래로 보거나, 혹은 여서 문자가 한자 계통에서 파생되어 나온 재생 문자라고 하는 주장은 모두 잘못된 판단이라고 할 수 있을 것이다.

2) 여서 작품의 창작 원형성

대부분의 여서 작품은 현지의 농가 부녀자들에 의해서 창조되었는데, 그중에는 일부 민간전설을 새롭게 개작하여 예술적 가공을 한 작품도 보인다. 예를 들면, 『양산백과 축영대梁山伯與祝英臺』, 『나씨녀羅氏女』, 『삼고기三姑記』, 『맹강녀孟姜女』 등과 같은 작품이다. 그러나 이러한 작품은 여서 전승자의 재가공을 거치면서 원래의 전설 모습과는 전혀 다른 여성적 특징이 선명하게 나타나고 있다. 예를 들어, 『양산백과 축영대』의 경우 한문 전설 속에서는 양산백의 역할이 적지 않게 나타나지만, 여서 작품 속에서는 양산백에 관한 내용은 찾아보기 어렵고, 주로 축영대를 중심으로 이야기가 전개되고 있다. 하나 더 예를 들면, 사람들에게 잘 알려진 『맹강녀』29)의 경우도 여서 작품 속에서는 아래와 같이 묘사되고 있다.

---

28) 謝志民, 『女書系文字與古越文明』, 湖北省語言學會第九屆年會論文, 1997年.
29) 趙麗明, 『中國女書合集』, 中華書局, 2005年版, pp.2623-2624.

六月大薯最難當유월대서최난당
姜女跨入花園內강여과입화원내
衣裳挂于楊柳樹의상괘우양류수
一來點得鴛鴦轉일래점득원앙전
姜女忙忙覓衣裳강여망망멱의상
層穿層□有層裝층천층□유층장
借問何州哪縣人차문하주나현인
姓甚名誰住哪方(성심명수주나방
小姐聽我說言章소저은아설언장
我是長安城內人아시장안성내인
抽我挖土砌城墻추아알토체성장
朝朝夜夜入書房조조야야입서방
不會挖土砌城墻(불회알토체성장
十分辛苦最難當(십분신고최난당
相公聽我說言章상공은아설언장
結發夫妻得久長결발부처득구장
便說文言迷你官편설문언미니관
說你長安逃走人설니장안도주인
小姐聽我說言章소저은아설언장
萬里有緣配成雙만리유연배성쌍
卽時引夫入廳堂즉시인부입청당
不由爺娘自主張불유야낭자주장
堂上雙雙拜爺娘당상쌍쌍배야낭
洞房花燭滿堂光동방화촉만당광
油蒙古發象牙床유몽고발상아상
一心好情落你身일심호정낙니신
大叫三聲捉范郎대규삼성착범랑
滿腹金銀來主張만복금은래주장

太陽如火水如湯태양여화수여탕
忙忙脫衣下池塘망망탈의하지당
輕輕打水點鴛鴦경경타수점원앙
看見樹上有人藏간견수상유인장
覓起衣裳來穿起멱기의상래천기
穿了衣裳來借問천료의상래차문
家住何州幷何縣가주하주병하현
范郎答言小姐道범랑답언소저도
家住別州幷別縣가주별주병별현
父母所生是三倈부모소생시삼래
范郎年小十五歲범랑년소십오세
紙筆文章我會做지필문장아회주
日聞挖土夜間砌일문알토야간체
小姐答言相公道소저답언상공도
若是范郎下了樹약시범랑하료수
若是范郎不下樹약시범랑불하수
送你官司前面走송니관사전면주
相公答言小姐道상공답언소저도
千里有緣來相會천리유연래상회
姜女心中自思想강여심중자사상
今日遇着范公子금일우착범공자
姜女引夫入廳堂강여인부입청당
姜女引夫入綉房강여인부입수방
珠紅羅裙細絲帳주홍라군세사장
上了龍床鴛鴦對상료용상원앙대
鼓打三聲上半夜고타삼성상반야
姜女忙忙開了箱강여망망개료상
滿腹金銀我不要만복금은아불요

我是公差不自由아시공차부자유　　點了好花人捉去점료호화인착거
尋花落地誰□休심화낙지수□휴　　一夜夜間如露水일야야간여로수
不守五更就天光불수오경취천광　　姜女送夫三五里강여송부삼오리
兩眼哭得淚汪汪양안곡득루왕왕

여기서 우리가 인용한 『맹강녀』는 일부만을 노래하고 있으나, 『중국여서합집』에서는 그 아랫부분도 함께 살펴볼 수 있다.

正月望夫是新年정월망부시신년　　玻璃燈盞挂堂前파리등잔괘당전
二月望夫百花開이월망부백화개　　三月望夫是淸明삼월망부시청명
家家戶戶去上墳가가호호거상분　　別人有夫隨夫走별인유부수부주
是台姜女獨自行시태강녀독자행　　四月望夫夏連頭사월망부하련두
哥哥嫂嫂去采桑가가수수거채상　　手扳桑樹無心采수반상수무심채
一心只望是范郎일심지망시범랑　　五月望夫是端陽오월망부시단양
扒船打鼓響丁當배선타고향정당　　六月望夫六月六육월망부육월육
去年今日共夫妻거년금일공부처　　七月望夫接祖先칠월망부접조선
夫不在家過月牛부부재가과월반　　只在房中淚連連지재방중루연련
八月望夫過仲秋팔월망부과중추　　月下堂前唯我憂월하당전유아우
九月望夫過重陽구월망부과중양　　夫不在家過重陽부부재가과중양
十月望夫冬立冬십월망부동입동　　孔明台上祭東風공명태상제동풍
東風祭得呼呼響동풍제득호호향　　是台夫君不回頭시태부군불회두
十一月望夫雪花飄십일월망부설화표　　孟姜小姐送寒衣맹강소저송한의
送到城墻三萬里송도성장삼만리　　不見丈夫好傷心불견장부호상심
十二月望夫是過年십이월망부시과년　　望了一年再一年망료일년재일년
望了一年上兩載망료일년상량재　　是台夫君不回頭시태부군불회두

여기에서 『맹강녀』는 기존 전설과 달리 크게 개작된 모습을 보여주고 있다. 맹강녀는 먼저 범랑范郎과 일생을 함께 하자는 약속을 하고 결혼식

을 거행하게 되는데, 이것은 기존의 내용과 달리 강영현의 현지 풍속과 밀접하게 결합된 내용을 담고 있다. 따라서 여서로 개작한 『맹강녀』는 새로운 창작품이라고 말할 수 있다. 문장 속에서 언급되고 있는 '육월육六月六' 전후 내용은 강영현에만 전해 오는 '여아취량절女兒吹凉節'이라는 특별한 명절을 가리킨다. '월반月半' 역시 음력 7월 13일부터 15일까지 거행되는 '귀절鬼節'을 가리키는 것으로, 이러한 명절은 모두 그 지역에만 있는 특별한 명절이다. 그리고 '대듍'를 [ie]로 읽는 것은 현지에서 '아我'를 스스로 지칭할 때 사용한다. 여서로 『맹강녀』를 개작한 사람들은 강영의 일반 농가 부녀자들이다. 이러한 부녀자들은 과거 봉건시대 서당에서 글 공부를 할 수 없어 한자를 알지 못했지만, 여서 문자의 등장과 함께 문맹에서 벗어난 부녀자들은 여서를 이용한 작품 창작을 통해 자신들만의 지혜와 예술적 창조력을 펼쳐 보였던 것이다.

제
3
장

제3장

여서와 평지요平地瑤의 관계

　요족이 언어는 있으나 자신만의 문자가 없었다는 사실은 이미 학술계의
정론이다. "요족은 자신의 언어를 반영할 문자가 없어 줄곧 한문을 사용
해 왔다.……", "'병다우炳多優', '우념優念', '산개珊介', '우가優嘉'는 또한 하
나의 집단인데, 그중에서 '병다우'는 한어漢語로 말하면 '평지요平地瑤'에 해
당한다.……", "자칭 '병다우炳多優', '우념優念', '산개珊介', '우가優嘉'라고 언
급하는 요족은 한어를 말하지만 현지의 한어와는 어느 정도 차이가 있
다."30), "요족은 체계적으로 완비된 문자가 없어 민간에서는 습관적으로
한자 위에 자신들이 창조한 일련의 토속자土俗字를 덧붙여 가본歌本, 경서經
書, 계약契約 등의 문건을 작성할 때 사용하였다."31), "요족은 문자가 없다.
고대에는 일찍이 '각목기사刻木紀事'를 사용하였다. 이를 '목계木契'라고 하
는데, 요족은 '타목격打木格'이라고 불렀다."32) 그러나 평지요는 요족의 주
요 지파 가운데 하나로써 그들이 말하는 토속어는 순수한 한어 방언이라
기보다는 일종의 요족과 한족의 언어가 혼합된 형태를 띠고 있으며, 또한
자신만의 문자를 가지고 있었다. 이러한 요족의 문자가 바로 현재까지 전

---

30) 毛宗武 · 蒙朝吉 · 鄭宗澤, 『瑤族語言簡志』, 民族出版社, 1982年版, pp.9-12.
31) 趙慶偉 · 陳桂 · 張有雋, 『瑤族簡史 · 導言』(修訂本), 民族出版社, 2008年.
32) 中央民族學院研究室編, 『中國少數民族簡況苗族 · 瑤族 · 土家族 · 仡佬族』, 1974年,
　　p.17.

제3장 여서와 평지요平地瑤의 관계 **81**

승되어 오고 있는 여서 문자이다.

1. 평지요 분포와 언어

요족은 오랜 역사를 지니고 있을 뿐만 아니라, 그 지파와 갈래 또한 매우 복잡한 양상을 보여주고 있다. 일찍이 『양서梁書 · 장찬전張纘傳』에서 당나라 때 "영릉零陵, 형양衡陽 등 지역에 야만스러운 요족이 험준한 산에 거주하며, 역대로 조정의 명령에 복종하지 않았다."고 기록해 놓았고, 당대 이길보李吉甫가 편찬한 『원화군현도지元和郡縣圖志 · 강남도오江南道五』권 29에서도 "진晉 나라 회제懷帝가 형주荊州 상중湘中 등의 군都을 나누어 상주湘州를 설치하였다. 남쪽은 오령五嶺을 경계로 삼고, 북쪽은 동정洞庭을 경계로 삼았다. 한漢 · 진晉 이래로 중요한 요충지가 되었으며, 지금은 그 지역에 요瑤라고 부르는 이인夷人들이 살고 있다. 그들은 스스로 선조의 공이 있다고 여겨 요역徭役이라고 불렀다."고 하는 내용이 실려 있다. 이로써 볼 때, 수당 이래로 호남의 대부분 지역, 특히 영남 일대가 요족의 주요 거주지였다는 사실을 알 수 있다. 당대의 유명한 시인 유우석이 광동성 연주連州의 자사로 역임할 때 『막요가莫徭歌』, 『만자가蠻子歌』, 『연주납일관막요납서산連州臘日觀莫徭臘西山』 등의 시편을 남겼는데, 이 시편 중에는 당나라 때 연주 지역 요족의 외모와 복식, 생활, 생산활동 등에 관한 내용이 생생하게 묘사되어 있다. 또한 "원통元統 2년(1334년) 12월 도주 영명현 백면우白面圩와 강화현 도우濤圩에 순검소를 하나씩 설치하고 요적瑤賊을 제압하도록 하였다."(『원사元史』 p.822)는 기록도 전해 온다. 이들은 이주 지역이나 거주 장소가 일정하지 않아 요인瑤人에 대한 호칭 역시 항상 지역적 개념이 덧붙여져 불려왔다. 예를 들면, '매산요梅山瑤', '호남요湖南瑤', '호북요湖北瑤'

등과 같은 경우이다. 평지요는 주읍州邑의 평지平地에 거주하고 있는 요족
이라는 의미에서 붙여진 명칭으로, 고산요高山瑤와 상대적인 개념으로 사용
되는 명칭이다. 평지요는 요족 중에서도 경제와 문화가 비교적 발달하였
을 뿐만 아니라, 상대적으로 한문화의 영향도 비교적 많이 받은 독립된
지파였다. 그들은 주로 광서성 부천 요족자치현, 공성恭城요족자치현, 평낙
현平樂縣, 관양현灌陽縣, 중산현鐘山縣, 하주시賀州市, 여포현荔浦縣, 몽산현蒙山縣,
방성현防城縣 등 일대와 호남성 강화요족자치현, 강영현, 여성현汝城縣, 그리
고 오奧의 서북쪽 영남 일대에 많이 분포하고 있으며, 인구는 약 80여만
명으로서 총 요족 가운데 4분의 1을 차지하고 있다.

'평지요平地瑤'라는 명칭은 명대 서굉조徐宏祖가 저술한 『서하객유기徐霞客
游記 · 초유일기楚游日記』에서 가장 먼저 보인다. 서하객은 소수瀟水의 발원지
를 고증하기 위해 여러 차례 영남 지역의 강영, 강화, 영원寧遠의 남산藍山
과 구억산九嶷山 등지를 답사하였는데, 이때 길을 안내했던 요족 중에 유씨
劉氏 성을 가진 평산요족이 있었다고 한다.

"이미 많은 돈을 주고 안내인을 고용했는데, 그가 바로 유씨 성을 가
진 평지요인이었다. 내일 날씨가 맑을 때 바로 길을 떠나기로 하였다."
"이미 저녁이 되어 안내인에게 사잇길을 통해 구채원韭菜原으로 안내하
도록 하였다. 이곳에서 남쪽으로 향하니 한 채의 집도 찾아보기 어려웠
다. 이곳은 원래 고산요高山瑤가 거주하는 곳이라고 한다."[33]

이후 '평지요'라는 명칭이 사서와 지방지에서 대량으로 출현하기 시작
하였다.
옹정 『평낙부지平樂府志』에서 『공성현지恭城縣志』(만력)를 인용해 "공성에

33) 『徐霞客游記 · 楚游日記』, 中州古籍出版社, 1997年版, p. 121.

는 두 종류의 만蠻족이 거주하는데, 그중 하나가 요瑤이며, 이들은 반호盤瓠의 후예라고 한다. 전하는 바에 따르면, 배계背髻를 비롯한 접반蝶扳, 고산高山, 평지平地, 호북胡北, 대량大梁, 무적撫賊 등 일곱 개의 종족이 있었다고 한다. ……"고 하였는데, 여기서 말하는 '평지'가 바로 '평지요'를 가리키는 말이고, '고산'은 '고산요'를 가리키는 말이다.

『황청직공도皇淸職貢圖』권3에 "평지요는 주읍州邑에서 사람들과 섞여 살았는데, 농사짓고 책 읽는 것이 일반 백성과 다를 바 없었다."고 기록되어 있으며, 황청직공도皇淸職貢圖』권4에도 '흥안현興安縣의 평지요'에 관한 내용이 기록되어 있다.

명청시기 귀용승청歸龍勝廳(지금 광서성 용승龍勝의 각 족族자치현)의 관할 아래 있던 의녕현義寧縣(지금 광서성 임계현臨桂縣의 오통진五通鎭)은 요족이 많이 거주하는 주요 거점 지역이었다. 청대 주성지周誠之가 편찬한 『용승통지龍勝通志·풍속風俗』에서 "산속 깊은 계곡에 요인이 모여 사는데, 모두 의녕현義寧縣에 속한다."고 언급하였으며, 『광서통지』권278의 『제만일諸蠻一』에서는 "요인瑤人은 반고요盤古瑤(즉 과산요過山瑤), 평지요, 구요狗瑤 등 세 지파로 나뉜다."고 설명해 놓았다.

가경嘉慶 『상원현지常遠縣志·요동瑤峒』권10에서 "평지요는 책을 많이 읽어 글재주가 뛰어나다. 근년에 동시童試 응시자가 백여 명에 이르러 요적瑤籍을 신적新籍으로 바꾸었으며, 생원生員이 세시歲試와 과시科試에 해마다 1, 2등을 차지하였다. 옹정 임자壬子(1732년)와 건륭 병오丙午(1786)년 두 과科에서 연이어 향시에 급제하였는데, 이는 이 지역에서 유례가 없는 일이다."고 밝히고 있다.

동치 『영현지酃縣志·호구(戶口)·요속부瑤俗附』권7에 "평지요는 원래 강녕江寧 칠실상七室上에 거주하였으나, 그 일파가 호남성 침주郴州의 계양桂陽과 계동桂東 등에 거주하고 있다."는 기록이 보이는데, 여기서 말하는 영현

酃縣은 바로 지금의 염능현炎陵縣을 가리키는 것으로 지금도 적지 않은 요족이 이곳에 거주하고 있다. 1985년 용사족향龍渣族鄕이 설치됨에 따라 주주株州에서 유일한 소수민족의 향鄕이 되었다.

동치 『강화현지江華縣志 · 잡기雜記』에 "상오보上五堡에 거주하는 사람들이 바로 평지요이다. 홍무洪武 초년에 현령 주우덕周于德이 이동유李東幼 등 17호 300여 명을 산에서 평지로 내려와 살도록 설득하는 한편, 곡식 141석 3되를 주고 대동향大同鄕의 민전民田을 사서 업으로 삼도록 하였다."는 기록이 보인다.

광서 『흥녕현지興寧縣志 · 강성疆城 · 요동瑤峒』권3에 "고산高山 지역의 요민瑤民을 조사해 보니, 지금은 머리를 깎고 평지요와 함께 각자 법을 지키며 살고 있다."고 하는 기록이 보이며, 호남성 흥성현(지금의 자흥시資興市) 영안보永安堡에는 "평지요, 즉 숙요熟瑤가 살고 있는데, 이들은 모두 십여 개의 산속 동굴 내에 거주하고 있다. 이중에는 현재 다른 곳으로 이주해 사는 사람들도 있다. 평지요는 본 왕조 때부터 흥성하여 농사와 독서에 힘썼으며, 관혼상제와 나라의 국법을 준수하고 세금을 납부하였는데, 이는 한漢인들과 다를 바가 없다."는 기록도 보인다.

여서 문자가 전해오는 강녕현 지역의 요족은 모두 다섯 개의 지파로 구성되어 있으며, 이 중에서 '사강四崗'이란 바로 사면강四面崗, 마두강馬頭崗, 송백강松柏崗, 황강黃崗을 가리키는 것이며, '구원九源'은 당황원唐皇源, 대계원大溪源, 고택원古宅源, 동계원凍溪源, 웅천원雄川源, 고택원高澤源, 부능원埠陵源, 청계원淸溪源, 대봉원大俸源을 가리킨다. 그리고 '네 개의 민요民瑤'란 구란요勾蘭瑤, 부령요扶靈瑤, 청계요淸溪瑤, 고조요高調瑤 등을 가리킨다. 이외에도 '칠도요七都瑤'와 '팔도요八都瑤'가 있다. 강영의 요족은 '구원九源'의 과산요過山瑤에 속하는 요족을 제외하면 모두 평지요에 속한다. 이들은 강화의 오보五堡, 부천, 종산 등의 현에 거주하는 평지요와 같은 계통으로서 남령南嶺 요족의 주체를 이루고 있을 뿐만 아니라, 중국 내 평지요의 주요 거주지를 형성하고 있다. 도광道光 연간에 중수重修한 『영명현지永明縣誌』 서문에서 "영명永明은 초楚‧오奧와 이웃하고 있으며, 민요民瑤의 관할 아래 있다."는 기록이 보이는데, 여기서 민요는 바로 평지요를 가리킨다. 요족과 관련된 현縣 내의 지역 분포는 현지縣誌 강계지疆界誌에 기록되어 있다. 일찍이 "순치順治 6년 영명永明을 복속시켰는데, 7개의 향鄕 17리에 걸쳐 사강四崗과 구원九源에 거주하고 있었다."고 하는데, 현재 사강과 구원은 현의 전체 면적 가운데 60%를 차지하고 있으며, 여기에 '4대 민요民瑤'와 '칠도요七都瑤‧팔도요八都瑤'가 요족이 거주하는 전체 현縣 지역 가운데 거의 90%를 차지하고 있다. 현지縣誌에 기술된 내용 중에는 요족의 명절, 문예文藝, 풍토민정風土民情과 관련된 내용이 가장 많이 실려 있다. 여서의 마지막 전승자인 양환의 역시 평지요족이며, 청 선통宣統 원년(1909년) 7월 2일 강영현 상강우 양가촌陽家村에서 태어났다. 14세 때 고은선, 양란란楊欒欒 등의 다섯 사람과 함께 갈담촌의 주형지朱形之와 흥복촌興福村의 의조조義무무를 찾아가 스승으로 모시고 여서 문자를 배웠다고 한다. 21세 때 신택新宅의 진씨陳氏 집안에 출가하였으나, 출가한 지 3개월 만에 남편이 산에 올라가 땔나무를 하다 독사에 물려 세상을 떠났다. 이에 그녀는 2년 후 다시 하연河淵의 하양정何養正에게 개가하였으며, 20세기 60년대에는 아들과 함께 동산령 농장의 직공 숙사에 거주하며 한가할 때 여서를 쓰고 노래하며 홀로 즐겨왔다. 1991년에 양환의는 전국여서학술고찰연구토론회의에 참석하였고, 1995년에는 북경에서 개최된 연합국세계부녀대회의 초청을 받아 참가하였다. 후에 그녀의 작품은 『양환의노인여서작품집陽煥宜老人女書作品集』으로 정리되어 출판되었는데, 당시 양환의는 한자를 알지 못하는 상황에서 작품을 창작하였던 까닭에, 여서의 원형을 이해할 수 있는 중요한 자료로 평가받고 있다. 2004년 9월 20일 향년 95세의 나이로 세상을 떠났다.

평지요는 대부분 산속 계곡의 동장峒場에 거주하며 자급자족 생활을 해왔기 때문에, 신중국 성립 이전까지 외부와의 교류가 많지 않았으며, 또한 남녀가 하는 일이 명확하게 나뉘어져 있었다. 남자의 경우는 강한 체력이 필요한 노동에 종사하였으며, 부녀자의 경우는 실을 뽑고 천을 짜며 가사 일을 하였다. 평지요 부녀자들은 부지런하고 선량할 뿐만 아니라, 똑똑하고 손재주에 뛰어났다. 특히 출가하지 않은 소녀들은 성격이 활달하고 대범하면서도 봉건적인 예교의 속박을 거의 받지 않아 5, 6세가 되면 이미 밖에 나가 부모님을 도와 생산 활동에 참여하거나 혹은 여흥을 배웠다. 그리고 10여 세가 되면 사람들과 거리낌 없이 왕래하며 남자들처럼 같은 나이 또래의 친구와 의자매를 맺고 '노동老同'을 정하였다. 14, 5세가 되면 무리를 지어 서로 왕래하며 청년들과 대가對歌를 부르며 각자의 정인情人을 찾았다. 예를 들면, 마음에 드는 사람이 있으면, 서로 왕래는 물론 스스로 자신의 운명도 결정할 수 있었다. 두 사람의 마음이 맞으면 여자가 남자 집에 가서 함께 생활하며 자식을 낳아 기르다 대략 20세가 되면 결혼식을 거행하였다. 가정을 꾸린 후에는 노동에 참가해야 하지만, 젊은 시절 맺은 의자매와도 계속 교류할 수 있었다.

『중국어언지도집中國語言地圖集』에 보이는 한어 방언의 구분에 따르면, 이 일대의 평지요가 사용하는 관화는 모두 서남관화西南官話에 속하는데, 이들의 말을 호남 지역에서는 상남 방언이라 불렀으며, 광서 지역에서는 계북평화桂北平話라고 불렀다. 그리고 광동 지역에서는 오북奧北 방언, 혹은 소관韶關 방언이라고 불렀다. 비록 이러한 방언이 한어에 속하기는 하지만, 한어와 한어의 기타 방언들과 비교해 볼 때, 그들만의 어휘적 특징과 어법적 특징이 두드러지게 나타난다. 그래서 진기광 선생은 일찍이 이 지역의 방언을 '남령南嶺 방언'으로 통칭하여 불렀다. 강영현 지역의 여서 문어체는 강화, 부천, 공성 3곳의 요족자치현의 평지요 방언과 비교해 보면 이러한 특징이 더욱 명확하게 드러난다. 즉 이 지역 평지요의 언어는 여서가 전승되는 강영 지역의 언어와 기본적으로 어휘나 어법의 구조적인 측면에서 크게 다르지 않으나, 어음상에서 일부 변화된 양상을 보여준다. 또한 이들의 생활 습관이나 사회풍습, 그리고 토템숭배 등의 여러 가지 측면에서도 상당 부분 서로 일치하고 있다. 필자가 여러 차례 강영현의 하만夏灣을 비롯한 동산령의 농장과 하연 등의 지역에서 여서의 전승 관련 상황을 답사할 때, 부천의 평지요 방언 중에 여서와 상통하는 음이 적지 않게 존재하고 있을 뿐만 아니라, 어법의 구조적 측면에서도 서로 대응된다는 사실을 발견할 수 있었다. 호남성의 민위民委와 영능零陵 지역의 민위民委 검사단이 강영 지역에서 민족에 관한 조사를 진행할 때, 강영현의 상강우진鎭, 천가동 요족향瑤族鄕, 황갑령향黃甲嶺鄕, 성관진城關鎭, 동산령 농장 등 2향鄕 2진鎭 1장場의 요족 방언과 부천의 요족자치현 현지縣誌 편찬위원회사무실에서 제공한 언어 자료 중에서 164개의 기본적인 어휘를 선정해 비교해 보니, 양자가 서로 같은 경우가 무려 154개인 93.9%를 차지하고 있다는 사실을 발견할 수 있었다. 예를 들면, 여서 중에 사용하고 있는 수사數詞의 경우 부천의 평지요가 사용하고 있는 수사의 음과 대체로 비슷하다.

2. 문헌자료 기록 중의 요문瑤文

역사 문헌에 의하면, 청대 말기 민국 초에 광동, 광서, 호남, 귀주 등 요족이 모여 사는 지역에 일종의 요서瑤書인 '날조전자捏造篆字'가 있었다고 한다. 도광道光 『보경부지寶慶府志 · 대정기大政紀』 권6에 의하면, "예전에 날조전자捏造篆字를 조사해 폐기하고, 영원히 배우지 못하게 하였다. 예를 들어, 고의로 위반하고 보고하지 않을 경우, 한 집이 잘못하면 아홉 집을 연좌하여 그 죄를 물었으며, 채장寨長이 바로 잡지 못하면 관리 감독을 소홀히 한 죄로 다스렸다."고 한다. 또한 악이태鄂爾泰가 편찬한 『귀주통지貴州通志 · 묘만苗蠻』 권7에는 "오서奧西에서 이주해 온 귀정貴定 등지의 요인瑤人들은 서명書名 방부榜簿를 가지고 있었다. 모두 둥근 전문篆文으로 인쇄되어 있어 아무도 그 뜻을 알지 못했으나 소중하게 비밀리에 보관하고 있었다." 고 하는 기록이 보인다. 이외에도 요인瑤人에 관한 내용이 『황청직공도皇淸職貢圖』의 '귀정현貴定縣 요인瑤人', 『검묘도설黔苗圖說』, 『검남묘만도설黔南苗蠻圖說』 등에 기록되어 있다. 그런데 『묘만도苗蠻圖』에 실린 '방박旁礴'이란 말은 아마도 '방부榜簿'를 잘못 표기한 것으로 보인다. 청대 연산현連山縣의 지사로 있던 이래장李來章은 강희 43년(1704년) 7월 26일 '분요서焚瑤書'라는 고시를 통해 다음과 같이 밝히고 있다.

"오배五排 십일충十一沖 요인瑤人은 오경五經은 물론 사서四書, 『효경孝經』, 소학小學 등의 글은 한 글자도 읽으려고 하지 않으며, 평일에 선생이 가르치는 것 역시 요서瑤書 내용뿐이다. 요서에는 『영라과閻羅科』, 『상교서上橋書』, 부도강신扶道降神 등 여러 종류의 서적이 있었는데, 내용이 모두 비속하고 황당무계하며, 또한 거리낌 없이 사악함을 숭배하고 모반을 일깨우는 내용이 심하였다.…… 내가 이를 심히 걱정하여 요족의 각 마을을 돌며 요서를 수집해 모두 불사르고, 그 선생들은 붙잡아 국경 밖으로 내쫓았다."34)

1931년 7월 증계오가 편찬한 『호남각현조사필기湖南各縣調査筆記 · 화산花山』 상책上冊의 기록에 의하면, 강영현 화산花山 일대에 거주하는 각 향鄕의 부녀자들은 매년 5월이 되면 화산에 있는 사당에 가서 향을 사르고 경배

---

34) 李來章, 『連陽八排風土記』, 臺北成文出版社, 1967年版, p.208. 吳永章, 『瑤族簡史』, 四川民族出版社, 1993年版, pp.584-585 참조.

를 올리는 한편, 손에 가선歌扇을 들고 함께 노래를 부르며 전설 속의 담성譚姓 자매를 기린다고 한다. 가선 위에는 파리 머리 크기만 한 글자가 쓰여 있는데, 이것이 바로 원래 요족 선생이 사용하던 전문篆文이라고 한다. 오직 여자만 읽고 노래할 수 있고 남자들은 이를 알지 못하는 까닭에 증계오 역시 이것을 몽고문이라고 여겼다.

이처럼 영남 지역의 요채瑤寨에서 광범위하게 사용되었다가 후에 강영현과 인근 지역 부녀자들 사이에서 유행한 '날조문자'가 바로 여서라는 사실은 여러 가지 정황을 통해 살펴볼 수 있다. 앞에서 언급한 국가박물관의 소장 유물 『요문가猺(瑤)文歌』 역시 이를 증명할 만한 물증 가운데 하나라고 하겠다. 이것은 처음에 원사영袁思永이 개인적으로 소장했던 유물이었다. 원사영의 자는 손초巽初이고, 호는 충재虫齋이다. 호남성 상담湘潭 사람으로서 일찍이 호북성 독련공소督練公所 군사참의관을 지냈으며, 후에 절강성 신군新軍 독련공소 총참의로 다시 자리를 옮겼다. 장개석蔣介石의 일본 유학도 당시 절강성에 임직하고 있던 원사영袁思永의 도움이 컸던 까닭에, 훗날 장개석은 그를 남경 정부의 군사위원회 고급참의로 특별 초빙하여 은혜에 보답하였다. 일찍이 원사영은 필묵을 좋아하여 『예알우재시존禮閼郵齋詩存』과 『충재시여繭齋詩余』를 세상에 남겼으며, 신해혁명의 선구자였던 절강의 동보훤童保喧이 1919년 병으로 세상을 떠나자 그에게 "家國事苦難言가국사고난언, 憂患竟傷生우환경상생, 鼓浪嶼前爭墮淚고랑서전쟁타루; 將帥才不多得장수재불다득, 舊游俄若夢구유아약몽, 萬松嶺下怕招魂만송령하파초혼"이라는 내용의 만련挽聯 한 폭을 써서 보냈다고 한다. 지금도 항주 도촌에는 원사영이 남긴 "春水船如天上在춘수선여천상재, 秋山人在畵中行추산인재화중행."(『항주시지杭州市誌』)이라는 연어聯語가 전해져 오고 있다. 연어의 대구가 공정하면서도 경치와 서정이 잘 드러나 있어, 그의 시문 수준을 충분히 가늠해 볼 수 있게 해준다. 원사영은 문화재의 소장도 좋아했는데, 이 『요문가猺(瑤)文歌』역시 그의 친구였던 하효남이 그에게 보내온 것이었다.

원사영이 소장하였던 이 여서 작품(『요문가猺(瑤)文歌』)은 사실 하나의 평범한 서신에 지나지 않았다. 여서 작품은 일반적으로 제목이 없는데, 이 『요문가』라는 제목은 후에 원사영이 덧붙여 놓은 것이다. 즉 이 서신이 호남성 도현 전광동의 요족 부녀자 손에서 수집된 것이기 때문에 『요문가』라고 제목을 붙인 것이다. 원사영은 서문에서 "1945년 하군효何君曉가 남쪽에서 요猺(瑤)문이 적힌 종이 한 장을 얻었는데, 이것이 바로 요족 부녀자의 작품이라고 했다. 전광동 중흥에서 얻어 나에게 전해준 것으로, 그동안 내가 여러 해 동안 구하고자 했으나 얻지 못하였던 것이다. 이제 손에 들고 살펴보니, 오래된 붉은 종이 위에 가로와 세로로 574자가 적혀 있었는데, 글씨체가 아름답고 행렬이 단정하였다. 어떤 집 규수의 손에서 나왔는지 모르지만, 애석하게도 한 글자도 알 수 없어 그 음과 뜻을 이해할 수가 없었다. 더욱이 각 지역의 요족 역시 한족과 동화된 지 이미 오래되어 읽을 수 있는 사람이 드물었다. 다만 그 필적과 조자造字의 구조가 근대 은우殷圩에서 발굴된 갑골문 글자체와 유사한 것을 보면, 적어도 태고시대 전주篆籀 이전에 창조되었다는 것을 짐작해 볼 수 있다. 이제 조심스럽게 수습해 보관했다가 다른 날 글자를 아는 사람을 찾으면 번역본을 만들어 고고학자에게 한 글자씩 고증하도록 하는 것이 빠를 것으로 생각하며, 후대 사람들에게 우리나라에 수천 년 동안 이와 같은 불멸의 특수한 문자가 남아있음을 알리기 위해 이 문장을 지어 덧붙여 놓는다."고 밝혀 놓았다.

『요문가猺(瑤)文歌』:

"하협何俠이 나에게 『요문가猺(瑤)文歌』한 편을 주었는데, 이 이서異書가 언제 처음 쓰였는지 모르지만, 가로와 세로로 574자가 적혀 있었다. 하지만 한 글자도 알지 못해 마음이 막막하였다. 섬세한 필적이 누구의 손에서 나왔는지 모르지만, 격식의 분명함이 마치 꽃 비녀를 꽂아 놓은 것처럼 아름다워 보였다. 들쑥날쑥한 점선의 묘한 구조는 마치 곤충이나 새가 이러저리 쪼아 먹은 듯 굴곡이 져 있었다. 스승 없이 유전되어 누가 창조했는지 알 길이 없으나, 저 멀리 거슬러 올라가면 창힐蒼頡 보다 앞선다고 한다. 은허殷墟에 보이는 문자와 매우 흡사해 보이나, 애석하게도 갑골에서 찾아볼 수 있는 문자가 적은 편이다. 반왕의 자손이 산에서 오래되어 지금에 이르러서는 배움이 끊어졌다고 하지만, 여전히 면면히 이어져 오고 있다. 남쪽의 구억산九嶷山 마을을 방문해 살펴보았으나, 사투리가 서로 달라 통하지 않았다. 가일佳日 야밤이 되면 가락에 맞춰 달 놀이가 벌어지는데, 생황과 북소리가 천지를 진동한다. 그 문자는 태고 때부터 이어져 내려온 것으로, 후에 현명한 사람에 의해 전주篆籀로 변화 발전하였다고 한다. 향촌에는 학자와 지식인이 적어 그 의미를 깊이 탐구하지 못하였다. 중화의 서예는 오랫동안 통일되어 있어 자체의 다름으로 볼 때, 자못 의심쩍은 것은 조선의 문자뿐이다. 지금 세상에서 희귀한 특별한 문자가 내 앞에 그 신비함을 드러내 주었다. 평생의 서화가 잿더미로 변했지만, 뜻밖에도 이 고문서를 거두어들일 수 있었다."

전광동은 호남성 도현 하장향下蔣鄕 금산령金山嶺 아래에 있으며, 지금도 이곳에서는 여서가 여전히 유전되어 오고 있다. 궁철병 교수의 고증에 의하면, 20세기 80년대에 이르기까지 전광동에서 진씨陳氏 성을 가진 다섯 명의 부녀자들이 여서를 읽을 수 있었다고 한다. 그중 한 분이 1918년 출생한 진거웅陳巨雄 노인으로서, 12세에 할머니를 따라 여서를 배웠다고 하며, 지금도 임칙서林則徐가 아편을 금지한 사건을 배경으로 창작된 여서 작품을 기억하고 있었다. 조려명이 주편한 『중국여서집성』에는 전광동의 당

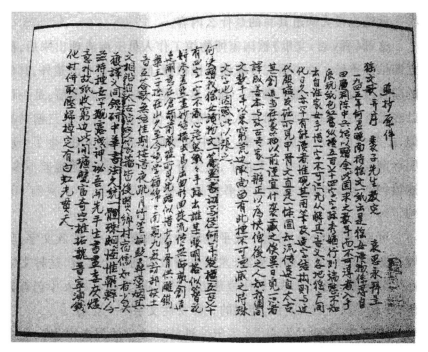

『요문가猺(瑤)文歌』 병서幷書 원본

씨唐氏 부녀가 노래한 『신차여자간배선新車女子看扒船』이라는 작품이 수록되어 있다. 원사영이 소장하고 있던 여서 작품은 하효남이 전광동 중흥中興에서 수집해 건네준 것으로서, 하효남이 원사영에게 이 여서 작품을 전할 때 '요여독물猺(瑤)女讀物'이라고 말했던 까닭에 제목을 『요문가猺(瑤)文歌』라고 정하고 서문을 지었던 것이다. 그렇지만 원사영 역시 이 여서를 이해할 수 없었기 때문에, 자신이 우선 소장하고 있다가 번역할 수 있는 사람을 찾아 번역을 시킨 후 고고학자에게 제공해 고증될 수 있기를 희망하였던 것이다. 여서 문자의 독특성으로 인해 20세기 80년대 이전까지는 이에 관한 전문적인 연구도 없었고, 문자를 이해하는 사람도 없었다. 이런 이유로 인해 이 여서 작품은 거의 반세기 동안 국가박물관에 소장되어 있었지만 아무도 그것이 무슨 내용인지 알지 못하였다.

국가박물관의 연구원 왕남王南은 이 『요문가猺(瑤)文歌』를 정리한 후 사진을 찍어 여서 연구 전문가인 사지민 교수에게 보냈다. 이에 사교수는 흐릿해 잘 보이지 않는 몇 글자를 제외하고 나머지 글자들을 한 자 한 자씩 대조해가며 번역을 진행하였다. 사실 이 작품의 내용은 일반 가정의 소식을 전하는 편지로써, 이미 출가한 촌부가 친척에게 보내는 내용이었다. 이 여서 작품은 지금까지 유전되어 오고 있는 『삼조서』와 유사한 형태이며, 내용은 주로 자기 가정의 불행한 이야기를 담고 있었다. 편지 내용에 따르면, 그녀가 시집가서 병이 드는 바람에 비록 똑똑한 아들을 낳았으나 10여 세에 요절하였으며, 자신의 큰 오빠나 둘째 오빠도 자신과 비슷한 처지에 있다는 내용이 언급되어 있다. 이 『요문가猺(瑤)文歌』는 다른 여서 작품들과 마찬가지로 구마다 7언으로 구성되어 있으며, 총 108구 756자로 이루어져 있다.

위의 내용을 통해 명청시기 영남 일대의 평지요 가운데 일종의 요족 문자가 전승되어 내려왔으나, 사회가 발전함에 따라 각 민족의 교류, 특히 청 정부의 문화정책에 의해 이러한 문자는 대부분의 지역에서 사라지고, 다만 궁벽한 강영현과 도현 등지의 부녀자들 손에 의해 유전되어 부녀자들만 알고 사용할 수 있는 여성만의 문자인 여서가 되었다는 사실을 짐작해 볼 수 있다.

1983년 궁철병은 『특수문자에 관한 조사보고서』라는 문장을 발표하여, 여서가 평지요의 문자라고 주장하였으며, 이어서 엄학군 교수와 함께 『호남 강영 평지요의 문자 변석』이라는 문장을 지어 제17회 국제한장어언학회의에 발표하였는데, 이 회의에 참석한 전문가들로부터 지대한 관심을 불러일으켰을 뿐만 아니라, '놀라운 발견'으로 인정받았다.

1985년 궁철병이 주편을 맡아 편찬한 『부녀문자와 요족의 천가동』의 일부 문장에서 여서가 일종의 한어 방언이라는 주장이 제기되었으나, 궁철병은 여전히 요족과 밀접한 관계가 있다고 믿었다. 1991년 강영현에서 개최된 전국여서학술고찰토론회에서도 회의 참가자 가운데 여서가 평지요의 문자라고 제기한 사람들이 적지 않았다. 예를 들어, 요경동廖景東과 웅정춘熊定春은 『여서와 평지요의 관계 분석시론』이라는 문장을 발표하여, 여서의 전승 지역과 사용 범위, 그리고 여서와 평지요의 내재적 관계를 고증하였다. 또한 조려명 여사 등은 『성보城步 대요산大瑤山 부녀자들이 사용한 기호문자에 대한 조사 경과와 토론』이라는 문장에서 강영현의 여서와 성보 대요산의 요족 부녀자들이 지금까지 사용하고 있는 부호를 대조 분석하여 요족과 여서 사이에 연원 관계가 있음을 밝혀내었다. 일본의 오와타 토시유키(小幡敏行)와 모모타 미에코(百田彌榮子) 역시 여서와 요족의 관계에 관한 논증을 통해 여서가 평지요의 문자라는 주장을 제기하였다.35) 2001년 5월 25일에서 27일에 개최된 『중국 여서문화 보존 프로젝트』 좌담회 및 전국여서학술토론회에서 강영현의 현지縣誌 사무실 부주임 유지표는 『강영 여서와 요족의 역사적 연원 고찰』이라는 논문을 발표하여, 여서가 요족의 문자로서 요족사회 초기에 탄생하여 당대와 오대십국을 거쳐 성숙하였으며, 양송과 명청시기에 이르러 성행하였다고 주장하였다.

그렇다면 여서의 독특한 경리서사법耕犁書寫法은 요족의 여홍과도 관련이 있단 말인가? 이미 앞에서 언급하였다시피 고대 여서는 주로 궁벽한 영남 산간 지역에서 전승되어 오면서 문화 교육을 많이 받지 못한 향촌 부녀자들 사이에서 유행하였다. 청나라 말기 민국 초기에는 이 일대의 문화 수준이 높지 않았고, 더욱이 종이도 쉽게 구할 수 없었기 때문에 낡고 오래된 붉은 종이 위에 편지를 쓸 수밖에 없었을 것이다. 붉은 종이는 일반적

---

35) [日]小林敏行, 『關于女書的幾個問題』, 黃德城譯, 宮哲兵, 『女性文字與女性社會』, 新疆人民出版社, 1995年版; [日]百田彌榮子: 『千家峒與"女書"—湖南江永上江圩鄕的民俗』, 『第一書房』(2000年 7月 5日) 등에 보인다.

으로 축하용으로 쓰이기 때문에, 아마도 집에서 잔치를 치른 직후나 혹은 다른 집에서 축하용으로 사용하고 남겨둔 종이일 수도 있다. 종이에 꽉 채워 쓰고 나서 못다 한 말은 경리서사법을 사용해 문장 테두리에 아홉 구절을 더 써놓았다. 문단 내용은 고대 문언체에서 사용했던 글쓰기 방법과 마찬가지로 오른쪽에서 왼쪽으로 7자가 하나의 구절을 이루고 있으며, 각 행은 15자에서 18자까지 다양한 형태를 띠고 있으나, 구절을 표시하는 표점은 찍지 않았다. 문단 내에 먼저 686자를 쓰고 나서 다 하지 못한 말은 문단 위 여백에 적어 놓았다. 왼쪽에서 오른쪽으로 마치 소가 쟁기질을 하듯이 한 자씩 한 행을 쓰고 나서 그 행이 다 끝나면, 다시 처음부터 마지막 108구까지 동일한 방식으로 작성하였다. 따라서 원사영의 서문 중에 보이는 '종횡오백칠십사자縱橫五百七十四字'라는 말은 당연히 잘못된 것이라고 볼 수 있다. 이는 그가 여서를 잘 이해하지 못해 문단 내의 글자만 계산하고, 여백에 쓰인 글자는 포함하지 않았기 때문에 일어난 일이라고 하겠다.

한편, 많은 연구 전문가들은 여서가 평지요 부녀자들의 여홍 문화와 밀접한 관련이 있음을 지적하고 있다. 예를 들어, 조려명 교수는 『여서와 여서문화』라는 저서 중에서 "만일 우리가 여서를 여홍의 문양 도안과 비교해 보면, 어떤 부호의 경우는 거의 문자에 가깝거나, 혹은 문자라는 사실을 발견할 수 있을 것이다. …… 이러한 형식상의 유사점은 적어도 다음과 같은 몇 가지 문제를 설명해 준다. 첫 번째, 여서의 창제가 여홍과 무관하지 않다는 점이다. 두 번째, 여서의 사체능형斜體菱形이 여홍의 기하학적 특징과 관련이 있다는 점이다. 세 번째, 여성은 문자에 대한 일종의 숭배적 심리가 있었다는 점이다."36) 라고 주장하였다. 양요梁耀와 진기광 선생 역시 "여서 문자는 여홍과 밀접한 관련이 있다. 강영현 상강우 일대에

---

36) 趙麗明, 『女書與女書文化』, 新華出版社, 1995年版, p.144.

수 세대에 걸쳐 전승되고 있는 여서 문자는 어디에서 유래한 것일까? 현지에서는 이 문제와 관련하여 세 가지 전설이 전해 오고 있다. 첫 번째는 구근고낭九斤姑娘이 창조했다는 설이다. 전하는 바에 따르면, 아주 오래전에 상강우에 여자아이가 하나 태어났는데, 체중이 아홉 근이나 되어 이름을 구근고낭九斤姑娘이라 지었다고 한다. 그녀는 태어날 때부터 총명하여 실을 잣거나 베를 짜고 수놓는 일은 물론 전지剪紙, 재봉 등 못하는 일이 없을 정도로 재주가 뛰어났는데, 이러한 그녀가 현지의 방언을 기록할 수 있는 여서 문자를 창조하여 부녀자들 사이에서 대대로 전해지게 되었다고 한다. 그래서 일찍이 여서에 정통한 의년화 노인 역시 "전해 오는 옛사람들의 말에 의하면, 총명한 구근고낭이 여서를 창조하여 세간에 전하였다."고 언급한 바 있다. 두 번째는 황비皇妃 호옥수胡玉秀가 창조했다는 설이다. 송나라 때 형전촌荊田村에 재색을 겸비한 호옥수라는 여자아이가 태어났는데, 황제가 그녀의 이야기를 듣고 귀비로 삼았다고 한다. 그러나 후에 황제에게 냉대를 받게 되자, 자신의 답답한 마음을 글로 써서 친정에 보내고자 하였다. 그런데 황궁의 법도가 엄해 실행하기가 쉽지 않았다. 이에 황비는 한자의 모양을 변형시켜 꽃을 수놓듯이 자신이 하고 싶은 말을 손수건 위에 써서 보내며 바로 보지 말고 비스듬히 보면서 방언으로 읽으라고 당부하였는데, 이 문자가 훗날 부녀자들 사이에 전파되었다는 설이다. 세 번째는 반교盤巧가 창조했다는 설이다. 예전에 동구촌桐口村에 총명하고 솜씨 좋은 반교라는 소녀가 있었는데, 세 살 때 이미 노래를 부를 수 있었고, 일곱 살 때 꽃을 수놓을 줄 알았다고 한다. 그녀가 노래를 부르면 사람들이 모두 귀를 기울였으며, 꽃을 수놓으면 진짜 꽃인 줄 알았다고 한다. 훗날 그녀가 강제로 관부에 의해 도주로 이주하게 되자, 집안사람들에게 자신의 소식을 전하고자 여홍의 도안을 근거로 글자를 만든 다음 천위에 수를 놓아 개의 목에 묶어 고향으로 보냈다고 한다. 그런데 같은 마을의 친구가 많은 시간이 걸려서야 비로소 서신의 내용을 이해할 수 있었으며, 이로부터 이러한 문자가 전해지게 되었다고 한다. 이와 같은 전설의 진실 여부를 떠나 여기서 우리가 알 수 있는 공통점 한 가지는 여서 문자의 창조자가 바로 부녀자라는 사실이다. 또 하나 주목할 만한 점은 여서 문자의 탄생이 여홍의 도안과 밀접한 관련이 있다는 사실이다."고 지적하였다. 여서 전승자인 고은선 역시 이와 관련하여 "자신의 고된 삶을 기록하여 후인들에게 전하기 위해 천 위에 수놓은 도안을 토대로 문자를 창제하였다."고 말한 바 있다. 요족은 반호盤瓠의 후예로 알려져 있는데, 간보干寶의 『수신기搜神記』에서 "반호가 세상을 떠난 후 서로 짝이 되어 부부가 되었다. 나무껍질을 벗겨 삶고 풀의 열매로 물들여 오색 옷을 만들어 입었으며, 옷마다 꼬리 모양을 만들어 달았다."[37)고 하였으며, 청대의 굴대균屈大均 역시 『광동신어廣東新語 · 인어人語』권7에서 "반호槃瓠의 털빛이 오색이었던 까닭에 지금 요양瑤娘 무리들의 옷에도 알록달록한 무늬가 있는 것이다."[38)라고 말하였다. 이처럼 요족은 알록달록한 오색 무늬 옷을 좋아해 송나라 때에 이미 방직공업이 크게 발전하였는데, 평지요 또한 예외가 아니었다. 20세기에 이르러서도 평지요는 자신들이 직접 염색한 옷을 즐겨 입었다. 실을 염색하고 천을 짜는 일부터 각종 도안 제작에 이르기까지 매우 복잡한 작업 과정을 거쳐야 하는데, 전 과정이 모두 부녀자들의 손을 거쳐 완성되기 때문에 남성들은 이와 관련된 일을 일체 묻지 않았다. 그래서 사람들은 이러한 활동을 '여홍'이라고 불렀다. 광서 년간의 『영명현지永明縣誌』에 의하면, 영명은 "땅에서 상잠桑蠶이 자라지 않아 여자들은 방적紡績을 업으로 삼았는데, 중하층은 여홍으로 도와주고, 그 대가로 쌀을 받았다."는 기록이 보이며, 또한 "영명의 요족 여자들이 수건 위

---

37) 梁耀陳其光, 『女字和女紅圖案』, 『中央民族大學學報』, 1997年, 第3期.
38) 潘愼梁曉霞, 『南楚奇字一女書』, 『太原師範專科學校學報』, 1999年, 第3期.

에 수놓은 꽃은 매우 고풍스러웠으며, 요대瑤帶에도 꽃무늬를 수놓았다. 특히 요족의 수건은 희고 가늘어 마치 서양의 수건처럼 보인다."는 기록도 보인다. 이와 같은 '여홍' 활동은 영남 지역의 평지요 사이에서 보편적으로 이루어져 왔다. 현재 수집된 유물 중에서 『삼조서』를 제외한 선서扇書, 파서帕書, 자대字帶 등도 모두 여홍과 관련이 있다. 최근 몇 년 동안 중남민족대학의 여서문화연구센터가 차례로 진행한 상남과 계북 일대의 요향瑤鄉 조사에서 호남성의 도현, 영원, 강하 등과 광서성 부천, 공성 등의 인근 10여 개 현에 분포되어 있는 요향에서도 여서와 관련된 전승 흔적이 발견되었으나, 강영현처럼 그렇게 많은 유물이 발견되지는 못하였다. 하지만 이곳에서는 오히려 요금瑤錦, 자대字帶, 자피字被 등 위에 수놓아진 여서 문자가 적지 않게 발견되었다. 이처럼 여홍과 관련된 직물 위에서 여서가 발견된다는 점은 바로 여서가 여홍과 관련이 있다는 사실을 뒷받침해 준다고 하겠다.

3. 광서의 종산 · 부천, 호남의 강화 평지요의 여서 문자 전승

21세기에 들어서 중남민족대학의 여서문화연구센터가 수차례 조사단을 구성하여 광서성의 부천, 종산, 관양, 공성과 호남성의 강화, 강영 등의 영남 지역 요채瑤寨에 대한 답사를 진행하였는데, 이때 필자와 사지민 교수도 가가호호 방문하며 여서 문자의 종적을 조사하였고 적지 않은 성과를 거두었다.

1) 광서 종산의 여서 발견

2001년 7월 중순 광서성 오주梧州의 『서강도시보西江都市報』 기자인 왕충민王忠民과 종산현위원회 퇴직 간부 양영신가梁永新家는 뜻하지 않게 여서를 발견하였는데, 이 소식을 들은 중남민족대학 여서문화연구센터의 이경복과 왕충민 기자 두 사람은 8월 13일 종산에 가서 여서에 대한 고증을 진행하였다. 당시 여서의 겉표지는 남흑색의 거친 천 위에 홍황색의 천이 세로로 묶어져 있었는데, 이러한 제본 형태는 강영현 상강우진에 전해오는 '삼조서'와 동일한 형태를 지니고 있었다. 이 여서는 모두 26페이지로 구성되어 있는데, 앞쪽의 6페이지에는 작자가 새로운 처자에게 보내는 '삼조서'가 실려 있고, 뒤쪽의 6페이지에는 새로운 처자가 작자에게 보낸 답장 내용이 실려 있었다. 그리고 부록으로 여섯 폭의 팔각도가 덧붙여져 있었고, 그 나머지는 빈 여백으로 채워져 있어 형식과 내용 측면에서 모두 강영의 '삼조서'와 별반 차이가 없었다. 지금 그중에서 한 단락을 채록해 다음과 같이 소개해 보고자 한다.(사지민 교수 번역)

你面茫茫三朝滿
台前無安無路行
送義離鳳眞難氣
放冷吾身在娘樓
幾日不同樓中坐
確比雲遮者月亮

여기서 '니면你面'은 당신, '대면台面'은 나, '의義'는 의자매, '봉鳳'은 의자매에 대한 애칭이나 혹은 존칭을 나타내며, 그 대략적인 내용은 의자매가 출가한 지 이미 만 3년이 지났는데도 작자는 아직까지 홀로 부모님 집에서 갈 길을 찾지 못하고 규방에서 외롭고 쓸쓸하게 지내고 있어, 마치 먹구름이 달빛을 가린 것처럼 앞날에 대한 희망이 보이지 않는다는 내용을 표현하고 있다. 내용이나 문체, 제본의 특징, 행문의 양식, 문자의 필획, 문자 부호 구조 등의 특징으로 볼 때, 이 여서는 분명 강영현 상강우진 일대에 전해지고 있는 '삼조서'와 완전히 동일한 형태를 갖추고 있다. 이 여서는 1981년에 소장자인 반택만盤宅挽이 수집한 것으로, 강영현에서 발견된 여서보다 발견 시기가 이르다(강영현의 여서는 1982년 발견됨). 종산현 홍화紅花 요족(평지요)자치향에 거주하는 요족 친구(몇 년 전 향년 80여 세로 세상을 떠남)는 본처에게서 후사를 얻지 못해 여섯 명의 처를 새로 맞이하였다고 하는데, 이들은 모두 현지의 평지요족 여인들이었다. 그런데 이 '삼조서'는 당시 그의 처 중에 한 사람이 남긴 유품으로 여겨진다.

이외에도 우리는 광서성 종산현의 평지요가 직조한 직물에서 여서의 낱글자 도안을 발견하였다. 예를 들어보면,

(1) 광서성 종산현 양안향兩安鄉 사평촌沙坪村 당만영唐晚英의 팔보八寶 이불에 보이는 낱글자의 경우

여자 :

한자 : 千　　父

(2) 광서성 종산현 양안향兩安鄉 성채촌星寨村 황증림黃增林이 소장한 화대花帶에 보이는 낱글자의 경우

여자 :

한자 : 開　　田　　＋

(3) 광서 종산현 양안향兩安鄉 성채촌星寨村 황증림黃增林의 팔보 이불에 보이는 낱글자의 경우

여자 :

한자 : 開　　田　　＋

2) 광서 부천 평지요 견직물 위의 여서 문자

광서성 부천 요족자치현의 신화향新華鄉, 복리진福利鎭, 유목향油沐鄉, 연산향蓮山鄉, 석가향石家鄉 등지의 평지요 부녀자들 역시 이불, 자건字巾, 자대字帶 등 위에 여서 문자를 이용한 수를 잘 놓았다. 2000년 7월 25일에서 27일 사이에 광서성 부천 요족자치현 복리진福利鎭 백죽전평촌白竹田坪村, 유목향油沐鄉 복계촌福溪村, 석가향石家鄉 육장촌六丈村 등지의 일부 평지요 부녀자들이 직조한 화대花帶와 팔보八寶 이불 위에서 '정(井)', '십(十)', '오(五)', '전(田)', '만(萬)' 등의 여서 문자 10여 개를 확인하였다. 이렇게 견직물에서 발견되는 여서 문자는 강영현 상강우진 일대에서도 발견되는데, 필획이나 문자의 구조는 물론 형식 또한 완전히 일치하고 있다. 예를 들어,

(1) 광서성 부천 복리진福利鎮 백죽촌白竹村 이옥매李玉妹가 직조한 화대花帶에 보이는 낱글자의 경우

여자 : 〈그림 문자들〉

한자 :　上　萬　芒　才　王

(2) 광서성 부천 유목향油沐鄕 복계촌福溪村 주취청周翠靑의 집안에 보관되어 있는 팔보 포대기(어린아이를 업을 때 사용)에 보이는 낱글자의 경우

여자 : 〈그림 문자들〉

한자 :　田　王　才　父　恩　算　芒

(3) 광서성 부천 석가향石家鄕 육장촌六丈村 반란영盤蘭英이 직조한 화대花帶에 보이는 낱글자의 경우

여자 : 〈그림 문자들〉

한자 :　唱　三　十　萬　田　王　天　才　芒　芒　恩

여자 :

한자 : 學　壽　井

3) 호남 강화의 여서와 평지요 견직물의 여서 문자

여서 문자의 발견과 발굴은 강화요족자치현에서 가장 먼저 그 실마리를 찾을 수 있었다. 1982년 궁철병이 형산에서 개최된 왕부지王夫之 관련 학술 토론회를 마치고, 호남성 강화 요족자치현의 우시圩市를 잠시 둘러보다가 무심결에 다섯 명의 요족 소녀들을 만나게 되었다. 이때 소녀들은 남색 천이 덮인 작은 광주리 앞에 쪼그리고 앉아 있었다. 궁철병은 소녀들의 독특한 복식 문양에 이끌려 앞으로 다가갔다가 자신도 모르게 한 소녀 앞에 놓여 있던 광주리의 남색 천을 들춰보고 말았다. 그러자 그 소녀가 갑자기 자리에서 일어나 고개를 돌리고 그 자리를 떠나 버렸다. 이어서 그 옆에 있던 나머지 네 명의 소녀들도 일어서며 놀란 눈으로 그를 바라보다가 그 중 한 소녀가 방금 들춰봤던 광주리를 궁철병 앞에 가져다 놓았다. 이때 가까이 다가온 중년의 한 남자가 그에게 어디서 온 사람이냐고 물어왔다. 궁철병은 긴장한 모습으로 재빠르게 자신의 신분증과 소개장을 꺼내 그에게 보여주었다. 원래 이 중년의 남자는 강영현 백수촌白水村 사람으로 당시 이 지역의 공사公社를 책임지고 있던 서기였다. 그는 궁철병을 공사 사무실로 안내하며, 궁철병에게 평지요의 풍습에 관해 설명해 주었다. 방금 궁철병이 소녀의 광주리에 덮여 있던 천을 들춰 본 행위는 바로 그 집안의 사위가 되고 싶다는 것을 의미한다고 하였다. 이 말을 들은 궁철병은 급히 일어나 공사 서기에게 자신의 실수를 사과하였다. 이때 이 공사 서기가 궁철병에게 강화와 강영현 일대의 부녀자들 사이에 기이하고 특이한 문자가 사용되고 있을 뿐만 아니라, 그 문자를 부채에 써서 손에 들고 노래를 부르거나 혹은 책이나 머리띠 위에 쓰기도 하며, 또 어떤 경우에는 복식이나 머리 장식, 혹은 허리띠에 수를 놓아 사용하기도 한다고 말해주었다. 이 말은 들은 궁철병은 마치 보물을 얻은 듯 황급히 강영현으로 달려가 여서 전승자인 하서정何西靜과 고은선 등을 방문하게 되었고, 이로써 가시 돋힌 장미꽃 같은 여서 문자가 비로소 학술의 전당에 오르게 되었던 것이다.

이처럼 여서 문자가 강영현에서 성 전체는 물론 전국과 전 세계로 알려지게 되면서 강화현의 강화당안관에서도 강영현의 하로구河路口, 대석교향大石橋鄕, 하로구진河路口鎭, 도우진濤圩鎭 등지의 요족 촌락과 채寨에 차례로 사람을 파견하여 여서와 관련된 자대字帶, 자피字被, 삼조서 등의 유물을 수집하였으며, 2005년에는 마침내 여서의 원본인『사자여서四字女書』를 수집하는 성과를 거두게 되었다.

2003년 7월 20일부터 8월 10일 사이에 '여서와 요족의 관계'라는 주제로 중남민족대학의 여서문화연구센터와 호남과기대학의 여서 및 요문화연구소가 연합하여 답사팀을 구성하고, 호남성의 강화현과 강영현 등지에 대한 조사를 진행하였다. 강화요족자치현의 대석교향, 하로구진, 도우진 등지의 평지요 부녀자들은 보편적으로 견직물 직조에 뛰어난 솜씨를 가지고 있었는데, 이들은 주로 견직물을 팔보피八寶被, 팔보건八寶巾, 팔보대八寶帶 등으로 불렀다. 그리고 글자가 있는 경우는 자피字被, 자건字巾, 자대字帶 등으로 불렀으며, 꽃무늬 도안이 있는 경우는 화피花被, 화건花巾, 화대花帶 등으로 불렀다. 자피字被, 자건字巾, 자대字帶 등에 보이는 글자는 대부분 여서 문자이고, 극소수 한자의 해서자가 보이기도 한다. 이처럼 견직물 위에 나타나는 여서 문자는 강영 상강우진 일대에 전승되고 있는 여서와 거의 유사한 형태를 띠고 있었다. 예를 들면,

(1) 호남성 강화 대석교향大石橋鄉 자호당촌鷓鴣塘村 당전수唐田秀가 직조한
화대花帶에 보이는 낱글자의 경우

여자 :

한자 :　王　婚　父　才　開

(2) 호남성 강화 하로구진河路口鎮 백사당촌白沙塘村 이천영李天英이 소장한
화대花帶에 보이는 낱글자의 경우

여자 :

한자 :　算　田　父　井　十　丘

(3) 호남성 강화 도우진濤圩鎮 봉미촌鳳尾村 9대조 여동화방黎冬花仿의 태조
모太祖母가 물려준 피면被面(이불) 도안(약 200여 년) 중에서 팔보피八寶被에
보이는 낱글자의 경우

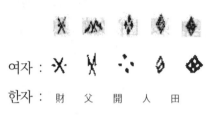

여자 :

한자 :　財　父　開　人　田

(4) 호남성 강화 도우진濤圩鎭 집력간촌集力干村의 노대휘盧代輝가 소장하고 있는 팔보피八寶被에 보이는 낱글자의 경우

호남성의 강화, 광서성의 부천과 종산 등지의 평지요 견직물에 보이는 기이하고 특이한 문자는 구조적 측면에서 강영의 여서와 완전히 동일할 뿐만 아니라, 그 표현하는 의미 역시 서로 일치하고 있다. 이처럼 견직물 위에 보이는 기이하고 특이한 자형의 부호는 여서와 여홍의 관계를 반영하고 있음은 물론, 사실상 여서가 이 지역에서 전승되어 왔다는 명확한 물증이기도 하다. 다시 말해서 여서가 살아 있는 문자의 화석이라는 의미

호남 강화江華 요족자치현에서 수집한 자대字帶와 자피字被

를 지니고 있다고 하겠다. 이와 관련된 유적은 강영의 상강우진과 도현의 하장향下蔣鄕, 그리고 호남성의 강화, 광서성의 부천 등지의 평지요 중에서도 찾아볼 수 있다. 강화요족자치현의 민위民委 주임 임도任燾의 소개에 의하면, 20세기 5, 60년대까지만 해도 강화현 백망영진白芒營鎭 일대에 여서 문자로 쓰인 책자가 전해졌다고 하나, 지금은 애석하게도 이미 소실되어 찾아보기 어렵게 되었다.

제
4
장

여서와 민속문화

여서 문자가 전승되고 있는 지역에서는 오늘날까지도 여성적 색채가 농후한 여러 가지 민속 활동이 전해져 오고 있다. 예를 들면, 노동老同과 교분 맺기, 여성을 위한 축제, 화산花山의 묘회, 좌가당, 창곡가가唱哭嫁歌 등과 같은 민속 문화로서, 이러한 민속 활동이 바로 여서의 전승에 중요한 매개체였다. 2006년 5월 20일 마침내 '여서의 습속'이 처음으로 국가의 무형문화재 유산 목록에 이름을 올리게 되었다. 여서와 민속 문화에 관한 연구를 통해 우리는 보다 깊이 있게 여서의 문화적 특징을 이해할 수 있을 것으로 기대한다.

1. 여서 전승 지역의 여성 사교社交 습속

여서가 전승되는 지역에서는 여성들의 사교 활동과 관련된 습속이 많이 전해져 오고 있다. 노동과 교분을 맺는다거나, 혹은 간묘회나 가회歌會, 간우趕圩 등의 전통적 축제를 매개로 한 사교 습속이 전해져 오고 있다.

1) 여서의 사교 활동

(1) 노동老同과 교분 맺기

여서가 전승되는 지역에서 부녀자들의 사교 활동 가운데 가장 중요한 습속은 바로 의자매를 맺는 일인데, 이를 노동(노경老庚)이라고 부른다.

도광 연간의 『영명지永明志』권11에서 강수江水에는 "서른 살 늦은 나이에 시집가는 사람도 있는데, 이와 같은 풍속은 도천桃川이 매우 심하였다. 그래서 모친은 딸이 소일할 수 있도록 나이나 용모가 서로 비슷한 또래를 찾아 두 사람이 친교를 맺고 왕래하도록 하였다. 이들은 아침저녁으로 만나 바느질을 하며 서로 친분을 나누었다. 이렇게 걱정 없이 세월을 보내다 보니 어느덧 상대방을 의식할 필요조차 없게 되었다."는 기록이 보인다. 이처럼 나이와 경험에 따라 의자매를 맺는 경우는 결혼 전 맺는 소녀 유형과 결혼 후 맺는 중노년형으로 구분할 수 있으며, 이들은 서로 나이를 잊고 교분을 이어나갔다. 나이가 어린 소녀의 경우는 일반적으로 부모에 의해 정해지기 때문에, 만일 어느 집 딸의 나이나 취향이 자신의 딸과 비슷할 경우 부모가 직접 그 집을 방문하거나, 혹은 친척이나 친구를 통해 상대방 집에 의사를 전달해 상대방이 동의하면, 바로 날짜를 잡고 의자매를 맺는 의식을 거행하였다. 여서가 전해지는 지역에서는 부녀자의 노동관계가 크게 제약받지 않아 나이의 많고 적음을 가리지 않고 서로 의기투합하기만 하면 서로 의자매를 맺고 노동이 될 수 있었다.

구양홍염수집歐陽紅艶收集

　여서가 전승되는 지역에서 부르는 『노동십이월가老同十二月歌』 중에는 의
자매(노동老同)를 맺은 후 두 사람이 마치 한 부모에게서 태어난 자매처럼
왕래하며 서로 안부를 묻거나, 때로는 상대방 집에서 열흘이나 혹은 보름
동안 함께 지내며 생활했다는 내용이 보인다. 『도현지道縣志 · 사교습속社交
習俗』에는 의자매를 맺은 두 사람의 친밀한 관계를 다음과 같이 비교적 상
세하게 기록해 놓았다.

　"청나라 말기 민국 초에 농촌에서는 미혼의 여성들이 서로 의자매를 맺

는 습속이 있었다. 당시 부유한 집안의 규수들은 나이가 들어도 대부분 시집을 가지 않았는데, 이는 구식 혼인방식에 대한 불만을 품고 있었으나 당시 상황에서 자유연애가 어려웠으며, 남성에 대한 두려움도 있어 동성끼리 의자매를 맺고 친교(속칭 결객結客이라 함)를 나누었던 것이다. 이들은 마치 부부처럼 항상 함께 생활하였으며, 때로는 시집을 가지 않기로 서로 약속을 하는 경우도 있었다. 심지어 어떤 경우에는 여자가 애를 낳고 죽으면 그 피가 지옥을 더럽히기 때문에 저세상의 '도원桃源'에 가서 벌을 받게 되지만, 시집을 가지 않고 죽으면 순결한 몸을 지니고 있어 저세상의 '화루花樓'에 올라가서 복을 누리게 된다는 말을 노인이나 무당에게 전해 듣고 시집을 가지 않기도 하였다. 그래서 해방 전에 어떤 마을에서는 의자매가 서로 맹약을 하고 함께 목을 매어 죽는 비극적인 일도 발생하였다. 『도주죽지사道州竹枝詞』에서 '무랑능해여아수無郎能解女兒愁, 불가동풍가자유不嫁東風可自由, 영득결맹제자매贏得結盟諸姉妹, 분향제배상화루焚香齊拜上花樓.'라고 노래하고 있는데, 이는 바로 이러한 이야기를 읊은 작품이다. 그러나 항일전쟁 승리 후 이러한 풍속도 차츰 사라지게 되었다."

위의 내용을 통해 의자매를 맺은 이들의 자매 관계가 일반적인 자매 관계와 다르다는 사실을 알 수 있다. 이들 가운데 경사가 있으면 반드시 다른 자매에게 알려야 하며, 통지를 받은 의자매는 반드시 직접 그 집에 가서 축하해야 한다. 만일 직접 갈 수 없는 경우에는 축하 서신이라도 보내 축하해야 한다. 또 한쪽 집에 슬픈 일이 있으면 서신을 보내 다른 의자매에게 알려야 하고, 서신을 받은 자매는 즉시 그 집에 가서 일을 도와야 하며, 만일 직접 갈 수 없는 경우에는 서신이라도 보내 위로를 해야 한다. 매년 중요한 명절, 혹은 가을이나 겨울 농한기 때에는 의자매들이 서로 상대방을 초대해 만남을 가지는데, 부녀자들은 한자를 알지 못하여 오직 여서로 서신을 주고받을 수밖에 없었다.

아래에 소개하는 『선면칠언서扇面七言書』는 부녀자들이 노동 관계를 맺고 나서 부채 위에 여서로 쓴 서신의 내용이다. 이 서신 중에는 노동 사이에 그리워하는 정이 잘 표현되어 있다.

내가 조잡한 답장을 너의 집에 보내는 것은
내 마음을 아는 자가 내게 먼저 보내준 글보다 못하네.
얼마 전 나는 너와 평생의 교분을 맺었는데,
처음부터 너의 말을 들어보니 모두 진심이었네.
첫째 너의 집은 마치 오색 부용화가 만발한 것처럼 시끌벅적하였고,
둘째 내가 너의 집을 방문했을 때 우리는 바로 의기투합했네.
그래서 너와 내가 편지를 보내거나 보내지 않아도 혹은 만나거나 만
나지 않아도
우리의 감정은 이심전심으로 일치한다네.
나는 네가 나를 여러 번 집으로 초대하였으나 원치 않은 것은
내가 시간을 내어 갈 수 없어 죄책감을 느끼기 때문이라네.
이것은 오히려 너와 나의 그리워하는 마음을
햇빛을 볼 수 없는 석류화처럼 가련하게 하네.
나는 우리가 맺은 정을
우리가 그 누구보다 서로를 더 잘 알고 있다고 굳게 믿고 있네.
너의 서신이 우리 집에 도착했을 때
나는 눈물이 앞을 가려 오랫동안 마음을 진정할 수 없었네.
……39)

(2) 간묘회趕廟會

여서가 전승되는 지역 중에 일부 지역에서는 여전히 여성들의 독특한

---

39) 趙麗明·宮哲兵, 『女書 - 一個驚人的發現』, 華中師範大學出版社, 1990年版, p.272.

습속이 전해져 오고 있는데, 강영현의 화산花山묘회나 도현의 관음낭낭觀音娘娘묘회를 그 예로 들 수 있다. 강영현에서는 매년 음력 5월 10일이 되면 부녀자들이 여서를 수놓은 수건이나 머리띠, 혹은 종이 부채를 들고 산림이 울릴 정도로 노래를 불렀다. 민국 20년(1931년) 7월에 출판된 『호남성 각현 조사 필기』에는 경내의 화산묘회에 관한 내용이 보인다. "매년 5월이 되면 각 향의 부녀자들이 향을 피우고 절을 하며, 손에는 가선歌扇을 들고 큰 소리로 추모의 노래를 부른다. 가선에는 파리 머리만한 작은 글씨가 쓰여 있는데, 보기에는 몽고문자와 비슷해 보인다. 그러나 현의 남자들 중에 이 글자를 아는 사람을 나는 아직까지 보지 못하였다."고 소개하고 있는데, 이것은 여서가 전승되는 지역의 여성들만의 특별한 활동을 설명해 놓은 것이다. 즉 간묘회가 이 지역 여성들 간의 교류 촉진을 위한 중요한 매개체 역할을 하였으며, 이러한 활동이 그녀들만의 독특한 사교 활동이었다는 사실을 알 수 있다. 도현에서 개최되는 용모龍母묘회는 신중국 성립 이전까지만 해도 사람들에게 널리 알려진 묘회 가운데 하나였다. 사람들의 말에 의하면, 이 묘회는 상당히 영험해 부녀자들이 항상 그곳에 가서 제사를 지냈다고 한다. 여서의 전승인인 왕환의陽煥宜 역시 "도현의 복동福洞 용안당龍眼塘에 낭낭묘가 있는데, 매년 2월 초하루가 되면 그곳에 가는 부녀자들이 인산인해를 이뤘다. 부녀자들은 그곳에 와서 종이나 부채 위에 쓰인 글씨를 읽는데, 종이나 부채 위의 글자는 모두 여서 문자이고, 내용은 대부분 아들의 복을 구하거나 혹은 재난과 병을 물리치고자 하는 염원이 담겨 있었다. 그녀들은 여서를 읽으면서 또 한편으로는 종이를 태우고 향을 사르며 안녕을 기원하였다. 여서 작품 중에는 용안당이나 낭낭묘와 관련된 내용이 적지 않게 보이며, 이곳을 찾아오는 부녀자들이 도현 사람들뿐만 아니라 강영 지역의 사람들도 적지 않다는 점으로 미루어 볼 때, 그 영향력이 화산묘花山廟에 뒤지지 않는다는 사실을 알 수 있다.

낭낭묘를 재건하면서 낭낭상을 다시 조성하였는데, 재건된 낭낭묘는 그 규모가 별로 크지 않은 3, 4평방미터 정도에 불과하였으나 묘연이 끊이지 않았다. 붉은 옷을 걸치고 있는 용모龍母의 모습은 눈매가 부드럽고 자상해 보여 사방 수십 리의 마을 사람들이 찾아와 낭낭에게 세가지 제물을 바치고 소원을 빌었다. 어떤 사람은 안녕을 기원하고, 어떤 사람은 후사가 없어 아들을 달라고 기원하였는데, 낭낭묘를 찾아와 향을 피우고 절을 하는 사람들이 끊이지 않았다."고 회상하였다.

간묘회 이외에도 여서 전승 지역에는 남녀가 함께 참가하는 활동도 있었는데, 이러한 활동 역시 여성이 사회와 교류할 수 있는 주요 통로로서, 여성들의 사교 활동에 커다란 영향을 주었다. 가우歌圩나 간우趕圩와 같은 활동이 그 예라고 하겠다.

(3) 가우회歌圩會

여서가 전승되고 있는 지역에서는 예부터 명절이나 가우회와 관련된 습속이 전해져 오고 있다. 예를 들어, 원소절, 3월 3일, 6월 6일, 칠월반七月半, 반왕절 등과 같은 명절이 되면 바쁜 중에도 틈을 내어 친구들과 함께 가우회에 참가하였는데, 이러한 모임 활동은 음력 명절 이외에도 결혼식이나 아이의 돌, 혹은 승진 등의 경축 활동에서도 이루어졌다. 심지어 가우회에 가는 도중에도 함께 서로 노래를 주고받기도 하는데, 이때 사람들이 그들 주위를 둘러싸면서 임시 가우회가 형성되기도 한다. 가우회는 일반적으로 3월 3일에 거행되는데, 계북을 비롯한 호남의 여서 전승 지역에서도 이 날을 매우 중시하였다.

가우회는 내몽고의 나담 축제에 결코 뒤지지 않는 장면이 연출되며, 특히 젊은 남녀가 서로 교류하기에 가장 좋은 축제이다. 가우절이 되기 전에 사람들은 저마다 오색 밥과 물들인 계란을 준비하는데, 젊은 여자들의 경우는 수놓은 공을 준비한다. 가우회가 개최되는 날이 되면 수많은 젊은 남녀가 명절 복장을 하고 모여드는데, 이때 남자는 손에 선물을 들며, 여자들은 자신이 만든 수놓은 공을 들고 무리를 짓는다. 매년 가우절이 되면 수만 명의 사람들이 모여 목청을 높여 노래를 부르기 때문에 일대 장관이 펼쳐진다. 이처럼 수만 명의 사람들이 한 자리에 모이는 장면은 영남 일대에서 이미 당대부터 전해져 내려오고 있다고 한다. 『광동신어廣東新語 · 여어女語』 권8에 의하면,

"신흥新興 지역에 유삼매劉三妹라고 불리는 여인이 있었는데, 그녀가 노래를 처음 만들었다고 알려져 있다. 당대 중종中宗 연간에 태어났으며, …… 일찍이 오奧와 계동溪洞 두 지역을 자주 왕래하였는데, 이 지역은 여러 야만족들이 거주하는 곳이지만, 언어가 서로 통하였다. 그래서 길에서 사람을 만나면 그 사람이 사용하는 언어로 노래를 지어 서로 부르곤 하였는데, 이것을 현지 사람들은 법도로 여겼다. 일찍이 그녀가 백학향白鶴鄉에서 만난 한 소년과 함께 산에 올라 노래를 부르기 시작하였는데 오민奧民을 비롯한 요족과 동족僮族이 그 주위에 모여들며 그들을 신선이라고 불렀다. 그런데 그들은 7일 밤낮 노래를 그치지 않고 부르다가 결국 돌이 되고 말았으며, 이로 인해 토착민들은 양춘금陽春錦 바위에 제사를 지냈다고 한다. …… 삼매는 지금 가선歌仙으로 칭해지기 때문에, 무릇 노래를 지으면 일반 주민은 물론 양족佯族, 요족瑤族, 동인僮人, 산자山子 등의 사람들도 먼저 노래를 적은 종이를 삼매에게 바치고 난 후 축하해 주는 사람이 보관하도록 하는 습속이 있었다. 그래서 누군가 노래를 구하는 사람이 있다면, 그 노래를 적어 갈 수는 있었으나 노래가 적혀 있는 종이는 가지고 갈 수 없었다. 이로 인해 마침내 여러 개의 광주리에 수북히 쌓이게 되었으나, 병란 이후 흔적도 없이 사라져 버리고 말았다."

가우회는 일반적으로 그 지역의 중심이 되는 대촌진大村鎭에서 매년 돌아가며 거행되는데, 만일 비가 내릴 경우는 우일圩日의 개최를 연기할 수 있었다. 가우회의 주요 활동은 당연히 대가對歌나 채가寨歌인데, 현지에서 사용되는 가장 중요한 언어로 부르거나, 혹은 서남 지역의 관화로 불렀다. 젊은 남녀 간의 연애는 비교적 자유로운 편이기 때문에 통상 젊은 남녀가 명절날 한 자리에 모여 노래를 합창하거나, 혹은 다른 경로를 통해 서로의 감정을 싹틔운 후 부모의 동의를 받아 결혼을 하였다. 매년 가우일이 되면 각 촌락이나 채寨의 젊은 남녀가 몸을 단장하고 산길을 따라 사면팔방에서 가우가 열리는 장소로 모여들었는데, 여자들은 몸에 은장식과 함께 오색 띠, 두건, 꽃 신발, 오색 가방 등을 메고, 남자들은 생황을 짊어졌는데, 큰 것의 경우는 3미터에 이르는 것도 있었다.

(4) 간우趕圩

간우는 '간료자趕鬧子', 혹은 '봉료자逢鬧子'라고도 부르는데, 이는 영남 일대의 농촌 지역에서 물건을 거래하는 풍습이자, 친한 친구들끼리 만남을 가지는 날이기도 하였다. 이날이 되면 각 지역의 상인들이 구름처럼 시장에 모여 장사를 하는데, 농민들 역시 시장에 모여 농산물을 판매하거나 농가에서 필요한 생활용품과 농기구를 구매하기 때문에 이날은 평소와 달리 훨씬 시끌벅적한 풍경이 연출되었다. 시장에는 손님을 끌기 위한 각종 간판이 여기저기 걸리고, 인근의 촌민들 역시 남녀노소를 불문하고 삼삼오오 짝지어 거리를 오가는데, 특히 젊은 남녀는 이날 서로의 만남을 약속하기도 했다.

평지요의 혼인 풍속 가운데 '남자초친藍子招親'이라고 하는 결혼 풍속이 있는데, 이러한 풍속은 일반적으로 집안에 딸만 있고, 아들이 없는 경우대를 잇고자 데릴사위를 맞아들이는 혼인 풍속을 가리킨다. 젊은 처자가 시장 부근에서 남색 천이 덮인 바구니를 들고 기다리고 있으면, 젊은 남자가 지나가다가 처자가 마음에 들면 바구니 위에 덮어둔 남색 천을 젖히는데, 이것은 바로 그녀를 좋아한다는 표시이다. 그러면 젊은 처자는 먼저 자신의 집을 향해 걸어가는데, 이는 앞에서 길을 인도하겠다는 의미를 가지고 있다. 이어서 젊은 남자가 바구니를 들고 처자를 쫓아가서 두 사람의 관계를 확정하고 나면, 이로부터 서로 연인 관계로 발전해 나가게 된다.

2) 여성의 전통 명절

여서 작품 가운데 『십이월간낭가十二月看娘歌』라는 민가가 전해져 오는데, 이 민가에는 여서가 전승되고 있는 지역의 신년절新年節, 간조절赶鸟節, 청명절, 투우절, 취량절, 걸교절, 반왕절 등과 관련된 명절 문화와 습속이 상세히 소개되어 있다.

(1) 투우절鬪牛節

매년 음력 4월 초 8일이 바로 '우왕절牛王節', '우왕회牛王會', '우생일절牛生日節', '우혼절牛魂節'이다. 이날이 되면 계북桂北, 상남湘南, 검동黔東 등지의 장족壯族, 동족侗族, 요족瑤族, 묘족苗族, 무노족仫佬族 등이 찹쌀로 오반烏飯(나뭇잎을 물에 끓여 물들인 밥)을 지어 '소'의 노고에 감사하기 위해 함께 모여 제사를 지냈다. 여서가 전승되는 지역의 처자들 역시 '투우절'을 보내는데, 현지에서는 이를 '사월팔四月八투우절', 혹은 '투우'라고 불렀다. 이는 사실상 '모임' 혹은 '모여서 식사'한다는 것을 의미하지만, 일반적인 의미의 모임이나 혹은 모여 식사하는 것과는 별개의 의미를 가지고 있다.

4월 초 8일이 되면 출가하지 않은 성년의 처자나 출가한 지 얼마 되지 않아 여전히 친정집에 머무르고 있는 처자들이 그해에 시집갈 처자의 집에 모인다. 이때 꽃송이가 정교하게 그려진 달걀이나 생동적으로 화조 도안을 그린 자파糍粑, 찐 쌀가루에 설탕 가루를 섞어 네모나 둥글게 만들어 그 위에 검은깨나 흰깨로 꽃, 나비, 물고기 등의 도안을 새긴 떡, 다양한 종류의 독특한 맛이 나는 사탕과 과자, 향기로우면서도 달콤한 붉은 대추, 땅콩, 붉은 씨앗, 해바라기 씨, 유과 등의 음식을 준비하였다. 처자들은 아침부터 모여서 음식을 장만하며 깔깔거리며 웃거나 노래를 부르거나 혹은 여서를 익히기도 했다. 처자들은 산에 올라가 향기롭고 달콤한 야생 과일을 따거나, 아름다운 화환을 엮어 만들기도 하였으며, 혹은 풀밭 위에서 서로 쫓고 쫓는 놀이를 하거나, 수수께끼 놀이, 이야기 들려주기, 혹은 여흥이나 나뭇잎을 입으로 불며 산가山歌를 부르기도 하였다.

정오가 되면 처자들은 각자 준비해 온 음식과 민족적 풍미가 넘치는 '자매 밥'을 꺼내어 함께 먹었는데. 이때 먹는 '자매 밥'은 가장 좋은 찹쌀에 강낭콩과 녹두, 신선한 돼지고기, 유채 기름 등을 넣고 익힌 것이다. 이러한 모임은 날이 저물 때까지 지속되었는데, 젊은 처자들은 여흥의 경험을 서로 나누며 시를 짓거나, 혹은 자신의 벗을 찾기도 했다. 만일 벗을 만나는 경우에는 여서로 서신을 주고받으며 의자매를 맺었다.

(2) 취량절吹凉節

매년 음력 6월에서 7월 상순을 여서가 전승되는 지역에서는 '취량절'이라고 부르는데, 때로는 '자매절'이나 혹은 '여아절女兒節'로 부르기도 한다. 이날은 자매들이 다 함께 모여 만남을 가졌다. 이미 결혼은 했지만 자식이 없는 젊은 부인의 경우에는 더위를 피해 친정집에 와서 보름이나 혹은 한 달 정도 '취량'의 시간을 보내기도 하였는데, 이때 친정집에서는 신선한 야채와 고기로 자파糍粑를 만들고, 종이부채를 사서 시집간 딸이 집에 돌아와 쉴 수 있도록 6월의 '취량吹凉독선讀扇'을 준비하였다. 이렇게 하는 것은 딸의 '고귀함'을 나타내기 위함이었다.

매년 올벼를 수확하고 나서 늦벼와 고구마를 심을 때까지 대략 음력 6, 7월경이 이 지역에서 1년 중 가장 더운 때라 미혼이나 신혼의 부녀자들이 함께 모여 서로 교류하며 여서로 자신의 애환을 토로하거나, 혹은 신령께 복을 빌었다. 저녁밥을 먹고 나면 친정집 동생들과 함께 부채를 들고 시원한 나무 그늘 아래나 마을 입구, 혹은 바람이 시원하게 통하는 자매 집에 모여서 여흥을 하며 여가女歌, 즉 취량가를 불렀다. '취량가'는 풍부하면서도 다양한 내용을 담고 있는데, 예를 들어,『주가사새면란란周家社崽面欒欒』처럼 서정적인 서사 내용을 민요 형식으로 부르는 경우도 있지만, 때로는 즉흥적으로 노래를 지어 부르는 경우도 있었다. 이 기간 동안에 남자들은 절대로 모임에 참여한다거나 혹은 옆에서 지켜봐서도 안 되었다. 여서가 전승되는 지역의 부녀자들은 모임을 하면서 여서를 함께 익히기도 하는데, 취량절 역시 예외가 아니었다. 부녀자들은 또한 종종 여서를 매개로 감정적 교류와 '노동'을 맺기도 하였는데, 이와 같은 명절이 여성들에게 의자매를 맺는다거나 혹은 자신의 감정을 토로할 수 있는 무대를 제공해 주었다. 예를 들어, 어려서 부친을 잃고 과부가 된 모친을 따라 어려운 생활을 보낸 소녀가 여름에 친정집에 와서 '취량'을 하며 의기투합하는 짝을 만난 이야기나, 노동을 맺고자 절선折扇 위에 친교서를 쓴 처자의 이야기 등이 그 예라고 하겠다.

新起圍墻栽花樹신기위장재화수　　海棠開開熱水紅해당개개열수홍
牧丹取齊折扇上목단취제절선상　　先奉知人你處開선봉지인니처개

石榴一雙牧丹稱석류일쌍목단칭
先奉吹凉到貴府선봉취량도귀부
好恩結爲東樹了호은결위동수료
又妨我芳假相稱우방아방가상칭
陽鳥聞聲不見面양조문성불견면
一取良門家規好일취양문가규호
遠聽貴家君子女원청귀가군자여
始我起心先送熱시아기심선송열
若是眞心儂二位약시진심농이위
若是姑娘不嫌棄약시고낭불혐기
不過我家難比你불과아가난비니
儂是儂親結爲義농시농친결위의
臺到姨家同耍樂대도이가동사락
粗字粗針到貴府조자조침도귀부
親家舅娘請諒大친가구낭청량대
你在高堂好過日니재고당호과일
臺到姨家同耍樂대도이가동사락
……
上無兄來下無弟상무형래하무제
上無倚來下無靠상무의래하무고
眼前光輝容易過안전광휘용이과
只望老同不嫌棄지망노동불혐기

鳳配金鷄天遇成봉배금계천우성
驚動姑娘一位芳경동고낭일위방
不得立時相會芳부득립시상회방
妨怕姑娘幾樣當방파고낭기양당
遠聽何歎好風光원청하탄호풍광
二取風花你合時이취풍화니합시
世上聰明算開個세상총명산개개
來問姑娘眞不眞래문고낭진불진
八月神堂共一雙팔월신당공일쌍
儂就二人交過恩농취이인교과은
家中貧寒不比芳가중빈한부비방
二位結交望長行이위결교망장행
二位坐齊知實心이위좌제지실심
只望姑娘請諒寬지망고낭청량관
不比貴家禮義全불비귀가례의전
對龍對鳳左右身대용대봉좌우신
日起回家不舍離일기회가불사리

姐娘年輕守空房저낭년경수공방
常到姨家算解煩상도이가산해번
臺姐年高有字難대저년고유자난
接你到來開姐心접니도래개저심40)

(3) 7월 7일 '걸교절乞巧節'

"7월 7일에 복숭아씨와 콩을 볶으면 향기로운 냄새가 난다."는 말은 여서가 전승되는 지역의 젊은 여성들이 걸교절을 지낼 때 언급하는 속담이

---

40) 趙麗明 主編, 『中國女書集成·結交老同書』, 淸華大學出版社, 1992年版, pp.409-410.

다. 매년 음력 7월 7일 저녁이 되면 젊은 여성들은 짝을 지어 문 앞에 놓인 작은 탁자 위에 볶은 복숭아씨와 콩을 제물로 차려놓고 여서를 읊으며 직녀에게 자신들의 소원을 빌었다.

여성만을 위한 이러한 특별한 명절은 여성 간의 교류 촉진과 함께 사교 활동을 위한 중요한 매개체 역할을 하여, 여성들이 서로 자유롭게 왕래할 수 있는 기회를 제공해 주었을 뿐만 아니라, 남성들처럼 사회 활동에 참가할 수 있는 평등한 권리를 누릴 수 있게 해 주었다.

3) 제사 활동

여서가 전승되는 일부 지역에서 거행되는 제사 활동은 가제家祭, 묘제廟祭, 야제野祭 등 크게 세 가지로 구분해 볼 수 있는데, 그중에서 가장 성대한 제사가 바로 묘제이다. 이러한 제사 활동에는 남녀가 모두 참여할 수 있어 여성에게는 자신만의 뛰어난 재능을 발휘할 수 있는 기회가 되었다. 또한 이러한 활동은 타인과의 왕래나 교류가 자유로웠던 까닭에 여성들의 사교 활동에도 적지 않은 영향을 미쳤다. 가령 8월 묘회나 반왕절 등의 제사 활동이 그 좋은 예라고 할 수 있다.

(1) 8월 묘회

여서가 전승되고 있는 상강우향에는 각 촌마다 보호신을 모시는데, 촌마다 모시는 보호신은 반고盤古, 대우大禹, 황소黃巢, 포증包拯 등처럼 매우 다양하게 나타난다. 가을 음력 8월이 되면 보호신을 모시고 마을을 순시하며, 무당을 초청해 법사를 짓고 춤을 추게 하였는데, 이것을 속칭 '과묘過廟'라고 하였다. 이는 묘회를 가리키는 것이며, 묘회가 개최되는 시기는 일반적으로 8월 3일에서 8월 20일까지 지정된 날짜에 거행되었다. 묘회는 각 촌에서 순서를 정해 돌아가며 거행하게 되는데, 묘회가 거행되는 촌락이나 마을에서는 친척이나 친구들이 반드시 묘회에 참여해야 했다. 또한 새로운 가정을 꾸린 집에서는 새 며느리와 그 육친들이 묘회에 참관하는 것이 전통적인 습속이었다. 그래서 초청받은 사람들은 반드시 참여해야 했다. 묘회가 진행되는 동안에는 닭과 돼지를 잡아 연회를 베풀고 친구들을 초청해 융성하게 대접하였다. 묘회일 정오가 지나면 집안의 웃어른이나 각 지파의 장노, 묘전廟田 관리자, 악사, 무당, 답고대踏鼓隊 등이 긴 열을 지어 묘 안의 보호신을 마을 내에 있는 대청으로 모신 후 성대하게 절을 올렸다. 절이 모두 끝나고 나면 마을을 한 바퀴 돌고 나서 보호신을 다시 묘로 돌려보냈다. 저녁에 소원을 빌고자 하는 사람은 묘에 등을 밝히고 폭죽을 터트리는데, 이때 무당이 깃발을 꽂아 법사를 짓고, 춤꾼이 춤을 추기 시작하면, 그 주위에 남녀노소가 겹겹이 모여들어 환호성을 지르며 날이 밝아올 때까지 밤을 지새웠다.

(2) 반왕절盤王節

전하는 바에 의하면, 반왕이 바로 요족의 조상이라고 한다. 어느 해인가 요족이 가뭄을 피해 장강을 건너 동정호를 지나는데, 호수 위에 갑자기 광풍이 불며 커다란 파도가 일자, 배를 강가에 대지 못하고 7일 밤낮을 표류하게 되었다. 이때 어떤 사람이 뱃머리에 올라가 시조인 반왕에게 자손들의 평안을 빌며 기도를 올렸는데, 그의 기도가 끝나자 돌연 광풍이 멈추고 호수가 잔잔해져 요족 사람들이 겨우 강가에 배를 대고 목숨을 구할 수 있게 되었다. 그런데 공교롭게도 이날이 바로 반왕의 생일인 음력 10월 16일이었다. 이에 사람들은 음력 10월 16일을 '반왕절'로 정하고 제사를 지냈다고 한다. 반왕절은 또한 환반왕원還盤王愿, 환반고황원還盤古皇愿, 타반왕재打盤王齋, 도반왕跳盤王, 제반왕祭盤王, 새반고賽盤古, 주반왕奏盤王 등으로 불리기도 한다. 환반왕원은 요족의 시조인 반왕과 조상에게 제사를 지내는 매우 중요한 경축 활동 가운데 하나로서, 풍성한 수확을 위하여 순조로운 일기와 더불어 사람과 가축의 평안을 기원하는 의미를 담고 있다. 이러한 제사 활동은 대부분 농한기인 가을과 겨울 사이인 음력 10월 16일에 성대하게 거행되었다. 환반왕원은 대원大愿과 소원小愿 두 가지로 나뉘는데, 이는 각 마을이나 각 가정의 경제적 상황에 따라 결정되었다. 대원의 경우는 일반적으로 3박 4일 동안 진행되는데, 어떤 경우는 7일 밤낮동안 진행되는 경우도 있었다. 제사는 마을의 촌장이 주관하며, 사람들은 각자 자신의 경제적 상황에 따라 경비를 기부하였다. 제사 의식에는 마을 전체 혹은 가족 구성원이 모두 참가하며, 의식이 거행되는 동안 사람들은 노래를 부르고 춤을 추며 제물을 바쳤으며, 한편에 술자리를 마련하고 6명 내지 8명의 무당을 초청해 의식을 주관토록 하였다. 이때 둘 내지 세쌍의 미혼 남녀를 선발하여 화의花衣와 화모花帽를 갖춰 입힌 다음 '창가자唱歌仔'로 삼고 반왕의 자손을 대표하도록 하였다. 환반왕원은 매우 엄숙한 제사 활동이기 때문에, 제사를 지낼 때는 모든 생산 활동이 금지되었다. 따라서 사람들은 생산 활동을 중지하였으며, 제사를 주관하는 촌락이나 가정에서는 닭과 돼지를 잡고 남녀노소가 모두 예복을 갖춰 입었으며 원근의 친척들과 친구들이 분분히 달려와 의식을 축하하였다.

『반왕가盤王歌』는 요족의 대표적인 고전 가요집으로서, 『반왕대가盤王大歌』, 『환원가還愿歌』 등으로 부르기도 한다. 1987년 호남성 강영현에서 남송 을축년乙丑年(1265년)에 작성된 수기본이 발견되었는데, 수기본은 세대를 거치며 내용이 첨삭되어 있었다. 이 수기본의 처음 부분에는 총 2,500행으로 구성된 제사가가 실려 있는데, 여기에는 한족의 도교와 불교사상도 담겨 있다.

옛 서적의 기록에 의하면, 요족의 선조는 "뒤섞은 어육을 사용하고, 구유를 두드리고 큰소리로 부르짖으며 반호에게 제사를 올렸다."(간보: 『수신기』)고 한다. 근인의 저서 중에도 요인瑤人은 "매년 음력 정월 초하룻날에 집안에서 개를 업고 부뚜막을 돌고 나오면, 온 집안의 남녀가 모두 개처럼 엎드려 절을 하였으며, 해가 뜨면 음식을 먹는데, 반드시 구유를 두드리며 땅에 엎드려 음식을 먹어야 예를 다한다고 생각하였다."(유우석: 『영표기만』)고 하는 기록이 있다. 이러한 기록을 통해서 반왕절이 요족의 제사 중에서 매우 특별한 의미를 지니고 있을 뿐만 아니라, 여서가 전승되는 지역에서 가장 중요한 제사 활동 중의 하나로 남녀노소 모두가 참가한다는 사실을 알 수 있다. 강영현의 어떤 지역에서는 반왕절 기간 동안 좌가당 활동을 거행하기도 하였는데, 이때는 젊은 남녀가 함께 대가對歌를 불렀다.

2. 여서 좌당가坐歌堂

'좌가당'은 경사가 있는 날에 요인瑤人들 사이에 보편적으로 이루어지는 남녀의 대가對歌 활동을 가리킨다. 일반적으로 늦은 시간에 진행되며, 규모가 성대하고, 그 과정 또한 매우 엄격한데, 일반적으로 미혼의 청년과 중장년층의 두 그룹으로 나뉘어 진행되었다. 『영주부지永州府志』에 "도주道州의 가녀 …… 가녀 4인이 신부를 당堂의 중앙으로 불러내면, 이때 부모는 손님들에게 정성을 다해 대접하였다. 중당에서는 부녀자들이 모여서 밤이 될 때까지 노래를 불렀으며, 먼 곳의 부녀자들은 함께 짝을 지어 찾아왔는데, 이를 가당歌堂을 본다고 한다."고 하는 기록이 보인다. 가당은 정당正堂 건물에 설치하고, 대청 내에는 팔선탁八仙卓과 장조등長條凳을 준비하였다. 좌가당을 주관하는 측에서는 사탕과 과자, 수주水酒, 숙채熟菜 등을 준비해 사람들이 편하게 먹고 마실 수 있도록 하였다. 가당은 수옥愁屋, 소가당小歌堂, 대가당大歌堂 등의 세 단계로 나뉘어 진행되었다.

1) 수옥愁屋

결혼 전 첫날을 '조옥嘈屋', 또는 '수옥愁屋'이라고 부르는데, 이날은 신부 측에서 초청한 악사와 노래를 부를 7~10명의 처자를 초청해 노래 연습을 하는 한편, 둘째 날과 셋째 날 부를 노래를 일일이 점검하며 주창主唱과 반창伴唱을 명확하게 구분하였다. 시집가는 딸에 대한 서운함과 근심이 가족과 친구들의 마음 속에 말로 형용할 수 없을 만큼 가득하지만, 걱정하는 신부의 마음을 달래기 위해 노래를 불렀다. 즉 여자의 몸이 천하고 박명함은 예로부터 그러한데 세상일도 이와 같으니 예절에 따라 행동해야 한다. 그러한 의미에서 '수옥'이라 불렀다고 한다. 이때 모든 여반女件은 함께 『수만문루무취루水漫門樓無聚樓』(또한 어떤 것은 『오경수五更愁』, 『육경수六更愁』로 부르기도 한다) 등을 불렀다.

一更愁일경수	水漬門樓無聚樓수지문루무취루
無者聚樓雙溢水무자취루쌍일수	雙雙溢水泪雙流쌍쌍일수루쌍류
二更愁이경수	黃龍溜過親床頭황용류과친상두
親者床頭滔滔睡친자상두도도수	是女過他泪雙流시여과타루쌍류
三更愁삼경수	三樹紅花挂屋頭삼수홍화괘옥두
兩邊兩樹歸新屋양변양수귀신옥	中央一樹泪雙流중앙일수루쌍류
四更愁사경수	四個金鷄隔窩留사개금계격와류
金鷄口留留住女금계구류류주여	臺親口留心不留대친구류심불류

五更愁오경수 　　　　　　五人七姓起歌聲오인칠성기가성
起起歌聲聲又亮기기가성성우량
六更愁육경수 　　　　　　弟郞把火去巡樓제랑파화거순루
上間下間盡巡了상간하간진순료　中央一間冷水樓중앙일간냉수루41)

이 가요에서는 곧 집을 떠나게 될 신부의 서운한 마음이 잘 표현되어
있다. 신부와 신부측 친구들이 노래를 부르고 나면, 바로 대가對歌가 시작
된다.

女唱여창 :
廳屋中央四個角청옥중앙사개각　　齊齊姉妹唱耍歌제제자매창사가
我邊唱起你邊接아변창기니변접　　同圍唱紀好鬧熱동위창기호료열42)

男唱남창) :
一對蠟燭亮堂堂일대납촉량당당　　紅漆卓子擺三張홍칠탁자파삼장
兩邊坐起陪娘姐량변좌기배낭저　　中間坐着媳婦娘중간좌착식부낭
我們門前來陪伴아문문전래배반　　陪起新人坐歌堂배기신인좌가당

이러한 노래는 풍취가 가득한 한 폭의 산골 정경을 그려내고 있다. 첫
째 날 저녁의 좌가당은 격식에 얽매이지 않고 제각기 노래를 부르는데,
이때는 노래와 함께 사람들을 웃게 만드는 이야기로 시끌벅적한 잔치 분
위기를 연출하며, 이튿날 거행되는 '소가당'과 셋째 날 거행되는 '대가당'
에서 부를 노래를 결정한다. 사람들은 노래를 부르는 중간에 틈틈이 탁자
위에 놓인 여서를 자세히 살펴보기도 하는데, 이때 네모진 붉은 띠와 부
채 위에 쓰인 글씨가 등불 아래 밝게 빛을 발한다.

---

41) 謝志民, 『江永"女書"之謎』, 河南人民出版社, 1991年版 , pp.823-827.
42) 謝志民, 『江永"女書"之謎』, 河南人民出版社, 1991年版 , p.1021.

2) 소가당小歌堂

　결혼 전 두 번째 가당을 '소가당'이라 부르는데, 축하하고자 하는 친구들은 모두 이날 참석한다. 사전에 신부 친구 중에서 용모가 단정하고 양부모가 모두 생존해 있는 12명의 미혼 처자들을 '반낭여伴娘女'로 삼아 가가嫁歌를 부르도록 하는데, 예전에는 반낭녀가 건물 위에 숨어 있다가 다가오는 영친대를 향해 죽엽수竹葉水를 뿌렸다고 해서 '발수례潑水禮'라고도 불렀다고 한다. 이날 저녁에 씨족 사당에서 '상위上位(廳)'와 '하위下位(廳)'의 식을 진행하는데, 의식이 거행될 때 신부는 붉은색의 옷과 운견雲肩(옛날 여자가 어깨에 걸치던 복식의 일종)을 몸에 걸치고 꽃 치마에 봉관鳳冠을 쓰고 모친의 부축을 받으며 사당 안으로 들어간다. 신부가 먼저 조상의 신위에 참배하고 사당 정중앙에 서면 반낭녀가 양쪽에 자리하고 서서 『상위가上位歌』를 합창하는데, 『상위가』는 다음과 같이 부른다.

上位手巾尺五長상위수건척오장　　　圍過四邊大姊娘위과사변대자낭
大姊有歌借出唱대자유가차출창　　　不要妹娘起歌聲불요매낭기가성
起得高時人不聽기득고시인불청　　　起得低時人不聞기득저시인불문
初步出山嫩陽鳥초보출산눈양조　　　不會拍翅不會啼불회박시불회제[43]

　의식이 끝나고 신부가 자리를 떠날 때 다 함께 『일경계제여기조-更鷄啼女起早』를 합창하는데, 그 가사 내용은 "일경단화진단화-更斷禾眞斷禾, 이경량미정래도二更量米并來淘, 삼경타조노하사三更打竈爐下謝, 사경세과취차화四更洗鍋吹茶花, 오경할망괘하각五更割芒挂下脚, 개개왈여귀득지個個曰女歸得遲, 우부지시우불조又不遲時又不早, 정호도료요소말시正好到了小末時"[44]처럼 결혼 전 바쁘게 움직

---

43) 趙麗明, 『中國女書合集』, 中華書局, 2005年版, p.4012.
44) 趙麗明, 『中國女書合集』, 中華書局, 2005年版, p.3976.

이는 신부의 모습과 고향과 친척에 대한 그리움을 표현하고 있다.

3) 대가당大歌堂

결혼 전날의 가당을 '대가당'이라고 부른다. 이날 오찬은 다른 날보다
더 풍성하게 준비하는데, 장소나 의식은 소가당과 같으나, 다만 『상위가』
와 『하위가』의 내용이 다를 뿐이다. 『상위가』는 일반적으로 혼례 준비에
대한 묘사가 주류를 이루는데, 이때의 『상위가』는 다음과 같이 부른다.

新靠門樓三丈高신고문루삼장고　　門樓出水揷紅花문루출수삽홍화
又一針來綉一針차일침래수일침　　四寸銀錢五寸金사촌은전오촌금
我家有個梅花姐아가유개매화저　　三三梅花來求親삼삼매화래구친
上山砍柴十五里상산감시십오리　　下河挑水水樣淸하하도수수양청
我在娘家多爲貴아재낭가다위귀　　去到他家受雪霜거도타가수설상45)

『하위가』는 신부가 자리를 떠나고 나서 신부의 형수가 반낭녀들에게 술
을 권할 때 반낭녀들이 합창하는 노래이다. 가사 중에는 신부의 혼수 준
비를 위해 애쓴 형수에 대한 은근한 칭찬이 담겨 있다. 노래의 주제는 '이
낭가離娘歌'로서, 곧 출가하게 될 신부가 느끼는 부모와 친구들에 대한 그
리움과 더불어 시집가는 딸에 대한 가족과 친구들의 축원과 가르침이 담
겨 있다. 특히 이 중에는 사람의 도리, 시부모와 남편에 대한 도리, 집안
일을 처리하는 도리, 근검절약하는 도리, 친정집을 방문하는 도리 등등의
내용이 포함되어 있다. 이때 신부는 연장자와 자매들에게 일일이 화답하
며, 출가 후에도 부모와 윗사람에 대한 효도와 자매의 정을 잊지 않겠다

---

45) 趙麗明, 『中國女書合集』, 中華書局, 2005年版, p.3972.

는 뜻을 전한다. 좌가당이 진행될 때, 출가하는 신부는 곡가哭歌로 응답해야 한다. 즉 좌가당의 자매가 노래를 부르면, 신부도 이에 곡가로 응답해야 한다. 자매들이 다음과 같이 노래를 부르면,

我們姉妹同長大아문자매동장대   明日妹妹要出嫁명일매매요출가
妹進貴門福氣多매진귀문복기다   莫把姉妹忘在坡막파자매망재파

신부는 아래와 같이 곡가哭歌로 응답한다.

姐姐帶我恩德大저저대아은덕대   出嫁離走那邊家출가리주나변가
妹會牢記姉妹情매회뢰기자매정   常來你家和你耍상래니가화니사

이때 신부는 좌가당의 자매들과 함께 관계가 친밀한 집에 가서 아쉬운 이별의 정을 나누는데, 신부는 대청에서 방에 들어가지 않고 가까운 친척들과 이별의 정을 나눈다.

3. 여서 곡가가哭嫁歌

남녀가 결혼하는 것은 사람들의 생활 속에서 가장 기쁜 일이며, 또한 남녀 양가에도 매우 경사스러운 일이다. 그러나 여서가 전승되는 지역에서 신부가 출가할 때면 울음소리가 끊이지 않고, 그 소리 또한 매우 처량하였다. 『도주지道州志 · 풍속風俗』(p.820)에도 "시집가는 여자 집에서는 저녁까지 화연花筵을 준비하는데, 사람들은 모녀를 둘러싸고 앉아 신부가 삼가해야 할 언행을 이야기하며 함께 울었다. 친척과 자매들 사이에 노랫소

리가 이어지며 밤이 새도록 끊이지 않았다."[46]고 하는 내용이 보인다. 곡가는 일반적으로 출가하기 전날 부르는데, 주로 자신의 불행한 처지와 친척과의 이별(부모, 자매, 오빠와 형수, 조상 등)의 정을 토로하였다. 이외에도 자신의 불공평한 운명이나 만족스럽지 못한 부모님의 결혼식 준비 등에 대한 탄식도 포함하고 있다. 친척이나 마을 사람들이 신부를 타이르며 종종 함께 우는 경우도 있는데, 그 내용은 주로 그리운 친척과 친구들을 떠나야만 하는 부녀자들의 서운한 마음과 정이 담겨 있다. 신부가 울면서 노래를 부르는 것은 신부가 부모, 오빠, 형수, 자매 등과의 이별에 대한 아쉬움과 정을 표현하기 위한 것으로, 현지 부녀자들의 감정이 진솔하게 반영되어 있다. 이와 관련한 내용은 다음과 같이 대략 네 가지로 구분해 볼 수 있다.

1) 개성가開聲歌

곡가가는 이른 아침부터 시작된다. 처음 부르는 노래는 '낭개성娘開聲'이라 하며, 이는 모친이 먼저 딸을 데리고 울면서 부르는 노래이다.

一更點火點淸香일경점화점청향　　二更點火火團圓이경점화화단원
今日團圓在虵屋금일단원재사옥　　天光團圓出遠鄕천광단원출원향
三更點火火團圓삼경점화화단원　　今日團圓在伯邊금일단원재백변
天光團圓出遠鄕천광단원출원향　　四更點火火團圓사경점화화단원
今日團圓在叔邊금일단원재숙변　　天光團圓出遠鄕천광단원출원향
五更點火火團圓오경점화화단원　　今日團圓在哥邊금일단원재가변
天光團圓出遠鄕천광단원출원향　　六更點火火團圓육경점화화단원
今日團圓在弟邊금일단원재제변　　天光團圓姊出鄕천광단원자출향[47]

---

46) 『道縣志』, 中國社會出版社1994年版, , p.711 참조.

모친이 울고 나면 이어서 딸이 울면서 노래를 부른다.

新打剪刀新開錯신타전도신개고　　十二花園金鷄叫십이화원금계규
金鷄開叫一大群금계개규일대군　　女兒開口一個人여아개구일개인
女兒開口驚動人여아개구경동인　　驚動別人很高興경동별인흔고흥
驚動爹娘好傷人경동다낭호상인　　驚動嫂嫂進灶房경동수수진조방
驚動哥哥趕早場경동가가간조장　　爹娘帶兒磨心腸다낭대아마심장
一天多搭二合米일천다탑이합미　　一夜多添二錢油일야다첨이전유
都把女兒帶出頭도파여아대출두　　祖公祖婆安陰間조공조파안음간
晚輩女兒出家院만배여아출가원　　保女出嫁銀財飽보여출가은재포
子子孫孫用不完자자손손용불완　　開聲當晚擦黑哭개성당만찰흑곡
今朝女兒哭聲吵금조여아곡성초　　哭起驚動各老小곡기경동각노소
四隣客人莫見外사린객인막견외　　女兒出閣回來拜여아출각회래배
　……

2) 송은가頌恩歌

신부는 울음을 한바탕 터뜨리고 나서 부모의 은혜에 대한 칭송을 시작
으로 차례로 형수와 동생, 친지 등의 은혜에 감사하는 송은가를 부른다.
한편, 중매인에게도 송은가를 부르는데, 이때는 '욕'이 담긴 송은가를 불
러 감사의 마음을 전하였다. 가사의 내용은 사람마다 다르며, 즉흥적으로
지어 부르기도 하는데, 일반적으로 윗사람에게는 양육과 가르침에 대한
고마움을 표시하고, 동생들에게는 부모님에 대한 공경, 공부, 살림살이 등
에 대한 당부의 마음을 표현하였다. 그리고 동년배의 의자매에게는 교분
의 정과 그리움, 행복한 미래에 대한 축복을 기원하는 마음을 전하였다.

---

47) 趙麗明, 『中國女書合集』, 中華書局, 2005年版 , p.3970.

부모님을 찬양하는 노래

爹爹爲兒在坡上 다다위아재파상	馳娘盤兒在床上 자낭반아재상상
一口飯來一口湯 일구반래일구탕	一脬屎來一脬尿 일포시래일포뇨
累得爹爹筋骨斷 누득다다근골단	磨得馳娘皮瘦黃 마득자낭피수황
樓上點燈樓脚亮 누상점등누각량	照到小兒奉惜娘 조도소아봉석낭
惜娘馳娘睡溫床 석낭자낭수온상	打濕左邊調右邊 타습좌변조우변
打濕右邊調胸膛 타습우변조흉당	打濕胸膛無調當 타습흉당무조당

오빠와 형수를 칭찬하는 노래

哥哥背妹滿地跑 가가배매만지포	告訴妹妹事多少 고소매매사다소
摘起管管(豌豆角)教妹吃 적기관관(완두각)교매흘	采起果果拿妹嘗 채기과과나매상
嫂嫂比哥哥强 수수비가가강	教妹比過爹和娘 교매비과다화낭
教我煮飯又炖淸 교아자반우돈청	教我針線補衣裳 교아침선보의상
哥哥嫂嫂好心腸 가가수수호심장	細細教妹細細講 세세교매세세강
不打妹來不罵妹 불타매래불매매)	不告爹娘不討償 불고다낭불토상

누이를 칭찬하는 노래

姐姐帶妹像我娘 저저대매상아낭	小時喂飯又喂湯 소시위반우위탕
夜晚帶我同床睡 야만대아동상수	叫我起夜好幾趟 규아기야호기쟁
鋪盖盖我周身暖 포개개아주신난	幇我盖好不受凉 방아개호불수량
教我梳頭洗腦殼 교아소두세뇌각	教我洗澡換衣裳 교아세조환의상

중매인을 욕하는 노래

苦了媒人一雙脚 고료매인일쌍각	走了東山走西河 주료동산주서하
費了媒人一番心 비료매인일번심	窮家女兒進高門 궁가여아진고문
太陽出來照高堂 태양출래조고당	照到媒人走忙忙 조도매인주망망
走到我娘桂花房 주도아낭계화방	爲我提親費心腸 위아제친비심장

我娘後院落柳葉靑아낭후원낙류엽청　　撤把柳葉掃板凳별파류엽소판등
掃了板凳哪個坐소료판등나개좌　　掃了板凳媒人坐소료판등매인좌
辛苦媒人你請坐신고매인니청좌　　我娘有話對你說아낭유화대니설
我要四盤鐵瓜子아요사반철과자　　又要六壺醐酿酒우요육호호양주
又要武官來過禮우요무관래과례　　又要文官來娶親우요문관래취친
又要山峰來盖印우요산봉래개인　　又要猪頭有千斤우요저두유천근
姑娘罵媒人罵得凶고낭매매인매득흉　　媒人忙西又忙東매인망서우망동
姑娘罵媒人罵得絶고낭매매인매득절　　媒人一天忙到黑매인일천망도흑

　전하는 바에 따르면, 중매인에 대한 욕이 심할수록 신부가 시집가서 더
잘 살 수 있고, 중매인에게도 행운이 따른다고 한다. 중매인은 사주가謝酒
歌를 불러 신부에게 답례한다.

淺斟淺酌眞淺酌천짐천작진천작　　不分淸灑落漆臺불분청쇄낙칠대
落了漆臺漆不亮낙료칠대칠불량　　帶了衣裙色不亮대료의군색불량[48]

3) 영객가迎客歌

　하객과 친구들을 환영한다는 의미에서 출가하는 신부가 울면서 노래를
부르는데, 이를 속칭 '곡영객가哭迎客歌'라고 한다.

貴家客人來早무귀가객인래조조　　走了遠路脚發燒주료원로각발소
丟下家活來操心주하가활래조심　　爲的女兒出閣門위적여아출각문

---

48) 謝志民, 『江永"女書"之謎』, 河南人民出版社, 1991年版, p.81.

來客不嫌路兒遠래객불혐로아원　　添了箱兒又送錢첨료상아우송전
快請客人高堂坐쾌청객인고당좌　　快喝茶來快吸煙쾌갈차래쾌흡연

또 하나의 노래는

擦淨凳來擺好椅찰정등래파호의　　抬起花鼓請客齊태기화고청객제
客齊還是請客齊객제환시청객제　　打起花鼓請客齊타기화고청객제
搭錢上街買彩調탑전상가매채조　　搭錢下州買紅花탑전하주매홍화
若是爲早買不到약시위조매불도　　紅漆椅子由你拍홍칠의자유니박
拍托彩漆嫂嫂過박탁채칠수수과　　再請師父重新漆재청사부중신칠
紅漆漆臺紅艶艶홍칠칠대홍염염　　雙雙椅上畵鴛鴦쌍쌍의상화원앙
漆臺上擺銀花盞칠대상파은화잔　　銀花載油擺銀盞은화재유파은잔

　곡창哭唱을 받은 하객은 신부에게 부조금을 주는데, 이를 속칭 '급압상
전給押箱錢'이라 부른다.

4) 석별가惜別歌

　출가라는 말은 자신을 키워준 부모님의 곁을 떠난다는 것을 의미하며,
이별이라는 말 역시 어려서부터 함께 자란 친구들과 멀어진다는 의미이
다. 따라서 부모님과 친구에 대해 느끼는 석별의 정이 곡가가 중에서 가
장 중요한 부분을 차지하고 있다. 예를 들면,

今天上廳慢上廳금천상청만상청　　屋服金鷄啼九聲옥복금계제구성
金鷄慢行慢拍翅금계만행만박시　　是女慢行慢上廳시여만행만상청
裙脚帶凳坼地面군각대등탁지면　　衣袖帶凳坼漆合의수대등탁칠합
坼漆臺頭蓮花盞탁칠대두련화잔　　蓮花金盞行雲頭연화금잔행운두49)

상청上廳에서 '곡가가哭嫁歌'가 끝났다는 말은 부모를 비롯한 친구들과 이별을 했다는 것을 의미한다. 그래서 신부의 아버지는 집안에 들어가지 않고 집 주위를 배회하며 고개를 돌려 못내 아쉬운 석별의 정을 표현하는데, 이러한 정경은 "슬픔에 젖은 곡가를 한 번 부르면, 사람의 탄식으로 애간장이 끊어진다."는 말을 통해서도 어느 정도 엿볼 수 있다.

일찍부터 소수민족 사이에 곡가의 습속이 전해져 왔다. 신부가 출가할 때 "울지 않으면 길하지 못하기 때문에 울면 울수록 더욱 길하다."고 여겨 사람들은 신부가 크게 울수록 좋다고 생각하였다. 그래서 송대 주거비周去非의 『영외대답嶺外代答』 중에도 여식이 출가할 때 부르는 영남 소수민족의 곡가哭歌에 대해 "영남에서는 여식이 출가하는 저녁에 신부가 예복을 갖춰 입고 대청에 앉으면, 그 옆에 예복을 갖춰 입은 여반女伴이 신부를 부축하며 번갈아 노래를 부른다. 석별의 정이 담겨 있어 구슬프기 그지없다. ……"고 하는 기록이 실려 있다. 곡가는 일종의 풍속으로서 그 유래나 의미는 예전의 결혼 풍속과 관련이 있으며, 봉건적 예교와도 깊은 관련이 있다. 그래서 출가할 때 신부가 울지 않으면 사람들이 불길하다고 여겨 여론의 질책을 받기도 하였다. 또 하나 중요한 요소는 바로 감정적인 작용이다. 예전의 혼인은 모두 부모가 주관했던 까닭에 신부가 어떠한 사람에게 시집을 가는지, 결혼 후에 어떠한 생활을 하게 되는지 전혀 알 수가 없었다. 그러니 어찌 울지 않을 수 있었겠는가! 여자가 시집을 가서 남편과의 불화나 혹은 혼인 생활에 변고가 생기기 전에는 부모 형제와 다시 만나기가 어려웠으니, 신부가 이러한 이별의 슬픔을 쉽게 받아들이지 못했을 것이다. 그러니 어찌 울지 않을 수 있겠는가! 신부가 울면 친척들이 타이르며 옷소매를 들어 눈물을 닦으니, 옆에 있던 사람들 역시 어찌 눈물을 흘리지 않을 수 있겠는가! 여서가 전승되는 지역의 곡별가哭別歌로는

---

49) 謝志民, 『江永"女書"之謎』, 河南人民出版社, 1991年版, pp.756-757.

『곡별낭哭別娘』, 『곡별부친哭別父親』, 『곡별구부哭別舅父』, 『곡별백야哭別伯爺』, 『곡별대가수哭別大哥嫂』, 『곡별제매哭別第妹』 등이 전해오고 있다.

『곡별가哭別歌』

竹葉靑죽엽청 木葉靑목엽청	親娘命好來開聲친낭명호래개성
一雙花鼓 一雙鑼일쌍화고일쌍라	一雙花鼓過門前일쌍화고과문전
花鼓不響不鬧熱화고불향불료열	花笛不吹不抵錢화적불취불저전50)

『곡별부친哭別父親』

隔山隔嶺隔溪崽격산격령격계새	溪崽中央種梅穎계새중앙종매영
發了三岡大水到발료삼강대수도	推開梅穎爺寬盈추개매영야관영
前朝鬧熱在親屋전조료열재친옥	今日別爺出遠鄕금일별야출원향
設此投着南兒子설차투착남아자	在親身邊一世凭재친신변일세빙51)

여서가 전승되는 지역의 혼인방식은 주로 부모의 명과 중매자의 말로 정해진다. 일찍이 『영명현지永明縣誌』에서 "혼인할 때 양가에서 중매인을 통해 혼인 의사를 밝힌다."고 말한 바와 같이 부모가 주관하는 결혼은 때때로 뜻하지 않은 불행과 고통을 가져다주기도 하였다. 그래서 여서 작품 중에는 이러한 혼인방식에 대한 불만을 표시한 내용이 적지 않게 실려 있다. 예를 들면,

梳起頭소기두 揷起花삽기화	哥哥引我過人家가가인아과인가
千家萬家你不許천가만가니불허	許起橋頭李萬家허기교두이만가
李萬家中事又(이만가중사우다	八府粮田田地多팔부량전전지다

---

50) 謝志民, 『江永"女書"之謎』, 河南人民出版社, 1991年版, p.766.
51) 趙麗明, 『中國女書合集』, 中華書局, 2005年版, p.4016.

碓屋踏碓碓屋量대옥답대대옥량　　嫌我偸養米爺娘혐아투양미야낭

亦有金奶奶水漿역유금내내수장　　亦有銀包菜來역유은포포채래

金包住得銀包量금포주득은포량　　我娘家中少哪行아낭가중소나행

他家爺娘你沒諒타가야낭니몰량　　媳婦偸米做衣裳식부투미주의상

明是家中有長大명시가중유장대　　孫崽孫女不包身손새손여불포신

要得粮田幾多水요득량전기다수　　要得爺娘幾多張요득야낭기다장52)

또한 자신의 불평등한 입장을 토로한 내용도 보인다. 예를 들면,

天上星子出不明천상성자출불명　　掀開天井三丈高흔개천정삼장고

一瓶粮酒兩樣酒일병량주량양주　　我娘養女兩樣心아낭양여량양심

大女許座瓦屋坐대여허좌와옥좌　　小女許的茅草屋소여허적모초옥

風吹瓦屋當當響풍취와옥당당향　　風吹茅草滿山飛풍취모초만산비53)

이 노래에는 집안의 큰딸과 작은딸의 불평등한 처지에 대해 토로하는
내용이 담겨 있다. 또한 내용 중에는 출가하는 여자의 슬픔이 다양한 각
도에서 표현되고 있는데, 그중에는 가족에 대한 서운한 감정과 여자의 비
참한 운명에 대한 호소, 결혼 생활에 대한 호기심과 두려움 등의 내용도
보인다. 이처럼 신부의 복잡한 감정을 모두 곡가에 담아 표현하였던 것이다.

52) 趙麗明, 『中國女書合集』, 中華書局, 2005年版, p.1135.
53) 趙麗明, 『中國女書合集』, 中華書局, 2005年版, p.4016.

제
5
장

여서 서예

여서 문자의 형태는 한자와 유사해 보이지만 한자와는 다른, 세계에서 현존하는 오래된 문자 중의 하나로 곧 소실될 위기에 처해 있는 '살아 있는 문자'라고 할 수 있다. 문자의 형태는 마름모꼴 형태로 강함과 부드러움이 조화를 이루어 부드러움 속에 강함이 있고, 필획은 섬세하면서도 자유롭고 분방함을 갖추고 있다. 또한 배열은 공정하면서도 경쾌하고 독특한 심미적 가치를 갖추고 있어 서예 창작에 종사하는 국내외 전문가들부터 많은 주목을 받아오고 있다. 여서 문자 서예는 여서 학술연구와 여서 문화 연구에 새로운 지평을 열어주었다. 이처럼 여서 문자는 인류문화가 창조한 새로운 역사적 흐름 속에서 우리 눈앞에 또 하나의 참신한 매력을 보여주고 있다.

1. 여서 서예의 심미적 가치

여서 문자 서예의 심미적 가치는 주로 다음과 같이 네 가지 측면에서 표현되고 있는데, 그것은 바로 유연미, 고전미, 역동미, 조화미를 가리킨다.

1) 유연미

여서 문자는 세계에서 유일하게 전해오고 있는 '여성 전용' 문자로 가늘고 길쭉하면서도 우아하고 매혹적인 매력을 지니고 있다. 마치 버들가지가 바람에 흔들리는 듯 요조숙녀가 경쾌한 노랫소리에 맞춰 우아하게 춤추는 듯 부드러운 아름다움이 내포되어 있다. 이러한 기이한 문화 현상은 세계 문자사의 불가사의, 규중의 기적, 천고의 수수께끼로 일컬어지고 있으며, 모성의 영원한 빛을 발산하는 여서 문자는 호상湖湘(호남성 동정호와 상강湘工 지대) 여인들의 총명함과 지혜의 결정체라고 할 수 있다. 여서 문자의 전승은 일반적으로 연장자가 젊은 사람에게, 혹은 모친이 딸에게, 혹은 친한 친구사이에 서로 전해져 오늘날까지 대대로 계승되어 오고 있는데, 오랜 세월 동안 줄곧 영남 일대의 부녀자들 사이에서 광범위하게 유전되어 오면서 여성적 색채가 매우 뚜렷하게 드러난다. 대부분의 여서 작품은 부녀자의 마음속 감정을 표현하는 작품이 많이 나타나는 반면에, 제본이 정교하고 아름다운 『삼조서』나 개인의 전기를 다룬 『양환의 자술楊煥宜自述』, 『고은선 자술自述』, 『의년화 자전』, 『양세세楊細細』 등과 같이 사회의 역사적 사건을 다룬 작품은 상대적으로 적은 편이다. 그리고 고대 부녀자의 불행한 조우나 비극적인 삶을 묘사한 『과부가』, 『고녀원孤女怨』, 『소고가訴苦歌』 등과 같은 작품도 일부 보인다. 여서 문화는 현지의 여홍문화, 가당문화, 결교문화, 혼가문화 등과 밀접한 관련을 가지고 있다. 그래서 그녀들은 서로 노동을 맺거나 여서를 노래하거나 여홍을 익히거나, 혹은 묘회나 좌가당, '투우절', '취량절', '흘교절吃巧節' 등의 활동을 함께 하였다. 새해나 명절 혹은 농한기가 되면 부녀자들은 여서를 읽거나 노래하는 외에, 역사적 사실을 기록하거나 자신의 신세를 토로하기도 하고, 서신을 서로 주고받기도 하며, 제사와 기도를 함께 올렸다. 이때 남성들은 이러한 부녀자들의 활동에 대해 묻지도 않고 반대도 하지 않았기 때문에, 부녀자들은 여서 문자를 통해 자신들만의 정신적 안식처를 세워나갈 수 있었다. 여서의 쓰기 방식은 중국의 고대 서체처럼 문장을 위에서 아래로, 그리고 오른쪽에서 왼쪽으로 써 내려가는 방식을 취하고 있지만, 표점 부호는 사용하지 않았다. 한자는 평평한 가로획과 수직의 세로획이 어울려 단정하면서도 장중함을 느끼게 하는 남성미를 보여주고 있는 반면에, 여서의 필획은 여성적 색채가 두드러져 점點은 정교하나 무겁지 않고, 호선弧線은 여러 가지 다양한 형태를 띠고 있으며, 서체의 외형은 대추 씨앗처럼 생겨 가로획이나 세로획이 보이지 않는다. 또한 서체가 비스듬하게 한 쪽으로 기울어져 있어 마치 여인이 자신의 감정을 밖으로 발산하는 듯한 느낌을 줄 뿐만 아니라, 필획이 수려하고 세련되어 여성적 개성과 유연미가 뛰어나다. 이는 여서 전각자 조동유이 "여서는 형태가 기이하고 특이할 뿐만 아니라, 좌우 배열이 들쭉날쭉해 오른쪽이 높으면 왼쪽이 낮아 좌우가 마치 태아를 품은 듯하다. 사선의 상하가 비스듬히 교차하며 대범하게 펼쳐져 있고, 날렵하면서도 아름다운 호선은 마치 사람의 정이 뚝뚝 떨어지는 듯한 느낌을 준다. 점과 선을 교차하여 대응을 피하고, 사선과 호선은 훈塤이나 지麓처럼 처리하여 미소 하나로 나라를 망하게 한 귀비의 춤추는 자태를 보는 듯하다."54)고 묘사한 것과 같다.

2) 고전미

오래된 문자 가운데 하나인 여서 문자는 오직 점點, 수豎, 사斜, 호弧 네 개의 필획만을 사용하고 있으며, 구조도 좌우와 상하 두 가지 형식만 있고, 내외방식은 보이지 않는다. 즉 서체의 구성이 통상적으로 말하는 '필

---

54) 趙冬友, 『印燈新焰—女書篆刻創作談』, 第六屆全國女書學術研討會論文.

획의 형태'로 이루어져 있는데, 이는 고대 한자 중에서 전문篆文과 갑골문의 형식을 참고한 것으로 필획이 마르고 단단해 보이지만, 섬세하면서도 수려한 형태를 보여준다. 또한 형태의 특이함과 가지런한 균형은 소전小篆의 풍격뿐만 아니라, 갑골문과 금문의 굳세고 강한 풍격도 갖추고 있어 고전적 아름다움이 넘쳐 보인다. 더욱이 여서의 서체는 '자세체태字勢體態'의 구조를 보여주고 있는데, 이는 고대 한자의 서체 구조를 토대로 발전되어 나온 새로운 형태라고 볼 수 있다. 긴 마름모꼴 형태로 좌우와 상하가 왼쪽으로 비스듬히 기울어져 있는 여서는 우측 모서리가 가장 높고 왼쪽 모서리가 가장 낮은 구조를 취하고 있으며, 필획이 많지 않아 선의 변화를 통해 조형적 아름다움을 창조하고, 음악적인 운율과 리듬을 통해 중국 서체의 고전적 미학사상을 구현하고 있다.

3) 역동미

일찍이 북송의 저명한 문학가이자 화가이며, 또한 서예가이기도 한 소식蘇軾은 "해서는 서 있는 듯하며, 행서는 걸어가는 듯하며, 초서는 달리는 듯하다."는 주장을 하여 중국 서예의 역동적인 미학사상을 제기하였다. 즉 해서는 붓놀림의 속도가 비교적 느려 일필 일획이 마치 사람이 서서 관망하는 듯하고, 행서의 붓놀림은 속도가 조금 더 빨라 마치 사람이 걸어가는 듯하며, 초서의 붓놀림은 속도가 매우 빨라 마치 사람이 뛰어가는 듯하다고 말함으로써 각기 다른 필체의 역동성을 표현하였다. 소식이 제기한 한자의 해서, 행서, 초서 등의 역동적인 심미적 특징은 여서의 서체에도 그대로 적용되고 있다.

여서 서체의 역동미는 우선 필획의 형태적 변화를 통해 구현되며, 필획의 역동감은 독특한 필획의 형태에 의해서 표현된다. 여서의 필획은 곧게

뻗은 가로획이나 세로획이 없으며 사선도 없다. 다만 구부러지거나 쳐든 획이나 혹은 기울거나 치우쳐진 획만 있다. 여서 필획의 형태적 변화는 필획의 방향, 길고 짧음, 굵고 얇음, 농담, 굴곡도 등의 변화에 따라 나타나는데, 이러한 변화는 마치 흘러가는 강물이 경사도에 따라 낙차와 속도, 그리고 강폭의 넓고 좁음에 따라 크고 작은 변화가 나타나듯이 여서 역시 필획의 변화에 따라 다양한 역동미가 표현된다. 필자는 일찍이 왕징계를 대표로 하는 예파預派의 서체를 감상한 적이 있는데, 이 방면의 미적 감각이 가장 뛰어나다고 평가할 수 있을 것이다. 여서의 역동미는 또한 체세體勢의 변화에 따라 다양하게 나타난다. 물론 변화가 풍부한 여서는 필획의 형태 변화에 따라 역동미가 나타나기도 하지만, 결체結體 변화가 더욱 풍부한 역동미를 제공해 준다고 할 수 있다. 그렇다면 여서의 체세에 나타나는 역동감이나 동태動態는 어떻게 발생하는가? 만일 몸을 숙이고 두 발을 앞으로 내디디며 달려가는 운동선수를 갑자기 멈춰 서게 한다면, 그 사람은 분명 중심을 잃고 불안정한 자세를 취하게 될 것이다. 즉 여서의 결체 역시 운동선수처럼 필획을 앞으로 기울이거나, 혹은 뒤로 젖히면 필획의 균형이 깨지면서 역동미가 발생하게 된다. 그래서 하나의 여서 문자를 가지고도 하나의 작품 속에서 다양한 형태적 변화를 보여줄 수 있다. 즉 길고 가는 획을 짧고 거칠게 표현하거나, 혹은 상부를 앞으로 기울이고 하부를 뒤로 젖히거나, 혹은 상부를 뒤로 젖히고 하부를 앞으로 기울일 수 있고, 혹은 서로 기대고 있는 획을 서로 마주 보는 획으로 표현할 수도 있다. 이처럼 풍부한 체세의 변화는 여서 서체의 역동미 창조에 매우 중요한 작용을 한다.

4) 조화미

어떤 학자들은 조화미를 중국 서예 예술에서 가장 높은 경지로 평가하고 있다. 중국의 서예는 선의 조합과 변화, 그리고 편장篇章과 구성의 배치를 통해 형식과 내용의 아름다운 조화미를 추구하는데, 여서의 조화미 역시 이와 마찬가지로 필획의 선에 나타나는 호응과 편장의 배치 변화에 의해 구현된다. 여서의 편장은 허실虛實, 소밀疏密, 고윤枯潤, 대비對比, 천삽穿插, 피양避讓 등의 다양한 예술적 수단을 통해 처리할 수 있다. 예를 들어, 반신 선생이 창작한 『등학작루登鶴雀樓』의 경우는 필획의 비수肥瘦, 질감, 소밀疏密 등이 조화롭게 호응하고 있을 뿐만 아니라, 그 필획에 의해 나타나는 선의 공간 역시 조화롭게 통일되어 있다. 전체 작품을 놓고 볼 때, 붓놀림의 속도감이 한결같으면서도 그 속에 변화가 나타나고, 여백의 '소疏, 밀密, 파破, 주湊' 등이 교묘하게 호응하여 작품 전체에 기운氣韻과 리듬감이 넘쳐나는 조화미를 보여준다. 촘촘한 곳은 바늘마저 들어갈 틈이 없어 보이고, 넓게 트인 곳은 말을 달릴 수 있을 만큼 넓어 보인다. 또한 어떤 곳은 물결이 잔잔하게 이는 듯하고, 어떤 곳은 샘물이 콸콸 솟아 나오는 듯하며, 또 어떤 곳은 마치 선녀가 뿌린 꽃잎이 하늘거리며 떨어지는 듯한 느낌을 주는데, 이러한 장면은 일찍이 소연蕭衍이 『답도은거논서答陶隱居論書』 중에서 "뼈에 아름다움이 없고 근육에 힘이 없지만, 살찌고 마름이 서로 조화를 이루기 때문에 골력骨力이라 일컫는다."고 언급한 말처럼 조화미의 경지를 보여주고 있다.

2. 여서의 서예 유파와 전파

1) 주석기와 구양홍염을 대표로 하는 상파湘派

2006년 10월 12일 국내외 학자들과 매체에 의해 '남학여서제일인男學女書第一人'으로 칭송받던 강영현의 문화관 퇴직 간부 주석기가 의창宜昌 여서촌의 초청을 받고 무한으로 가는 도중에 향년 80세를 일기로 세상을 떠났는데, 상파 서예는 바로 그의 영향 아래 발전하게 된 것이다.

강영현 윤산진允山鎭에서 1926년에 태어난 주석기는 여서와 깊은 인연을 가지고 있었다. 그는 어려서 상강우로 시집간 고모의 집에 자주 놀러 갔는데, 그곳에서 부녀자들이 노소를 막론하고 함께 모여 노래를 부르거나 즐겁게 놀기도 하고, 때로는 눈물을 흘리는 모습을 자연스럽게 접해 볼 수 있었다. 이때부터 주석기는 남자에게는 전승되지 않는 여서에 대해 흥미를 가지기 시작하였다. 12살 때부터 고모를 따라 여서를 접촉하게 된 그는 우연히 집안에서 6대조 조모가 쓴 책을 발견하게 되었는데, 그 책이 바로 당시 여서로 번역되어 널리 전송되던 『훈여사訓女詞』였다. 그는 그 책 속의 기이한 문자를 보면서 이 글자가 무엇을 말하는지 반드시 해독해 낼 것이라는 뜻을 세웠다고 한다.

1954년 주석기는 강영현 문화관의 간부로 부임하게 되자 상강우 갈담촌 일대를 둘러보고, 여서 계승자인 호자주 노인을 스승으로 모시고 여서를 익히는 한편, 관련 자료를 수집해 정리하기 시작하였는데, 그의 여서에 관한 본격적인 연구는 바로 이때부터 시작되었다고 할 수 있다. 그는 자신이 정리한 여서 문자를 호남성 박물관에 근무하는 이정광에게 보냈고 마침내 이정광과 반신 등의 주의를 끌게 되었다.

이어서 1982년 4월 주석기는 당시 '장각문자長脚蚊字'로 불렸던 여서를

『강영문물지』에 소개하면서 여서에 대한 국내외 학자들의 관심을 끌게 되었다. 그는 강영현을 찾아오는 답사팀을 시종 웃는 얼굴로 인내심을 가지고 맞이하며 여서 문화를 전파하기 위해 자신의 모든 노력을 아끼지 않았다. 그의 말에 따르면, 자신의 인생은 이미 여서와 함께 할 운명으로 정해져 있었다고 한다. 한편, 그는 전후 궁철병, 사지민, 조려명, 엔도 오리에, 캐시 실버 등과 함께 여서를 수집, 정리하고 연구하였으며, 『부녀문자와 요족 천가동』, 『중국여서집성』 등의 많은 저서에서 여서 문자와 작품에 대한 번역과 주석 작업에 참여하였다. 1997년 겨울 일본의 초청을 받은 그는 도쿄와 오사카를 직접 방문하여 여서를 소개하였다. 당시 그는 이미 상당한 전문 지식을 갖춘 여서 연구자로서 일본 현지에서 커다란 호응을 얻었다. 40여 년간의 연구 생애를 통해 그가 정리하고 번역하여 출판한 글자 수만도 무려 백만 여자에 달한다. 조려명이 주편을 맡고 그가 번역한 『중국여서합집』은 이미 중화서국에서 출판되었으며, 또한 그가 개인적으로 편찬한 『여서자전』 역시 악록서원에서 정식으로 출판되었다. 이처럼 그가 필생의 노력을 기울여 거둔 성과를 공개적으로 출판한 목적은 수십 년 동안 진행해 온 자신의 연구 성과를 총결산하고, 연구 성과를 다른 학자들과 함께 공유하고자 함이었다.

여서 연구에 있어서 주석기의 주요 공헌은 역시 여서의 서체 창작에 있다고 하겠다. 자신의 문화적 지식과 한문 서체에 대한 이해를 바탕으로 창작한 주석기의 여서 작품은 고은선이나 의년화 등의 여서 전승자들보다 더 뛰어나다는 평가를 받았다. 하지만 이러한 그의 노력은 오히려 여서의 원형을 훼손하는 결과를 초래하고 말았는데, 이는 그가 창작한 여서 작품 중의 일부 문자가 문자의 필획이나 구조적 측면에서 여서의 원형과 큰 차이를 보였기 때문이다. 특히 그는 한자의 구조적 특징에 근거하여 적지 않은 여서 문자를 위조하였는데, 이러한 그의 행위는 여서 연구에 심각한 영향을 끼쳤다. 이와 관련된 내용은 관련 장과 절에 가서 다시 상세하게 논술하도록 하겠다.

주석기周碩沂와 구양홍염歐陽紅艶의 여서 서예 교류 창작

구양홍염은 호남성 영원에서 1970년 4월에 태어났으며, 호남과기대학 미술교육학과를 졸업하였다. 언어는 물론 노래와 번역, 그리고 창작과 서예, 회화 등에 모두 능했던 구양홍염은 신세대 여서의 계승자라고 할 수 있는데, 12살 때 강영현 상강우진의 고모할머니 의세세義細細로부터 여가女

歌를 배우기 시작하였으며, 후에 여서에 정통한 여덟 분의 전승자들을 모시고 차례로 여서의 기예를 배웠다. 그리고 후에 다시 양환의 여사와 주석기 선생의 입실 제자가 되었다. 그녀는 1990년 6월부터 강영현 물가국과 현의 경제정보센터에서 근무하였으며, 2002년 10월 강영현에서 처음 개인적으로 홍염여서관紅艶女書館을 열고, 홍염을 상표로 한 유리 부조품, 목공예품, 자수 공예품, 여서 수건, 상수湘繍 거울 병풍 등 30여 가지의 여서 관련 공예품을 개발하여 소비자들로부터 좋은 반응을 얻었다. 구양홍염은 최초로 여서의 개성화 우표 시리즈를 디자인하였을 뿐만 아니라, 인터넷을 이용한 여서 홍보와 최초로 판권을 보호받은 여서 전승자이기도 하다. 그녀는 2004년 2월 '여서전인예술단女書傳人藝術團'을 창립하였으며, 여서설창 프로그램인 『십수十繍』, 『청산조자青山鳥仔』 등이 중앙TV9의 『외국인이 본 중국』프로그램을 통해 방영되었다. 현재 그녀의 여서 서예 작품은 미국, 캐나다, 러시아, 일본 등지를 비롯한 고궁박물관과 중국민족도서관 등에 소장되어 있다.

구양홍염은 여서 서예를 학습하는 과정에서 사체경필식斜體硬筆式 전통을 계승하는 한편, 여서의 필법에 주의를 기울여 '파격식破格式', '행초식行草式', '상형식象形式' 등의 풍격을 지닌 홍염여서紅艶女書라는 그녀만의 독창적인 서예 체계를 고안하였다. 2006년 3월에는 그녀가 다년간 연구 끝에 고안한 '여서 서예'와 '여서표식설계도女書標識設計圖'가 호남성 판권국의 지적재산권 권리를 획득하였으며, 11월 27일 국무원 신문사무실의 초청을 받고 북경에 작품을 전시해 국내외 전문가들로부터 호평을 받았다. 같은 해 연말 여서 문화의 계승과 홍보에 관한 공을 인정한 영주시위원회는 그녀를 현에서 시정부로 발령을 내고, 영주시 여서설창예술협회女書說唱藝術協會 주석에 임명하였으며, 『소상신보瀟湘晨報』는 그녀를 2006년도 호남 10대 지식인으로 선정하였다.

2008년 1월 15일부터 26일까지 그녀는 12일 동안 세계에서 가장 긴 여서 서화작품을 창작하였는데, 표구를 포함한 길이가 118미터에 이르고, 넓이가 0.536미터(선지 부분은 길이가 116미터, 넓이가 0.438미터)나 되었다. 내용은 주요 여서 작품 16편을 베껴 쓴 것으로, 부녀들 사이에 주고받은 서신이나 사건 기록, 자매결연, 친정 방문, 삼조서 등이 대부분 규중 밀어로 씌여져 있다. 그중 『요문가猺(瑤)文歌』는 최초로 발굴된 여서의 진본으로 국가박물

여서 전승자 - 구양홍염歐陽紅艷

관에 소장되어 있고, 나머지는 민간에 흩어져 있던 희귀한 여서 원본인데 그녀가 20여 년간 여서를 익히면서 수집한 귀중한 자료들이다, 이외에 다양한 형태의 고대 시녀화도 함께 수록되어 있다. 이 작품은 향후 기네스 세계기록에 등재 신청할 예정에 있다.

강영현의 여서 전승자인 하정화何靜華, 호미월, 하염신 등과 함께 호남성 영주현의 주진륭周進隆, 사소림謝少林, 장사의 진립신陳立新, 산서성 태원의 반신 등의 인물들 역시 모두 여서의 서예 창작에 심혈을 기울였던 사람들이다. 이중에서 2007년 5월 21일 사소림(호남성 영주시 강영현 사람)이 창작한 100미터의 여서 서예 작품은 기네스 세계기록에 등재되어 '중국일절

中國─絶'이라는 명성을 얻었다. 사소림은 이름이 호虎이고, 호는 기묵당주嗜墨堂主이다. 1982년 태어나 어려서부터 주석기의 개인적인 지도를 받으며 다년간 여서를 연구하여 독창적인 여서 서예를 창조하였다. 2001년 9월 그는 호남영릉사범학원湖南零陵師範學院 미술학과에서 중국화를 전공하였고, 그 이듬해 군대에 입대해 제남군구 '엽정독립단葉挺獨立團'에 배치되어 해방군 전사가 되었다. 그는 부대에 배치된 후에도 지속적으로 여서 서예를 연구해 적지 않은 여서 서예 작품을 창작하였다. 그가 창작한 100미터 작품 속에는『삼조서』,『권해서勸解書』,『결교서結交書』,『곡가가』등의 내용이 수록되어 있으며, 서예의 기세가 웅장하고 격조가 높아 많은 사람들의 마음을 사로잡았다. 그는 11개월 만에 100미터나 되는 장권長卷에 3만 여자의 여서 작품을 완성하여 2007년 3월 기네스 세계신기록에 등재되었다. 일찍이 사소림이 발표한『여서습유작품집성女書拾遺作品集成』에는 여서로 번역된 근 5,000자에 이르는『증광현문增廣賢文』과『팔영팔치八榮八耻』등의 수십여 가지 노래가 수록되어 있으며, 그가 창작한 여서 작품 중에 일부는 현재 캐나다, 한국, 일본 등의 소장가와 중국 군사박물관에 소장되어 있다.

반신의 자는 근지謹之이며, 일찍이 인화仁華, 이양李楊 등의 이름을 사용하기도 하였다. 또한 그는 필명으로 전화田禾를 사용하면서 스스로 양구축객陽九逐客이라는 호를 지어 사용하였다. 1925년 2월 강소성 상숙시常熟市 하시향何市鄕 항교촌項橋村에서 태어난 반신은 일찍이 중화시사학회 이사, 산서성시사학회 고문, 산서성어언학회 학술위원회 위원 등을 역임하였으며, 비교적 이른 시기에 여서 연구와 서예 작품 창작에 몰두한 대표적인 인물이라고 할 수 있다. 그는 1949년 5월부터 1951년 2월까지 상숙현常熟縣 지당구支塘區 풍당정량참楓塘征糧站 정량원征糧員과 고경양참顧涇糧站의 회계 주임으로 근무하였고, 1950년부터 1951년까지 홍경洪涇, 귀장歸庄, 항교項橋, 지당支塘 등의 지역에서 소학교 교사를 지냈다. 1951년 9월부터 1952년 8

월까지는 상해학원上海學院 중문학과에서 수학하였고 1952년 9월부터 1956년 8월까지 상해 복단대학 중문학과에서 중문학을 전공하였다. 졸업 후에는 북경과학원 언어연구소 『중국어문』사 편집부에 배치되었으나, '문화대혁명' 시기에 우파로 몰려 강소성 대풍현 상해농장에 하방되어 고초를 겪었다. 그리고 1980년 2월부터 1989년 12월까지 산서성 태원사범전문대학의 중문학과 강사로 근무하다가 1990년 퇴직하였다. 반신은 여서가 잔존하는 모계사회의 유물로서 3,000년의 역사를 지닌 갑골문보다 더 오래된 갑골문의 모자母字라고 여겼다. 여서에서는 '동음차대同音借代', '자무정형字無定形' 등의 특징이 보이는데, 이러한 특징은 갑골문에서도 보이지만 갑골문의 '동음차대'는 여서에 비하여 적고, '자무정형'의 이체자 역시 여서에 비해 적게 나타난다. 갑골문 발견 이후에 많은 사람들이 갑골문에 대한 관련 연구를 진행해 왔으나, 훨씬 이전의 여서에 대해서는 명확히 드러난 바가 없다. 반신은 더욱이 연구 중에 앙소문화를 비롯한 마교문화馬橋文化와 용산문화龍山文化 등에서 출토되는 도기와 명문 중에서도 여서의 종적을 발견하였다. 반신은 여서의 서예 창작에 몰두하여 1999년 제2회 '세계화인예술상' 시상식에서 국제영예대상을 수상하는 동시에 '세계에서 걸출한 화인 예술가'라는 칭호를 수여받았다. 그리고 같은 해 제3회 홍콩에서 개최된 '세계화인예술대회'에서 그의 작품 『경오문회귀慶奧門回歸』가 특별 금상을 수상하였다.

진립신陳立愼의 예명藝名은 진숙묵陳夙墨이며, 이름은 연몽헌주硯夢軒主이다. 호남성 상덕常德에서 태어났으며, 다년간 전력회사와 호텔에서 관리원으로 종사하였다. 그녀는 호상湖湘 문화와 중화 고문화, 그리고 신비한 여서 문화를 세상에 널리 알리기 위해 장사에서 상여초운문화전파유한공사湘女楚韻文化傳播有限公司를 설립하고, 오랜 기간 직물과 비단, 그리고 강영의 여서 서예 연구와 창작활동에 종사하면서 여러 차례 성 내외 서화전에 참가해 뛰

반신潘愼

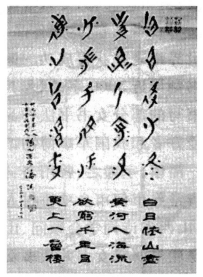

반신潘愼의 서예 작품

어난 성과를 거두었다. 현재 중국여서예술학회 상무이사, 호남성서예가협회 여서예술위회 부주임, 호남성서화가협회 이사, 호남성서화가협회 여자예술위원회 부회장, 장사용매龍媒문화전파유한공사 예술 총감독 등을 역임하고 있다. 진립신의 서예 작품은 중국 제1회 여서예술전에서 은상을 수상하는 외에, 중국 승부인洗夫人서예전 입선, 제12회 중국서예가협회 양성센터 3등상, 중국 상덕시장常德詩墻과 상서문봉탑비림비각湘西文峰塔碑林碑刻 등에서 입선하였다. 『여서통』의 부편집장을 맡아 자전 중의 여서 표준자 교정을 책임지는 등 당대의 실력있는 여서 서예가였던 그녀는 2007년 중국미용시상보中國美容時尙報, 신랑망新浪罔, 중국부녀보中國婦女報, 북경위시北京衛視 등이 공동으로 개최한 『중국매괴행동中國玫瑰行動』 자선회에 '여인매괴수유여향予人玫瑰手有餘香'이라는 작품을 경매하였는데, 받은 수익금 15만 원(인민폐)을 도움이 필요한 사람들에게 모두 기부하였다. 이에 전국의 각종 매체가 그녀의 일화를 소개하였으며, 이와 동시에 2007년 중국 부련婦聯이

발행하는 『중국부녀』의 해외판 3월호 표지 인물로 선정되었다. 여서가 전승되는 강영현위 선전부에서 그녀에게 '영명여서 문화선전대사'라는 증서를 수여하였으며, 업계로부터는 '중국여서대언제일인中國女書代言第一人'이라는 영예를 수여 받았다.

근년에 진립신은 전국 방방곡곡을 누비며 여서 문화를 각 지역에 전파하며 3년 동안 연이어 개최된 심천 국제문화산업박람회에 참가하였고, 이와 동시에 북경, 홍콩, 마카오, 해남, 하남, 호북, 광서, 안휘, 산동 등의 지역에서 여서 홍보 활동을 펼쳤다. 현재 그녀의 여서 작품은 일본, 한국, 싱가폴, 말레이시아 등의 소장가들에 의해서 소장되고 있다.

호미월은 고은선의 손녀이며, 영주시 여서서예가협회의 부주석을 역임하였다. 그녀는 1963년 2월 2일 태어나 1985년 하만촌으로 출가하였으며, 고은선이 여서학당을 설립할 때 훌륭한 조수 역할을 담당하였다. 주말이 되면 집안일을 멈추고 비가 오나 눈이 오나 한결같이 하만촌에서 5킬로미터 떨어진 포미촌에 달려가 여서를 가르쳤다. 이에 2001년 강영현 정부는 그녀를 정식으로 여서학당의 교원으로 임용하여 200여 명의 학생들을 배출하였다. 호미월은 2001년에는 영주시 인대대표人大代表에 선발되었으며, 현재는 여서원의 해설자로서 여서의 역사를 소개하며 여서 전시를 도와주고 있다. 그녀의 여서 설창과 서예는 대부분 고은선의 수법을 이어받았다.

2) 영주시 여서서예가협회와 무한의 중국여서예술학회의 성립

수년간의 준비 작업과 관련 부문의 비준을 받아 2006년 5월 10일 호남성 영주시에 영주시여서서예가협회가 설립되고, 제1회 회원대표대회를 개최하였다. 성과 시의 관련 부서 책임자를 비롯하여 여서 전문가, 여서 전승자, 여서 서예가, 서예 애호가 등 모두 70여 명이 회의에 참석하였으며,

진립신陳立新　　　　　　　　　　호미월胡美月

이 중에서 13명의 이사가 선출되었다. 영주시의 서예가협회 부주석 주진
륭이 주석에 당선되었으며, 호남과기대학의 부교수 장시당蔣詩堂, 강영의
여서 전승자 하정화, 하염신, 호미월 등이 부주석으로 당선되었다. 주화周
華는 비서장에 임명되었으며, 당유탁唐幼鐸과 하상록何祥祿은 부비서장에 임
명되었다. 그리고 호남성 전인대 부주임 당지향唐之享이 총고문에 임명되
고, 호남성 신문출판국의 국장 유명태劉鳴泰, 서예가협회의 주석 하만종何滿
宗, 시상무위원회의 선전부장 이량철李良鐵, 시정부의 부시장 조청무趙淸茂,
강영현 시위원회의 서기 오군伍軍 등이 고문에 임명되었다.

　중국민간예술가협회의 여서연구전업위원회女書硏究專業委員會는 서신을 보
내와서 "진심으로 영주시 여서서예가협회의 성립을 축하합니다. 회원 여
러분이 단결하여 여서 문화유산의 보존을 위한 과학적인 서예의 탐색과
실천을 통해 풍성한 성과를 거둘 수 있기를 기원하며, 여서라는 진귀한
꽃송이가 더욱 더 빛을 발할 수 있도록 새롭게 여서 문화를 창조해 나가

기 바랍니다."라며 대회의 성공적 개최를 축하하였다.

영주시 여서서예가협회가 성립된 이후 관련 활동을 소개하면 다음과 같다. 먼저 제1회 영주여서서예전람회가 개최되었는데, 이 전람회에 출품된 작품의 수는 무려 50여 점에 달하였다. 여서 전승자의 감칠맛 나는 감동적인 여가女歌와 특색 있는 서예 작품은 수많은 관중의 이목을 집중시키며 여서의 고향에 또 하나의 새로운 풍경을 선사해 주었다. 2006년 7월 영주시에서 개최된 국제수구대회 기간에 영주시여서서예가협회는 운동선수들이 머물고 있던 남화대주점南華大酒店에서 '여서서예정품전'을 개최하고, 주진륭, 하정화, 주엽, 하상록 등이 현장에서 직접 자신들의 휘호를 남겼는데, 당시 이들의 휘호가 각국 운동선수들의 지대한 관심을 불러일으켰다. 2006년 11월 30일부터 12월 7일까지 영주시 지도자의 부탁으로 영주시여서서예가협회의 주석 주진륭은 중국여서서예가협회의 창립 준비를 하러 북경에 갔으며, 민정부民政部, 국가문련文聯, 중국서예가협회 등과 연락하여 관련 내용을 보고하였다. 이 기간에 주진륭은 중국민협여서연구전업위원회와 여서의 전승과 보존, 그리고 홍보 등 관련 문제들을 논의하였다.

2005년 3월 8일 무한대학의 중국여서연구센터는 중국예술연구원, 중국민족민간문화보호공정국가센터, 호북성 당안관, 성과기관 등과 공동으로 제1회 '중국여서예술전'을 개최하였다. 이 전람회에 출품된 450여 점의 작품 중에서 서예 작품은 약 300여 점, 공예품은 약 110여 점, 여서 원본은 약 40여 점을 차지하였다. 전람회에 출품된 작품은 호북, 호남, 산동, 산서 등의 지역에서 보내왔으며, 작품 중에서 금상 8점과 은상 12점이 선발되었다. 전람회가 개최되는 기간에 중국여서예술학회가 성립되었는데 궁철병이 회장에 선출되고, 섭서민, 왕징계, 진영명陳永明, 조동우 등이 부회장으로 선출되었으며, 학회 성립 이후 무한에서 세 차례에 걸쳐 중국여서 예술전을 개최하였다.

3) 왕징계의 예파豫派

왕징계는 1936년 명문세가에서 태어나 어려서부터 훌륭한 가정교육과 예술적 훈도를 받고 자랐으며, 현재 하남성 서예협회의 회원이자 정주여자서예연구회 회장직을 책임지고 있다. 1986년 그녀는 여서의 서예 창작에 관심을 가지고 1991년부터 여서의 형태, 필법, 예술 풍격 등을 연구하여 자신만의 독특한 풍격을 지닌 문자 예술을 창조하였는데, 여기에는 서예와 도안 두 가지 내용이 포함되어 있다. 우선 '여서 서예'는 여서를 토대로 중국의 전통적인 서체 중에서 행서, 해서, 예서, 전서, 갑골문 등의 다양한 필법을 여서의 필획과 융합하여 유엽별柳葉撇, 죽엽별竹葉撇, 난엽별蘭葉撇, 매두별梅豆撇, 화환花環, 묵주墨珠, 조핵棗核 등의 필법을 창조하였으며, 여서 문자 부호의 예술적 조형을 토대로 직두식直頭式, 회두식回頭式, 사두식斜頭式, 중두식重頭式, 해서식楷書式 등의 10여 가지 서사 체식을 창조하여 사체경필식斜體硬筆式의 여서를 더욱 조화롭고 유창하면서도 단정하고 아름다운 서체로 발전시켰다. 이에 비해 '여서 도안'은 예술적인 과장과 변형, 그리고 유기적인 결합을 통해 꽃무늬 천, 도자기, 생활용품, 여행 기념품 등에 사용할 수 있는 문양을 고안하여 소박한 여서의 민족적 풍격을 사람들의 일상생활에 재현하였다. 즉 '여서 도안'은 '그림'과 '글자'를 하나로 융합시켜 회화적 언어로 표현하기 어려운 추상적 내용을 적절히 표현하였다. 예를 들어, '호운好運'이라는 두 글자가 장식된 '여서 화포花布'를 입으면 아름다우면서도 새롭고 고상해 보일 뿐만 아니라, 사람의 마음이 심리적인 편안함을 얻어 위안을 받게 된다. 이렇듯 왕징계의 '여서 서예'는 그 자체의 특수성과 참신함, 그리고 독창성으로 인해 국내외 많은 사람들의 흥미를 불러일으켰다. 그녀의 작품은 전람회를 비롯한 증우贈友, 수장收藏, 유통 등의 다양한 방식을 통해 전국에 유포되고 있으며, 심지어 바다 건

너 일본, 한국, 싱가폴, 태국, 인도, 독일, 미국, 온두라스, 칠레 등의 지역
에도 전해지고 있다. 이러한 왕징계의 노력은 그동안 빈사 상태에 놓여
있던 강영현의 여서에 새로운 활력을 불어 넣어 주고 있을 뿐만 아니라,
세계로 뻗어나가 세계인들이 중국의 여서를 이해하는데 적지 않은 공헌을
하고 있다.

한편, 왕징계는 사람들이 여서의 서예를 쉽게 익히고 연구할 수 있도록
고금의 시사 작품 120편을 집록하여 『징계여서서예자첩澄溪女書書法字帖』을
제작하고 하남미술출판사에서 출판하였는데, 이것이 바로 세계에서 정식
으로 출판된 최초의 여서 문자 자첩字帖이다.

정주여자서예연구회는 1984년에 성립되었는데, 현재 회원은 모두 326
명에 이른다. 협회의 회원들은 왕징계의 지도를 받으며 적지 않은 여서
서예 작품을 창작하였다. 20여 년이라는 세월 속에서 회원들은 직장과 가
사 이외에 서화연구창작에 몰두하여 굳세지만 촌스럽지 않고, 수려하지만
요염하지 않은 중원 여성들만의 노련한 예술적 풍격을 만들어 내었다. 정
주여자서화전은 무한, 장사, 북경, 서안 등 10여 개의 도시에서 연이어 개
최되어 많은 사람들의 호평을 받았다. 1992년 9월 정주국제소림무술절鄭
州國際小林武術節이 개최되는 기간에 부녀박물관 설립 준비위원회가 하남성
박물관에서 '중국 강영의 여서전람'전을 개최하였는데, 이때 전시 작품 중
에서 '여서 서예'와 관련된 부분은 왕징계가 번역과 설계를 담당하였다.
이 전시에 60여 명의 정주여자서예연구회 회원들이 작품을 출품해 국내
외 관람객의 호평을 받았다. 1994년 4월, 미국기독교아주고등교육위원회
의 셜리 미스케Shirly Miske는 왕징계에게 팩스를 보내 미국의 기독교 영수
중에 한 사람인 엘리자베스 루체 무어 부인Mrs. Elisabeth Luce Moore의 90세
생일을 맞이하여 선물로 기증하고자 한다면서 여서 부채를 하나 부탁하기
도 하였다. 또한 1994년 11월 북경대학에서 개최된 '중국 부녀 문제와 중

국 전통문화 국제학술 토론회'에서 학술대회를 축하하는 왕징계의 축하사 (여서 서예)가 국내외 대표들의 뜨거운 환영을 받았으며, 1995년 중국에서 개최된 제4차 세계부녀대회에서 왕징계의 '여서 서예'가 사람들로부터 특별한 관심을 받아, 작품이 『세계부녀대회지가世界婦女大會之歌』 책자에 인쇄되는 영예를 안기도 하였다. 이외에도 그녀의 또 다른 작품인 『목란시木蘭詩』는 전국 부련婦聯을 비롯한 『중국부녀보中國婦女報』와 『농가여백사통農家女百事通』 등의 잡지사가 공동 주최한 '중화교여수공예품대장새中華巧女手工藝品大獎賽'에서 수상하는 영예와 함께 20점의 여서 작품이 '중화교녀수공예품판매센터'에 출품되어 북경의 이화원과 회유, 그리고 대회의 주회의장 등에서 전시되고 판매되었다. 이어서 2003년에 왕징계 등은 성도, 귀양 등의 지역에서 여서 전람회를 개최하고 30여 점의 '여서 서예'와 70여 점의 산수화조화 작품을 출품하여 각 지역의 민중에게 여서 서예와 도안의 아름다운 품격과 매력을 널리 홍보하였다.

이외에 예파의 여서 서예가 중에서 영향력이 비교적 큰 사람으로는 주마점사범고등학교전과학원駐馬店師範高等學校傳科學院의 부연구원 석천石淺과 정주여서관鄭州女書館의 부관장 진리평陳莉萍 등이 있다. 석천의 원래 이름은 석숭유石嵩瑜이며, 1945년 6월 하남성 필양泌陽에서 태어났다. 그는 좌방원헌左芳源軒의 주인이며, 호는 중주백운여中州白雲女이다. 현재 그는 하남성건귀서원河南省巾幗書院의 원장으로서 중국서예가협회 회원, 하남성서예가협회 이사, 주마점시駐馬店市 서예가협회의 주석을 겸하고 있다. 석천 여사는 어려서부터 가학을 계승하여 숙부와 큰오빠로부터 필법을 배운 후 수십 년 동안 여서의 서예 연구와 창작에 종사하면서 커다란 예술적 성취를 거두었다. 그녀는 역대 명가의 묵적을 옮겨 쓰는 동시에 갑골문과 한대의 예서, 진대晉代의 문자, 당대의 해서 등을 익히고 연구하며, 옛것을 스승 삼아 각고의 노력을 기울여 남다른 성과를 거두었으며, 여서 서예예술전에도 여러 차례 참가하였다. 일찍이 정부에서 주최한 '건귁배巾幗杯' 전국서예우호대장새全國書法友好大獎賽와 '봉황배鳳皇杯' 국제서예우의새國際書法友誼賽 등에서 '주마점건귁승수미駐馬店巾幗勝須眉'라는 칭호를 수여받았다. 그리고 2004년 일본에서 개최된 서예 전시회의 요청을 받아 『여서와 여서 서예 예술에 관하여』, 『여서 예술의 독창적 이채로움』 등의 문장을 발표하였으며, 거의 1천 자에 이르는 『여서부女書賦』를 창작하였다. 부賦에서 "혹자는 여서가 여와女媧 시대로부터 유래하여 삼묘三苗에 전해졌으며, 후에 이것이 전해지게 되었다고 하며, 혹자는 여서가 갑골문보다 시대적으로 앞서며, 남자와 여자의 사용을 구별했다고 한다. 혹자는 초楚나라의 일을 아는 자가 그 말의 기원을 조전鳥篆에 두었다고 하며, 혹자는 한나라의 일을 아는 자가 말의 기원을 무덤 속 벽돌에서 유래한다고 했다고 한다. 이외에도 반교盤巧가 관부의 액을 당해 규서閨書를

왕징계王澄溪의 여서 창작 모습

만들어 노동에게 전했다고도 하며, 요희瑤姬가 궁궐에서 슬픔을 달래기 위해 천서天書를 만들어 슬픔과 원망하는 마음을 담았다고도 한다. 태평천국 때는 여서 문자가 동폐銅幣로 주조되었으며, 당대 이씨 왕조가 흥성할 때

는 부처가 화산花山에서 여자로 변했다고 한다. 신이 창조했다든지, 미래를 예언하기 위해 창조했다든지, 상나라 혹은 초나라 때 창조되었다든지 또는 당나라 혹은 청나라 때 창조되었다고 하는 등 여러 가지 주장이 분분하여 명확하게 확정지을 수 없다. 그렇지만 여서는 서체로서 섬세하고 가늘면서도 글자 형태가 아름답다. 마치 바람에 날리는 버들잎처럼 조화가 아름다워 춤추는 칼날로 봉건 쇠사슬을 베어버렸다."고 하였다.

진리평陳莉萍의 이름은 서운書蕓이며, 하남성 안양사람이다. 정주유아사범학교를 졸업하였으며, 『여서통』의 부주편을 역임하였다. 일찍이 유문화劉文華, 최승휘崔勝輝 등을 스승으로 모시고 서예를 익혔으며, 후에 왕징계를 스승으로 모시고 전문적인 여서 서예 창작에 종사하고 있다. 그의 여서 작품은 여러 차례 전시회에 참가하여 수상하였을 뿐만 아니라, 애호가들로부터 호평을 받고 있다.

4) 조동우의 전각 작품

조동우의 자는 진자進子이며, 동유冬有라고도 부른다. 호남성 보경寶慶 사람으로 1957년 11월 태어났다. 중국서예가협회의 회원이자 호남성미술가협회 회원, 중국여서예수학회 부회장 등을 역임하였으며, 현재 호남성 상덕시常德市 군중예술관群衆藝術館에서 근무하고 있다. 1975년부터 서예와 전각을 독학하였으며, 일찍이 제4회 전국서예전각전람회에서 입선과 제1회 전국현대전각대전에서 2등을 수상하였다. 1995년 5월 우연한 기회에 조동우는 친구 집에서 강영현의 여서를 접하였는데, 순간 여서 문자로 태극권의 어록을 조각해 문양으로 사용해도 좋을 것 같다는 생각이 들어 여서 문자를 반복하여 베껴 쓰며 연습을 하였다고 한다. 이를 계기로 강영현의 여서 문자가 마침내 예술의 전당에 오르게 되었고, 여서 표현 형식의 다양화와 예술화에도 새로운 전기를 맞이하게 되었다. 마침내 2004년 호남 미술출판사에서 『조동우태극권초형인보趙冬友太極拳肖形印譜』가 출판되었는데, 본서에 수록된 100여 개의 태극권 초형인肖形印 중에서 25개의 인장이 여서 전각이었다. 조동우는 '고지연매古之姸媚, 전세지영이前世之靈異'한 풍격의 여서 문자를 넓고 심오한 태극권 문화와 결합하여 여서 문자의 예술화에 새로운 영역을 개척함으로써 여서 전각의 일인자로 불리게 되었다.

여서 문자의 전각은 전법篆法, 장법章法, 도법刀法 등의 측면에서 모두 새로운 실험이었다고 할 수 있다. 아마도 이러한 원인으로 인해 여서가 발굴된 지 20여 년 이래 아무도 감히 전각 예술에 대한 새로운 탐색을 시도하지 못했는지도 모르겠다. 조동우는 초형인肖形印을 깊이 연구하는 한편, 이미 숙련된 갑골문의 전각 수법을 토대로 여서 문자의 전각에 새로운 창작을 시도하였다. 여서 문자는 갑골문자와 상당히 유사해 어떤 학자의 경우는 여서 문자가 지금의 한자를 모방해 만든 것이 아니라, 갑골문을 모방해 만들었다고 주장하기도 한다. 일찍이 이립李立은 조동우의 갑골문 전각에 대해, 그가 붓 대신 도刀를 이용해 기세가 웅장하고 시원한 풍격을 창조하였으며, 옛 수법을 토대로 새로운 예술적 경지를 개척해 내었다고 평가하였다. 조동우는 갑골문 전각에 대한 경험을 여서 문자에 운용하여 마침내 갑골문과 여서 문자의 공통점과 전각의 규칙을 찾아내었다.

당시에 여서 문자의 전각 분야는 미개척된 분야였던 까닭에 조동우는 갑골문의 전각 경험 이외에도 자신만의 숙련된 전각 도법을 활용하였다. 전서篆書는 전각에서 주로 방형과 장방형을 조합해 표현하는 까닭에 글자가 서로 대칭과 균형을 이루며, 가소성이 큰 까닭에 임의대로 크거나 작게, 혹은 방方, 원圓, 장長, 단短, 신伸, 축縮, 증增, 감減, 나挪, 이移, 취聚, 산散할 수도 있다. 이에 비해 여서의 자형은 오른쪽으로 비스듬히 기운 긴 마름모골 형태로 선이 섬세하고 날렵하면서도 오른쪽이 높고 왼쪽이 낮아 전각 과정에서 섬세하고 날렵한 여서 문자의 특징을 변경하기가 쉽지 않다. 만일 이러한 특징을 변경시킨다면 여서 문자는 자신만의 생명력을 잃게 되어 현대의 전각과 별반 다르지 않게 될 것이다. 이에 조동우는 여서의 전각 도법刀法을 연마하기 위해 문자를 새겼다 다시 갈아 새긴 석장만 해도 10여 년 동안 그 수가 무려 400여 개에 이른다고 한다. 그는 반복적인 연습 과정을 통해 여서의 점획이 마치 버드나무 새싹처럼 교태로우면서도 우아하게 변화가 없는 듯 변환變幻한다는 사실을 깨닫고, 전통적인 '칠분전사삼분각七分篆寫三分刻'법과 반대되는 '사분전사삼분설계삼분각四分篆寫三分設計三分刻'법을 채택해 활용하였다. 그는 여서 전각에 대한 새로운 창작 방법과 이론적 근거를 탐색하며 지금까지 아무도 걸어오지 않은 새로운 전각의 길을 걷고 있다. 2008년 6월 흑룡강출판사에서『중국전각백가中國篆刻百家 · 조동우여서인趙冬友女書印』이 출판됨에 따라 그가 다년간 여서 전각에서 이룩한 성과를 마침내 대중 앞에 내놓을 수 있게 되었다.

제
6
장

여서 문화 연구의 비평

여서는 보존되어 오는 고본古本이 없고, 사지史誌나 문헌은 물론 현지 주민의 족보나 비문에도 남아 있는 기록이 많지 않아 여서 관련 연구에 많은 어려움을 겪고 있다. 물론 지난 25년 동안 적지 않은 연구 성과를 거두었다고는 하지만, 아직도 해결해 나가야 할 많은 문제점이 존재하고 있다. 심지어 어떤 부분은 잘못된 길로 접어든 경우도 있어, 이 점에 관해 우리는 다시 한번 진지하게 생각해 볼 필요가 있다.

1. 여서 문자의 진위 문제

여서 문자의 진위를 판별하는 문제는 여서 연구 영역 중에서 가장 먼저 해결해야 할 부분이다. 여서 문자는 판별하기가 어렵고 언어도 통하지 않아, 일반적으로 독자들이 그 진위를 판별하기가 매우 어렵다. 여서 문자에 관한 논쟁은 고은선과 의년화 노인이 작고하기 이전부터 이미 시작되었다고 하겠다. 두 사람은 각기 다른 가정환경에서 성장했던 까닭에 비록 동일한 글자라고 해도 경우에 따라 두 사람의 사법寫法이 서로 달랐다. 고은선의 경우는 어떠한 문화적 교육도 받지 못했고, 심지어 서남 지역의 관

화조차 알지 못했기 때문에, 그녀의 여서 문자가 원형에 더 가깝다고 할
수 있다. 이에 비해 의년화는 어려서부터 부모에게 글자를 배워 서남 관
화를 사용할 줄 알았을 뿐만 아니라, 한문화 교육의 영향을 받아 그녀의
여서 문자에는 한자를 모방해 창조한 일부 글자도 보인다. 예를 들어, 동
일한 『나씨녀羅氏女』라는 작품을 두고 볼 때, 의년화가 부르는 가사 내용보
다 고은선의 가사 내용이 길며, 논리적 측면에서도 고은선의 가사 내용이
의년화의 가사 내용에 못 미친다. 심지어 두 사람이 쓴 여서 문자에서도
차이를 보이고 있다. 예를 들어, '주主'자에 대해 고은선의 경우는 '⸜, ⸝,
⸞'와 같이 쓰고 있으나, 의년화의 경우는 '⸟'와 같이 쓰고 있다. '기㡠'자에
대해 고은선의 경우는 '⸠'와 같이 쓰고 있으나, 의년화의 경우는 '⸡'와 같
이 쓰고 있다. '공公'자에 대해 고은선의 경우는 '⸢'와 같이 쓰고 있으나,
의년화의 경우는 '⸣'(한자의 공工을 차용하였다)와 같이 쓰고 있다. 의년화
의 경우는 무심결에 여서 문자를 창조해 썼다고 한다면, 주석기의 경우는
의도적으로 여서 문자를 새롭게 창조한 '전문가'라고 말할 수 있다. 처음
에 주석기 역시 여서 문자의 위조를 꺼려했지만, 고은선과 의년화 두 사
람이 세상을 떠나고 난 후에는 거리낌 없이 문자를 위조해 여서를 편찬함
으로써 여서 문자를 왜곡시켜 놓았다. 특히 심각한 부분은 일부 학자들이
자신의 관점을 논증하기 위해 이처럼 위조된 여서 문자를 인용함으로써
여서의 과학적 연구에 상당히 큰 위해를 끼쳤다는 사실이다. 예를 들어,
청화대학출판사에서 1992년 출판된 『중국여서집성』에는 429편의 여서
작품이 수록되어 있는데, 이 중에 주석기가 수집하고 정리한 작품(사실상
주석기가 창작하고 편역한 것임)이 64편이나 된다. 이는 이 책에 수록된
작품 가운데 14.9%에 해당된다. 또한 『영력永歷 황제 영명을 지남』의 경우
는 모두 574자로 이루어져 있는데, 이 중에 주석기 자신이 위조한 21자가
수록되어 있다. 한편, 어떤 학자들의 경우는 여서의 자휘를 기록하면서 글

자 수를 증가시키기 위해 일부 위조된 여서 문자를 함께 수록해 놓기도 하였다. 예를 들어, '남南'자의 경우 이미 '☉'라는 글자가 있으나, 후인이 또 다시 '☉'자를 창조하였으며, '자者'자의 경우도 원래 '☉'라는 글자가 있으나, 후인이 또 다시 '☉'자를 창조하였다. '간間'자의 경우도 마찬가지로 이미 '☉, ☉'라는 글자가 있으나, 후인이 또 다시 '☉'라는 글자를 창조하였는데, 이는 여서의 '☉'와 '☉'자를 활용해 한자의 '간間'자를 모방한 것이다. '우牛'자의 경우도 원래부터 이미 '☉'라는 글자가 있으나, 후인이 또 다시 '☉'자를 창조하였다. '뇌雷'자의 경우도 마찬가지로 원래 '☉'라는 글자는 하늘 아래 번개가 치는 형상을 나타내는 상형자이나, 후인이 또 다시 '☉'를 창조해내었는데, 이 글자는 한자의 '뇌雷'자와 별다른 차이가 없어 보인다. 이처럼 여서의 위조는 대부분 한자를 모방해 만들었다. 예를 들어, 진기광이 편찬한 『여한女漢 자전』(중앙민족대학출판사 2006년판)에 모두 3,435자의 여서 문자가 수록되어 있는데, 그 주요 출처는 모두 주석기의 위조 문자를 근거로 한 것이었다. 또한 1995년 진기광이 양인리, 주석기 등과 공동 편찬한 『영명여서』에는 여서 문자가 1,451자가 수록되어 있는데, 이 중에는 주석기가 위조한 글자가 상당 부분 섞여 있었다. 10년 동안 글자의 수가 무려 2,000여 자나 증가되었는데, 이렇게 증가된 2,000여 자는 대부분 주석기가 위조한 글자였다. 그래서 일찍이 진기광, 조려명 등이 여서 중에 80%의 글자가 한자에 기원을 두고 있다고 주장했던 것도 전혀 이상할 것이 없다. 양인리가 『영명여서』 중의 위조 글자와 전승의 진위 문제에 대해 "내가 1994년 진기광, 주석기 등과 함께 『영명여서』를 편찬하면서 1,570자를 수록하였는데, 여기서 이체자 119자를 제외하면 1,451자가 남는다. 당시 진위 문제에 신경을 쓰지 못해 결국 위조된 문자가 일부 섞여 들어가게 되었다.…… 우리에게는 20세기 90년대 이래 출현한 여서 작품 중에서 위조된 여서 문자를 골라내야 하는 책임이 있다. 이에 나는 여서 학술계 모두에게 여서 문자의 진실을 추구하여 위조가 범람하지 않도록 신경 쓸 것을 호소하는 바이다."55)는 개탄과 함께 여서가 전승되는 지역의 책임자에게 관리 조직을 설치하고, 여서 관련 자료를 수집하고 정리하여 『여서자전』을 새롭게 편찬할 것을 건의하였는데, 그가 이러한 주장을 제기한 것은 여서 보존에 대한 진실성을 확보하고자 함이었다.

2. 여서 작품의 번역 문제

여서 문자의 진위에 대한 판별 문제 이외에도 여서 작품에 대한 번역 문제 역시 여서 연구를 어렵게 만드는 주요 원인 가운데 하나로 작용하고 있다. 여서 작품의 내용은 대부분 현지 부녀자들의 혼인생활과 생산 활동을 반영하고 있으며, 작품 형식은 7언체의 시가체가 주류를 이루고 있다. 그리고 소수 5언체와 7언에 5언체가 혼합된 시가체 형식으로 이루어져 있다. 사지민이 저술한 『강영 '여서'의 미스터리』를 예로 들어볼 때, 여기에 수록된 208개의 작품 가운데 문학작품이 168개에 달한다. 그중에는 민간의 서정 가요 99편과 수수께끼 44편, 그리고 민간의 시가를 서술한 25편의 작품이 포함되어 있다. 이러한 민간의 서정 가요와 시가에는 상남과 계북 일대 민간의 생활상과 풍속이 생동적으로 묘사되어 있어, 여서가 실전되어 가는 상황 속에서 이와 같은 작품은 우리에게 여서 문화와 더불어 남방 민족의 문화 연구에도 매우 귀중한 자료가 되고 있다. 따라서 작

---

55) 楊仁里, 『江永女書發生期之我見─兼與宮哲兵〈女書研究二十年〉"幾個學術結論"商榷』, 『零陵學院學報』, 2004年, 第1期.

품에 관한 정확한 번역은 여서 문자 연구에도 직접적인 영향을 끼친다고 할 수 있다. 그렇지만 각 민족의 문화적 차이와 번역자의 문화적 소양으로 인해 여서 번역에 적지 않은 문제점과 오역이 발견되고 있는데, 특히 『중국여서합집』과 『중국여서집성』에서 이러한 문제점이 가장 많이 발견되고 있다. 이 점에 관해 사지민 교수는 일찍이 "주석기는 한편으로 자신이 위조하거나 편역한 '여서 작품'을 '원본 자료'로 속이는 동시에, 또 다른 한편으로 『중국여서집성』에 수록하여 여서의 원형을 대량으로 왜곡시켜 놓았다. 예를 들어, 고은선이 쓴 『사월초팔발대수四月初八發大水』와 같은 서사시의 경우는 『중국여서집성』에서 그 원래 모습을 완전히 훼손당하고 말았다. 가령 원래 '兩宅住在海(水)中央양택주재해(수)중앙'라는 구절은 '兩宅住在島之中양택주재도지중'으로 개작되었고, '可憐男女又挖又挑好酒惶가련남여우알우도호주황'이라는 구절은 '可憐男女去挑土가련남여거도토, 男女挑土好凄涼남여도토호처량'으로 개작되었다. 또한 '人人飮飯靠田里産的陶谷인인음반고전리산적도곡, 吃的鹽和油靠地上흘적염화유고지상'이라는 구절 역시 '人人吃飯靠田地인인흘반고전지, 吃鹽吃油靠雜糧흘염흘유고잡량'으로 개작되었고, '幾時挖開種歸起기시일개종귀기, 件樣事情就有望路건양사정취유망로'라는 구절은 '幾時鋤開種歸起기시서개종귀기, 始得將來有收成시득장래유수성'으로 개작되었다. 그리고 '看見寶珍眞可憐간견보진진가련, 田中推起幾多嶺전중추기기다령, 地上推起幾多穴지상추기기다혈, 挖平挖平種歸起알평알평종귀기, 七十有余好酒惶칠십유여호주황'이라는 구절 역시 '地上推起不像樣지상최기불상양, 望起個個眞可憐망기개개진가련, 鋤開鋤開種歸起서개서개종귀기, 可虧人人受苦辛가휴인인수고신, 一年三百六十日일년삼백육십일, 七十老人亦不空칠십노인역불공'으로 개작되었다. 더욱이 이 작품의 경우 『중국여서집성』에서는 고은선의 작품이라고 명확하게 주석을 붙여 놓고 있으나, 편역자에 대해서는 XXX를 거쳐 정리되었다고 하는 설명이 보이지 않는다. 그렇지만 고은선의 친필 원작과 비교해 볼 때, 전편 30구 중에 오직 아홉 구만 동일하고,

이외에 개작된 구가 무려 21구에 달한다. 작품은 원래 7언체를 비롯해 8언체, 11언체 등의 잡언체 형식이었으나, 모두 7언체의 작품으로 개작되어 있으며, 원래 언어가 소박하면서도 생동감 넘치는 특징을 지니고 있었으나, 개작된 이후 언어는 대부분 회삽하여 뜻이 잘 통하지 않고, 문리가 잘 통하지 않는 구절로 바뀌었다."56)고 지적하였다.

여서 작품에 대한 번역상의 오류로 인해 여서 문자에 대한 이해뿐만 아니라, 관점도 달라진다는 것은 우리가 이미 잘 알고 있는 사실이다. 가령 '과부寡婦'가 '과부寡父'로, '덕공德公'이 '한공恨公'으로, '주조절朱鳥節'이 '구조절颶鳥節'로, '노응老鷹'이 '노괄老鴰'로 잘못 표기되기도 하는데, 이렇게 되면 담고 있는 뜻만 달라지는 것뿐만 아니라, 심지어 그 개념도 완전히 상반된 의미로 변하게 된다. 따라서 여서 문화를 제대로 연구하기 위해서는 과학적인 연구 방법을 통해 여서의 원형을 제대로 파악하여 번역이나 주석을 정확하게 달아야 한다. 우리가 비록 '고상함'을 추구하지는 못한다고 해도 적어도 남들에게 신뢰를 잃어서는 안 될 것이다.

1) 씨족 문화 차이로 인한 오역誤譯

상남 지역과 계북 일대는 한족을 비롯한 요족과 장족壯族 등의 여러 민족이 혼거하고 있다. 그래서 언어적으로도 서남관화西南官話, 상남토화湘南土話, 광서평화廣西平話, 오북토화奧北土話 등을 비롯해 요족의 언어와 장족의 언어가 복잡하게 뒤섞여 사용되고 있어, 비록 동일한 언어가 사용되는 지역이라도 이웃한 마을이나 채寨와 소통이 어려운 경우도 종종 생긴다. 이처럼 여서가 궁벽한 산간 지역을 중심으로 전승되어 오면서 작품 중에는 요족의 가요가 상당 부분을 차지하게 되었다. 따라서 이들의 가요에 담긴

---

56) 謝志民, 『女書研究的現狀和存在的問題』, 『中南民族學院學報』, 2003年, 第4期.

어휘나 어구를 통해서도 그들만의 문화적 색채와 독특한 풍격을 충분히 엿볼 수 있다. 그렇지만 문학작품의 번역은 결코 번역의 기교적인 문제뿐만 아니라, 각기 다른 민족과 지역 간의 문화적 차이에 대한 배경도 고려하지 않을 수 없다. 즉 해당 언어의 문화와 역사는 물론 그 지역의 특색과 풍습을 보다 명확하게 이해해야만 비로소 언어에 반영된 의미를 보다 효과적으로 표현할 수 있다. 만일 그렇지 않다면 당연히 번역상의 오류를 가져올 수밖에 없을 것이다. 그러므로 민족의 문화적 특색이 뚜렷하게 나타나는 언어를 번역하고자 할 때는 단순히 글자의 의미에 의존하기보다는 필요한 주석을 붙여 번역해야 비로소 만족할 만한 효과를 거둘 수 있게 된다. 예를 들어, 아래의 어휘와 같이 번역만 하고 주석을 붙이지 않는다면, 아마 사람들은 그 의미를 이해하기 매우 어려울 것이다.

女書	漢語詞義	女書例句	出處
大齊	大家	大齊來相交	(『集』4257)
落花豆	花生	要顆落花豆	(『集』 1012)
德公	外公	恨(德)公剛强有開心	(『集』 939)
一點花	一個女兒	兩個嬌兒一點花	(『集』 786)
金坨	兒子	使我金坨有合成	(『集』 806)
吃晡	吃中飯	吃晡兩份粥灌淸	(『集』 780)
天光	天亮	泪眼四垂到天光	(『集』 768)
花孫	孫女	又有花孫多歡樂	(『集』 14)

또한 여서는 중심 성분이 대부분 앞에 오며, 종속 성분이 뒤에 위치하는 특수한 어순 구조를 가지고 있어, 한어의 기본적인 어순과는 정반대의 구조를 가지고 있다. 예를 들어,

女書	漢語詞義	女書例句	出處
鬧熱	熱鬧	請起良門鬧熱多	(『集』8)
硯石	石硯	筆共硯石書共箱	(『集』718)
哭賴	賴哭	姜苟哭賴公	(『集』1029)
笠頭	頭笠，即頭笠	載只笠頭哭起出	(『集』626)
猪油板猪板油		你家沒有猪板油	(『集』923)
夜黑	黑夜	莫非夜黑興私房	(『集』1154)

이러한 어휘는 번역할 때, 어휘의 어순 구조를 유지해야만 비로소 여서 어휘의 구조적 특징을 나타낼 수 있다.

먼저 『집集』 중에 수록된 첫 번째 작품인 『身坐娘樓修書到看細睺妹在他門신좌낭루수서도간세제매재타문』을 예로 들어보고자 한다. 이 작품은 모두 96행으로 구성되어 있으나, 편집자는 단지 아홉 개의 주석만을 달아 놓았을 뿐, 단어에 대한 해석은 보이지 않는다.

身坐娘樓修書到신좌낭누수서도　　看睺細妹在他門간제세매재타문
自到遠鄉來相會자도원향래상회　　花席遙遙到三朝화석요요도삼조
你在人家樂不樂니재인가낙불낙　　二俫冷樓哪處安이래냉누나처안
有你團圓如風過유니단원여풍과　　到此沒邊坐不齊도차몰변좌불제
結義之時人四俫결의지시인사래　　手取花針有商量수취화침유상량
送冷二俫可憐義송냉이래가련의　　細妹他門要背驚세매타문요배경
你亦出鄉命中好니역출향명중호　　細妹他門要背驚세매타문요배경
房中嫂娘知情理방중수낭지정리　　寬待你身本到頭관대니신본도두

위의 18구 가운데 편집자는 '간제看睺, 세細, 래俫, 배경背驚' 등의 4곳에만 주석을 붙여 놓았다. 그중에서 '간제看睺' 두 글자를 '간망看望' 혹은 '간일간看一看'으로 해석하고 있는데, 언뜻 보기에는 괜찮아 보이지만 '간看'과

'제睇'를 명확하게 구별해 놓지 않았다. 일반적으로 '간看'은 '간망看望'으로 해석하며, '제睇'는 예물을 지니고 있거나 혹은 금전이나 재물을 바란다는 의미로 해석한다. 그렇지만 '화석花席', '삼조三朝', '냉루冷樓', '송냉送冷' 등의 어휘는 민족의 지역적 색채가 뚜렷하여 편집자의 주석이 없으면, 독자들이 그 뜻을 이해하기 매우 어렵다. '화석花席'은 주연에서 탁자 위에 놓여 있는 꽃을 묘사한 말이며, '삼조三朝'는 신부가 출가하여 3일째 되는 날 친정집으로 돌아가거나 혹은 아이를 낳고 3일째 되는 날 여는 축하연을 가리키는 현지의 전통적인 풍습이다. '냉루冷樓'는 '외롭고 쓸쓸한 침실'을 가리키며, '송냉送冷'은 '자신我'이 떠난 후에 남겨진 가련한 두 자매를 가리킨다.

민족마다 각기 다른 사유 방식은 언어로 표현되는 방식에서도 큰 편차를 보이기 때문에, 번역할 때 반드시 먼저 특정한 언어 환경 속에서 그 어휘가 어떤 의미를 담고 있는지 어원의 표현방식을 이해하고 난 후 목적에 부합되는 표현방식으로 표현해야 하는데, 이러한 방법을 속칭 '변역'이라 한다. 이는 어용학적 이론에 비춰 볼 때, 가장 광범위한 의미를 지니고 있는 어용 번역이라고 할 수 있다. 이러한 현상은 여서의 번역 작품 가운데 대량 존재하고 있다. 예를 들어, '자乸'와 같은 글자는 한자에서 단지 모성母性, 혹은 자성雌性만을 의미하지만, 여서 중에서는 부친이나 조부 등의 웅성雄性도 표시할 수 있다. 이처럼 글자가 어떤 언어적 환경 속에서 사용하느냐에 따라 그 의미도 달라지게 된다. 또한 예를 들어, 소가小哥, 소숙小叔, 소계小鷄, 이저二姐 등과 같은 경우는 여서 작품 속에서 대부분 '세가細哥, 세숙細叔, 세계細鷄, 세저細姐' 등으로 번역되고 있는데, 이는 작품 중에서 '小'(小)가 바로 [si细]로 읽히기 때문이다. 이러한 '변역'이 여서의 표현 습관에 더 부합된다고 하겠다.

또한 '面'(面)을 '파吧'로 번역하는 것은 생각해 볼 만한 가치가 있다.

結義爲成儂四倈결의위성농사래
我吧叫個丑命人아파규개축명인
細妹恨聲眞可惜세매한성진가석
妹吧小時你身邊매파소시니신변

위의 구절 중에서 '파吧'자가 허사로 쓰이고 있는데,『집集』중에서는 '아파我吧, 매파妹吧, 니파你吧, 인파人吧' 등으로 번역하고 있어, 그 뜻이 어색할 뿐만 아니라, 의미도 제대로 전달되지 않는다. '아면我面', '매면妹面' 등은 실사實詞인 까닭에 '아저방면我這方面'. '매저방면妹這方面', 혹은 '아저변我這邊', '매저변妹這邊' 등으로 해석할 수 있는데,『미謎』가 바로 이렇게 번역한 것이다. 예를 들어, '人面守節功勞出인면수절공로출'(『미謎』p.356)은 '人吧守節功勞出인파수절공로출'이 아니다.

2) 직역과 음역의 오류

번역학 이론에서 직역은 중요한 번역 방법 가운데 하나로서, 어구의 본의에 의거해 알맞은 말로 충실하게 번역하는 것을 가리킨다. 다시 말해서 글자와 구절의 본의에 꼭 들어맞게 번역한다는 것을 의미한다. 표현 효과가 원문과 같거나, 혹은 유사한 상황 속에서 번역문의 언어 규칙에 위배되지 않는 범위 내에서 원문의 수사적 특징이나 민족 특색, 그리고 지역적 특색 등을 그대로 유지하여 원어의 문화적 정보를 보존하는 방법이라고 할 수 있다. 따라서 이렇게 하면 원어의 문체와 문화적 색채를 그대로 보존할 수 있다. 우리가 현재 볼 수 있는 여서 번역 작품은 대부분 이와 같은 번역 방법을 활용하여 작품의 원형을 그대로 유지함으로써 다른 사람들이 쉽게 이해하고 연구할 수 있도록 제공하고 있다. 예를 들어, '爽'

(絲瓜)는 '관증管甑'으로 번역하였는데, 이는 관管 모양의 증기甑器를 가리킨다. 🐦(扁豆)는 '설두雪豆'로 번역하였는데, 여서 중에서 편두扁豆의 편扁과 설雪은 동음이다(『집集』p.939), 또 하나 더 예를 들면, '변대조자비상천變隊鳥仔飛上天, 백난우파총래사白暖又怕銃來射'(『집集』p.1020)에서 '백천白天'을 '백난白暖'으로 번역하였는데, 그 의미는 따뜻한 시기를 가리킨다. '여금개개안루수如今揩開眼淚水, 야리불면도천광夜里不眠到天光'(『미謎』p.590)와 '혁득산백심중파嚇得山伯心中怕, 불감전신도천광不敢轉身到天光'(『집集』 p.722)에서 천량天亮을 '천광天光'이라고 번역한 것은 하늘이 빛을 내는 것 역시 날이 밝았음을 의미하기 때문이다.

음역(Transliterration)은 특별히 어음語音의 직역만을 남겨 놓은 것으로, 번역하고자 하는 언어를 이용해 원어의 발음을 표기하는 방법이다. 이러한 직역은 외래어를 번역할 때 비교적 많이 사용한다. 예를 들어, 영어를 번역할 때 democracy德莫克拉西, sofa沙發, humor幽黙 등과 같은 경우이다. 여서 작품을 번역할 때도 여서 문화의 독특한 특징을 보존하기 위해서는 작품 속의 인명이나 지명에 대한 음역의 필요성이 요구된다. 예를 들어, 🐦[pia³¹](어魚), '稀見田中白魚魚희견전중백어어'(『미謎』p.290)와 같은 경우이다. 위에서 언급한 '身坐娘樓修書到신좌낭루수서도, 看瞭細妹在他門간제세매재타문' 중의 '간제看瞭' 역시 음역이다. 이러한 번역은 여전히 여서의 원형을 유지하고 있다.

🐦[lo³⁵](倈) 역시 음역한 것이지만, 『집集』 중에서 '🐦, 🐦, 🐦'를 '래倈'로 번역한 것은 문제가 있다. 『집集』 중에서 래倈를 해석하기를 사투리, 양사, 몇 명의 자매를 뜻한다고 하였다. 그러므로 '자래仔倈'는 형제자매를 의미한다. 이러한 '래倈'자는 상남湘南 계북 지역의 평지요 민가 가운데 대량으로 보존되어 있다. 예를 들면, "我爹生下有三倈아다생하유삼래, 三倈分居在三房삼래분거재삼방", "撿糞倈仔撿糞郞검분래자검분랑, 問你有沒見三娘문니유몰견삼낭?", "船到

碼頭停住漿선도마두정주장, 馬到姐村傈下鞍마도저촌래하안. 蜜蜂采蜜花圓去밀봉채밀화원거, 傈男唱歌來桃源래남창가래도원. 來到桃源擧頭望래도도원거두망, 看見桃源花盛開간견도원화성개. 傈想入圓看熱鬧래상입원간열료, 不知姐偲否歡迎불지저남부환영"57) 등이며, 여기서 '래傈'의 본의는 '남자아이'이며, 명사로 쓰였다. 또한 어떤 경우에는 '남자', '형제'를 가리키기도 한다. 그래서 '삼래三傈'란 말은 세 명의 남자아이, 혹은 세 명의 형제를 가리키기 때문에, 결코 직접 양사로 사용되지 않았다. 양사로 사용될 경우에는 '𝄐, 𝄐, 𝄐'라고 쓰기 때문에 여서 작품에서 '래傈'로 번역할 필요는 없다. 즉 "你是同胞有兩傈니시동포유양래"(『집集』p.120)는 바로 "你是同胞有兩個니시동포유양개"로 번역된다.

직역이나 음역은 절대로 만능은 아니기 때문에 적당히 응용할 필요가 있다. 어떤 경우 글자 하나하나를 직역하다 보면 딱딱하고 이상하게 번역되어 한어의 표현 습관과 어울리지 않는 번역이 되기도 한다. 우두芋頭의 경우 여서 중에서는 세 글자의 어휘로 이루어져 있다. 그래서 번역자는 번역하는 말과 여서 글자의 음을 대칭시켜 '여보서荔甫薯'로 번역하고, 그 뜻을 '향우香芋'(『집集』 p.939)라고 설명해 놓았으나, '여보荔甫'가 무슨 뜻인지 전혀 알 수가 없다. '여포荔浦'를 오기한 것인지, 아니면 다른 의미를 가지고 있는지 알 수가 없다. 여포현荔浦縣의 우두芋頭가 비록 유명하다고는 하지만, 우두芋頭를 이렇게 음역할 수는 없지 않은가!

3) 상식적인 오역

여서 작품의 번역은 학술적 성격이 매우 강한 편이지만, 과거에 작품의 번역은 대부분 편저자가 여서 노인들의 서술에 의거하여 직역하는 것이 일반적이었다. 그래서 번역이 규칙에 맞지 않을 뿐만 아니라, 과학적이지

---

57) 奉大春 · 任濤 · 奉恒陞, 『平地瑤歌選』, 岳麓書社, 1998年版 , pp.18, 19, 45-46.

못했으며, 심지어 상식적인 오역을 범하기도 하였다. 이러한 상식적인 오역은 주로 번역자가 여서 원문에 대해 잘 이해하지 못하고 있거나, 혹은 불성실한 태도에서 비롯되었다고 하겠다. 예를 들어, "恨(德)公剛强有開心한(덕)공강강유개심"(『集』p.939)의 '한恨'과 "他家亦有拘鳥節타가역유구조절, 不比在家做女時불비재가주여시"(『集』p.3246) 중의 '구拘', 그리고 "寡父馳爺好急憂과부자야호급우"(『集 p.36) 중의 '부父'가 무슨 뜻인가? 사실 여서의 '𪜊'(한恨)이 '𪜊'(덕德)의 잘못된 표기이므로 번역자가 다시 수정하기만 하면 된다. 그러나 '과부寡婦'를 '과부寡父'로 오역한 것은 당연히 번역자의 부주의로 인해 일어난 일이다. 이러한 상식적인 오역은 아래와 같이 몇 가지 측면에서 살펴볼 수 있다.

(1) 현지 민족의 풍속을 이해하지 못해 발생한 오역

상남과 계북 지역에는 현재도 뚜렷한 민족적 특색을 지닌 명절이 유행되어 오고 있다. 예를 들어, '주조절', '소전절', '취량절' 등의 명절이 전해오며, 특히 민가 중에 『십이월간낭가十二月看娘歌』(『集』p.3242)에는 정월 '신년절新年節'부터 12월 '연종절年終節'까지 주요 명절에 관련된 내용이 잘 나타나 있다. 그중에 2월 초에 지내는 '주조절'은 비교적 큰 명절 중의 하나로서, 매년 이날이 되면 현지인들은 찹쌀로 자파糍粑를 만들어 홍색, 녹색, 황색으로 물들이고, 그중 일부는 작은 막대기에 꽂아 문루門樓, 울타리, 밭두렁 등에 제물로 꽂아 놓았다. 이러한 풍속은 오늘날까지도 성행해오고 있다. 그러나 『集』의 번역자는 조鳥를 숭상하는 남방 민족의 의식이 담긴 '주조절'을 '구조절拘鳥節'로 잘못 표기해 놓았다. '주朱'와 '구拘'가 비록 한 글자 차이라고 하지만, 그 의미는 완전히 상반되는 뜻이 된다. '구拘'는 '체포하다', '뒤쫓다' 등의 뜻을 지니고 있어, 새를 숭상하는 명절이 오히려 새를 잡거나 뒤쫓는 명절로 뒤바뀌어 버리게 된다. 이러한 오역은 현지 민속에 대한 기본적인 상식을 깊이 이해하지 못해 일어난 일이라고 볼 수 있다.

(2) 현지인의 일상생활을 이해하지 못해 발생한 오역

앞에서 언급한 바와 같이 우두芋頭를 '여보서笳甫薯'로 번역한다거나, 혹은 'ʃt'(위位)를 '래倈'로 번역하는 현상이 모두 이러한 오역에 해당된다. 이밖에 여서 작품 중에서 '노응老鷹'이라는 두 글자는 'ꝏꝏ', 'ꝏꝏ'과 같이 쓰는데, 즉 'ꝏꝏ'의 직역은 '응모鷹母'이고, 이 역시 '노응老鷹'을 가리킨다. 그리고 'ꝏꝏ' 역시 '노응老鷹'을 가리킨다. 고은선과 의년화가 사용한 글자가 바로 이 'ꝏꝏ'이다. 예를 들어, "天上鷹母不本分천상응모불본분"(『미謎』p.624, 『집集』p.1052), "老鷹母吃小鷄노응모흘소계"(『미謎』p.1078) 등의 경우이다. 그리고 양환의가 쓴 'ꝏꝏ'자를 번역자가 '노괄老鴰'로 번역하여 "天上老鴰不本分천상노괄불본분"(『집集』 p.3464, p.3474)으로 해석하였으나, 여기서 말하는 '노괄老鴰'는 '오아烏鴉'를 가리키는 것으로, 오아烏鴉가 작은 오리나 병아리를 잡을 수 없는 까닭에 잘못된 번역이라고 할 수 있다. 그래서 『규중의 기적 - 중국여서』에서는 아예 번역하지 않고 두 개의 '?'를 붙여 의문을 제기하였다.

(3) 여서의 다음다의多音多義로 인해 발생한 오역

여서 문자 중에는 다음다의 현상이 대량으로 보이는데, 이는 언어 환경에 따라 그 의미가 달라지기 때문에, 번역할 때 그 처한 환경을 정확하게 파악한 다음 먼저 그 의미를 퇴고해 보고, 종합적으로 내용을 파악해 번역을 진행해야 한다.

今天來到大不同

　　吃朝走來掃了臺 – (『집集』 p.964)

　　이 두 구절 중에서 두 곳은 여서의 다음다의 현상을 통해 퇴고해 볼 수 있다. 그중에 3개의 '夕'은『집集』뒷면에 붙여 놓은 글자표에 의거해 볼 때, 이 '夕'자가 여섯 개의 독음과 다섯 가지 뜻을 포함하고 있음을 알 수 있다. 즉 '弟[ti¹³], 第[ti¹³], 得[ni⁵], 低[li⁴⁴], 朝了[tie⁴²]' 등으로 각각 읽을 수 있으며, 또한 '[liu¹³]'으로도 읽을 수 있다. 첫 번째 '夕'자를 '동同'으로 번역한 것은 잘못이 없어 보이나, 뒷면의 글자표 중에 그 의미가 수록되어 있지 않다. 세 번째 '夕'자를 '료了'의 의미로 번역해 '勢夕'의 뜻을 '소료대燒了臺'로 해석한 것 역시 잘못이 없다고 볼 수 있다. 즉 먹고 나서 탁자를 모두 정리해 아침밥을 먹지 못했다는 의미이다. 그러나 '勢'를 '소掃'로 번역한 것은 충분한 퇴고가 이루어지지 않았다고 볼 수 있다. 왜냐하면 '掃'라는 의미가 보이지 않기 때문이다. 두 번째 '夕'는 자세히 생각해 볼 필요가 있다. 즉 '조朝'나 혹은 '조早'로 모두 번역할 수 있는데, 그 이유는 이 '夕'의 세 번째 의미인 '저低'와 '조朝'가 동음인 까닭에 서로 차용해 쓸 수 있기 때문이다. 다시 말해서 전체 구절을 "吃朝走來掃了臺흘조주래소료대"로 번역한다고 해도 말이 통한다. 그렇지만 '夕'는 '료了'로 번역할 수도 있고, '勢'는 '조早'로 번역할 수도 있다. 따라서 "吃了早來掃了臺흘료조래소료대"라고 번역해도 구절의 대략적인 의미나 상하 문장의 연계에 큰 무리가 없어 보인다.

　　또 예를 들어, '勢'(해海) [xia³⁵], '勢'(하河) [xo⁴⁴]의 혼용으로 인해 번역문의 앞뒤가 일치하지 않는 경우이다. 즉 이는 "走到河邊氣(不)服주도하변기(불)복, 可比渡子落中央가비도자락중앙. 一雙紅鞋擺石上일쌍홍혜파석상, 貞身落入海中央정신락입해중앙."(『집集』p.2647)과 같은 경우이다. 이 구절은 원래『나씨녀羅氏女』

의 한 단락으로서 나씨녀가 더 이상 남편과 결합하지 않고 강물에 뛰어들어 자살한 것이지 바닷물에 뛰어든 것은 아니라는 말이다. 하나 더 예를 들면, 『鯉魚口珠沉海上이어구주침해상』의 "鯉魚口珠沉海上이어구주침해상, 河水漲成八面開하수창성팔면개. 西邊起雲東樂雨서변기운동락우, 落滿田頭及四方낙만전두급사방."(『집集』p.1029)의 경우 앞의 구절에서 바다를 언급하고, 뒤의 구절에서 강물을 언급하였으나, 여기서는 당연히 바다가 아닌 강물을 가리킨다고 하겠다. 실제로 상남 지역의 방언과 광서 평화平話 중의 일부 방언에서 '해海'와 '하河'는 동일한 발음으로 읽으며, 다만 음조만 서로 다를 뿐이다. 즉 '해海'는 3성이고, '하河'는 4성이다. 그리고 '海'는 여서 중에서 '수水'라는 또 하나의 의미를 가지고 있기 때문에 '海'를 '하河'나 혹은 '수水'로 번역해도 앞뒤가 불일치되는 현상은 출현하지 않는다.

이로써 볼 때, 여서의 번역 작업이 상당히 중요하면서도 또한 시간과 노력을 많이 기울여야 하는 매우 어려운 일이라는 사실을 알 수 있다. 그러므로 여서 작품의 번역을 위해서는 앞으로 전문적인 인재 양성에 힘써야 할 것이다. 즉 번역자가 수준 높은 한어 능력을 갖추고, 여서 유전지역에 대한 역사, 문화, 풍습, 인심, 종교 신앙 등을 깊이 있게 이해하고 있어야 원작을 충실하게 번역할 수 있다. 현재 우리가 볼 수 있는 여서 원작은 대부분 후인의 가공을 거쳐 편찬된 것이라 여서의 원형과 다소 거리가 있으며, 번역 중에 발생하는 문제는 이보다 훨씬 많지만, 지면의 한계로 인해 이와 관련된 내용은 추후 다시 논술하고자 한다.

3. 여서 자전의 편찬 문제

오늘날 전해 오는 여서 자료가 세상에 많지 않고, 또한 그 문자 역시 이해하기 쉽지 않기 때문에, 이러한 문제점을 해결하기 위해 이미 적지 않은 여서 원문 작품집과 자전 등의 참고서가 세상에 출판되어 나왔다. 예를 들어, 사지민이 편찬한 『강영 "여서"의 미스터리』, 조려명이 주편을 담당한 『중국여서합집』, 사지민과 왕리화王利華가 공동 주편을 담당한 『여서발성전자자전女書發聲電子字典』, 궁철병 등이 출판한 『여서통』, 진기광의 『여한자전』 등을 예로 들 수 있다. 그렇지만 일부 자전의 경우에는 학술적 가치를 찾아보기 어려운데, 그 대표적인 예가 바로 주석기가 편찬하여 2002년 출판한 『여서자전』(악록서사)이다.

자전의 경우는 학술적 가치가 높아 출판물 중에서 편찬의 어려움이 가장 크다고 할 수 있다. 이른바 '자전'이란 표준, 법칙, 모범적 특징을 지닌 서적을 가리킨다. 그래서 '자전'에 대해 『현대한어사전』에서는 "글자를 단위로 일정한 순서에 의거 배열하고, 각 글자의 독음, 뜻, 용법을 주석해 놓은 참고 서적이다."고 설명하고 있다. 자전에 전典이라는 명칭을 붙인 이유는 그것이 바로 규범적인 작용을 하기 때문이다. 그래서 이와 같은 참고서를 출판할 때는 반드시 매우 엄격한 편집을 거치게 된다. 우리가 익히 알고 있는 『한어대자전』을 비롯한 『현대한어사전』이나 영국의 『옥스퍼드영어대사전』 등의 사전 역시 수많은 전문가들이 참여하여 반복적인 퇴고와 독자들의 의견을 널리 참고해 출판한 것이다. 그러나 『여서자전』은 그 체례는 물론 자형의 원형이나 주음에 인용한 예문 등에도 많은 문제점이 있어 '자전'으로서 활용하기에는 여러 가지 문제가 따른다고 하겠다.

1) 자형과 체례

20여 년간의 자료 수집과 정리를 거쳐 우리는 현재 약 30여 만자의 믿을만한 여서의 원작 500여 편을 볼 수 있게 되었다. 여서 문자는 독립적인 자체의 발음과 어휘, 어법 구조를 지니고 있으며, 약 2,000여 개의 문자 부호를 가지고 있다. 그러나 글자가 대부분 일음다의一音多義적 성질을 가지고 있으며, 또한 동일한 글자가 각기 다른 쓰기 방법과 독음을 가질 수 있지만, 일상생활에서는 독립적으로 운용될 수 있다. 『여서자전』에는 총 1,800여 개의 문자가 수록되어 있지만, 이들 문자가 대부분 작자에 의해 모사된 것이기 때문에, 비록 고은선이나 의년화 등의 필획보다 단정하고 아름다워 보이지만, 우리에게 아무런 학술적 가치도 제공해 주지 못한다. 즉 우리가 보고자 하는 것은 여서의 원형이지 새롭게 수정한 여서가 아니라는 점이다. 속담에 "문외한은 표면의 형상을 보지만, 전문가는 내재된 본질을 본다."는 말이 있듯이 우리는 문자 비교를 통해 그 문제점을 어느 정도 살펴볼 수 있다.

『여서자전女書字典』	여서원자女書原字	한자
		右
		爲
		燒
		下

우리는 자전 중에서 작자가 모사한 여서 문자와 고은선, 의년화 등이 쓴 여서 문자를 비교해 보면 쉽게 그 차이점을 알 수 있다. 첫 번째는 형상形狀이 다르다. 예를 들어, '위爲'자와 같은 경우이다. 두 번째는 구조가 다르다. 예를 들어, '하下'자와 같은 경우로, 고은선과 의년화가 쓴 여서

문자 중에는 '亻'자가 보이지 않는다. 세 번째는 필획이 1획에서 3획까지 차이가 있다. 예를 들어, '우右'자와 같은 경우로 자전 중에 보이는 '伄'자와 형상이 다를 뿐만 아니라, 점點이 하나 더 보인다. '소燒'자 역시 마찬가지이다. 이렇게 임의적으로 만든 글자의 수가 사지민 교수의 통계에 의하면, 무려 870자나 된다고 한다. 또한 '妤'자와 같은 경우도 『여서자전』에서는 '부婦', '부附', '하賀' 등으로 각각 나뉘어 사용되고 있으나, 호남성의 강영江永, 강화江華, 광서성 부천의 평화平話 등의 지역에서는 '부녀婦女'의 '부婦'자가 없어 '과부寡婦' 등의 글자가 사용되지 않았다. '부녀婦女'를 부를 때는, 일반적으로 시집간 사람에 대해서는 '여인女人'이라 부르고, 시집을 가지 않은 미혼 여자의 경우는 '고낭姑娘'이라고 불렀다. 또한 남편이 부를 경우는 '애인愛人'이라 부르며, 일반적인 장소에서는 소명小名(어릴 때 부르던 이름)을 불렀다. 집에서 부를 때는 '여객女客'이라 하며, '환부鰥夫'는 '단신공單身公(독신자)이라고 불렀고, '과부寡婦'는 '단신파單身婆(홀어미)'라고 불렀다.

『여서자전』의 정문 역시 체례의 배열이 규범에 맞지 않고, 통일도 되어 있지 않아 원칙이나 상식적 범위에서 벗어나 있다. 현재 우리가 접하는 여서는 대부분 7, 80세의 할머니들 손에서 나온 문자이다. 이들은 나이가 많고 기억력도 쇠퇴한 까닭에 동일한 여서 문자라도 여러 가지 형태로 쓰거나, 심지어 이체자異體字를 사용한 경우도 보인다. 그래서 자전을 편찬하고자 할 때는 우선 어떤 글자를 기본자로 삼고, 또 어떤 글자를 이체자, 혹은 차자借字로 사용할지 미리 규정해야 한다. 더욱이 이러한 규정을 정하기 위해서는 반복적인 논의와 연구가 필요하다. 그리고 어떤 글자의 경우는 여러 가지 뜻을 지니고 있기 때문에, 자전을 편찬할 때는 어떤 뜻의 글자를 먼저 배열하고, 어떤 글자를 뒤에 배열할 것인지에 대한 규칙도 반드시 필요하다. 일반적으로 하나의 자두字頭 아래에 글자의 의미를 먼저 배열하고 나서 본의와 인신의 등의 순서로 배열한다. 그리고 이어서 가차의와 통가의通假義를 차례로 배열하고, 국명을 비롯한 민족명, 지명, 성씨 등의 순으로 배열한다. 하지만 『여서자전』의 편찬자는 이러한 기본적인 원칙마저 준수하지 않고 자전을 편찬하였다. 예를 들어, '굴屈'자의 굴屈은 성씨이다. 굴偪자는 성격의 곧음과 태도가 낯설음을 가리킨다. 괴塙는 무너지다는 의미이다. 그러나 자전의 석의釋義 배열 원칙에 따르면, 성씨는 마지막에 배열해야 하지만, 여기서는 가장 앞쪽에 배열해 놓았다. 이외에도 '주周'나 '이李'자 등의 글자 역시 이와 유사한 잘못을 범하였다. 편찬자가 새로운 시도를 하고자 한 것인지는 모르겠지만 이렇게 자전을 편찬한 이유가 무엇인지 아직까지 그 연유를 알 수가 없다.

2) 주음

주음注音은 자전 편찬에서 중요한 내용 중에 하나이다. 여서의 문어文語는 오랜 세월 속에서 자신만의 독특한 어음 체계를 형성하게 되었는데, 이와 관련된 주음注音 연구는 현재 3가지 음계音系를 주목하고 있다. 첫째는 『여서발성전자전女書發聲電子字典』(이하 『발성發聲』이라 칭함)으로 대표되는 전통적인 여서의 문어 어음계이고, 둘째는 『중국여서집성』(이하《집성集成》이라 칭함)으로 대표되는 백수白水 음계이다, 그리고 셋째는 『부녀문자여요족천가동婦女文字與瑤族千家峒』(이하 『부녀婦女』라 칭함)을 대표로 하는 금강錦江 음계이다. 그러나 『여서자전』의 '전언'과 '범례' 중에는 어떤 음계에 해당하는지 명확한 설명이 보이지 않으며, 주음 또한 일부 혼란스러운 부분이 있어 아래와 같이 그 예를 들어 살펴보고자 한다.

女字	發聲	婦女	女書字典	漢字
	pɯ^{55}	pɯ^{55} 一表 p149	pə^{55}	百
	tshæ̃^{44}	tsheŋ^{33} 二表 p177	ts'əŋ^{44}	千
	wa^{44}	uo^{33} 一表 p175	oĩ^{33}	萬
	na^{31}	ei^{31} 二表 p187	na^{21}ai^{21}aŋ^{21}	你
	ŋu^{31}	oŋ^{31} 一表 p173	ŋu^{21}	我
	xau^{35}	xau^{35} 二表 p180	xau^{21}	好
	siaŋ^{35}	siaŋ^{33} 一表 p173	siaŋ^{21}	想
	wa^{44}	ua^{22} 二表 p181	ua^{41}	位

위의 비교를 통해 볼 때, 『여서자전』의 음계가 금강 음계는 물론 여서의 문어 음계도 아니며, 더욱이 『집성集成』의 백수白水 음계와도 차이가 난다는 사실을 알 수 있다. 예를 들어, '상想'자와 '위位'자 음이 각각 [siaŋ^{35}], [ua^{33}]으로 구분되어 있는데, 이는 『여서자전』의 성조와도 다르다. '개個'자는 『집성』에서 음이 [lo^{35}], 혹은 [kou^{21}]으로 표기되고 있지만, 『여서자전』에서는 [kou^{35}]로 표기되어 있다. '호好'자는 『집성』에서 음이 [xau^{35}]이나 혹은 [sau^{35}]로 표기되어 있으나, 『여서자전』에서는 [xau^{21}]과 [xau^{35}]표기되어 있고, 성조도 다르게 표시되어 있다. 따라서 현재로서는 『여서자전』의 음계가 정확하게 표기된 것인지 확인해 볼 방법이 없다.

그리고 자전의 주음은 일반적으로 하나의 자두字頭에 하나의 독음이 사용되기 때문에 하나의 음항音項이 만들어지며, 다음자多音字의 경우는 독음이 여러 개인 까닭에 여러 개의 음항音項이 만들어진다. 그러나 여서 문자의 경우는 다음다의多音多義 현상이 대량으로 나타나는 까닭에 ﹃자의 경우도 총 3개의 독음과 7가지의 뜻을 지니고 있다. 첫 번째 음은 [tsi³⁵]이고, 그 뜻은 '지指'를 나타낸다. 두 번째 음은 [tsle³⁵]이고, 그 뜻은 '자子, 지只, 지紙, 자죽紫竹, 성지聖旨' 등을 나타낸다. 그리고 세 번째 음은 [tsɯ³⁵]이고, 그 뜻은 '새鳥'를 나타낸다. 다시 하나 더 예를 들어 보면, 'ㄣ(工)'자는 3개의 독음과 3가지의 뜻을 지니고 있다. 첫 번째 음은 [ke⁴⁴]이고, 그 뜻은 '근根, 공公, 근跟' 등을 나타낸다. 두 번째 음은 [ka⁴⁴]이고, 그 뜻은 '경更, 경耕, 간間' 등을 타나낸다. 세 번째 음은 [kai⁴⁴]이고, 그 뜻은 역시 '근根, 공公, 근跟' 등을 나타낸다. 그러나 『여서자전』에서는 이에 관해 일일이 주음이나 주석을 붙여 놓지 않았다.

3) 석의와 예구例句

석의釋義는 자전의 핵심적인 내용으로 여서의 자전을 구성하는 가장 중요한 역할을 한다. 이는 주로 한자와 대응하는 여서 문자의 뜻을 찾는 데 활용되기 때문에 글자의 본의가 정확해야 한다. 『여서자전』의 범례에서 '석의' 중에 '견見『한漢』'이라고 표시한 것은 이 글자와 뜻이 1996년 상무인서관에서 수정 출판한 『현대한어사전』을 인용했다는 의미이지만, 이러한 석의 방법은 커다란 문제점을 가지고 있다. 예를 들어, '오惡'자는 『현대한어사전』에서 여러 가지 음과 의미로 해석된다. 즉 본의는 '죄과罪過'이고 음은 [è]이지만, 인신하여 '나쁘다, 흉악하다' 등의 뜻으로도 사용된다. 또한 '오심惡心'의 음은 [è]이지만, '놀라거나 탄식'으로 쓰일 경우는 음을 [wū]로 발음한다. 그리고 '싫다, 증오하다' 등으로 쓰일 경우는 음을 [wù]로 발음한다. 그러므로 『여서자전』에 간략하게 '견見『한漢』'만 표시해 놓는다면, 각 구절마다 여서 문자가 어떤 의미로 쓰였는지 독자가 알 수 없게 된다. 그런데 이와 같은 석의가 이 자전 중에 적지 않게 수록되어 있다.

또 예를 들어, '공共 🖋' 은 차용자로서 '공共'자의 본의는 '공拱'자나, 혹은 '공供'자를 뜻한다. 즉 원래는 "옥을 두 손으로 받쳐 들고 앞으로 나가 바치는 것"을 의미하였으나, 후에는 공동, 함께, 한꺼번에 등의 뜻으로 쓰이게 되었다. 여서 작품 중에도 이와 같은 의미와 예구例句가 보인다. 예를 들면, 『삼고기三姑記』 중에 "二姑女甥哭沉沉이고여생곡침침, 德婆又來抱外甥덕파우래포외생, 又拿正膊供他身우나정박공타신, 三姑女甥不則聲삼고여생불칙성"[58]이라는 구절이 있는데, 이에 대해 『여서자전』에서는 오직 '공동共同'이라는 뜻만 보일 뿐, 다른 본의에 대한 해석은 보이지 않는다.

예구의 인용 역시 자전을 편찬할 때 중요한 내용 가운데 하나이다. 그러나 『여서자전』의 예구 인용에는 적지 않은 문제점을 가지고 있다. 우선 석의에 대해 예구를 인용하여 설명하지 않았다는 점이다. 두 번째는 인용한 예구에 대해서도 고증해 볼 수 있는 방법이 없다는 점이다. 비록 각 인용구 뒤에 출처를 밝혀 놓고는 있지만, 인용된 자료들은 모두 정식으로 출판된 적이 없는 작품들이다. 실제 『여서자전』이 출판되기 전에 이미 『강영의 여서 수수께끼江永女書之謎』, 『여서 - 세계유일의 여성 문자女書 - 世界唯一女性文字』, 『중국여서집성』등과 같은 여서 작품집이 여러 권 출간되었다. 그래서 이와 같이 정식 출판된 여서 작품을 예증해야 독자들에게 검증의 근거를 마련할 수 있다. 이외에도 일부 예구의 경우는 작자 자신이 직접 날조한 것으로 보이는 사례도 있다. 예를 들어, '부婦'의 예구가 『과부가寡婦歌』의 "留下我來當寡婦류하아래당과부"에서 기원을 찾을 수 있다고 설명해 놓았으나, 실제로 조사해 보니 『중국여서합집中國女書合集』은 물론 고은선과 의년화의 『과부가』에서도 이와 유사한 예구를 찾지 못하였다. 예구는 반드시 규범성과 대표성을 갖추고 있는 것을 사용해야지 근거도 없는

---

58) 謝志民, 『江永"女書"之謎』, 河南人民出版社, 1992年版, p.1609.

아무 자료나 인용해 자전에 삽입할 수는 없는 것이다. 따라서 편찬자가 날조한 여서 작품을 예구로 사용할 경우에는 자전의 과학성과 권위에 심각한 영향을 주게 된다.

이외에도 석의의 근거로 삼을 때는 그 근거가 석의와 일치해야 비로소 독자가 글자의 뜻을 이해하는 데 도움을 줄 수 있다. 하지만 『여서자전』에서는 오히려 예구가 석의와 일치하지 않는 곳이 적지 않게 보인다. 예를 들어, '파把 ♣'자의 석의는 '고수하다, 들어 올리다, 처리하다' 등의 의미를 지니고 있지만, 자전에서는 "三把茅刀同匠打삼파모도동장타"를 예로 들어 설명하고 있다. 그러나 여기서 '파把'자는 양사를 가리키는 것이지, 동사를 말하는 것은 아니다. 또 하나 더 예로 들면, '봉封 ♥'자의 세 번째 의미인 '봉封: 봉개封開'은 동사로 사용되지만 예증에서 인용한 "河南有個開封府하남 유개개봉부"에서 개봉은 명사로 사용되어 석의와 예구는 실제로 거리가 멀다. 또한 '쾌快 ♪'자는 첫 번째 의미가 '쾌快: 신속迅速'의 의미를 나타내는데, 두 번째 예구는 "逍遙快樂過時光소요쾌락과시광"을 들어 설명하고 있다. 여기서 '쾌락快樂'은 단어와 단어가 결합된 구로서 형용사로 쓰였다. 또한 '옥玉 ♣'자의 경우는 '일종의 광석礦石으로서, 일반적으로 장식품을 제조할 때 사용한다'고 석의해 놓았다. 옥은 비교적 진귀한 광석인 까닭에 주로 장식품을 제작할 때 많이 사용하고, 신상神像을 제작하는 경우는 비교적 드물게 사용되는 편이다. 여기서 "玉帝臺前請諒寬옥제대전청량관"을 예구로 들고 있는데, '옥제玉帝'는 고유명사이다. 그러므로 당연히 하늘의 옥제玉帝, 혹은 사당이나 묘당의 신상을 가리킨다고 하겠다. 만일 석의를 근거로 해석한다면, 이 옥제玉帝를 광석으로 만든 제왕이라고 해야 하지 않겠는가? 자전 중에는 이렇게 잘못된 부분이 일일이 열거할 수조차 없을 정도로 많이 보이고 있다.

4) 기타

이밖에도 『여서자전』에는 적지 않은 착오가 보인다. 우선 겉표지에 사용된 여서 작품이 바로 편저자 자신이 초록抄錄한 것이라는 점에서 대표성이 없다고 할 수 있다. 그러므로 고은선이나 의년화의 원작을 사용하는 것이 바람직하며, 선별된 작품의 내용 역시 검토가 필요한 상황이다. 또한 필획의 검자표에서 '山, 千, 我, 他, 思, 想' 등의 페이지가 본문보다 한 페이지 뒤에 표기되어 있다. 예를 들면, '산山'자는 정문 596페이지에 수록되어 있으나, 표기는 597페이지로 기록되어 있고, '상想'자는 본문 613페이지에 수록되어 있으나, 표기는 614페이지로 기록되어 있다. 또한 '년年'자의 경우는 187페이지에만 기록하면 되는데, 188페이지에도 표기되어 있다. 하나 더 예를 들어 설명하면, 편방이 같은 글자의 경우 함께 열거하지 않고, 무질서하게 뒤죽박죽 배치해 놓았다는 점이다. 예를 들어, 4획 중에서 '今, 介, 公, 分' 등의 경우는 편방의 부수가 모두 '팔八'자이지만, 이를 뒤죽박죽 열거해 놓았다. 또한 5획 중에서 '인亻'을 편방으로 사용하는 '們, 仗, 儀, 他, 代' 등을 함께 열거하지 않고, 건너뛰어 독자의 겸열을 어렵게 만들고 있다. 10획 중에서 '浦, 酒, 澇, 濤' 등의 경우도 마찬가지이다. 이뿐만 아니라 예구와 오탈자를 마음대로 왜곡시켜 놓았다. 예를 들어, '여女'자의 예구를 『여서지가女書之歌』의 "永明女子好才學영명여자호재학"이라는 구절에서 인용했다고 밝히고 있으나, 조사 결과에 따르면 『중국여서전집中國女書全集』이나 『영명여서』 중에 보이는 동일한 작품 속에서는 모두 "新華女子好才學신화여자호재학"이라고 기록되어 있다. 다시 말해서 '신화新華'를 '영명永明'으로 고쳐 쓴 것이다. 이외에도 379페이지 '공共 𝄞'자의 '주注'에 글자가 누락되어 있다. '주注(−)'는 음이 [tsiou꜀³]으로 뜻과 다르며, 본의는 '중忡'이다. (三)은 본의가 '공共'인데, 여기서 순서를 나타내는 번호 (二)가 누락되어 있다.

국가의 규정에 따르면, 사서辭書의 오차율은 1만분의 1일 이하로 제한하고 있다. 하지만 『여서자전』의 오차율은 이러한 기준을 훨씬 벗어나 있다. 이처럼 주먹구구식으로 편찬된 자전을 여서 연구에 참고할 경우 독자들에게 많은 불편함을 가져다 줄 것이며, 그 연구 결과도 가히 짐작할 수 있을 것이다. 필자는 결코 여서의 발굴과 전승에 기여한 주석기 선생의 공로를 모두 부정하고자 하는 것은 아니다. 여서 서예의 예술적 측면에서 볼 때, 그의 업적은 지속적인 발전을 이루어 나갈 수 있다고 본다. 그러나 학술적 성격이 강한 자전의 편찬은 그의 능력밖에 일로 생각된다. 따라서 『여서자전』의 출판은 그의 여서 연구에 있어서 가장 큰 실수라고 볼 수 있다. 여러 차례 주석기 선생과 함께 자료 수집과 책을 출판했던 조려명 역시 "여서는 그 자체에 생명력이 있다. 사회 문명의 발전에 따라 여서가 실전되는 것은 무섭지 않으나, 정말 무서운 것은 여서가 자신의 진면목을 잃게 되는 것이다. 경제적인 이익을 얻고자 현지의 일부 남성들이 임의적으로 여서 문자를 새롭게 만드는가 하면, 심지어 어떤 사람들은 『여서자전』을 편찬하여 출판했으나, 그중에 1백여 자는 후인들에 의해 새롭게 만들어져 억지로 집어 넣어졌다."고 한탄의 말을 남겼다.

제
7
장

홍콩과 대만, 그리고 해외의 여서 연구

여서는 세계에서 유일하게 현재까지 유전되어 오고 있는 여성들만의 문자이다. 여서가 발굴되어 학술의 전당에 오른 이후, 홍콩과 대만을 비롯한 해외의 학자들 역시 여서에 관하여 많은 관심을 보이고 있다. 특히 미국의 캐시 실버cathy silber, 프랑스의 페이 수신Fei Shuxin, 마르틴 소쉬르Martine Saussure, 독일의 아바Ava, 일본의 엔도 오리에遠藤織枝, 나가오 이치로長尾一郎, 모모타 미에코百田彌榮子, 대만의 정지혜鄭至慧와 유비민劉斐玟, 홍콩의 나완의羅婉儀 등은 강영江永을 여러 차례 답사하고, 여서 연구에 관한 많은 연구 성과를 거두었다.

1. 대만학자의 여서 연구

여서가 발견된 지 얼마 되지 않은 1986년 9월 대만의 부녀신지기금회의 이사이자 출판부 주임 정지혜는 영문자 신문을 통해 호남성 강영현에서 지금까지 여성 전용 문자인 여서가 세상에 전해져 오고 있다는 소식을 접하고, 『부녀신지婦女新知』제10기에 여서 문자의 특징과 발견 과정에 관한 내용을 간략하게 소개하였다. 그러나 당시 그녀는 여서가 다만 "필획이 섬세하고 글자의 형태가 비스듬히 기울어져 있다."는 사실만 알고 있었을 뿐, 그 진면목에 대해서는 잘 알지 못하고 있었다. 그런데 마침 1989년 11월 부녀신지기금회의 여성학자 고연령顧燕翎이 정주대학 부녀연구센터 의 주임 이소강李小江을 만나게 되었다. 이 무렵 이소강은 부녀연구총서 주 편을 맡아 사지민 교수가 저술한 『강영의 여서 수수께끼』의 편집과 출판 을 책임지고 있었는데, 두 사람이 만난 자리에서 여서를 발견한 궁철병이 다음 해 정주대학 주최로 열리는 '전국부녀자 사회참여와 발전 토론회'에 참가한다는 소식을 전해 주었다. 이 소식을 들은 대만의 부녀신지기금회 회원들은 곧 만나게 될 여서의 진면목을 생각하며 흥분을 감추지 못하였 다. 1990년 3월 마침내 정주에서 개최된 '전국부녀자 사회참여와 발전 토 론회'에 참가한 정지혜와 고연령 두 사람은 궁철병과 인사를 나누게 되었 다. 이때 궁철병으로부터 고은선과 의년화에 관한 이야기를 전해 듣게 된 두 사람은 궁벽한 산촌 요채瑤寨의 순박한 농촌 부녀자 손에서 나온 여서 에 대해 더욱더 흥미를 느끼게 되었다. 회의를 마치고 나서 정지혜가 무 한의 궁철병 집을 방문하였는데, 궁철병은 그동안 자신이 수집한 삼조서, 파서帕書, 선서扇書 등의 여서 원본 자료를 꺼내어 보여주었다. 이를 본 정 지혜는 감탄을 금치 못하였다. 특히 아래에 소개하고자 하는 여서 작품을 보았을 때, 이와 같은 작품이 궁벽한 요채의 농촌 부녀자, 특히 교육을 전 혀 받지 못한 부녀자의 손에서 나왔다는 사실에 대하여 더욱더 놀라움을 금치 못하였다.

錦繡文章達萬千금수문장달만천
不信世中有奇文불신세중유기문
新華女子好才學신화여자호재학
修書傳頌到如今수서전송도여금

手捧女書仔世看수봉여서자세간

字字行行寫得淸자자행행사득청

誰曰女人無用處수왈여인무용처

路來女子半邊天노래여자반변천

因爲封建不合理인위봉건불합리

世世代代受熬煎세세대대수오전

做官坐府沒資格주관좌부몰자격

學堂之內無女人학당지내무여인

封建女人纏小脚봉건여인전소각

出門遠路不能行출문원로불능행

田地工夫不能做전지공부불능주

害人一世實非輕해인일세실비경

有回一件更荒唐유회일건갱황당

男女本是不平均남여본시불평균

終身大事由父母종신대사유부모

自己無權配婚姻자기무권배혼인

多少紅顔薄命死다소홍안박명사

多少終身血淚流다소종신혈루류

女人過去受壓迫여인과거수압박

世間幷無疼惜人세간병무동석인

只有女書做得好지유여서주득호

一二從頭寫分明일이종두사분명

新華女子讀女書신화여자독여서

不爲當官不爲名불위당관불위명

只爲女人受盡苦지위여인수진고

要凭女書訴苦情요빙여서소고정

做出幾多書紙扇주출기다서지선

章章句句血淋淋장장구구혈림림

好心之人拿起讀호심지인나기독

沒個不曰眞可憐몰개불왈진가련

鬼神若能拿起讀귀신약능나기독

未必讀了不淚流미필독료불루류

草木若能拿起讀초목약능나기독

未必讀了不傷心미필독료불상심

干戈若能拿起讀간과약능나기독

擾得世上亂紛紛요득세상란분분

只有打到舊封建지유타도구봉건

女人始得有生存여인시득유생존

- 『여서지가女書之歌』59)

天開南門七姐妹천개남문칠저매

遇着鳳凰去下飛우착봉황거하비

拍翅叫啼聲送遠박시규제성송원

結義長行久不休결의장행구불휴

幾對鴛鴦入過海기대원앙입과해

劉海戲蟾傳萬村유해희섬전만촌

孟女彈琴雲下蓋맹녀탄금운하개

長日念經坐佛堂장일념경좌불당

可如韓相吹玉笛가여한상취옥적

遠聽簫形好風光원청소형호풍광

幾來同行同逑樂기래동행동술락

可比天仙女下凡가비천선녀하범

59) 宮哲兵 編著, 『女書 - 世界唯一的女性文字』, 臺北婦女新知基金出版部, 1991年版, p.246.

四邊妬儂好過日사변투농호과일

仙洞佛境過時辰선동불경과시진

別樣別行儂不氣별양별행농불기

只氣好恩沒日陪지기호은몰일배

幾俫大齊六七十기래대제육칠십

還有世間好多年환유세간호다년

若是轉靑十八歲약시전청십팔세

遠水長流要終身원수장류요종신

幾俫分離雙淚流기래분리쌍루류

難舍難離各自行난사난리각자행

大姊心中有憂慮대자심중유우려

一子一孫單薄了일자일손단박료

細姊房中無憂慮세자방중무우려

三個嬌兒孫又多삼개교아손우다

三姊正是沒憂慮삼자정시몰우려

兩個姊兒一點花양개자아일점화

孫子外甥勻稱稱손자외생균칭칭

四姊亦是無憂慮사자역시무우려

三個嬌兒沒點憂삼개교아몰점우

孫子孫女滿堂紅손자손녀만당홍

五姊家中好過日오자가중호과일

可比一口聚魚塘가비일구취어당

……

– 『천개남문칠자매天開南門七姊妹』[60]

이어서 정지혜와 궁철병 두 사람은 대만과 해외의 학자들이 보다 쉽게

---

60) 趙麗明, 『中國女書合集』, 中華書局, 2005年版, p.784-786.

이해하고 연구할 수 있도록 여서의 대만 출판을 약속하였다. 그러나 대만의 부녀신지회가 처음 대륙 학자와 협력해 출판하는 데다가 여서가 특수한 문자이다 보니 조판이 쉽지 않았다. 게다가 당시에는 통신 역시 원활하지 못해 원고를 정리하는 과정에서 상상하기 어려운 여러 가지 복잡하고 어려운 문제에 부딪혔지만, 정지혜는 이에 굴복하지 않고 여서가 순조롭게 출판될 수 있도록 모든 노력과 지원을 아끼지 않았다. 8월 무더운 날씨에도 불구하고 무한에 도착한 정지혜는 궁철병과 함께 한 달 동안 원고를 교정해 완성한 후 대만으로 돌아왔다. 정지혜는 우선 여서 원본을 원고의 1.54배의 크기로 확대한 다음, 그 위에 다시 투사지를 대고 3만여 자의 원고를 한 글자씩 그려 나갔다. 문자를 그리는데 부녀신지기금회의 양영영楊瑛瑛, 여려나餘麗娜, 임수영林秀英 등 20여 명의 회원들이 참여하였으며, 약 한 달 반이라는 시간이 걸려 겨우 완성할 수 있었다. 1991년 1월 마침내 대만에서 첫 번째의 『여서-세계에서 유일한 여성문자』가 출판되었는데, 이 책은 대륙 이외의 지역에서 처음 출간된 것으로, 여서를 대만과 해외에 전파하는데 매우 중요한 작용을 하였다. 한편, 동양자董陽孜는 부녀신지기금회의 기금 마련을 위해 여서 서체로 '발개운무견청천拔開雲霧見靑天'이라는 한 폭의 글을 써서 그해 바자회에 내놓았고, 양약청陽躍靑 등과 함께 여서를 주제로 한 『여서- 중국 부녀자의 은밀한 문자』라는 기록물을 영상 촬영하였다.

1994년 4월 17일 정지혜는 타이베이에서 첫 번째로 여성만을 위한 여서점女書店과 '여서 경전 강독회'를 열고, 여서 문화와 여성문화에 관한 연구를 지속하여 추진해 나갔다.

타이베이 중앙연구원 민족연구소의 연구원인 유비민劉斐玟과 『천하天下』와 『강건剛健』 두 잡지사의 수석 편집자인 임위인林偉仁 부부 역시 여서 문화 연구에 남다른 애정을 가지고 있었다. 일찍이 1992년 미국의 시라큐스대학

Syracuse University 박사학위 과정에 있을 때, 이들 두 사람은 함께 강영현에 가서 직접 여서를 고찰하였으며, 1999년 타이베이에 돌아와서도 전후 7차례에 걸쳐 강영현을 답사하며 조사하였다. 유비민은 민간의 여서 작품을 포함한 여성 가요를 박사학위 논문 주제로 다루어 논문 답변과 심사에서 우수한 성적으로 통과하였다.

또한 원래 국립대만대학의 외국어학부 출신이었던 강위姜葳는 1988년부터 수차례에 걸쳐 강영현을 답사하며 여서를 고찰하였으며, 1991년 11월 마침내 삼민서국에서 『여성의 비밀 코드-여서 현장 조사 일기』라는 책을 출간하였다. 그 내용은 주로 여서 연구를 위해 1988부터 1990년 사이에 작자가 호남성 상강우上江圩에서 진행한 연구 과정을 소개하고 있다. 당시 작자가 포미, 동구, 하만 등의 촌락에 거주하며 여서에 관한 연구를 진행하면서 함께 조사한 현지 사회 조직, 촌락 간 다툼, 혼인과 장례 풍속, 경제와 문화 변천, 향촌의 산아 제한 등의 내용과 경험을 담고 있으며, 2002년 11월 다시 재판될 정도로 많은 사람들의 관심을 끌었다. 후에 강위는 미국의 일리노이주립대학 시카고 분교에서 인류학 석사학위를 취득하고, 예일대학에서 인류학 박사학위를 취득한 후 현재 미국에 거주하고 있으며, 지금도 문자와 문화의 관계를 주제로 한 연구를 계속 진행해 오고 있다.

홍콩의 예술창작자이자 회화예술학 박사인 나완의羅婉儀 역시 여서에 지대한 관심을 지니고 있었다. 그녀는 1997년 영국에서 소묘를 전공하여 예술학 석사학위를 취득하였다. 학위 논문을 쓸 때 이상한 꿈을 꾸었는데, 그 꿈속에서 보았던 것이 바로 강영현에 전해 오고 있는 여성 문자인 여서였다. 그 이듬해 그녀는 홀로 강영현에 도착해 삼륜오토바이(현지에서는 천천히 둘러본다고 함)를 빌려 동산령의 농장을 둘러보고 나서 양환의 노인과 그녀의 친정집인 상강우 양가촌陽家村을 방문하여 여서와 관련된 자료를 수집하였다. 2000년 3월 9일 나완의는 동산령의 양환의 노인을 다시 찾아가 여서 문자를 배웠다. 당시 양환의는 자신이 평생 소장하고 있던 앞치마를 기념으로 그녀에게 선물하였다. 2002년 11월 19일부터 22일 사이에 강영현에서 상湘·오奧·계桂 삼성구三省區 십현시十縣市 제6회 남령南嶺 요족 반왕절 및 강영 여서국제토론회가 개최되었는데, 나완의 역시 이 토론회에 참가하여 강영현의 여서 전승자인 하정화, 구양란숙歐陽蘭淑 등과 의자매를 맺고 서로 여서 작품을 증정하였다. 얼마 후 부녀협진회婦女協進會는 그녀의 『여서 필기-중국 호남성 강영현 상강우향 여서 탐구』라는 책을 출판하였다. 20004년 2월 23일부터 3월 20일 사이에 나완의는 영남대학에서 '한 신화의 발자취―個神話的追跡'라는 주제로 예술작품전을 개최하였는데, 이는 '여서' 해독과 관련된 종합예술 전시회였다. 현재 그녀는 영국의 윔블던 미술대학Wimbledon College of Art 예술학 박사과정에 지원하여 여서 연구에 대한 꿈을 계속 이루어 나가고 있다.

여해녕黎海寧은 홍콩의 무도단舞蹈團 예술총감藝術總監을 지냈는데, 그녀가 연출한 수많은 작품은 일찍이 국제무대에서 커다란 반향을 일으켰다. 특히 1999년 이후 3년 연속하여 홍콩무도연맹 '무도년장舞蹈年獎'에서 연출상을 수상하였으며, 2000년에는 홍콩 특구정부에서 수여하는 '영예훈장榮譽勳章'을 수상하였다. 그리고 『여인심사女人心事』를 연출한 후 그녀는 날카로운 예술적 감각으로 여성을 주제로 한 작품들을 심도 있게 다루었다. 여해녕은 세상에서 오직 하나밖에 없는 여성 문자인 '여서'와 홍콩의 여류작가 서서西西와 황벽운黃碧雲의 작품에서 출발하여 새롭게 각색한 『여서』를 연출하여 2007년 12월 7일 홍콩문화센터 극장 무대 위에 올렸다. 무도舞蹈는 3개 단락으로 구성되어 있는데, 첫 번째 부분에서는 무용수가 지선紙扇과 홍건紅巾을 이용해 중국의 고대 봉건사회 속에 처해 있던 여성의 형상과 더불어 여서의 아름다움을 표현하였다. 두 번째 부분에 가서는 여서의 풍부한 내적 의미 이외에도 홍콩 여류 작가의 작품을 활용해 관중의 시선을 함축적인 동방 문화에서 자유분방한 서방의 문화로 이끌어 내었으며, 세 번째 부분은 무용수의 몸짓을 통해 현대사회에서 여성이 자신을 찾아가는 모습과 함께 여서가 사라져가는 시대 속에서 고금古今 여성들의 마음속에 담겨있는 비밀에 관한 새로운 해석을 시도하였다.

2. 일본의 여서 열기

일본 문부성은 매년 여서 관련 연구에 일정한 경비를 지원하고 있으며, 또한 여러 차례 중국의 여서 관련 연구자들을 일본에 초청해 강연을 진행하였다. 관련 자료에 따르면, 대학의 경우 분쿄오대학文敎大學, 메지로대학目白大學, 세이조대학成城大學, 와세다대학早稻田大學, 메에카이대학明海大學 등의 교수진이 여서 관련 연구에 비교적 많은 관심을 보이고 있으며, 또한 일본의 여서 전문가 오바타 토시유키小幡敏行, 모모타 미에코百田彌榮子 등이 중국 강영현 정부의 초청을 받고 '여서 문화 희망프로젝트 건설'에 참여하였다. 특히 여서 연구에 깊은 관심을 가지고 있었던 분쿄오대학의 엔도 오리에遠藤織枝는 쇠약한 몸을 이끌고 강영현을 9차례나 방문하여 상강우上江圩 일대의 산과 강을 답사하며 민간에 흩어져 있던 여서 작품과 필사본을 수집하는 동시에 여서의 전승자들과도 깊은 교분을 맺었다. 이러한 그녀의 모습은 지금까지도 현지에서 미담으로 전해지고 있다. 한편, 그녀는 자신이 직접 일련의 여서 관련 연구 논문을 발표하고, 『중국의 여성문자中國的女性文字』(산주우이치쇼보오三一書房 1996년)와 『중국여문자연구中國女文字硏究』(아케치쇼보오明智書房 2002년)를 출판하였으며, 이외에도 『기이한 여서

奇特的女書-전국 여서 학술 고찰 토론회 문집全國女書學術考察硏討會文集』(북경어
언학원출판사 1995년) 의 출판 지원에도 노력을 아끼지 않았다.

1995년 엔도 오리에遠藤織枝는 헝가리 부다페스트에서 개최된 '일본어토
론회'에서 여서를 언급하여 여러 국가 학자들의 커다란 관심을 불러일으
켰으며, 당시 이와 관련된 방송국 기자의 보도 내용을 접한 사람들 역시
여서가 매우 귀중한 보물이라는 생각을 가지게 되었다. 1997년 엔도 오리
에는 일본에서 개최된 『여성과 여성문자』라는 주제의 토론회에 특별히 주
석기와 하염신을 초청하였다. 당시 도쿄와 오사카에서 진행된 보고회에서
하염신은 자신이 직접 여서를 써서 대형 화면을 통해 사람들에게 보여주
었을 뿐만 아니라, 또한 여서가女書歌를 직접 불러 당시 현장에 있던 사람
들이 숨소리를 멈추고 경청할 정도로 커다란 감동을 주었다.

1999년 엔도 오리에는 미국의 아주학회亞洲學會에서 여서 관련 연구성과
를 발표하면서 환등기를 통해 관련 사진을 여러 장 보여 주었는데, 이를
본 미국의 학자들 역시 매우 놀라 여서의 중요성과 보호를 외쳤다고 한
다. 그리고 당시 사회를 맡았던 미국의 하버드대학 교수는 "전 세계 사람
들이 여서를 이해할 수 있게 여서 관련 인터넷 사이트를 개설하는 것이
좋겠다."는 제안을 하였다. 이에 일본으로 돌아온 엔도 오리에는 즉시 인
터넷 사이트를 개설하고 영어와 일본어 두 가지 언어로 여서를 소개하였
다. 사이트는 '서론'을 비롯하여 '중국 여서의 멸종 위기', '여서 그림과 작
품', '강영 여서국제학술토론회 발언회편', '여서 조사보고' 등 모두 17개
부분으로 구성되어 있으며, 엔도 오리에가 저술한 『중국의 여성문자』와
『중국 여문자 연구』의 주요 내용도 링크할 수 있다.

엔도 오리에는 시간과 여건의 한계, 특히 여서와 관련된 연구 자료의
한계로 인해 사이트를 단지 세 차례만 갱신하였으나, 여전히 많은 사람들
의 반향을 불러일으켰다. 그중에서 미국 스탠포드대학의 교수는 이 사이

트에 소개된 내용을 보고 자신의 강의 시간에 학생들에게 여서 문자를 보여주고 싶다는 서신을 보내왔으며, 이탈리아와 오스트레일리아의 여학생들은 직접 그녀에게 서신을 보내 여서에 대해 커다란 흥미를 가지고 있을 뿐만 아니라, 향후 직접 중국에 가서 답사할 생각이라는 의사를 밝히며 몇 가지 실질적인 문제들을 묻기도 하였다. 예를 들어, 어떻게 답사를 진행해야 되는지? 구체적인 지역이 어디인지? 어떻게 답사 노선을 계획해야 하는지? 그곳에 도착해 누구와 연락을 취해야 하는지? 등등의 구체적인 상황을 물었다. 또한 오스트레일리아의 어떤 여자 연구생은 자신이 여서 관련 석사논문을 준비하고 있다는 내용의 서신을 보내오기도 하였다.

2001년 10월 18일 무한에 도착한 엔도 오리에는 중남민족대학 여서문화연구센터의 사지민, 섭서민, 이경복, 추건군, 하홍일何紅- 등과 학술 교류를 진행하였다. 이때 사지민 등은 언어학, 민족학, 문자학, 문학 등의 다양한 학문적 입장에서 여서와 관련된 연구의 진행 상황을 소개하였다. 이들의 발표를 듣고 난 그녀는 여서 문화에 대한 자신의 관심을 표명하였으며, 현재 진행되고 있는 여서 문화 관광개발 프로젝트에 깊은 흥미를 가지고 몇 가지 질문을 하였다. 회의가 끝난 후 여서문화연구센터는 2002년 10월 강영현에서 개최될 예정인 '여서문화국제토론회'에 그녀를 초청하였다. 그녀는 자신이 1993년부터 지금까지 매년 강영현에서 답사를 진행하고 있다고 밝히며, 처음 답사 때는 모든 경비를 자신이 부담해 답사 규모가 매우 작았으나, 1997년부터 일본 문부성의 지원으로 답사 규모가 많이 확대되었다고 밝혔다.

그날 저녁 엔도 오리에는 중남민족대학의 학생들에게 여서 연구에 관한 보고회를 가졌으며, 보고회가 끝난 후 기자의 취재에 응하였다.

기자 : 여서 연구는 어떤 의미를 지니고 있습니까?

엔도 : 많은 사람들이 여성은 높은 수준의 창조 능력이 없다고 생각합니다. 그러나 조사를 통해 이러한 생각이 잘못되었다는 것이 증명되어 저에게 커다란 격려가 되었습니다. 이것은 저 개인뿐만 아니라, 전 세계에 있어서 적어도 절반의 인류에게 의미가 있다고 생각됩니다. 궁극적으로 여서는 여성이 사용하는 문자입니다.

기자 : 여사께서는 여서에 관한 연구를 학자의 책임감에서 출발하셨습니까? 아니면 여서께서도 여성인 까닭에 여성이라는 성별의 차이에서 시작하시게 된 겁니까?

엔도 : 학자로서 혹은 여성으로서는 이제까지 생각해 본 적이 없습니다. 저는 여서를 보자마자 여서에 깊이 빠져들었습니다. 저는 여서에 많은 흥미를 가지고 있고, 전 세계의 사람들이 여서를 이해해 주었으면 하는 바람을 가지고 있을 뿐입니다. 물론 당연히 어느 정도는 성별의 차이에서 그 원인을 찾을 수도 있을 겁니다. 만일 남성만의 문화였다고 한다면, 아마도 그렇게까지 적극적이지는 않았을 겁니다. 왜냐하면 수많은 학자들이 남성 문화를 소개하고 홍보하고 있는 상황 속에서 제가 그 대열에 더 이상 낄 이유가 없다고 생각하기 때문입니다.

기자 : 여서가 일종의 역사 문화유산 가운데 하나로서, 그 정화와 조박(옛사람이 다 밝혀내어 전혀 새로움이 없는 것을 비유)함이 어디에 있다고 생각하십니까?

엔도 : 여서의 유전이 자신의 윗사람으로부터 교육(집안에서 전수)을 받아 전해지는 까닭에 자신만의 진영이 구축되기 쉽습니다. 그러다 보니 이체자가 많이 등장하여 어떤 것을 표준이라고

확정 짓기가 매우 어려운데, 아마도 이 점이 결함이지 않을까 생각합니다. 바로 양환의 노인께서 여서를 쓸 때 한 획이나 혹은 하나의 점을 마음대로 가감하는 것과 같다고 보시면 될 것 같습니다. 그분은 한 획이나 혹은 하나의 점을 더해도 상관이 없다고 생각하십니다. 이러한 특성이 우리 후대인들에게 커다란 어려움을 가져다 주고 있습니다. 그렇기 때문에 우리는 여서의 자체字體를 반드시 규범화시켜야 할 필요가 있습니다.

기자 : 여서가 한자에 비해 표현 능력이 더 뛰어나다고 생각하시나요?

엔도 : 한자는 풍부한 표현 능력을 가지고 있습니다. 그러나 당시의 여성들은 한자를 사용하여 창작을 할 수가 없었습니다. 그렇기 때문에 여서가 그녀들에게 있어 상대적으로 쉬웠다고 생각합니다. 만일 한자를 이용해 표현하고자 했을 때는 반드시 먼저 많은 한자를 익히고 이를 토대로 삼아야 하는데, 이러한 일은 당시의 사회적 여건 속에서 근본적으로 불가능한 일이었습니다. 그렇지만 여서는 일종의 표음문자이기 때문에 5, 6백 개의 글자만 알고 있어도 기본적으로 창작이 가능합니다.

기자 : 여서가 시대의 변천에 따라 도태되었다고 볼 수 있는데, 여서 문자의 발전과 계승이 필요하다고 생각하십니까?

엔도 : 여서 문자를 현재에 활용하고자 한다면 아무런 작용도 하지 못할 것입니다. 그러나 귀중한 문화유산을 보호한다는 차원에서 접근한다면, 여서 문자는 전 세계적으로 매우 의미 있는 일이 될 것입니다.

2002년 11월 엔도 오리에는 여서 국제토론회에 참가하여 "여러 차례 현장 답사를 하면서 강영의 여서가 곧 사라지게 될 운명에 놓여 있다는 사실을 발견하고 무척이나 걱정스러웠습니다. 제가 이 토론회에 참가한 이유는 저 개인의 모든 노력을 기울여 이 회의에 참가하신 학자 여러분들과 함께 여서 보호에 나서고자 함입니다."라는 자신의 견해를 밝혔다. 이러한 엔도 오리에의 발언은 회의에 참가한 사람들로부터 많은 호응을 얻었다. 토론회가 개최되는 기간에 엔도 오리에 교수는 통역과 함께 홍염여서관紅艷女書館에 들려 쉬지 않고 일본어로 질문을 던지고 나서 '여서관女書館' 문 앞에서 구양홍염과 함께 기념사진을 찍었다. 이어서 그녀는 "일본의 많은 사람들이 이곳에 와서 여서와 홍염여서관을 보고 사라져가는 여서가 새로운 생명을 얻을 수 있기를 바란다."는 말을 남겼다.

2004년 9월 10일 엔도 오리에 등이 준비한 '여서의 역사, 현황, 그리고 미래 국제토론회'가 북경의 중국사회과학원 어언연구소 회의실에서 거행되었다. 이 토론회는 중국사회과학원 어언연구소와 일본의 중국여문자연

엔도 오리에(오른쪽 세 번째) 일행
중남민족대학中南民族大學 여서문화연구센터 고찰 및 교류

구회가 연합해 공동 주최한 것으로, 약 30여 명의 중국 학자와 일본 학자들이 참가하였다. 회의가 끝난 후 발표 자료를 모아 『여서의 역사와 현황 - 여서의 새로운 관점 해석』을 출판하였다. 이번 회의는 규모가 그리 크지 않아 여서 문화 보존 프로젝트 좌담회나 강영현의 여서국제학술토론회처럼 학술적으로 큰 영향을 끼치지는 못하였으나, 일본 학자와 중국학계가 처음으로 연합해 개최한 여서 학술토론회였다는 점에서 그 의미를 찾을 수 있을 것이다.

엔도 오리에 이외에 일본의 여서 관련 연구자로는 오바타 토시유키小幡敏行, 모모타 미에코百田彌榮子, 사쿠라이 다카시櫻井隆 등이 있다.

모모타 미에코는 일본 동경에 있는 아주민족조형문화연구소의 교수로서 1997년 9월 22일 일본 도오케에오오기대학同慶應義大學의 스즈키 마사타카(鈴木正崇) 교수와 함께 강영현에 도착해 여서를 고찰하였다. 그는 차례로 양환의와 당보진唐寶珍 등의 여서 노인을 방문하고 천가동과 화산묘花山廟, 반왕묘, 여서촌 등의 지역을 고찰하고 돌아가 『천가동과 여서-호남 강영 상강우향의 민속』이라는 조사 보고서를 작성하였는데, 후에 이 보고서는 『세계문화유산 보존-여서』와 『여성 문자와 여성사회』라는 두 권의 책에 수록되었다. 일본 메에카이대학의 사쿠라이 다카시 교수 역시 『여서 자전 편찬에 대한 몇 가지 제안』이라는 글을 통해 여서 자전 편찬에 관한 자신의 의견을 피력하였다. 그녀는 "자전을 편찬하려면 먼저 문자가 사용된 구체적인 예를 대량으로 수집해 이를 기초 자료로 삼아야 하며", 자료를 수집할 때 "가장 직접적이고 편리한 방법은 현재까지 생존해 있는 여서 사용자들이 손으로 쓴 문자를 기초 자료로 삼아야 할 것이다. 이렇게 하면 사용자에게서 직접 글자의 뜻과 발음을 들을 수 있다."고 주장하는 한편, "삼조서와 같이 이미 과거에 존재했던 자료 중에서 문자를 채록하는 방법이 가장 믿을만하다고 할 수 있는데, 그 이유는 문자는 그 본래의 목

적에 따라 사용된 실제 용례가 가장 훌륭한 자료가 되기 때문이다."라고
했으며, "만일 전통문화를 보존하기 위해 여서를 배운 사람이 쓴 글자를
자료로 활용한다면 그것은 매우 위험한 일이다. 왜냐하면 문자를 사용하
는 사람이 임의적으로 문자를 만들어낼 가능성이 있어, 사실상 존재하지
않는 문자가 여서 문자 가운데 섞여 들어갔을 수도 있으므로 이점에 대해
우리가 주의를 기울이지 않으면 안 된다."고 지적하였다. 그녀는 주석기가
편찬한 『여서자전』에 대해 "선의 굵기와 가늘기에 변화가 있으며", "전통
여서의 풍격과 완전히 다르다"고 비평하였다. 그리고 마지막으로 그녀는
여서 자전의 편찬 의의에 대해 "여서 자전은 향후 여서 문자를 살아 있는
문자로 사용하기 위한 중요한 수단이 될 것이다. 그렇기 때문에 자전을
편찬할 때는 반드시 자전은 젊은 세대가 여서를 배우는 도구라는 점도 간
과해서는 안 된다."고 지적하였는데, 이러한 사쿠라이 다카시의 주장은 향
후 우리에게 여서 자전의 편찬에 관한 중요한 시사점을 던져 주고 있다.

3. 기타 국가의 여서에 대한 관심

여서에 대한 관심은 미국, 프랑스, 독일, 오스트레일리아, 이탈리아, 오
스트리아 등의 학자들 역시 일본에 뒤지지 않는다. 여서를 전문적으로 소개하는
해외 영문 사이트는 일본의 엔도 오리에와 학생들이 개설한 『여서세계』
http://www2.ttcn.ne.jp/~orie/home.htm 이외에도 미국과 오스트레일리아에
서 개설한 http://www.msnbc.msn.com/id/4356095/Crossing Gender
Boundaries in China: Nüshu Narratives, http://www.she.murdoch.edu.au/
intersections 등의 사이트가 있다.
일찍이 프랑스의 한 여권주의자는 "여서는 세계 여성의 성경이다."

는 말을 남겼다.

1983년 8월 미국에서 개최된 제16회 국제한장어언학회의에서 궁철병과 엄학군이 공동으로 『호남 강영 평지요 문자 변석』이라는 논문을 발표하였는데, 이는 해외 학계에서 여서와 관련되어 처음 소개된 논문이다. 회의가 끝난 후 회의의 위원장이자 미국의 저명한 언어학자인 해리 노먼Harry Norman 교수는 엄학군에게 서신을 보내 "이것이야말로 정말 놀라운 발견입니다. 저는 앞으로 언어학자와 인류학자들에게 커다란 관심을 불러일으킬 것으로 생각합니다."라고 하는 자신의 생각을 전달하였다.

1988년 미국 하버드대학의 캐시 실버Cathy Silber 교수는 여서 연구를 위해 중국외문출판사를 사직하고, 홀로 여러 차례 강영현을 방문하였다. 그녀는 밤낮없이 항상 녹음기를 들고 다니며 노부인들로부터 여서를 배워 무려 2,000여 개의 음부音符를 외울 수 있었다. 유창한 현지 언어를 구사하게 된 캐시 실버는 4개월 후 강영현을 떠나 그동안 자신이 수집한 여서 문자를 현대 한어로 번역하였다. 또한 2000년에 캐시 실버 교수는 하버드대학의 지원을 받아 학생들과 함께 다시 강영현을 방문하였는데, 이때 사람들을 놀라게 한 것은 그녀의 유창한 상강우 방언과 지난 몇 년 사이에 거둔 여서 관련 연구의 성과였다.

미국의 화교 학자이자 시인으로 『중외논단』의 총편집장과 『미화문학美華文學』의 부편집장을 맡고 있는 왕성초王性初 선생은 2000년 9월 22일 중남민족대학을 방문해 여서문화연구센터의 주요 구성원들과 함께 여서 문화 연구와 중외 문화교류에 대한 문제를 놓고 좌담회를 가졌다. 이때 여서문화연구센터에서는 사지민, 섭서민, 추건군, 이경복, 반검파盤劍波, 전야田野 등과 관련 분야의 대학원생들이 좌담회에 참석하였다. 좌담회에서 왕성초王性初 선생은 여서문화 연구에 관한 몇 가지 의견을 다음과 같이 제시하였다. 첫째, 여서 문화를 전시할 때, 임시적인 전시보다는 먼저 일정한 규모를 갖춘 여서박물관을 건립하여 여서의 신비성, 특이성, 여서 연구의 정화를 집중적으로 조명해야 하며, 동시에 국제 전시회에 부합하는 중문과 영문 해설문을 정교하게 제작해야 한다. 둘째, 외국의 전문가와 학자들 역시 오랫동안 여서를 고찰하고 연구하면서 적지 않은 성과를 거두었다. 따라서 이들의 논문과 저서를 가능한 한 많이 수집해 전시해야 한다. 셋째, 여서 문화 연구에 대한 현황을 종합적으로 정리해 어떤 문제가 이미 해결되었고, 어떤 문제가 기본적으로 해결해야 하며, 어떤 문제가 해결되지 못하고 있는지, 또 어떤 문제를 중점적으로 다루어야 하며, 해결하기 어려운 문제에는 어떠한 것이 있는지 등을 면밀하게 살펴봐야 한다.

2002년 미국 뉴욕의 『중외논단』 제6기에 사지민, 추건군, 이경복 등이 공동 저술한 『풀기 어려운 중국 여서 문자의 미스터리』가 발표되었다. 글은 먼저 여서 관련 연구에 관한 진행 상황을 간략하게 소개하고, 이어서 해결하기 어려운 여서 문화 연구의 난제에 대해 언급하였다. 예를 들면, 여서 문자의 연원 문제, 형성 시기, 문자 부호 체계의 성질 문제 등 심층적 연구와 과학적 증명이 요구되는 문제들을 제기하는 동시에 여서가 어떤 이유에서 호남성 강영현과 그 인근 일대의 부녀자들을 중심으로 유전되어 왔는지? 남성 중심의 봉건사회 속에서 어떻게 남자들은 자신들이 알지 못하는 문자를 부녀자들이 배우고 사용할 수 있도록 허용하였는지? 또한 어찌하여 1931년 이전 문헌자료 중에서 여서 문자에 대한 존재나, 혹은 이와 관련된 기록이 보이지 않는지? 더욱이 왜 현지 주민들의 족보나 혹은 비문 중에서 그 어떠한 흔적도 찾아볼 수 없는지? 특히 여서가 형성된 역사적 배경과 원인, 여서와 여권女權, 부녀자의 사회적 지위 등과 같은 문제이다.

2005년 7월 21일 북경에서 거행된 제1회 세계한어대회에서 유네스코 비서이자 총간사인 무니르 부슈나키Mounir Bouchenaki가 중국의 여서에 특별히 주목하여 "최근 여서를 잘 알고 있는 마지막 분이 세상을 떠났다는 말을 들었습니다. 아마도 문자 역시 그분과 함께 사라져 갈 것입니다."라고 언급하면서 유네스코의 관련 부서와 중국 정부가 함께 사라질 위기에 놓여 있는 여서의 보존을 위해 최선의 노력을 기울여야 한다고 강조하였다.

2005년 8월 11일 미국의 포드기금회 이사 윌마 맨킬러Wilma Pearl Mankiller, 찰리 소프Charlie Lee Soap는 기금회의 관련 인사 11명을 인솔하여 호남성 부련婦聯 부주석 초백령肖百靈, 호남성 박물관 관장 진건명陳建明 등과 함께 강영현을 방문하여 여서와 관련된 상황을 직접 살펴보았다. 포드기금회 인사들은 현장에서 여서의 전승과 보존에 관한 강영현의 상세한 설명을 듣고, 여서원과 포미촌을 관람하며 여서 노래를 감상하였다. 이후 포드기금회가 포미촌의 강영현의 여서생태박물관과 디지털박물관 건립에 169만 원(인민폐)을 지원하기로 함으로써 여서 문화 발전을 위한 기본적인 토대가 마련되었다. 여서생태박물관은 현재 80여 건의 여서 작품을 비롯하여 100여 건의 복식, 방차紡車, 여홍 등의 실물과 1,000여 수의 노래 녹음, 그리고 1,000여 건의 여서 원본을 소장하고 있으며, 이외에도 여서 문화 정보와 관련된 데이터뱅크가 구축되어 있다. 강영의 여서생태박물관은 강영현위원회 선전부가 호남성 부녀아동활동센터, 호남성박물관, 호남대학 마르크스주의학원 등과 공동으로 미국의 포드기금회 문화보존 프로젝트의 지원을 받아 건립된 것으로, 이 프로젝트는 그해 9월 정식으로 시작되었다.

2005년 9월 15일 동안비각東安碑刻에서 여서 문자가 발견된 후, 9월 23일 미국의 『교포신문』에 『비각의 여서 호남에서 처음 발견』이라는 제목의 기사가 발표되었으며, 글 중에 "놀랍게도 비석 위에 새겨진 여서 문자가 호남에서 처음 발견되었다. 이 발견은 아마도 전통 여서 연구의 역사적 자료를 변화시켜 줄 것으로 여겨진다.", "더 중요한 점은 이전까지 3대 이상 유전되어 오거나, 혹은 더 이른 여서 작품을 찾지 못했으나, 이번에 발견된 비각은 적어도 수백 년의 풍상을 겪었거나, 혹은 이보다 더 오래되었을 수도 있다는 사실이다."라고 언급하였다.

프랑스의 마틴 소쉬르 - 영Martine Saussure - Young 역시 여서에 깊은 관심을 보였던 사람이다. 마틴 소쉬르 - 영은 프랑스 파리 동방제국 언어와 문화연구소의 박사로서 일찍이 광동성 외어외무대학外語外貿大學 서방어언 문화학원에서 프랑스어를 가르쳤으며, 소몽정蘇夢婷이라는 중문 이름도 자신이 직접 지었다고 한다. 그녀는 여러 차례 중남민족대학 여서문화연구센터와 강영현 여서관리센터에 연락해 무한과 강영현에 직접 가서 여서를 배우고 조사하며 『여서와 문자를 함께 가르치는 과정에 관한 연구』라는 주제로 박사학위 논문을 쓰고 싶다고 요청하였으며, 필자에게도 2008년 3월 6일 전화와 서신을 통해 무한에 찾아와서 여서 연구에 관한 토론을 하고 싶다는 의사를 전해왔다.

4월 14부터 19일 사이에 소몽정 여사는 중남민족대학 여서문화연구센터를 방문하여 사지민 교수와 이경복 부연구원을 만나 여서 연구에 관한 의견을 나눈 후, 학생들과 좌담회를 가지며 여서를 배우며 교류 시간을 가졌다. 그녀는 비록 멀리 떨어진 파리에 있었지만, 항상 여서 관련 연구 상황을 살피며, 언제든 다시 중국에 와서 여서 고찰과 함께 관련 전문가와 토론할 수 있는 학술 교류의 장이 마련되기를 희망하였다.

제
8
장

제8장

여서의 전승과 보존

여서는 역사적인 산물로서, 사용과 유전이라는 측면에서 그 기본적인 사회적 기능은 이미 사라졌다고 볼 수 있다. 여서를 전승해 온 고은선(1902~1990년), 의년화(1907~1991년), 양환의(1909~2004년) 등이 잇달아 세상을 떠남에 따라 여서의 원형도 이미 역사 속으로 사라져 현재 여서를 읽고 쓸 수 있는 사람들 역시 점차 줄어들고 있는 상황이다. 인력을 비롯한 경비, 기구, 체제 등의 여러 가지 원인으로 인해 여서의 자료 수집과 정리도 어려워져 여서 자료의 유실 또한 심각한 상황에 놓여 있다. 따라서 더 늦기 전에 여서라는 독특한 문화의 전승과 보존을 위해서는 무엇보다 세계무형문화유산 목록 등재가 가장 시급한 문제라고 하겠다.

1. 여서의 세계무형문화유산목록 등재 신청 의미

수년간의 노력 끝에 마침내 여서 보존에 관한 지방정부의 관심을 이끌어 낼 수 있었다. 그 결과 여서가 유전되고 있는 강영현 정부에서는 여러 가지 방법을 동원하여 여서원, 여서문화촌, 여서학당을 건립하고, 여서를 배우고자 하는 사람들에게 여서 문화를 전수하고 있다. 이곳을 찾는 학생들은 많을 경우 약 200여 명에 이르기도 하지만, 이러한 보존 기능은 자발적으로 이루어지기 때문에 상당히 분산되어 있고, 자료 수집이나 연원 연구 역시 초기 단계에 머물러 있어 실질적으로 해결해 나가야 할 문제점들이 적지 않다. 게다가 여서의 전승과 보존에 대한 현지 정부의 지원 역시 아직까지 충분하지 못한 실정이다. 그래서 여서원의 책임자 포려연浦麗娟 주임은 "현재 여서원의 보존과 유지 비용은 모두 미국 포드기금회에서 지원한 20만 원에 의존하고 있어, 규모를 확대하거나 여서 전승자 서예협회를 발족하고자 해도 자금 부족으로 추진하기 어려우며, 더욱이 여서를 배우려고 하는 사람도 많지 않아 어쩔 수 없이 겨우 현 상태를 유지해 나가고 있을 뿐이다."라고 밝혔다. 『세계문화와 자연유산 보호조약』의 규정에 따르면, 『세계유산목록』에 문화유산으로 등재되면 기금의 지원을 받을 수 있다. 따라서 여서의 무형문화유산목록 등재 신청이야말로 무엇보다도 중요한 현실적 가치와 문화적 의의를 지닌다고 하겠다.

1) 현실적 의의

(1) 세계문화유산목록 등재 신청은 인류의 진귀한 역사 문화유산인 여서의 보존에 유리할 뿐만 아니라, 또한 합리적이고 효과적으로 현대화된 형식의 여서 전승 방안을 확보할 수 있다. 이것은 종합적인 대규모 보존 활동으로서 급속한 경제 발전에 발맞춰 보다 효과적으로 여서를 보존해 나갈 수 있으며, 영주시의 문화 발전에도 크게 이바지할 수 있다.

(2) 영주시는 역사 문화도시로서 명성과 지명도를 향상시켜 나갈 수 있으며, 영주시의 도시 형상을 개선하여 지역의 경제 발전과 기업 유치에

유리한 여건을 마련할 수 있다. 이는 영주시와 호남성의 경제 및 문화교류와 대외 개방 촉진에도 중요한 토대가 된다.

(3) 현을 비롯한 시와 성의 문화유산 관광사업 발전에도 유리하다. 이는 관련 산업을 발전시켜 줄 뿐만 아니라, 새로운 경제성장의 성장점으로 작용하여 더 많은 일자리 창출과 함께 지속 가능한 경제의 발전을 촉진해 나갈 수 있다.

(4) 세계문화유산목록 등재 신청은 영주시와 강영현의 환경을 대대적으로 개선해 나갈 수 있을 뿐만 아니라, 역사 문화도시로서 영주시의 면모를 새로운 도시의 형태로 탈바꿈시켜 나갈 수 있다. 그리고 시민의 소양을 효과적으로 제고시켜 줌은 물론 여서 문화에 대한 시민들의 인식을 새롭게 심어 줄 수 있다. 즉 시민의 환경과 형상, 그리고 개방의식을 높여 시민의 문화 수준을 향상시켜 줌으로써 도시 전체의 풍격과 문화적 자긍심을 높여 나갈 수 있다.

2) 문화적 의의

여서는 부녀자의 사교를 위한 언어와 문자 도구일 뿐만 아니라, 일종의 문화 권력을 상징한다. 과거 부녀자들은 여서를 이용해 창조한 문화를 가지고 남녀평등을 추구하였으며, 오늘날에도 여전히 세상에서 보기 드문 독특한 여성 문자로 자신들만의 정신적 왕국을 건설해 나가고 있으며, 노동老同과 같은 구성원 간의 교분은 시공간을 뛰어넘어 자신들만의 보금자리와 정신적 안식처를 마련해나가는 데 중요한 역할을 담당하고 있다. 여서는 사회문화적인 측면에서 감정적인 연결을 통해 농촌의 여성들을 소규모 집단으로 결속시키거나, 일정한 범위 내의 조직으로 결속시켜 폐쇄적 혹은 반폐쇄적인 여성 집단을 형성하며 남성과 왕래하지는 않지만, 비밀 결사가 아닌 까닭에 오늘날의 조화로운 사회 구축에 일정한 의의를 지니고 있다고 하겠다.

여서 작품의 문학성과 여서 문자의 서예는 신비롭고 매혹적인 아름다움을 드러내고 있다. 또한 선서扇書, 파서帕書, 삼조서三朝書 등 각종 여서 작품과 여홍, 좌거당, 간묘회 등 여성들의 사교 활동은 사람들에게 새로운 미적 정취와 문화 향수를 전해주고 있다.

2. 여서의 인류문화유산목록 등재 추진 가능성

『세계문화와 자연유산 보호조약』의 규정에 따르면, 『세계유산목록』에 문화유산으로 신청하려면 반드시 아래에 열거한 항목 혹은 몇 가지 기준에 부합되어야 한다.

① 독특한 예술적 성취나 창조적 성격을 지닌 천재의 걸작을 대표할 만한 유산 ② 일정 시기나 혹은 세계의 어떤 문화권 내에서 건축예술, 기념적 예술, 도시기획, 경관설계 등의 발전에 영향을 끼친 유산 ③ 사라진 문명이나 문화 전통을 제공할 만한 독특한 유산, 적어도 특수함을 증명할 만한 유산 ④ 건축이나 건축군, 혹은 경관의 걸출한 범례로 삼을 만한 유산, 즉 인류 역사에서 하나(혹은 몇 개)의 중요한 발전 단계를 보여줄 수 있는 유산 ⑤ 전통적인 인류의 거주지나 혹은 사용지의 뛰어난 범례로 하나(혹은 몇 가지)의 문화를 대표할 수 있으며, 특히 되돌릴 수 없는 변화의 영향으로 인해 쉽게 파괴되거나 특수한 보편적 의의를 지니고 있는 사건이나 현행 전통, 혹은 사상, 혹은 신앙이나 문학예술작품과 직접 또는

실질적으로 연계되어 있는 유산을 일컫는다. 여서 문화는 이상에서 언급한 몇 가지 기준에 완전히 부합된다고 볼 수 있다.

1) 여서 문자 부호의 독특한 문화적 가치

중국의 저명한 언어문자학자인 주유광 교수는 『여서-문화 심산의 들장미』라는 문장 중에서 "여서는 문자학, 문화학, 사회학, 그리고 인류학적 측면에서 특별한 의미가 있다. 그래서 각국의 학자들 역시 여서의 발견과 연구를 중시하고 있다."고 지적하였다. 여서의 문장 구조, 단어 구성, 독음, 작품 내용 등의 특징은 중화민족의 문화사와 세계문화사에서 모두 특별한 의미를 지니고 있는 까닭에 인류학자, 민족학자, 언어학자, 부녀학자 등의 연구에 귀중한 자료가 되고 있다.

첫 번째, 여서 문자는 일종의 단음절 음부자音符字이자 표음문자라는 점이다. 여서 문자는 일반적으로 작자가 직접 제작한 필사본, 선면扇面, 포파布帕, 지편紙片 등에 보이며, 일부는 견직물과 화대花帶 위에도 보인다. 문자 부호의 형체는 길고 비스듬한 마름모꼴 형태로서 일반적으로 오른쪽 위 모퉁이가 글자 중에서 가장 높고, 왼쪽 아래 모퉁이가 글자 중에서 가장 낮은 형태를 취하고 있다. 여서는 2,000여 개의 문자 부호를 이용해 기본적으로 완전하게 기록할 수 있는 일종의 독특한 지방 언어라고 할 수 있다. 그래서 이른바 언어의 '활화석活化石'이라고 일컬어진다.

두 번째, 중국의 여서는 문자사에서 유일한 여성 문자라는 점이다. 그렇기 때문에 여서는 인류의 역사에서 찾아보기 힘든 매우 희귀한 문화유산이다. 일찍이 서방에서는 일부 여권주의자들이 남권 중심의 문화를 타파하기 위해 오랫동안 여성 문자를 창조하고자 하였으나 결국 실패로 끝나고 말았다. 그렇지만 중국에서는 이와 같은 기적이 궁벽한 산간 지역에 거주하는 농촌 부녀자들의 손에서 창조되어 나왔다. 이들은 그 어떠한 조직이나 전문적인 전수 학교도 없이 인류 역사에서 오직 여성만 알고 사용할 수 있는 문자 부호 체계를 전승해 옴으로써 세상 사람들을 놀라게 하였다. 여서는 그 발생과 발전 과정에서 남성의 영향을 받았을 수도 있지만, 오늘날까지 전해지는 여서는 오직 여성만을 위한 것으로 완전히 여성화되었다. 이러한 독특한 문자 연구를 통해 이와 같은 문화적 현상이 등장하게 된 역사적 원인을 밝혀낸다면, 오늘날 우리 사회구성에 대한 양성 관념을 새롭게 바꿀 수 있을 뿐만 아니라, 심지어 인류 발전의 미래에 대한 새로운 시사점을 던져 줄 수 있을 것이다.

세 번째, 현재 학술계에서 여서의 형성과 유전에 대한 일치된 견해는 아직 명확하게 정해지지는 않았으나, 적지 않은 학자들은 여서가 역사시대 이전의 각화부호, 갑골문, 고금문 등과 일정한 관계가 있다고 보고 있다. 그러므로 여서와 이러한 고문자의 관계를 연구한다면, 반드시 상고시대 중국의 역사와 문화에 얽힌 신비를 어느 정도 밝혀낼 수 있을 것이다.

네 번째, 수년간 연구 조사를 통해 여서가 영남의 광서성 부천, 종산, 호남성의 강화, 강영, 도현 등의 요족 촌락과 채寨에서 널리 유전되어 온 흔적을 찾아볼 수 있다. 이처럼 여서와 요족(특히 평지요)과 밀접한 관계가 있음을 볼 때, 여서 관련 연구는 요족뿐만 아니라, 중국의 남방에 거주하는 기타 소수민족의 기원과 역사 문화, 그리고 민족 등의 관계를 밝혀내는 데 있어서도 매우 중요한 의미와 가치를 지니고 있다.

2) 여서 문화권의 인문자연경관과 독특한 민속 특징

우리가 여기서 말하는 여서 문화권이란 광의의 개념으로 호남성 영주시, 강영현, 도현, 영원현, 강화요족자치현 등의 지역을 포함하고 있다. 요족은 세계적인 민족으로 유구한 역사와 문화를 계승해 왔다. 특히 영남 지역은 일찍부터 요족이 대대로 생활해 오는 중요한 지역 가운데 하나로서 산천이 수려하고 민풍이 소박하며, 풍부한 인문경관과 자연경관을 가지고 있다. 영주는 일찍부터 '금수소상錦繡瀟湘'이라는 명성을 들을 정도로 유자묘柳子廟, 오계비림浯溪碑林 등의 경관이 국내외에 널리 알려진 곳이다. 강영 또한 요족의 조상들이 대대로 거주해 온 천가동이 있으며, 세계에서 가장 큰 강화의 반왕묘, 아름다운 경치를 지니고 있는 영원의 구억산과 순제릉, 광동의 팔배요八排瑤, 그리고 광서 지역에서 가장 큰 규모를 자랑하는 공성恭城문묘 등이 있다. 또한 민족의 풍속도 독특하여 이미 국내외에 널리 알려진 영남 요족의 반왕절, 여성적 특색이 뛰어난 원소절, 투우절, 주조절(朱鳥節 : 鳥崽節), '사월초팔四月初八'의 투우절, 소전절, 취량절, 혼가婚嫁 중의 발수례, 좌가당 등이 전해 오고 있으며, 이러한 민속과 풍속은 모두 민족의 깊은 문화적 내력을 가지고 있다. 더욱이 도현을 비롯한 강화, 부천, 관양, 영원 등의 지역이 하나로 연결됨에 따라 멀지 않은 장래에 인문 역사와 자연풍광이 하나로 어우러진 방령자연문화종합관광풍경지구가 조성된다면, 이 역시 여서 문화 보존에 중요한 역할을 하게 될 것이다.

3) 여서 문화의 독특한 사회경제적 가치

영국의 고고학자 헝리 크릴Henry Creel은 『고고학적 유산의 토론에 대하여』라는 문장 중에서 "문물자원의 정보 가치는 유물이 가지고 있는 과거 문화의 실질성과 신뢰성의 상징이라는데 있다."고 하였으며, 또한 "이러한 특성은 문화 자원을 과거의 상징이나 기억의 기호로 더욱 강하게 만드는 힘이 있다."고 언급하였다. 정보적 측면에서 볼 때, 유물은 가장 오랫동안

안정적으로 유지되어 온 기호라고 할 수 있다. 우리는 유물에 담긴 역사 연구와 고증을 통해 사회 발전의 객관적 규칙을 밝혀낼 수 있을 뿐만 아니라, 오늘날의 정신문명 건설과 전통문화 교육에도 좋은 텍스트가 될 수 있다. 따라서 여서 문화권 내에 전해오는 각 지역의 풍부한 문화 자원 속에서 민족문화의 정수를 발굴하고, 여기에 새로운 의미를 부여해 기능을 확대해 나간다면, 현지 경제문화의 발전은 물론 곧 사라질 위기에 처해 있는 여서의 특이한 문화 현상 역시 새로운 생명을 얻게 될 것이다.

4) 지자체의 관심과 신문 매체의 적극적 홍보

여서 문화의 전승과 보존에 관한 문제는 학자들의 관심과 뜨거운 화제로 떠오르게 되면서 각 지자체의 많은 관심을 불러일으키게 되었다. 그 결과 2002년 6월 7일 중국 교육부에서 직접 중남민족대학에 사람을 파견하여 여서 문화와 관련된 연구 성과를 비롯한 여서의 전승과 보존에 관한 문제점 등을 파악하였다. 호남성 문화청과 영주시 문화국이 공동으로 강영여서문화생태보호구의 구축을 발기하고, 곧 사라질 위기에 처한 여서 문화의 복원과 발전에 관한 논의를 진행하였다. 전 광서장족자치구 부주석이자 현 전국인대 상임위원인 봉항고奉恒高는 2002년 5월 중남민족대학에서 거행된 '중국 여서 문화 보전 프로젝트' 관련 좌담회 겸 전국 여서학술토론회에 직접 참석하여 여서 문화의 전승과 보존에 대한 각 지자체의 관심과 노력을 호소하였다. 한편, 강영현 정부는 여서 관련 문화유적이 비교적 잘 보존되고 있는 상강우 포미촌에 여서 문화촌을 건립하고, 촌 내에 '여서학당'을 설립하여 고은선의 손녀 호미월이 젊은 부녀자들에게 여서를 전수하도록 하였다. 이로써 비로소 여서 문화가 새로운 생명을 얻어 세상에 전해질 수 있게 되었다. 한편 신문 매체 역시 적극적으로 여서 문화 연구와 전승에 대한 각계의 관심을 이끌어 내기 위한 노력을 기울여 여서의 『세계문화유산목록』등재 신청에 보다 유리한 여건이 조성되었다.

3. 여서 문화의 전승과 보존 조치

1) 영주시 '여서 유산 신청' 기구 발족과 노력 강화

2003년 초 문화부는 재정부 연합국가민위 및 문련 등과 공동으로 여서를 '중국 민족의 민간문화 보호 프로젝트'로 확정하고, 이와 관련된 기구를 강영현에 설치하였다. 이어서 영주시에서는 여서의 성공적인 세계무형문화유산목록 등재 신청을 위하여 시 정부가 주도하는 '여서 유산 신청' 담당 부서를 발족하고 관련 업무를 가속화하였다. 우선 하남성 안양 은허의 갑골문자를 성공적으로 등재했던 경험을 토대로 여서 문화 및 관련 연구 성과를 수집하고 정리해 대사기大事記를 편찬하였다. 이어서 영주시와 강영현 정부에서는 호남성 정부에 지원을 호소하는 한편, 등재 신청을 위한 각 부서의 역할 분담과 계획을 수립하고, 영주시와 호남성의 여서 관련 전문가와 유네스코의 국내외 학자들을 초청하여 공동 연구를 진행하였다. 이와 더불어 여서 연구에 관한 성과 장려 제도를 마련해 우수한 연구 성과를 표창하였다.

2) 여서의 수집 정리와 여서학박물관 건립 추진

기금 마련을 위해 호남과기대학의 여서기요문화연구소女書暨瑤文化硏究所가 앞장서서 중남민족대학의 여서문화연구센터와 합동으로 전담 조직을 구성하고, 여서 유전 지역에 대한 전면적인 조사를 진행하여 관련 기초 자료를 확보하는 동시에 작품의 유실 상황을 명확하게 파악하였다. 그리고 영주시 내에 소장되어 있는 자료를 재정리하고 보존 목록을 작성하는 한편, 전담자를 파견해 보관하도록 하였다. 그리고 외부 전시를 위해 자료를 유출할 때는 복사본을 활용토록 하였다.

과거에는 여서 원본에 대한 보존 의식이 부족해 여서 원본이 대부분 외부로 유출되었을 뿐만 아니라, 심지어 해외의 학자들에게 팔려나간 경우도 적지 않았다. 이에 영주시 호남과기대학에 전국 최초의 여서학 박물관 건립을 건의하고, 현존하는 여서 원본과 각 지역에 흩어져 있는 실물 자료를 한곳에 모아 국내외 학자들이 전시물을 통해 여서 문화를 보다 직관적으로 이해할 수 있도록 하였다. 저명한 유적 보존 전문가인 헨리 크릴(Henry Creel)은 "유물 자체 및 유물 간의 공간적인 연계 네트워크가 바로 과거에 관한 정보의 근원이 된다. …… 모든 과거 유물은 …… 적어도 과거의 정보를 우리에게 전달해 줄 수 있는 능력이 있다."고 언급하였다. 이처럼 문화유산에는 풍부한 역사와 문화적 정보가 담겨있는 까닭에, 유물 보존이란 바로 이러한 정보를 완전하게 전달해 가는 것을 의미한다. 그러므로 '존재'는 '전승'을 전제로 하기 때문에, 만일 유물에 정보가 '존재'하지 않는다면, '전승'을 말할 필요조차 없다. 만일 여서가 유전되는 지역에 여서의 원본마저 제대로 보존되어 있지 않다면, 세계무형문화유산목록 등재는 신청조차 할 수 없게 된다. 따라서 우리는 생각의 문을 열고, 여서 문화유산의 전승과 보존이 결코 우리가 짊어져야 할 짐이 아니라, 사회 발전의 중요한 자원으로 인식하고 세계와 미래를 위한 사회와 경제적 가치를 충분히 실현해 나가야 한다.

여서학박물관에 여서와 관련된 유물 전시 이외에도 '여서루패방女書樓牌坊', '어서루御書樓', '여서학당', '여서회관', '여홍원女紅院', '낭낭묘娘娘廟', '여서촌 옛 장터' 등을 설치하고, 박물관 내에 여서 원본, 작품, 공예, 서예, 학술 성과와 민속 등을 집중적으로 전시하여 여서의 기원과 발견, 전승 방식, 사회적 기능, 학술적 영향 및 민속과 풍속, 부녀자와의 관계, 여홍 과 서화 등을 소개함으로써, 여서의 전승과 보존, 여서 문화의 발전 전망, 그리고 예술적으로 재현된 여서의 풍부한 문화적 의미와 독특한 인문 환 경을 세상에 널리 알려야 한다. 다시 말해서 여서학 박물관이 여서 문화에 대한 보존, 연구, 홍보, 발전 등의 중심적인 역할을 수행해 나가야 한다.

3) 관광산업 개발과 여서 문화의 홍보 강화

여서 문화의 인문경관은 물질적인 측면과 비물질적 측면 두 가지 요소 로 구분할 수 있다. 물질적 측면에서 영주의 물질적인 요소는 산수나 여 서 문화 지역의 건축물처럼 자연적 속성이 외적으로 드러나는 구체적인 형태를 가리킨다. 영주 지역은 역사가 유구하고 문화적인 요소가 풍부하 여 관광자원으로 활용할 수 있는 자원을 많이 가지고 있다. 그중에서도 여서가 유전되어 오고 있는 강영현 지역은 사면이 방령과 맹제령처럼 높 은 산에 둘러싸여 있고, 종유동이나 폭포처럼 기이한 자연경관이 많아 매 우 특색있는 문화적 경관을 보여주고 있다. 예를 들어, 요족이 조상 대대 로 거주해 오고 있는 천가동, 진대秦代의 명장 왕전王翦이 주둔했다고 하는 도방령의 장군봉, 당대 남쪽을 정벌한 대원수 주여석周如錫이 독서 하던 곳 으로 후에 송대 문천상文天祥이 이를 기념해 글을 지었다고 하는 월파정月波 亭, 송대 주요경周堯卿이 돈을 기부해 확장했다고 하는 도계서원桃溪書院, 그 리고 수많은 고비각古碑刻, 고민가古民家, 고탑古塔, 고교古橋, 고정古亭 등이 산 재해 있다. 이러한 자원은 모두 관광산업을 극대화할 수 있다. 따라서 영 주와 그 주변 지역의 여서 문화유산, 그리고 '천가동' 문화를 토대로 삼고

관광자원을 개발하여 관광 및 경관지구 건설에 힘써 나가야 한다.

무형문화유산 측면에서도 여서의 원형 보호지구를 지정하여 포미, 형전, 동구, 하만, 하연 등의 촌락에 산재한 고건축물, 자연환경 등의 생태계를 보호하는 동시에 관련 민속과 풍속을 발굴하고 복원하여 여서 문화가 온전하게 되살아날 수 있는 토대를 마련하고, 이와 함께 영주시는 여서 문화를 둘러싸고 있는 인문경관을 중심으로 관광산업의 발전을 적극적으로 추진해 나가야 한다.

첫 번째, 세계적 흐름에 발맞추어 여서의 문화적 가치를 충분히 밝히고, 아울러 지역의 힘을 모아 새로운 마케팅 전략을 수립해야 한다. 그리고 계림 지역의 관광자원과 연계하여 "강영은 계림과 연결하고, 영주는 장사와 연결한다."는 슬로건을 내세워 영남 지역의 관광권역을 건립하고, 각 지역의 문화적 차별성을 내세워 실제 상황에 맞게 발전시켜 나가야 한다.

영주는 소수瀟水와 상수湘水의 아름다운 경치로 이름이 높고, 형양衡陽의 남악南岳은 불교 성지로써 오악五岳 중에서 가장 뛰어나다는 평을 듣고 있다. 그리고 침주郴州는 생태 환경이 뛰어나고 산수가 수려하며, 주주株洲는 염제의 능과 유적이 산재되어 있어 조상의 뿌리를 찾아볼 수 있다. 이처럼 저마다 각기 다른 특색을 갖추고 있는 이들 지역은 대체로 마카오를 비롯한 홍콩, 오스트레일리아, 동남아 등의 관광객들에게 등산, 물놀이, 순례, 고적 답사로 인기가 높은 관광노선이다. 2007년 이래 이들 지역의 관광부서는 공동으로 대상남大湘南 관광권역 연맹의 결성을 회의의 정식 의제로 상정하였다. 의제의 주요 내용은 이들 지역의 관광에 대한 전반적인 이미지 구축과 홍보, 관광노선 공동 개발, 마케팅 체제 구축, 긴급 협력 기구 설립 및 인터넷 사이트 구축 등으로서, 이들 지역이 관광자원을 서로 연계하여 대상남 관광권역을 구축함으로써 호남 지역은 물론 더 나아가 중국 내 관광 거점 지역으로 발전시켜 나가고자 함이었다. 즉 호남의 관광자원을 통합하여 관광의 발전과 함께 상호 이익을 달성해 나가고자 하는 새로운 실천 모델을 제시한 것이라 볼 수 있다.

두 번째, 다양한 매체를 통해 영주의 풍부한 문화적 이미지를 적극적으로 홍보함으로써 브랜드 구축과 관광의 품격을 제고시켜야 한다. 이에 관해 많은 전문가들 역시 목전에 가장 시급히 해결해야 할 문제로 인식하고 있다. 관광산업이 지주 산업으로 발전하기 위해서 가장 중요한 관건은 관광산업의 질적 수준과 품격 제고이며, 또한 이와 함께 관광문화의 내용 발굴과 관광문화 구축 강화가 요구된다. 문화는 관광의 영혼이자 관광산업 발전의 매개체인 까닭에 문화적 뒷받침이 없는 관광산업의 발전은 무의미한 이야기가 된다. 즉 관광산업이 다른 경제 산업과의 차이는 바로 문화에 대한 의존성에 있다. 그러므로 문화가 뒷받침되지 않는다면 관광산업의 발전은 불가능하다고 할 수 있다. 한편, 관광산업의 발전 역시 문화의 발전을 촉진하는 역할을 한다는 사실도 주목할 필요가 있다.

세 번째, 영주의 '여서 풍정원風情園'과 상강우의 '여서 문화성', 포미·하만·형전의 '여서 문화촌'을 중심으로 여서탐기문화관광구女書探奇文化旅游區를 조성하고, 이와 함께 여서 풍정원 내에 남방 지역을 대표하는 난간식 민가를 건립하여 지역적 특색을 보여 줄 수 있는 다양한 민속·축제 등과 관련된 풍물을 전시해야 한다. 예를 들어, 전통적으로 전해 오는 여아절女兒節, 주조(봉황)절朱鳥(鳳凰)節, 소전(삽앙)절燒田(揷秧), 봉(용, 호)주경도절鳳(龍, 虎)舟競渡節, 여자취량절女子吹凉節, 과(수)신절過(酬)神節, 혼인 풍속 중의 발수례, 좌가당, 신비한 여서 공연, 조상제사 의식 등은 관광객들이 모두 좋아하는 풍속이다. 다시 말해서 지속 가능한 발전이라는 원칙 아래 자연과 인문이 결합된 생태관광을 조성하고, 이를 통해 문화관광 브랜드를 구축해 나갈 수 있는 아이디어를 모색해 나가야 한다. 이와 동시에 여서 중심의 여성 사회 건설과 여성의 삶을 재현해 낼 수 있는 관광개발의 모델을 모색해 나가야 한다.

네 번째, 여서 문화에 관한 학술연구와 브랜드 홍보 강화를 통해 예술화, 현대화, 대중화를 확대하는 동시에 여서의 전파를 내외적 요인과 유기적으로 결합해 나가야 한다. 지난 수년간 '십일절十一節'과 '오일절五一節'에 매일 1,000여 명의 관광객이 강영현의 여서원을 다녀갔지만, 절대다수의 관광객이 청년들이며, 그중에서도 중학생이 다수를 차지하고 있다는 사실은 상황이 결코 낙관적이지 않다는 것을 말해주고 있다. 한편, 여서의 주요 전파 경로가 텔레비전과 신문 매체였다는 점으로 미루어 볼 때, 여서 문화 전파에 있어 문화적인 이미지 홍보가 얼마나 중요한지 새삼 깨닫게 한다. 지금까지 강영현 여서원의 대외 이미지 홍보는 주로 사이트 개설이나, 혹은 다큐멘터리 촬영, 혹은 관련 매체의 취재 등을 통해 이루어져 왔다. 그러나 하나의 문화를 널리 전파한다는 점에서 볼 때, 이러한 방식만으로는 분명히 한계가 존재한다.

내적인 측면에서도 지속적인 여서 문화의 학술 연구와 문화적 가치의 발굴은 무엇보다 중요하다. 예를 들어, 갑골문, 돈황학, 요학遼學 등과 마찬가지로 영주시에도 여서에 대해 국제적인 학술 연구를 진행할 수 있는 관련 자료센터와 학술 연구센터를 구축해야 한다. 물론 여서는 옛 라틴어처럼 생활 언어로서 그 사용 가치가 이미 상실되었을 뿐만 아니라, 더욱이 지금과 같은 중국의 교육 체제 속에서 여자아이들은 더 이상 옛사람들처럼 여서로 비밀리에 소통할 필요가 없어졌다고는 하지만, 하나의 독특한 문화 현상으로서 여서의 문화적 가치는 여전히 발굴할 만한 여지를 가지고 있다. 따라서 여서에 관한 연구는 문자학을 비롯해 언어학, 민속학, 역사학, 고고학, 민족문화사, 민족관계사, 부녀학, 종교학 등의 다양한 학문 분야로 확대하여 새로운 문화적 가치를 발굴해 나가야 할 필요성이 제기된다. 이는 문화적 요소로서 그 자체의 매력과 가치가 문화의 침투력과 정비례하기 때문이다. 만일 여서가 지닌 여성 문자로서의 독특성, 갑골문과 같이 살아있는 화석으로서의 역사성, 문자 부호에 내포된 고대 남방 민족 문화의 신비성 등을 자연경관과 결합하면 여서가 유전되는 지역의 관광자원을 보다 효과적으로 활용할 수 있다. 즉 여서 문화를 중심으로 문화관광지구설치와 함께 고품격의 관광산업을 발전시켜 나간다면 상남과 계북 일대의 신속한 경제발전은 물론 여서 유전의 연속성과 발전을 위해서도 중요한 토대가 마련될 수 있다.

외적 측면에서 볼 때, 영주시 정부의 낮은 인식이 또한 여서 문화가 관광산업으로서 제자리를 찾지 못하고 있는 가장 중요한 요인이 되고 있다. 그러나 현재 중국을 비롯한 서방의 학자들 역시 여서의 전승과 보존에 적지 않은 노력을 기울이고 있으며, 현지 정부의 일부 관료나 군중들 역시 일종의 자원으로서 여서의 문화적 가치 발굴을 위해 적지 않은 노력을 기울이고 있다. 예를 들면, 강영현의 한 마을에 여서학당을 세우고 관광객 유치에 노력하고 나섰지만, 경비 부족으로 인해 지속적인 유지에 어려움을 겪고 있다. 이를 통해 볼 때, 정부의 지원, 특히 경제적인 지원 없이 단순히 민간기구나, 혹은 소수의 여서 연구자들의 열정과 노력만으로 유지해 나간다는 것은 거의 불가능하다고 하겠다. 따라서 여서의 개발이나 확대 발전의 경우도 단순히 지방자치단체의 노력에만 의존할 것이 아니라, 주변의 각 현이 모두 합심하여 공동으로 개발해 나가야 하며, 특히 영주시는 당연히 여서 문화관광의 주력으로서 최선의 노력을 다해야 한다.

이와 더불어 대중적인 작업을 통해 세상에 널리 알려 나가야 한다. 예를 들어, 여서의 시사, 대련, 서예 등과 같은 통속적인 독서물과 여서 관련 VCD를 제작하거나, 또는 수파手帕, 의피衣被, 모필毛筆, 필통筆筒, 지선紙扇 등의 관련 공예품을 개발해 판매할 수도 있다. 이외에도 여서를 활용한 공예품 포장용지를 제작해 활용한다면, 여서 문화에 대한 홍보뿐만 아니라 일정한 경제적인 수익도 거둘 수 있다.

정보화 사회 속에서 문화산업 역시 네트워크 정보 사회를 벗어나 생존하기는 어렵다. 그러므로 관련 매체와 적극적으로 협력하여 여서 문화가 융합된 가무 공연 활동을 추진해 나가는 동시에 동파東巴 문화의 발전 모델을 참고하여 공연 시장에 진출하는 것도 하나의 좋은 방안이 될 수 있다. 이 밖에도 텔레비전, 방송, 네트워크 등의 현대적인 각종 매체와 협력하여 상시적으로 여서 문화 강좌를 개최하거나, 혹은 지속적인 여서 문화 연구를 위한 인력 양성에도 적극적인 노력이 요구된다.

4) 기타 관련 업무

(1) 고등교육기관 및 과학기술연구소의 전문가와 연계 강화

지방정부는 세계무형문화유산목록 등재 신청 과정에서 능동적으로 고등교육기관 및 과학기술연구소의 전문가들과 긴밀한 연계를 강화하고, 이를 통해 여서 연구에서 부딪치는 여러 가지 문제점들을 해결해 나가야 한다. 전문가와 학자들이 연구와 기획에 참여할 때 비로소 각 민족의 문화적 요소나 민속과 풍속에 내재된 문화적 가치를 발굴하여 개발해 나갈 수 있으며, 또한 이를 통해 세계무형문화유산목록 등재 신청을 위한 토대가 마련될 수 있다. 과거에 여서는 현지의 무식하거나 혹은 문화 수준이 낮은 부녀자들이 한자를 쓸 때 형태가 변형된 한자의 변체로 인식되었기 때문에, 남자들은 이를 대수롭지 않게 가치 없는 문자로 여겨 왔다. 그러나 여서가 중남민족대학의 학자들에 의해 발견되고, 연구를 통해 인류사에서 유일한 여성 문자 체계를 갖추고 있다는 사실이 확인되면서 그 문화적 가치가 비로소 밝혀지게 되었다. 만일 여서에 내재되어 있는 문화적 가치나 의미에 대한 민족학, 민속학, 부녀학, 문화학 등의 관련 연구가 심도 있게 진행되지 않는다면, 아무리 오래되고 기이한 민속과 풍속이 내포되어 있는 여서 문화라고 해도 전 세계 사람들 앞에 추천은 커녕 세계무형문화유산목록 등재 신청은 감히 엄두도 내지 못하게 될 것이다.

(2) 여서 문화 연구에 관심 있는 사람들의 적극적인 참여 유도

여서 문화에 관한 연구는 언어학, 문화학, 민족학, 역사학, 부녀학 등의 다양한 학문 분야와 관련되어 있어, 그 범위가 넓고 연구의 어려움도 큰 까닭에 많은 사람들이 낯설어하는 연구 영역이다. 따라서 우리는 관련 분야의 전문가와 학자들을 적극적으로 끌어들여 가능한 신속하게 여서를 종합적인 연구 학과로 확립해 나가야 한다. 이와 더불어 모든 역량을 모아 여서 유전 지역의 지방 정부와 협력하여 타 학문 분야와 구별되는 차별성을 갖춘 여서학을 건립해 나가야 한다.

(3) 대외관계 강화와 학술교류 확대

해외학자들은 여서 문화에 관한 학술적 연구를 매우 중시하고 있다. 특히 일본의 문부성은 여서 연구에 매년 일정한 기금을 지원하고 있으며, 여러 차례에 걸쳐 학술교류회의를 개최해 오고 있다. 이외에 일본의 아주민족조형문화연구소 모모타 미에코 교수, 분교대학의 엔도 오리에 교수, 그리고 미국의 캐시 실버, 프랑스의 페이 수신Fei Shuxin, 독일의 아바Ava, 안자 휴버Anja Huber 및 홍콩과 대만의 정지혜, 진정원陳靜遠 등이 여서에 관한 연구 및 전승과 보존에 많은 관심을 가지고 있다. 따라서 이들과 교류와 홍보를 확대하여 더 많은 외국인과 외지인들이 강영에 와서 다양한 연구와 고찰을 진행할 수 있도록, 세계적이고 전국적인 차원의 다양한 학술대회를 개최해 나가야 한다.

(4) 인재 육성과 여서 전승자의 보호

'세계무형문화유산목록'의 등재 신청은 매우 복잡하고 방대한 프로젝트인 까닭에 추진해 나갈 범위가 넓고 커서 진행의 어려움이 따를 뿐만 아니라, 전승과 보존은 물론 향후 관광산업 개발을 위해서도 많은 인재가 필요하다. 즉 여서 연구에 필요한 고급인력 육성과 실용적 인재를 필요로 하는 관광산업을 연계하여 인재 육성시스템을 마련하고, 이를 토대로 관광산업의 개발 기반을 튼튼하게 마련해 나가야 한다. 예를 들어, 강영현 정부에서는 여서학당의 운영에 대한 적극적인 지원과 더불어 새로운 여서 후계자 양성에 최선의 노력을 기울여야 한다. 또한 영주시의 일부 학교에서는 여서 학습반을 개설하여 상응하는 교과목을 가르치고, 그 외의 기타 학교에서는 강영현에 필요한 관련 인재 육성에 지속적인 노력을 기울여야 한다. 그리고 여건을 갖춘 고등교육기관에서는 적절한 시기에 전문 학위과정을 대학원에 설치하여 여서 연구에 필요한 전문가 육성에 힘써 나가야 한다.

이외에도 영주시에서는 여서 교육의 확대를 위해 전체 시민을 대상으로 하는 여서 학습반을 개설하는 한편, 여서 교육을 위한 교재 편찬과 함께 초·중등학교 필수 과목으로 지정하여 여서의 전승과 보존을 위한 새로운 인재 육성에도 힘써야 한다. 또한 이와 더불어 여서에 관심을 가진 젊은 부녀자들이 고등교육기관에 가서 학습할 수 있도록 추천을 하고, 이를 통해 여서의 전승과 연구에 필요한 인재 후보군을 양성해 나가야 한다.

(5) 여서 문화 보호를 위한 제도 제정

하남성 안양시가 은허 문화를 세계무형문화유산목록에 등재 신청할 때

제정한 보호조치에 관한 법률 및 규정을 거울삼아 영주시 정부 역시 여서 문화의 전승과 보존에 관한 법률과 조례를 제정하여 여서가 법적으로 보호받을 수 있도록 해야 한다. 따라서 현지 정부는 엄격하게 『중화인민공화국문물보호법』을 준수하여 관련 제도와 규정을 마련하여 여서 관련 문물이나 자료가 더 이상 유실되거나 파괴되지 않도록 해야 한다.

(6) 여서 전승 지역의 자연환경 보호

일찍이 하남성은 안양시 은허의 갑골문 유적을 문화유산목록에 등재 신청하는 과정에서 그 주변을 정돈하고 환경을 개선하였다. 그 일환으로 은허 유적 보존에 방해가 되는 건축물을 철거하고 원래의 모습으로 복원하였는데, 호남성 정부 역시 이를 참고하여 영주시, 강영현, 도현 등 여서와 관련된 지역의 유적지를 정비하고, 자연경관을 해치는 건축공사 등의 추진을 금지해야 한다.

여서는 세계문화 속에 피어난 한 떨기 진귀한 꽃으로, 오랜 역사와 다양한 정보를 폭넓게 지니고 있는 하나의 문화적 현상으로 볼 수 있다. 그러나 이러한 보물도 현재 곧 실전될 위기에 직면해 있다. 만일 이대로 여서 문화가 소실되어 버린다고 하면, 이는 중국 문화의 손실일 뿐만 아니라, 세계 문화의 손실이라고 할 수 있다. 따라서 이러한 진귀한 보물의 소실을 막기 위해서 우리는 보존을 위한 노력을 한층 더 강화해 나가야 한다. 더욱이 이러한 요구는 영주시와 호남성 관련 부서의 인식 제고는 물론 여서의 세계무형문화유산목록 등재 신청에도 크게 도움이 될 것이다. 만일 우리가 무형문화유산목록 등재 신청에 성공한다면, 상남湘南 지역의 경제문화 건설에 새로운 돌파구를 마련함은 물론 유구한 중화 문명의 계승과 발전에 중요한 한 획을 더 그을 수 있을 것이다.

부록

부록 1
호남성 강영현 여서문화관광산업 개발 좌담회 요록

2000년 7월 16일 중남민족대학 여서문화연구센터의 답사팀이 호남성 남부와 광서성 북부 지역을 답사하며 여서 문화 관광산업 개발과 관련된 민속, 역사, 지리 등에 대한 조사를 진행하였다. 답사팀에는 사지민 교수, 추건군 교수, 섭서민 교수, 이경복, 반검파 동지가 주요 구성원으로 참여하였다. 먼저 무한에서 기차를 타고 전주全州로 이동한 탑사팀은 17일 도현에 도착하여 현 민위民委의 열렬한 환영을 받았다. 이튿날 아침 답사팀은 전용차로 강영현에 도착하여 강영현 정부초대소에 투숙하였다. 현지 정부의 사무실, 민위, 사지史志 사무실 등의 동지들이 나와 마중하였으며, 장애국張愛國 현장도 초대소로 찾아와 약 1시간 동안 유쾌한 담소를 나누었다. 장 현장은 상담대학湘潭大學 중문학과를 졸업하고, 학교 선전부에서 다년간 일을 하며 당위黨委 선전부장을 역임하였는데, 중국의 전통문화에 관해 많은 식견을 가지고 있었다.

7월 18일과 19일 저녁 장애국 동지가 강영현 정부 회의실에서 민위民委주임, 문화국장, 계위計委주임, 여유旅游국장, 외판外辦주임, 사지판史志辦주임, 전력電力주임, 문화관장, 현정부판공실 부주임 등이 참여하는 좌담회를 주최하였으며, 중남민족대학의 여서문화연구센터 답사팀도 좌담회에 참가하였다. 토론은 강영현의 문화관광에 대한 종합적 개발 문제를 주요 의제로 다루었다.

1차 회의 시간 : 7월 18일부터 10시 30
장소 : 정부 초대소 2층 회의실

장애국 : 오늘 중남민족대학 여서문화연구센터의 여러 교수님께서 우리 강영현에 오셔서 여서 문화와 관광산업 개발에 관한 학술 답사를 하시게 되었습니다. 정부에서는 오늘 좌담회를 통해 전문가 여러분의 고견을 듣고, 우리 지역의 경제 건설과 사회 건설을 촉진하고자 합니다. 우선 우리는 전문가 여러분의 강영현 방문을 열렬히 환영합니다. 그러면 이어서 전문가 여러분의 고견을 듣도록 하겠습니다.

추건군 : 우선 장애국 현장께서 '삼강三講'교육 등의 바쁘신 일정 중에도 이렇게 좌담회를 개최해 주신 점에 대해 먼저 감사의 말씀을 드립니다. 강영현의 여서는 일종의 독특한 여성 문자 체계를 갖추고 있는데, 우리 대학의 전문가들이 가장 먼저 발견하였습니다. 우리 대학은 오랫동안 여서 조사 과정에서 비교적 큰 성과를 거두고 있는 몇몇 안 되는 기관 가운데 하나입니다. 작년 이래 우리 여서문화연구센터는 사지민 교수의 지도 아래 매월 1회씩 토론회를 개최하고 있으며, 그 내용은 주로 강영현 문화 관광산업 개발에 관련된 사안을 중점적으로 다루어 왔습니다. 그래서 우리가 생각하는 여러 가지 방안을 강영현의 동지들과 함께 교류하고자 합니다. 우리 답사팀 중에 섭서민 교수께서 그 내용에 관해 중점적으로 말씀드리도록 하겠습니다. 그런 연후에 제가 보충 설명을 하도록 하겠습니다.

섭서민 : 우리가 연구 중에 발견한 한 가지 문제가 있는데, 그것은 바로 이 문자가 도대체 어느 민족에 속하는 문자인가 하는 문제입니다. 문자가 어느 민족에게도 귀속되지 않는다는 것은 불가능한 일이기 때문입니다. 현지에 요족瑤族이 많이 거주하고 있는 것을 보면, 이 문자가 아마도 요족과 깊은 관련이 있는 것으로 보여집니다. 만일 요족과 관련이 있다고 한

다면, 우리가 요족과 여서를 연계해 그 실마리를 찾아낼 수 있을 겁니다. 지금의 천가동이 요족의 선조들이 대대로 거주해 온 지역이라는 사실은 분명합니다. 해외에 거주하고 있는 요족이 이곳을 모두 자신들의 고향으로 생각하고 있는 점만 보아도 충분히 그 사실이 입증된다고 하겠습니다. 우리 대학의 궁철병 교수와 사지민 교수가 이전에 이곳을 방문하여 인명, 지명, 역사, 문물 등을 살펴보았는데, 그 결과 많은 경관을 재현해 낼 수 있다는 것을 발견하였습니다. 또한 지상이나 지하의 유물을 통해서도 요족의 거주지라는 사실이 충분히 증명되고 있습니다. 요족은 상당히 독특한 민족으로서 뿌리 의식이 매우 강하고 유구한 문화와 전통을 가지고 있는 민족입니다.

여서에 관해 강영현의 동지 여러분께서도 잘 알고 계시다시피 여서는 지역의 종교, 민속, 그리고 지역민들의 일상생활과 깊은 내적 연계를 가지고 있습니다. 이러한 요소들은 모두 연구를 거쳐 객관적으로 참여가 가능한 관광자원으로 바꿀 수 있습니다. 오늘 가려고 하는 천가동은 우리가 상상할 수도 없이 뛰어난 명소입니다. 북쪽, 동쪽, 남쪽이 모두 도방령 산맥으로 둘러싸여 있어 삼림 자원이 매우 풍부합니다. 또한 산수와 수풀로 이루어진 자연경관이 매우 기이하면서도 독특한 멋을 가지고 있습니다. 특히 대박수大泊水 폭포는 결코 여산廬山의 폭포에 뒤지지 않는 뛰어난 경관을 가지고 있습니다. 그곳에서 흘러나오는 시냇물을 따라 위로 올라가다 보면 6, 7개의 작은 폭포와 만나게 되고, 다시 그 정상에 오르면 대박수 폭포를 만나게 됩니다. 더욱이 그 위에는 우리가 한 번도 가보지 못한 원시 삼림이 펼쳐져 있습니다. 장가계의 관광 개발 역시 자연경관을 위주로 개발되었습니다. 물론 이곳의 자연경관을 장가계와 직접 비교하기는 어렵지만, 이곳 나름대로 독특한 특색을 갖추고 있습니다. 또한 그곳에는 우리가 둘러볼 만한 문화유적이 수없이 산재해 있습니다. 예를 들어, 반왕묘盤

王廟처럼 조사와 연구를 통해 확실히 증명된 경우에는 우리가 충분히 재현해 낼 수 있습니다. 더욱이 강영현은 역사적인 인물들이 많이 배출된 곳입니다. 예를 들어, 주요청周堯淸과 주돈이周敦頤 두 사람은 숙질 간 입니다. 그리고 송대의 대문호 범중엄范仲淹과도 관련이 있습니다. 이러한 역사적 인물들을 다시 발굴해 내어 재구성할 수 있습니다. 강영현의 교통과 전력도 충분한 경쟁력을 갖추고 있습니다. 제가 들은 바에 의하면, 낙양에서 담강湛江까지 이어지는 철로 역시 강영현을 지나가며, 상해에서 성도까지 이어지는 고속도로 역시 이 부근을 지난다고 들었습니다. 그리고 여기에서 계림까지 차로 두 시간이 채 걸리지 않는 130킬로미터 정도의 거리라고 들었습니다. 또한 장 현장의 말에 의하면, 계림의 예비 비행장인 영주 비행장이 연말에 시험 비행을 시작한다고 들었습니다. 이처럼 강영현의 교통과 전력은 문화관광산업의 개발에 매우 유리한 경쟁력을 갖추고 있습니다.

여서와 천가동 역시 상당히 큰 규모의 전람관을 가지고 있습니다. 이러한 전람관은 서안의 진시황 병마용처럼 처음부터 사람들에게 깊은 인상을 심어줍니다. 전시할 때 몇 가지 주의할 점이 있는데, 첫 번째는 전시할 때 반드시 관련 실물 사진이 있어야 하며, 지도 역시 고대와 현대 지도가 모두 필요합니다. 이는 사람들에게 지리적 위치를 통해 방위감을 제공해 주기 때문에 매우 중요합니다. 중국의 문화는 동태적이라고 말할 수 있는데, 관광 역시 움직이며 즐기는 동태적인 활동이기 때문입니다. 두 번째는 현지 민족에 관한 역사적인 연혁이 명시되어 있어야 합니다. 천가동과 여서의 전시 역시 관련 연혁이 필요합니다. 즉 상고시대부터 현대까지 모든 발전 과정이 필요합니다. 세 번째는 여서와 천가동에 관련된 종교, 민속 등의 관련 자료 축적이 필요합니다. 관람객이 전람장을 먼저 둘러보고 관광을 시작한다면 흥미가 크게 증가될 뿐만 아니라, 그 인상 또한 깊게 받아들여지게 됩니다. 종교와 민족의 심리적 활동 역시 일맥상통합니다. 따라서 민속 역시 그 민족의 관념이 재현된 것이라고 볼 수 있습니다. 네 번째는 여서에 관한 국내외 홍보용 자료, 각종 활동에 관한 보도 내용, 연구성과 자료집도 역시 필요합니다. 이는 여서 문화에 관한 심층적 연구에 매우 중요한 토대가 됩니다. 다섯 번째는 향후 여서 문자의 자체 매력을 밝혀내는 것입니다. 이는 여러 가지 형식을 통해 재현해 낼 수 있습니다. 원본을 비롯한 필적, 모조품, 문학 작품 등이 얼마나 소장되어 있는지 모르지만, 가능한 한 곳에 모아 집중적으로 전시를 해야 합니다. 여섯 번째는 여성의 생활이나 여성의 명절 등을 재현할 때는 반드시 여성의 시각에서 접근해야 합니다. 언어는 사회로부터 나오는 것인데, 어째서 오직 여성들만 참여가 가능한지? 자형, 영상, 현대 매체 등의 자료를 통해 관람객에게 보여줘야 합니다.

강영현의 관광자원 개발 역시 반드시 핵심적인 주제가 있어야 합니다. 예를 들면, 천가동은 '뿌리 찾기', 여서는 '신비 탐방'과 같은 주제를 말합니다. 그리고 이를 토대로 관광산업 개발의 방향을 추진해 나가야 합니다. 마치 장가계 입구에 '국가삼림공원'이라는 표어를 세워 놓은 것처럼, 도시에 "북쪽으로 가면 천가동이다"라는 표어를 세워 사람들에게 자신이 이미 천가동에 와 있는 것처럼 느끼게 하는 것입니다. 이어서 중동中峒 대박수大泊水에 볼거리를 만들어 패왕동霸王洞, 요왕묘瑤王廟와 연계하면 새로운 경관을 재건해 낼 수 있습니다. 그리고 위로 올라가면 삼림공원과 함께 적지 않은 인문경관이 있습니다. 예를 들면, 민간전설과 관련된 석구石狗 등과 같은 것입니다. 그리고 아래로 내려오면 마산馬山과 평석암平石岩이 보이는데, 마산 끝자락에 반왕묘가 자리하고 있습니다. 전하는 바에 의하면, 예전에 이곳은 도주道州의 월암月岩까지 지하로 통했다고 하는데, 이곳에 선조에게 제를 올리는 제조묘祭祖廟를 재건할 수 있습니다. 또한 수주隨州 염

제능에는 수령이 오래된 큰 나무가 한 그루 있는데, 유람객이 그 위에 엎드리면 자신의 뿌리를 찾을 수 있다고 전해지고 있습니다. 이러한 곳들을 다시 복원하여 재건할 수 있습니다. 그리고 그곳을 돌아 나오면 상강우와 동산령에 이르게 되는데, 이곳에는 여서를 중심으로 한 민속 문화가 풍부한 까닭에 결혼식과 자수 자원을 활용한 또 하나의 경관을 재현할 수 있습니다. 이어서 형전촌荊田村에 이르면, 전설 속에서 말하는 어서루와 함께 투우절을 관람할 수 있는데, 이를 통해 사람들이 참여할 수 있는 문화 명소로 재현해 낼 수 있습니다. 이외에도 포미와 송백에는 여성적 색채가 뚜렷한 간조절과 취량절 등의 축제가 있는데, 새에게 제사를 지내는 것은 아마도 요족과 직접적인 관련이 있어 보입니다. 또한 서남쪽 지역에는 전통적으로 전해오는 화산의 묘회가 있어 종교 제사와 관련된 의식을 재현할 수 있습니다.

또 한편으로 상강우에 여서 문화성을 건설하여 관광객이 휴식을 취하거나 숙박할 수 있도록 하면, 먹고 놀며 혹은 물건을 구매하며 여서 문자가 아로새겨진 거리의 경관을 관람할 수도 있습니다. 그리고 이튿날 다시 둘러볼 수 있는 관람 노선 구축이 가능합니다. 요컨대, 민속과 풍습, 역사와 전설, 그리고 여서와 관련된 문화를 직접 느낄 수 있고, 참여할 수 있는 경관을 만드는 것입니다.

강영현의 관광개발과 주변 지역의 관계에 대해서는 추 교수께서 몇 가지 생각을 가지고 계십니다.

추건군 : 강영현의 문화관광 개발에 관하여 저는 세 가지 방안을 생각하고 있습니다만, 아직 완벽한 구상이 아니기 때문에 먼저 제가 구상하고 있는 방안을 제기해 보고 나서 강영현 동지들과 함께 고민해 보는 것이 좋을 듯 합니다. 첫 번째는 강영현의 문화관광 개발은 당연히 종합적으로

고려하여 개발되어야 한다는 점입니다. 현재 중국의 관광풍경지구 개발에는 다양한 유형이 있습니다. 아미산의 경우는 주로 자연경관과 불교문화를 중심으로 개발되고 있고, 무당산의 경우는 주로 자연경관과 도교 문화를 중심으로 이루어지고 있습니다. 그리고 광서의 북해와 동북 대련의 경우는 주로 오락과 휴양을 중심으로 개발되고 있습니다. 그러나 강영현의 경우는 내세울 수 있는 종교도 없고, 휴양지로서의 개발도 어렵습니다. 그렇지만 강영현은 매우 농후한 문화적 색채를 가지고 있습니다. 첫 번째는 여서입니다. 전해 들은 바에 의하면, 여서는 현재 세계에서 발견된 유일한 여성 문자라고 합니다. 두 번째는 천가동입니다. 천가동은 전 세계 300만 요족의 고향이라는 사실입니다. 세 번째는 주가周家에서 일찍이 14명의 진사가 배출되었다는 사실입니다. 이들은 대부분 당시의 장관이나 차관급 관리를 지냈다고 하는데, 이러한 경우는 매우 드문 일입니다. 또한 상강우에는 어서루와 함께 화산花山의 묘회가 있습니다. 이처럼 강영현은 풍부한 문화적 전통을 가지고 있습니다. 그러므로 강영현의 관광산업 개발은 이러한 문화적 배경을 떠나서 존립하기 어렵습니다. 더욱이 강영현의 자연 경관은 매우 독특한 특징을 가지고 있습니다. 도방령 산맥의 내측을 따라가면 천가동의 하·중·상동上峒을 비롯한 마산, 조산鳥山, 대박수大泊水, 장보동藏寶洞 등의 경관이 펼쳐져 있고, 이어서 2개의 저수지와 원시림에 가까운 삼림 지역이 있는데, 이곳은 모두 훌륭한 생태자원을 갖추고 있습니다. 호북성 적벽의 육수호陸水湖는 원래 갈주葛州 댐 건설을 위한 실험용 저수지에 불과했습니다. 전해 들은 바에 의하면, 그곳에는 800여 개의 작은 섬이 있어 호북성의 천도호千島湖라고 불리워지는데, 섬마다 볼 만한 경관이 하나씩 있습니다. 저는 그곳을 이미 세 번이나 다녀왔습니다. 이것은 분명 하늘이 내려 준 복입니다만 애석하게도 그곳에는 역사와 문화적 색채가 많지 않습니다. 어제 장 현장께서 말씀하신 바처럼 강영현은 토산품을 많이 생산하고 있습니다. 특히 이곳의 향유香柚, 쌀, 멧돼지 등은 호남에서 첫 손가락으로 꼽을 정도로 그 맛이 뛰어납니다. 이것을 관광산업 개발에 귀중한 자원으로 활용할 수 있습니다. 강영현의 농업이 이미 구조적으로 완성되었다고는 하지만, 가공업 부분이 아직 취약한 까닭에 시장에서 판로를 개척하는데 어려움이 많이 있습니다.

장애국 : 강영현의 농업에 관한 구조 조정은 다른 현에 비해 이미 10년 혹은 20년 정도 앞서 있다고 말씀드릴 수 있습니다.

추건군 : 좋은 상품이 있다면 판매하는 것이 맞습니다. 누군가 이곳에 와서 구매해 간다면 그것처럼 더 좋은 일이 없겠지요. 그렇게 되면 판매량도 늘어나고 운반비도 많이 절약할 수 있게 될 것입니다.

장애국 : 강영현에서 생산되는 것은 모두 탁자 위에 놓이는 물건입니다. 탁자 아래의 물건은 기본적으로 없습니다. 찾아오는 이들이 모두 손님이라고 할 수 있습니다.

추건군 : 찾아오는 사람들이 많으면 자연히 먹고 자고, 물건을 구매해야 합니다. 이것은 사실상 이곳에 투자하는 것과 같습니다. 그러므로 그들이 우리에게 돈이나 달러를 가져다준다고 할 수 있습니다.

장애국 : 우리는 달러가 필요 없습니다. 홍콩 돈이면 좋습니다.

추건군 : 그래서 저는 강영현의 문화관광산업 개발은 마땅히 자연, 인문, 역사, 종교 등을 종합적으로 고려하여 개발해 나가야 한다고 생각합니

다. 두 번째로 저는 강영현의 문화관광산업 개발은 반드시 주변 지역과 연계하여 하나의 경관지구로 조성해야 비로소 공동의 효과와 규모의 효익을 거둘 수 있다고 생각합니다. 이곳은 계림, 양삭陽朔 등과 불과 백여리 정도 떨어져 있습니다. 우리가 어제 도현에서 올 때 보니, 그곳의 문화 자원 역시 매우 훌륭했습니다. 그곳에 있는 주돈이(호는 염계濂溪)의 누전樓田 풍수가 매우 좋아 보였습니다. 그는 송대의 유명한 철학자이자 문학가로서, 일찍이 그가 지은 『애련설愛蓮說』은 우리가 중학교 때 배운 작품입니다. 만일 계림을 비롯한 양삭, 도현, 강영, 영원 등의 지역을 하나의 풍경 지구로 묶어 개발한다면, 지역적인 장점과 특색을 충분히 발휘해 나갈 수 있습니다. 강영현의 단독적인 개발도 좋지만, 그렇게 될 경우 관광노선이나 관광풍경지구 형성이 어려워 규모의 효익을 거두기 어렵습니다.

이경복 : 저는 광서성 부천의 요족자치현 사람입니다. 강영현에서 멀지 않아 일찍부터 저는 이곳의 여서 문화가 매우 기이하면서도 독특하다는 소리를 듣고 있습니다. 다만 줄곧 시간을 내지 못해 답사를 하지 못하고 있었습니다. 이번 기회에 몇 분의 교수님과 함께 답사를 진행하는 동안 지방정부의 열렬한 환영을 받았을 뿐만 아니라, 실제 답사 과정에서도 적지 않은 성과를 거두게 되어 여서 연구에 더 많은 관심을 가지게 되었습니다. 향후 저는 제 열정을 여서 연구에 쏟아붓고자 합니다. 여서 문화관광 개발 사업은 분명 잘 되어 나가리라 생각합니다. 방금 여러 선생님들께서 좋은 의견을 많이 제기하셨습니다. 저도 이곳의 관광 개발은 계림을 비롯한 전체 영남 지역의 요족 문화관광 개발과 함께 묶어 개발하는 것이 좋겠다는 생각이 듭니다.

장애국 : 우리 모두 한 줄에 꿰인 메뚜기와 같습니다. 누구도 떨어져 나

갈 수 없습니다!

추건군 : 세 번째는 강영현의 문화관광 개발에 있어 성공을 위한 주요 관건은 합리적인 타당성과 유기적인 메커니즘, 그리고 시대를 앞서가는 산업개발 정책이 요구된다고 할 수 있습니다. 정부가 모든 것을 관여한다는 것은 반대로 모든 것을 잘 관리하지 못한다는 것을 의미합니다. 만일 누군가 투자해서 투자한 사람이 수익을 거둘 수 있다면, 그 사람은 자연스럽게 자신의 이익을 위해 투자하게 될 것입니다. 상인이 투자하는 목적은 이윤을 얻기 위한 것입니다. 투자해서 아무런 이익도 얻지 못한다면 누가 투자를 하겠습니까? 지금 중국 내륙에 곽영동霍英東이나 이가성李嘉誠처럼 능력 있는 분들이 순수한 목적으로 공익사업에 투자하는 경우는 그리 많지 않습니다. 정부가 투자자에게 수십 년 동안 수익을 거두게 하고, 그 기간 동안 정부가 세금을 거둔다면, 정부 입장에서도 좋은 일이 될 것입니다. 대박수 폭포, 반왕묘, 여서문화촌 등 역시 투자자에게 하청을 주고 운영하도록 하면 됩니다. 이러한 체계가 모두 완성된다면 항구적인 문화자원으로서 자손 후대가 지속적인 수익을 거둘 수 있는 사업이 될 것입니다. 그리고 후인들은 지금의 여러분을 기억할 것입니다.

장애국 : 우리는 곧 노선 경영권을 판매할 것입니다. 올해 팔지 못하면 내년에 팔면 됩니다. 이렇게 해야 비로소 자금을 끌어들일 수 있습니다. 단지 우리 자신에게만 의지해서는 수익률 제고가 너무 느립니다. 저는 이미 교통국장에게 지시해 두었습니다.

추건군 : 여서 문화에 대한 우리의 연구는 비교적 이른 편입니다. 이미 몇몇 학자들께서 연구 성과를 발표하였습니다. 최근 3년 간 이루어진 사지민 교수님의 체계적인 연구를 바탕으로 여서 문화가 중심이 되는 문화

관광 개발을 모색하고 있습니다. 이전까지는 주로 학술연구에 중점을 두었는데, 어느덧 18년이라는 세월이 지났습니다. 이제 우리는 여서 문화관광 개발이라는 문제에 초점을 맞추고 새로운 방안을 모색하고 있습니다. 향후 강영현의 경제발전과 여서 문화 연구의 조화로운 결합을 통해 공동의 발전을 촉진해 나가야 합니다. 여서 문화 연구와 관광 개발의 결합은 여서 연구와 강영현의 경제발전을 위한 가장 올바른 길이라고 생각합니다. 이번 기회를 빌려 여서의 기이하고 특이한 문화를 전승하고 보존해 나간다면, 강영현의 경제 건설과 사회 발전에도 크게 기여하게 될 것으로 생각합니다. 저는 여서가 하늘이 강영현에 내려 준 귀중한 유산이라고 생각합니다. 따라서 우리가 이를 잘 이용하지 못한다면 100년 후 강영인들에게 만고의 한으로 남게 될 것입니다. 관광자원은 일단 개발되면 그 이익이 백대까지 지속됩니다. 수많은 도시, 즉 장가계, 구강九江, 아미산 등이 모두 관광을 통해 도시 경제로 발전되어 왔습니다. 그래서 강영현의 지도자들께서도 반드시 전략적 안목을 가지고 여서와 천가동을 중심으로 하는 문화관광 계획을 세워 개발해 나간다면, 강영현 지역민들에게 영원한 복을 가져다줄 것으로 믿습니다.

장애국 : 사지민 교수님께 지도 말씀 부탁드리겠습니다.

사지민 : 오늘 젊고 유망한 장현장의 사회 아래 여서 문화관광 개발에 관한 문제를 토론하였는데, 이는 매우 의미 있는 일이었다고 생각합니다. 여서 연구는 이미 18년이라는 세월이 흘렀습니다. 과거에 우리는 주로 학술과 관련된 문제를 토론하였습니다. 작년 신문 잡지에 발표된 호남성위 선전부장 문선덕文選德의 '문화경제'라는 기사를 보고 영감을 얻은 생각입니다. 여서 문화 연구는 반드시 현지의 경제발전과 연계되어야 한다고 생

각합니다. 저는 일찍이 13차례나 강영현을 다녀왔습니다. 그런데 매번 방문 때마다 마음속으로 씁쓸한 느낌이 들곤 하였습니다. 그러나 90년대 이후 강영현의 발전이 상당히 빠르게 진행되면서 커다란 잠재력을 보여주고 있습니다. 더욱이 여서 문화에 대한 연구는 강영현의 경제발전에 새로운 길을 제공해 주고 있다고 생각합니다.

제가 생각하기에 강영현의 여서는 '오절五節'을 가지고 있습니다. 첫 번째는 여서가 세계에서 유일한 여성 문자라는 점입니다. 두 번째는 여서가 독립적인 체계를 갖춘 자생문자로서 현존하는 문자와 그 어떤 연원 관계도 없다는 점입니다. 세 번째는 여서가 적어도 3,000년 이상의 역사를 지닌 오래된 문자라는 점입니다. 또한 여서의 일부 문자 부호가 갑골문과 규칙적으로 대응 변화한다는 점을 고려해 볼 때, 여서와 갑골문이 동일한 시대에 사용되었을 뿐만 아니라, 양자 간의 관계 또한 친밀성이 있다고 보입니다. 네 번째는 여서를 고월古越 문자의 혈유孑遺나 혹은 변이로 볼 수 있다는 점입니다. 여서 중에서 형태소를 표시하는 "頭體主君起夫囑두체주군기부속"의 자부는 새의 다른 모습과 새 깃털로 장식한 사람의 다른 모습에서 비롯된 것으로, 이는 새를 숭배하는 토템 문화가 반영되어 있다고 볼 수 있습니다. 형태소를 표시하는 "禾發苗米刀犁船茶酒화발묘미도리선차주"의 자부는 볍씨의 성장, 성숙, 경작과 수확 도구, 쌀의 식용 방식 등의 다른 모습을 묘사한 것으로, 오래된 원시 도작稻作 문화가 반영되어 있다고 볼 수 있습니다. 형태소를 표시하는 '옥屋'자의 자부는 '간란干欄'과 같은 외관의 형태를 나타낸 것이며, 형태소를 표시하는 '각剗'자의 자부는 여자의 문신 형태를 나타낸 것이라 볼 수 있습니다. 여서 중에서 식별이 가능한 상형자나 회의자는 대부분 황하 유역의 갑골계 문자와는 근본적으로 차이를 보이고 있습니다. 현대의 여서는 한문의 이형자에 속하지만 '여서계' 문자의 창시자는 분명 문신을 좋아하고 간란식 주택에 거주하며, 새를 토템으로 숭배하며 원시적인 도작稻作문화를 창조한 고월인古越人과 깊은 관계가 있다고 생각됩니다.

장애국 : 우리나라 최초의 '도작문화'가 도현에서 시작되었습니다. '조鳥문화' 역시 '도작문화'와 깊은 관련이 있습니다. 사지민 교수님께서 확실히 깊이 있게 연구를 하셨습니다.

사지민 : 다섯 번째는 여서가 일자다음一字多音이자 일음다의一音多義 문자라는 사실입니다. 한 글자가 많을 경우 십여 개의 음과 수십여 개의 어의를 표시할 수 있는 세상에서 보기 드문 기호문자입니다. 여서 문자는 결코 지방의 방언이 아니라, 지방의 방언을 토대로 형성된 일종의 부녀들의 군체어라고 할 수 있습니다. 여서는 신기하고 독특하면서도 신비스러울 뿐만 아니라, 매우 오래된 문자로서 깊은 문화적 저력을 가지고 있습니다. 저는 여서 연구를 18년 동안 진행해 오고 있으나, 아직도 피상적인 연구 수준에 머물러 있습니다. 방금 추 교수님께서 여서를 하늘이 강영현에 내려준 화수분 같다고 하신 말씀은 그 비유가 매우 형상적이면서도 정확하다고 봅니다. 강영현의 여서는 인류에게 남아 있는 유일한 여성 문자로서, 이미 국내외 학자들로부터 많은 관심과 주목을 받고 있습니다. 만일 기존의 여서 연구 성과를 토대로 문화적 감상 가치와 오락 기능, 그리고 남녀노소가 함께 즐길 수 있는 통속적 기능을 갖춘다면 강영현의 관광산업 개발에 반드시 후한 보답을 가져다 줄 것입니다.

강영현은 천가동의 요족 주거지를 주요 관광 거점으로 개발하고, 포미와 하만을 여서 문화촌으로 개발하여 하나의 독특한 관광지구로 구축해 나간다면, 이것은 전국적으로나 전 세계적으로 유일무이한 독보적인 존재가 될 것입니다. 현재 당면한 가장 중요한 문제는 여서 학습반을 개설해 더 많은 여성들이 여서를 배우도록 함으로써 여서 문화관광 개발에 필요한 인재 양성을 서둘러야 한다는 점입니다. 인재가 부족하다면 무엇을 한다고 해도 결국 공염불에 지나지 않게 됩니다.

장애국 : 오늘 시간이 너무 많이 지난 것 같습니다. 여러 교수님께서 우리 현의 상황을 고려해 문화관광이라는 측면에서 우리에게 귀중한 의견들을 제시해 주셨습니다. 오늘 몇 분 교수님의 말씀을 이 자리에 참석한 각 부서의 동지들과 함께 들었습니다만 우리 모두 능력의 한계를 가지고 있습니다. 우리가 여러분의 말씀에 바로 답을 드릴 수는 없지만, 반드시 이에 상응하는 조치를 취하도록 하겠습니다. 여러분은 모두 돌아가신 후에 오늘 저녁 일을 잘 생각해 보시기 바랍니다. 만일 시간이 부족하다면 낮에 한 번 더 생각해 보시기 바랍니다. 그리고 내일 저녁 8시 이 자리에서 다시 회의를 계속 진행하도록 하겠습니다. 그때 우리의 생각을 정리해 여러 교수님께 말씀드리도록 하겠습니다. 이렇게 하는 것이 비교적 합리적이라고 생각합니다. 여러 교수님들의 수준이 높으시기 때문에 직접 답을 드리기보다는 적극적으로 호응하는 것이 옳다고 생각합니다. 먼저 『여서 연구 17년』과 『중국 여서 문화 보전 프로젝트』를 살펴보시고, 내일 저녁 8시 정시에 회의를 다시 시작하도록 하겠습니다.

7월 19일 저녁 8시 장현장이 회의의 사회를 직접 주관하였다.

장애국 : 오늘 우리는 몇 분의 교수님을 모시고 상강우, 동산령 등의 지역을 답사하였습니다. 우리 각 부서의 책임자 동지들 역시 하룻저녁과 낮동안 고민을 하였습니다. 이제 여러분의 의견을 기탄없이 말씀해 주시기 바랍니다.

황회해(문화국장) : 어제 저녁 여러 교수님의 말씀을 듣고 많은 생각을 하게 되었습니다. 관광은 실제로 통로 역할뿐만 아니라, 그 지역의 개발 정도를 보여준다고 할 수 있습니다. 광동, 광서, 해남 지역 역시 관광산업을 통해 관련 산업의 발전을 이끌어 낼 수 있었는데, 이는 관광산업 개발이 제3의 산업과 깊은 관련이 있음을 보여주는 좋은 사례라고 생각합니다. 우리 강영현의 위치는 광동, 광서 지역과 경계를 이루고 있어 지리적으로 매우 유리한 입장에 있습니다. 또한 강영현은 기이한 봉우리와 특이한 나무가 많고 인문경관과 자연경관도 뛰어납니다만, 애석하게도 아직까지 기본적인 개발조차 이루어지지 않고 있습니다. 우리에게는 기이한 문자인 여서와 유자柚子, 그리고 천가동이 있습니다. 이외에도 특이한 강영현 방언을 가지고 있어, 한 지역에서 무려 7, 8여 개의 방언이 사용되고 있습니다. 또한 소박하면서도 신기한 풍속을 가지고 있으며, 요족의 반왕절과 여인회女人會와 같은 명절이 완전하게 보존되어 오고 있습니다. 강영현의 자연풍경 역시 독특하여, 천가동이나 삼림자연보호구를 비롯하여 나무, 산, 물 동굴 등이 모두 특이한 경관을 자랑하고 있습니다. 여기에 고수古樹, 천수泉水, 호박湖泊, 하류河流 등도 많고, 출토되는 유물도 많이 있습니다. 그중에 한대와 진대의 유물도 적지 않게 발견되고 있습니다. 강영은 현縣이 설치된 지 이미 2,000여 년의 역사를 가지고 있습니다. 옛 다리나 옛 탑도 많이 있고, 정교하게 건축된 사찰들 역시 완전하게 보존되어 있습니다. 이외에도 옛 성지城池와 비각도 적지 않으며, 품격 역시 매우 높습니다. 천가동이 지니고 있는 문화적 가치는 매우 높으며, 역사적인 인물들 역시 많이 배출되었습니다. 요족의 촌락이나 채寨의 건축물 역시 독특한 풍격을 자랑하고 있습니다. 따라서 우리는 개발이라는 측면과 보존이라는 측면을 함께 고려하여 자연과 인문경관을 보호해야 합니다. 이외에 여서의 원본도 유실되지 않도록 보호해야 하고, 여서 전승자 역시 보호가 필요합니다.

장애국 : 개발의 전제는 보호가 되어야 한다고 생각합니다. 관광자원은 영구적인 재산입니다. 일단 한 번 파괴되어 사라지면 수천 년이 지나도 회복이 불가능하게 됩니다.

추건군 : 유물 역시 보호해야 할 대상입니다. 현재 이에 대한 일반인들의 인식이 부족한 편입니다. 제가 작년에 중국작가협회에서 추진한 문화명인 답사팀에 참여해 운남성 초웅楚雄 지역을 답사한 적이 있습니다. 그때 스님들의 고묘古墓를 답사하기 위해 차를 타고 먼 지역까지 답사를 다녀온 적이 있습니다. 그곳에서 사람 키만 한 높이의 보탑을 마주하게 되었는데, 탑 위에 묘주墓主의 모습이 정교하게 새겨져 있었습니다. 여러분한 번 생각해 보십시오. 만일 당시 보탑에 대한 보호가 제대로 이루어지지 않았다면 아마도 이미 사라져 버리고 말았을 것입니다. 그 탑은 대략명대에 조성된 것이었습니다. 그런데 제 고향 사람들은 이러한 의식이 없습니다. 과거 제집 문 앞쪽 산기슭에 대약진운동시기에 제작된 고로高爐가 수십여 기 있었는데, 큰 것은 높이가 십여 미터에 달했습니다. 제가 어렸을 때 그 위에 올라가 놀기도 했던 기억이 지금도 생생합니다. 그런데 작년 고향에 갔을 때는 애석하게도 고로가 이미 사라져 버려 그 모습을 어디에서도 찾아볼 수가 없었습니다. 현지 사람들의 말에 의하면, 이미 철거되어 집 짓는 재료로 사용되었다고 합니다. 만일 고로가 수백 년 동안 보존되어 전해진다고 하면, 아마도 매우 가치 있는 유물이 되었을 것입니다. 아마도 중경의 용호공원榕湖公園 뒤편에 있는 홍위병의 묘지처럼 많은 사람들이 참관을 위해 찾아왔을 것입니다.

정실추(민위주임) : 어제 여러 교수님의 고견을 듣고 많은 생각을 하게 되었습니다. 80년대부터 강영현의 관광 부서에서는 매년 관련 좌담회를 진행해 오고 있으나, 마땅한 계획이나 관광 개발과 관련된 전반적인 논의가 없었습니다. 이로 인해 매년 외부 기업 유치에 커다란 성과를 내지 못하고 있습니다. 기업들이 기쁜 마음으로 찾아왔다가 흥미를 잃고 돌아가는 경우가 대부분이었습니다. 천가동 개발이 시작된 지 이미 10여 년이나 지났지만, 여전히 기존 경관이나 자원에만 의존하고 있는 실정입니다. 이전에는 깊은 산 속에 감춰져 있어 사람들이 알지 못했으나, 지금은 손님이 문 앞에 찾아와도 들어갈 수 없는 상황이 되고 말았습니다. 여러분께서도 강영현이 가지고 있는 두 가지 보물을 잘 아실 것입니다. 그런데 안타까운 것은 우리 현장님께서 조금 뒤늦게 부임하셨다는 것입니다. 올해 작성된 『정부업무보고』 중에서 '강영현 관광 개발' 이라는 코너가 생겼는데, 이것은 큰 발전입니다. 지금 우리에게는 고차원적인 전략과 계획이 부족합니다. 상서湘西의 주류산업, 운남의 엑스포 공원과 동파문화와 같은 것은 계획된 성공입니다. 하나의 사업이 발전하기 위해서는 전략과 계획은 물론 명확한 목표가 있어야 합니다. 그런데 오늘 중남민족대학의 전문가들께서 우리에게 명확한 방향을 제시해 주셨습니다.

제가 생각하기에 관광은 앞으로 강영현의 경제적 발전을 위해서 반드시 거쳐야 하는 길이라고 생각합니다. 천가동의 뿌리 찾기 활동이나 여서의 기이한 문화 탐방 등은 향후 강영현의 문화 관광산업 개발에 있어 가장 핵심적인 발전 방안이 될 것이라고 생각합니다. 계림의 명성을 걸고 강영현의 관광산업을 개발하는 방식 역시 앞으로 강영현이 중점적으로 추진해 나가야 할 방향이라고 생각합니다. 민족의 산업을 개발하는 동시에 강영현의 토산품을 관광산업의 발전 자원으로 개발해 나간다면, 관련 산업뿐만 아니라 강영현의 사회와 경제적 발전에도 크게 공헌할 수 있을 것으로 생각됩니다. 기업과 투자 유치는 닭을 빌려 알을 낳는 일처럼 강영현의 중요한 경제 개발 수단입니다. 뛰어난 업무 능력을 갖춘 인재들을 모집해 강영현에 대한 종합적인 개발 계획을 수립하고 입체적으로 개발해 나가야 합니다. 또한 우리는 성 정부 계획위원회에 강영현의 관광 개발을 위한 프로젝트 신청이 가능하도록 도움을 요청해야 합니다. 당연히 개발에 있어 주요 관건은 우대정책 마련에 있다고 생각합니다. 계림관광국과 긴밀한 관계를 유지하며, 그들의 지원을 이끌어내는 일 역시 매우 중요하다고 생각합니다. 재정 부서에서도 대박수 폭포와 같은 프로젝트를 진행해 나갈 수 있도록 매년 필요한 경비를 배정해야 합니다.

현재 우리는 돈을 빌려 길을 정비하고 있는데, 이제 기본적으로 정비가 끝나 가고 있습니다. 그리고 천가동의 민속전람관 건립도 계획하고 있는데, 여서문화전람관 건립과 함께 연계하여 계획을 세우는 것도 좋을 것 같습니다. 도로와 강물을 따라 대나무를 심고, 강영현의 홍보를 중점적으로 진행해 나가야 합니다. 내년에 영남 지역 10개 현의 요족 반왕제가 이곳에서 개최될 예정이고, 올해는 연산현連山縣에서 개최됩니다. 우리 장 현장께서 깃발을 짊어지실 예정입니다. 저는 전문가 여러분께서 제기하신 여서국제학술토론회나 세계 요학대회를 내년에 개최되는 반왕절과 함께 개최하는 것이 어떨까하는 제안을 드려 봅니다. 만일 이렇게 한다면 홍보 효과가 더욱 클 것이라고 생각됩니다. 여서를 전승해 나갈 인재 양성도 시급한 문제입니다. 이 임무는 여러 교수님께 부탁드리겠습니다.

사지민 : 하남에 부녀자 조직이 하나 있습니다. 이 조직을 이끌어 나가는 분이 바로 여서 서예가로 유명한 왕징계입니다. 그분께서 제가 편찬한 『강영 여서의 수수께끼』를 보시고 여서 서체로 서예를 연습하시면서, 또 다른 한편으로는 여서를 도안화하여 각종 꽃무늬 천을 제작하는 등 여서 공예품에 관한 제작 방안을 지속적으로 연구하고 계십니다. 만일 이러한 연구 성과를 바탕으로 상품을 개발해 나간다면 분명히 상당한 경제적 가

치를 얻을 수 있을 것이라고 봅니다. 그리고 양환의 노인은 90세의 고령에도 불구하고 지금도 여서를 읽고 쓸 수 있다고 합니다. 그분이 연세가 많아 언제 세상을 떠날지 모르기 때문에 현 정부에서는 신속하게 이를 녹화하여 여서의 유실을 미리 예방하는 것이 좋을 듯합니다. 서예가 섭서민 교수께서도 그분의 필법과 자체를 매우 높이 평가하고 계십니다.

섭서민 : 우리가 오늘 가서 그분을 뵈었습니다. 그분의 일획-劃 일구-勾가 마치 글자를 새기는 것처럼 매우 완숙하여 빈틈이 없었습니다.

사지민 : 이처럼 연세가 많으신 노인이 직접 여서를 쓴다는 것은 그 자체로 귀중한 재산입니다. 이러한 역사적 자료는 한순간에 사라져 버립니다. 고은선이나 의년화 두 분이 살아 계실 때는 체계적인 녹화를 해 두지 못했습니다. 지금 여서에 정통한 노인은 오직 양환의 노인 한 분뿐입니다. 녹화 테이프는 보존기간이 짧기 때문에 CD로 제작하는 것이 좋을 것 같습니다.

계위計委주임 : 중남민족대학의 교수 여러분께서 장차 여서 연구의 성과를 경제 개발에 활용하시고자 하는 생각은 매우 중요한 사안이라고 생각합니다. 우리 강영현은 두 가지 보배를 가지고 있습니다. 그 하나가 천가동이고, 또 다른 하나가 바로 여서입니다. 저는 과거 현의 접대 부서에서 근무한 적이 있는데, 20세기 80년대에 상당히 많은 외부인들이 우리 강영을 다녀갔습니다. 특히 홍콩 답사팀은 수년 간 설날 연휴 기간마다 천가동을 조사하기도 하였습니다. 여서와 천가동은 전국은 물론 심지어 전 세계적으로도 이름이 나 있습니다. 지금 강영현의 문화관광 개발을 논의 안건에 포함해 진행하는 것이 타당할 것 같습니다. 우리 강영현은 지금까지

담뱃잎과 감귤 생산을 경제발전 정책으로 추진해 왔습니다. 덕분에 이제 우리 농업 개발도 상당한 성과를 거두었습니다. 따라서 지금 관광산업을 이용해 그 잠재력을 더욱더 확대 발굴해나가는 일이 무엇보다 중요하다고 생각합니다. 우리 계획위원회에서 관련 프로젝트 내용을 보고서로 작성해 성 정부에 보고하도록 하겠습니다. 다만 먼저 과학적 분석을 통해 실질적으로 실행 가능한 계획을 미리 검토하고, 이를 토대로 전체적인 계획을 수립해야 성 정부의 자금 지원을 받을 수 있습니다. 지금 현의 입장에서 수천만 원(인민폐)의 자금을 투입해 사업을 진행한다는 것은 사실상 어려운 일입니다. 따라서 우리는 먼저 상품을 잘 포장한 다음 다양한 방식으로 각종 박람회나 매체를 통해 홍보를 강화해 나가야 합니다. 여서와 천가동은 민족문화로서 먼저 강영현 구성원들의 공감대 형성이 무엇보다 중요하다고 생각합니다. 또한 시민들도 명확하게 이해하고 열정을 가지고 참여해야 하는데, 이 역시 반드시 필요한 과정이라고 생각합니다.

섭서민 : 오늘 우리 몇 사람이 상강우를 다녀오면서 그곳의 자연환경이 매우 특색이 있다고 생각했습니다. 만일 오늘 그곳에 가지 않았다면, 아마도 그러한 가치를 인식하지 못했을 것입니다. 평천泙川 가운데 노응산老鷹山이 있는데, 그곳에 깊은 동굴이 하나 있습니다. 그런데 사람들의 말에 의하면, 이전에 젊은 사람이 횃불을 들고 들어갔다가 동굴 속에서 기이하고 특이한 경관을 발견했다고 하는데, 그와 관련된 신기한 전설도 전해오고 있었습니다. 뱀이 튀어나왔다고 하는 동굴에는 그 흔적이 역력히 남아 있고, 또한 그 옆에 있는 동굴 속에는 거북이, 양 등의 동물을 닮은 형상이 군락을 이루고 있습니다. 그리고 동굴 입구에 커다란 나무가 하나 있습니다. 전설에 따르면, 그 나무에서 떨어진 나뭇잎을 함부로 건드려서는 안 된다고 합니다. 그 나뭇잎은 사람의 병을 치료할 수 있는 효능이 있다고

하니, 정말 신기한 이야기입니다. 이러한 것들은 사람들의 관심을 쉽게 끌수 있기 때문에 주의 깊게 살펴볼 필요가 있습니다. 이번에 그곳에서 우리는 우연히 대학에서 화학을 전공하고 있는 그 마을의 당용_{唐龍}이라는 사람을 만났는데, 그 사람이 마침 고은선의 손녀 호미월의 옆집에 산다고 합니다. 이처럼 강영현은 보배가 도처에 널려있습니다. 앞으로 이러한 보배들을 어떻게 활용해야 하는가 하는 문제는 이제 우리의 몫이라고 생각합니다. 제가 보기에 기존의 자연환경과 인문경관을 연계하여 개발해 나간다면 보다 쉽게 접근할 수 있다는 생각이 듭니다.

저는 우리가 앞으로 장기적으로 협력 관계를 맺고 논의해 나갈 필요성이 있다고 생각합니다. 강영현은 우리가 장기적으로 협력해 나갈 수 있는 여건을 갖춘 명당입니다. 단지 우리가 어떻게 참여하느냐에 달려 있습니다. 여서 문화 관광 개발 계획은 반드시 고도화가 요구되기 때문에, 아마도 우리의 참여가 필요할 것입니다. 감독마다 연출 작품이 다른 것처럼 하나의 문화유적 복원에도 여러 가지 방법이 있고, 그 결과도 분명히 다를 것입니다. 저비용으로 개발하고자 하는 생각은 모두 마찬가지일 것입니다. 중요한 것은 감독이 어떻게 연출하느냐와 배우가 어떻게 연기를 하느냐에 달려 있다고 생각합니다.

이경복 : 여서 문화의 전승과 보존 문제는 세계무형문화유산목록 등재 신청과 연계하여 진행하는 것이 좋을 것 같습니다. 강영현에서 전문적인 여서보호센터를 건립하거나, 혹은 세계무형문화유산목록 등재 신청을 진행하는 기구를 설치해 이와 관련된 일을 진행하는 것도 좋은 방법일 것 같습니다.

사지민 : 방금 정주임께서 말씀하신 바와 같이 내년에 개최되는 반왕절

과 세계요족대회를 국제학술토론회와 연계하여 개최하는 것이 보다 효과적일 것 같습니다. 그렇게 하면 강영현과 여서의 국제적 영향력이 더욱 커질 것이라고 생각됩니다. 선조들이 남겨 놓은 여서 작품은 매우 귀중합니다. 마땅히 강영현 정부에서 모든 수단을 동원하여 수집 가능한 자료는 모두 수집하여 보존해야 합니다. 만일 원본 수집이 어렵다면 복사본이라도 만들어 보존해야 합니다. 관련 자료는 여서 문자를 비롯해 지방의 방언, 민족의 역사, 여성문화, 민속과 풍습, 민간문학 등 다양한 분야의 모든 자료를 수집해야 합니다. 그리고 체계적으로 정리하여 권위 있는 고품질의 총서로 엮어 편찬해야 합니다. 만일 이 총서가 세상에 나오게 되면 여서 문화에 관한 연구가 신속하게 확산되어 국제중국여서학 형성과 함께 강영의 관광산업 발전을 크게 촉진시켜 줄 것으로 기대합니다.

추건군 : 각 부서의 국장과 주임의 발언은 저희에게 많은 생각을 일깨워 주었습니다. 이번 강영 방문을 마련해 주신 장 현장을 비롯한 각 부서의 지원과 노력에 감사드립니다. 이제 우리는 돌아가서 세 가지 문제에 관한 해결 방안을 고민해 보고자 합니다. 첫 번째는 『강영 여서 문화 관광 개발계획』에 관한 타당성 보고서를 작성하여 참고할 수 있도록 강영현 정부에 제공하고자 합니다. 아마도 대략 11월이면 완성될 것으로 보입니다. 두 번째는 여서국제학술토론회에 관한 사안입니다. 돌아가서 내년 우리 대학 설립 50주년 기념식에 맞춰 강영 정부와 연합하여 토론회를 개최할 수 있도록 대학 본부에 건의하도록 하겠습니다. 국제학술토론회는 국가민위民委를 거쳐 교육부에 보고한 후 허가를 받아야 하는 까닭에 미리 서둘러 준비해야 합니다. 세 번째는 『중국여서문화연구총서』에 관한 사안입니다. 아마 성 정부에도 사전 보고가 필요할 것입니다. 강영현 정부에서 사전에 성 정부에 보고를 하고 출판 비용을 확보할 수 있게 노력을 기울여

야 할 것입니다. 마지막으로 장 현장께서 이 회의를 마무리하도록 하겠습니다.

장애국 : 중남민족대학은 지금까지 우리 민족 지역을 위해 우수한 인재들을 많이 양성해 오고 있습니다. 이번 전문가들께서 멀리 떨어져 있는 이곳 강영현까지 오셔서 우리와 함께 여서 문화 관광 개발을 위한 토론에 참여해주신 점에 대해 깊은 감사를 드립니다. 그리고 우리 각 부서의 책임자 동지들께서는 돌아가서 진지하게 고민한 후, 본부서와 협력해 어떻게 전문가들의 의견을 착실하게 수행해 나갈 것인지 진지하게 생각해 주시기 바랍니다. 우리는 직업중학교에 여서반을 개설하여 여서 개발에 필요한 인재들을 육성할 필요가 있습니다. 또한 중남민족대학과 협력하여 여서 연구를 담당할 수 있는 고급인재 육성에도 노력을 기울여야 합니다. 우리의 협력 영역은 광범위합니다. 그만큼 우리의 협력 또한 전망이 밝을 것으로 기대합니다.

끝으로 우리 모두 뜨거운 박수로 전문가 여러분께 깊은 감사를 드리도록 하겠습니다. 앞으로 강영현의 방문을 환영합니다.

(녹음에 근거해 정리하였으며, 본인의 검토를 거치지 않았음)

2000년 9월 8일
중남민족대학 여서문화연구센터

부록 2
중국 여서 문화 보존 프로젝트

호남성 강영현과 그 인근 일대 부녀자들 사이에 전해오는 여서는 인류 역사에서 찾아보기 어려운 독특한 문화 현상으로, 그 연원이 유구하고 관련 범위도 넓으며, 또한 정보의 양도 매우 풍부하다. 고증에 따르면, 여서는 인류문화 중에 남아 있는 유일한 여성 문자로 세계에서 보기 드문 기호 음절 문자이자, 갑골문과 깊은 관련이 있는 세계적인 고문자이며, 오늘날까지 전해지는 일종의 고월古越 문자 체계를 갖추고 있다고 할 수 있다. 여서는 평지요와도 매우 밀접한 관련이 있다. 여서는 장강 유역에서 고대 민족문화가 번영하였다는 사실을 반영하고 있으며, 평등과 자유를 추구했던 중국 여성들의 인내심과 강인한 정신력을 표현한 것이라 볼 수 있다. 여서 연구는 문자학, 언어학, 역사학, 고고학, 민족문화사, 민족관계사, 여성학, 민속학, 민간문학 등 다양한 학문 분야에서도 특별한 의미와 가치를 지니고 있다. 1983년 중남민족대학의 여서조사연구팀은 여서를 일종의 독특한 여성 문자로 인정하고 산간 지역 농가의 부녀자들 손에서 학문의 전당에 올려 연구와 조사를 추진하였으며, 이 소식이 세상에 알려지면서 국내뿐만 아니라, 해외 학자들의 주목을 받게 되었다.

1990년부터 1991년 사이에 여서의 전승자 고은선과 의년화 노인이 잇달아 세상을 떠나게 됨으로써 여서의 전통도 곧 사라질 위기에 처하게 되었다. 이에 여서 문화와 관련된 자료의 보존과 함께 지속적인 전통 유지 및 문화적 요소 탐구에 대해 국내외 학자들이 목소리를 높이기 시작하였으며, 또한 우리는 여서 문화의 전승과 보존을 위한 전방위적인 '중국 여서문화 보존 프로젝트'을 수립하였다.

이 프로젝트 계획에는 첫 번째로 중국 여서 문화 관련 연구 총서를 편찬하고 출판하며, 두 번째는 여서전람관 혹은 박물관을 건립을 추진하며, 세 번째는 중국 여서 문화 관련 국제학술토론회를 개최한다. 그리고 네 번째는 여서 문화관광산업의 개발을 추진한다는 내용이 포함되어 있다.

1. 중국의 여서문화연구 총서 출판

근래에 여서 문화에 관한 연구는 주로 여서의 원본에 집중하고 있어, 여서 유전 지역의 인문이나 역사적 상황에 대해서는 상대적으로 경시하는 경향을 보이고 있다. 더욱이 최근 몇 년간 여서 문자 관련 연구에 비교적 심각한 혼란 현상이 나타나고 있다. 예를 들어, 여서의 원작을 수정하거나, 혹은 촌 지역의 말로 음을 번역하여 여서의 문어체 어음을 대체하는가 하면, 또 어떤 경우는 자신이 직접 여서의 문자 부호를 창조해 쓰거나, 혹은 남성이 쓴 '여서 작품'을 출판하는 등의 상황이 범람하여 독자의 진위 판단을 어렵게 만들고 있는데, 이러한 모든 행위가 여서 문화의 과학적 연구에 좋지 않은 영향을 끼치고 있다. 또한 여서는 특정한 사회와 문화적 환경 속에서 형성된 산물이라고 할 수 있기 때문에, 여서 문화를 연구함에 있어 특정한 사회의 역사적 활동과 관련된 연구와 연구 성과 역시 여서 문화 연구에 중요한 참고 자료가 된다. 따라서 정확하면서도 깊이 있게 체계적으로 편찬된 여서 문화 연구 자료 총서는 국내외 학자들의 연구에 필요한 정보 제공은 물론 여서 관련 자료의 보존적 측면에서도 중요한 가치를 지니고 있다. 이 총서는 중국 여서 문화 연구 자료집과 중국 여서 문화 연구집 두 가지로 구분할 수 있다.

1) 여서문화연구자료집은 아래와 같은 내용을 포함한다

(1) 중국 여서작품고석考釋전집
(2) 여서 자휘字彙집해集解
(3) 여서 유전 지역의 언어 현황
(4) 여서 유전 지역의 인문역사
(5) 여서 유전 지역의 부녀문화사
(6) 여서 유전 지역의 민간가요와 전설고사
(7) 여서 유전 지역의 풍속과 습관
(8) 여서 유전 지역의 비문록碑文錄
(9) 여서 전승자의 여서 작품 독해 녹음자료
(10) 여서 영상자료집과 멀티미디어CD

2) 여서문화연구집은 아래와 같은 내용을 포함한다

(1) 여서와 평지요, 그리고 고월古越문명
(2) 여서 문체와 언어예술
(3) 여서 작품과 기타 문학 유형의 비교
(4) 여서 문화 연구 논문집

총서는 기본적으로 14종 20책(멀티미디어 CD는 포함하지 않음)으로 제작하고, 글자는 약 800만 자로 한다.

2. 여서문화전람관 혹은 박물관의 건립

여서 관련 문화와 그 연구 성과 등을 국외 학자나 대중에게 소개하고, 보다 더 많은 사람들이 여서 문화를 이해하고 사랑받을 수 있도록 하기 위해서는 중국여서전람관(혹은 박물관)을 건립하여 여서 전승 지역의 역사와 문화, 자연환경, 국내외 학자들의 고찰 활동, 국외 학계에 불러일으킨 반향, 여서 문자의 독특성, 여서 자휘 중에 보존된 갑골문과 금문, 여서의 자휘 형성에 반영된 고대 남방 민족의 문화, 여서의 여성적 특징, 여서의 유전과 발전, 여서의 작품 원본과 유전 지역의 부녀자와 관련된 역사와 문화 등등을 구체적이고 입체적이며, 또한 포괄적이면서도 체계적으로 전시해야 된다.(『중국여서문화전람』에서 상세히 볼 수 있음).

3. 중국의 여서국제학술 토론회 개최

강영현의 여서는 독특한 여성 문자 부호체계를 가지고 있는 문자로서 해외 학자들의 깊은 관심과 흥미를 집중시키고 있다. 그 결과 일본을 비롯한 미국, 프랑스, 이탈리아 등 여러 나라의 학자들과 대만 및 홍콩의 학자들 역시 잇달아 여서 유전 지역을 방문해 여서 문화에 관한 연구를 진행하고 있다. 중국의 여서는 이미 국제적으로 학자들이 관심을 가지고 연구하는 주요 연구과제 중의 하나가 되었다. 강영현의 여서는 중국의 귀중한 문화적 유산일 뿐만 아니라, 전 인류의 문화적 유산이기도 하다. 강영현의 여서와 관련된 국제학술대회를 개최하여 학술연구 경험을 교류하고, 중국의 여서 문화에 대한 인식을 확대 심화시킴으로써 보다 많은 해외 학자들이 쉽게 이해할 수 있도록 해야 한다. 이를 위해서는 강영현과 그 주변 지역을 중심으로 문화관광산업의 발전을 촉진하는 것이 매우 필요하다고 하겠다.

4. 여서 문화의 관광산업 개발

강영현의 여서가 독특한 여성 문자라는 사실이 해외 학자들의 큰 관심과 흥미를 불러일으키게 되면서 강영현에 수많은 국내외 학자들이 모여들고 있다. 이는 여서가 인류의 유일한 여성 문자로서 지니고 있는 문화적인 매력과 관광산업으로서 개발할 만한 풍부한 문화적 가치를 지니고 있음을 시사해 준다. 강영현은 도방령과 맹제령에 둘러싸여 있고, 그 주변에 높은 산과 종유동, 폭포 등과 같은 특이한 자연경관이 펼쳐져 있어, 매우 뛰어난 문화경관을 가지고 있다. 예를 들어, 요족 선조의 주거지인 천가동, 진秦의 왕전王翦이 둔병을 했다고 하는 도방령의 장군봉, 당대 남방을 정벌한 대원수 주여석이 독서하던 곳에 송대의 문천상이 문장을 짓고 현판을 썼다고 하는 월파정, 송대 주요경이 확장해서 건축했다고 하는 도계서원, 그리고 옛 비각을 비롯한 민가, 고탑古塔, 고교古橋, 고정古亭 등이 산재해 있다. 이뿐만 아니라 부녀자들만을 위한 전통적 명절인 여인절女人節, 주조(봉황)절朱鳥(鳳凰)節, 소전(삽앙)절燒田(插秧)節, 봉(용,호)주경도절鳳(龍, 虎)舟競渡節, 취량절, 과(수)신절過(酬)神節, 결혼 의식 중의 하나인 발수절과 좌가당 등 사람들이 함께 보고 즐기는 특이한 풍속이 전해오고 있다. 이외에도 2000년 여름방학 답사 때, 호남성의 강화, 광서성의 부천과 관양 등의 지역에서도 여서 편직물과 자피字被, 자대字帶 등이 발견되었는데, 개별적으로 고산요高山瑤가 소유하고 있는 몇 가지를 제외하고, 대부분 평지요 주민들이 소유하고 있었다. 이는 이들 지역의 여성들 사이에 역사적으로 여서가 전해졌다는 사실을 시사해 주며, 또한 이들 지역이 모두 여서가 전승되는 지역에 속한다는 것을 알 수 있다. 만일 여서의 여성 문자로서의 독특함, 여서 자휘 중에 남아 있는 갑골문과 금문의 '활화석'적 요소, 여서 자휘 구성에 내포된 고대 남방 민족문화의 신비롭고 기이한 요소 등을 상술한 문화적 요소나 자연경관과 결합하고, 이를 여서 유전 지역 전체와 연계하여 여서 문화를 선두로 하는 문화관광지구를 개발한다면, 반드시 고품격의 관광산업을 건설할 수 있으며, 또 한편으로는 신속한 경제 발전을 위해 새로운 돌파구를 마련할 수 있을 것이다. 이와 더불어 여서 유전의 지속적 발전에도 커다란 도움이 될 것이다.(『강영현 및 주변 지역 문화관광 개발의 총체적 구상과 설계방안』에서 상세히 볼 수 있다).

부록 1 : 『중국여서문화전람中國女書文化展覽』

부록 2 : 『강영현 및 주변 지역 문화관광 개발의 총체적 구상과 설계방안江永縣及周邊區文化旅游開發的總體構想與設計方案』

2001년 5월 12일

중남민족대학 여서문화연구센터

부록 3
여서 문화 연구자료 목록 색인

【學術專著】

陳其光, 『女漢字典』, 中央民族大學出版社, 2006年版.

宮哲兵 · 李慶福, 『搶救世界文化遺産 – 女書』, 時代文藝出版社, 2003年版.

宮哲兵主編, 『女性文字與女性社會』, 新疆人民出版社, 1995年版.

宮哲兵, 『女書-世界唯一的女性文字』, 臺灣婦女新知基金會, 1991年版.

姜葳, 『女性密码: 女書田野調査日記』, 台北三民書局股份有限公司, 2002年版.

李荆林, 『女書與史前陶文研究』, 珠海出版社, 1995年版.

梁曉霞, 『中國女書』, 中國文聯出版公司, 1999年版.

劉忠華主編, 『閨中奇迹-中國女書中國民間口頭與非物質文化遺産推介叢書』, 黑
        龍江人民出版社, 2005年版.

駱曉戈, 『女書與楚地婦女』, 九州出版社, 2004年版.

羅婉儀, 『一册女書筆記 – 探尋中國湖南省江永縣上江圩鄉女書』, 香港新婦協
        進會出版(2003年)

歐陽紅艶, 『中國神祕女書』, 湖南民族出版社, 2005年版.

尚姝含, 『女客』, 云南民族出版社, 2006年版.

史金波 · 白濱 · 趙麗明主編, 『奇特的女書』(全國女書學術考察研討會文集), 北
        京語言學院出版社, 1995年版.

唐功暐 · 宮哲兵, 『女書通』, 湖北教育出版社, 2007年版

王澄溪, 『澄溪女書書法字帖』, 河南美術出版社, 2002年版.

謝明曉 · 趙麗明, 『女書讀本』, 湖南人民出版社, 2008年版.

謝明曉等, 『女書習俗』, 湖南人民出版社, 2008年版.

謝志民, 『江永女書之謎』(上 · 中 · 下 三冊), 河南人民出版社, 1991年版.

楊仁里 · 陳其光 · 周碩沂, 『永明女書』, 岳麓書社, 1995年版.

趙冬友, 『中國篆刻百家 · 女書印』, 黑龍江美術出版社, 2008年版.

趙麗明 · 宮哲兵, 『女書 - 一個驚人的發現』, 華中師範大學出版社, 1990年版.

趙麗明, 『女書用字比較』, 知識產權出版社, 2006年版.

趙麗明, 『女書與女書文化』(神州文化集成叢書), 神華出版社, 1995年版.

趙麗明, 『中國女書合集』, 中華書局, 2005年版.

趙麗明 主編, 『中國女書集成』, 青華大學出版社, 1992年版.

周碩沂, 『女書字典』, 岳麓書社, 2002年版.

[美]鄺麗莎, 『女書與廖觀音』, 人民文學出版社, 2006年版.

[日]細見三英子, 『中國女書探訪』, 東京新朝社, 2007年版.

[日]遠藤織枝 · 黃雪貞主編, 『女書的歷史與現狀-解析女書的新觀點』, 中國社會科學出版社, 2005年版.

[日]遠藤織枝, 『中國的女文字-傳承中國的女性), 日本株式會社三一書房, 1996年版.

【學術論文】

『女書是一種與甲骨文有密切關係的商代古文字的孑遺和演變』, 謝志民, 『中央民族學院學報』, 1991年 第6期.

『女書: 女性自我書寫的可能及難以可能』, 彭文忠 · 易惠霞, 『湖南科技學院學報』, 2005年 第9期.

『女書詞彙結構中的百越語底層』, 謝志民, 『民族語文』, 1992年 第4期.

『女書的傳播學價值』, 湯宏建, 『電影評價』, 2006年 第22期.

『女書對江永女性的影響闡釋』, 周紅金, 『民族論壇』, 2008年 第5期.

『女書起源與流傳的文化特質』, 陳東永, 『南昌大學學報』(人文社會科學版), 1995年 第2期.

『女書系百越文字的孑遺和演變』, 謝志民, 中國民族古文字南方片學術研討會論文(昆明 1989年9月).

『女書系文字先秦的流傳地域辨正』, 謝志民, 『中南民族學院學報』, 1994年 第4期.

『女書興衰的社會原因』, 宮哲兵, 『求索』, 1992年 第1期.

『女書研究十年綜述』, 謝志民, 『西南民族學院學報』, 1994年 第2期.

『女書研究綜述』, 劉春伙, 『湖南科技學院學報』, 2005年 第1期.

『女書與江永婦女的群聚性』, 陳仁龍, 『湖南教育學院學報』, 1993年 第3期.

『女書之謎探源』, 彭建群 · 格來, 『文化交流』, 1997年 第3期.

『女書之源不在漢字楷書:女書源流考之一』, 謝志民, 『中南民族學院學報』, 1991年 第3期.

『女書中的百越文化遺存』, 謝志民, 『中國民族古文字研究』第3辑, 天津古籍出版社, 1991年版.

『女書字符中的崇鳥意識與古越人鳥圖騰的關係』, 謝志民, 『中南民族學院學報』, 2001年 第6期.

『女書錢雛議』, 薛延林, 『西安金融』, 2004年 第1期.

『千年奇字江永女書』, 譚峻, 『學習導報』, 2004年 第3期.

『中國女書文字與清華女教授』, 劉萍 · 馬興民, 『中華兒女』(海外版), 1996年 第1期.

『中國女書文化搶救工程座談會暨全國女書學術研討會在武漢召開』, 胡澤球 · 胡群慧, 『中南民族學院學報』(人文社會科學版), 2001年 第4期.

『〈江永女書之謎〉注釋謬誤述評辨正』, 謝志民, 『華中師範大學學報』(哲學社會科學版), 1994年 第3期.

『〈江永女書之謎〉注釋錯誤148例辯證』, 謝志民, 『中南民族學院學報』, 1999年第1期.

『〈四字女經〉女書文字本惊現江華』, 韓開琪, 『檔案時空』, 2006年 第11期.

『Women's characters An Astonishing Discovery』(『介紹中國女書-一個 惊人的發現』), 趙麗明, 第20屆國際漢藏語學術討論會論文(1987年 8月).

『保護女書文化的視覺和策略-試談江永婦女節日文化及歌舞習俗的傳承』, 趙榮學, 『湖南科技學院學報』, 2006年 第2期.

『辨析女書音義應遵循的基本準則』, 謝志民, 『中南民族學院學報』, 1996年 第2期.

『傳奇的女書與女性習俗』, 譚峻·唐功瑋, 『文史博覽』, 2004年 第8期.

『從江永女書看江永勞動婦女對太平天國起義的眞實態度』, 郭世佑, 『杭州大學學報』, 1997年 第6期.

『從女書刀币字看先秦的流傳地域』, 謝志民, 『中南民族學院學報』, 1993年 第3期.

『從女書的失落看現代女性教育』, 樂伶俐, 『湖南人文科技學院學報』, 2008年 第1期.

『從女書現現看跨文化有效傳播的基礎』, 譚文若, 『湖南大衆傳媒職業技術學院學報』, 2005年 第1期.

『從女書研究看民族高校圖書館的民族文獻保護』, 曹玉平, 『中國民族』, 2005年 第3期.

『從民歌的異地趨同性看女書的地域區分』, 楊仁里, 『湖南科技學院報』, 2006年 第10期.

『從田野考察看明清江南才女詩歌對江永女書的影響』, 駱曉戈, 『湖南科技學院學報』, 2008年 第5期.

『對所謂太平天國女書錢币的質疑』, 張鐵寶, 『中國錢币』, 2005年 第4期.

『古漢守 - 江永女書』, 林嘉書, 『中國建設』, 1988年 第12期.

『關于女書研究中的幾個問題-與謝志民同志商榷』, 高彦鳴, 『中央民族大學學報』(哲學社會科學版) 1995年 第2期.

『關于女書文字産生時代的思考』, 周碩沂, 『尋根』, 2001年 第4期.

『關于一種特殊文字的調查報告』, 宮哲兵, 『中南民族學院學報』, 1983年 第3期.

『漢字的又一個分支 - 女字』, 陳其光, 『中南民族學院學報』, 1992年 第5期.

『漢字在傳播中的變異研究』, 趙麗明, 『清華大學學報』(哲學社會科學版) 1999年
第1期.

『湖南江永女書中的民間敍事文學』, 劉守華, 『民間文學論壇』, 1992年 第3期,
『亞洲民俗研究』, 1994年 第2期.

『湖南江永方言音系』, 黃雪貞, 『方言』, 1988年 第3期.

『湖南江永平地瑤文字辨析』, 宮哲兵 · 嚴學窘, 第十六屆國際漢藏語言學會議論
文(1983年8月).

『湖南江永上江圩的女書』, 宮哲兵, 『新亞學術集刊』(香港), 1986年 第6期.

『湖南江永縣之外的女書重大發現: 南京銅币 · 鍾山三朝書 · 道縣娘娘廟調査』, 宮
哲兵, 『貴州社會科學』, 2003年 第2期.

『湖南省江永縣及周邊地區文化旅游開發的總體構想與設計方案』, 葉緒民等, "中
國女書文化搶救工程"座談會暨全國女書學術研討會論文(2001年 5月).

『湖南永州女書首登〈中國檔案文獻遺産名錄〉』, 沈友志 · 何日, 『湖南檔案』, 2002年
第9期.

『假期, 我們去考察女書檔案』, 張俚德, 『檔案春秋』, 2006年 第2期.

『建立在交往基礎上的女書學習』, 樂伶俐, 『廣西社會科學』, 2006年 第12期.

『建議用來翻譯女書』, 宮步坦, 『湖南科技學院學報』, 2005年 第9期.

『江永: 努力實現女書文化的可持續發展』, 劉忠華, 『民族論壇』, 2008年 第4期.

『江永女書工藝産品首次走向市場』, 黃石山, 『民族論壇』, 2003年 第3期.

『江永女書是一種獨立的自源文字』, 謝志民, 『民族語文論集』(慶祝馬學良先生八
十壽辰文集), 中央民族學院出版社, 1993年版.

『江永女書文字化石』, 譚峻, 『新湘評論』, 2008年 第4期.

『江永女書: 函待搶救的世界級文化瑰寶』, 『民族論壇』, 2002年, 第7期.

『江永女書: 人類文字史上的奇迹』, 楊仁里, 『民族論壇』, 2004年 第10期.

『江永女書: 一種休閑的民俗文化生活』, 彭建華, 『學習月刊』, 2008年 第2期.

『江永女書的魅力』, 何秀輝, 『零陵學院學報』, 2003年, 第1期.

『江永女書發生期之我見 - 兼與宮哲兵〈女書研究二十年〉幾個學術結論商榷』, 楊
　　　仁里, 『零陵學院學報』, 2004年 第1期.

『江永女書概述』, 謝志民, 『中央民族學院』, 1987年 第1期.

『江永女書及其女性文化色彩』, 田李隽, 『中華女子學院學報』, 2004年 第4期.

『江永女書是甲骨文時代的文字嗎?』, 宮哲兵, 『零陵學院學報』, 2003年 第1期.

『江永女書是清代文字』, 宮哲兵, 『尋根』, 2001年 第4期.

『江永女書文化旅游資源的保護與開發』, 馬曉京, 『湖湘論壇』, 2003年 第2期.

『江永女書文獻散佚初探』, 周余姣, 『山東圖書館季刊』, 2008年 第1期.

『江永女書之謎』, 王金梁, 『文史博覽』, 2000年 第6期.

『江永瑤族女書的美學價值』, 楊仁里, 『貴州民族研究』, 2002年 第2期.

『她們在哪里咏唱女書』, 趙麗明, 『文明』, 2004年, 第3期.

『借鑑他人之經驗, 籌劃項目之大計-江永女書文化記錄工程項目組赴云南考察的
　　　報告』, 柳禮泉等, 『文史博覽』, 2006年 第4期.

『舉世罕見的文字奇迹 - 中國發現婦女專用的文字』, 李敬忠, 『華文世界』(世界華
　　　文教育協進會), 1993年 第6期.

『開創新世紀女書研究的新局面』, 任飛, 『尋根』, 2001年, 第4期.

『撩開〈女書〉神祕的面紗』, 沈小丁, 『中國圖書評論』, 1992年, 第4期.

『另類漢字 - 女書』, 趙麗明, 『科學中國人』, 2002年 第4期.

『論女書文字體系的性質』, 謝志民, 『中南民族學院學報』, 1990年 第4期.

『論女書研究中存在的問題』, 鄒建軍, 『中南民族大學學報』, 2003年 第4期.

『論女書字符構成中的崇鳥意識及其古越人鳥圖騰文化的關係』, 謝志民, 壯學首
　　　屆國際學術研討會論文(1994年4月).

『論女書字符構成中反映的稻作文化現象及其與古越人的關係』, 謝志民, 百越民
　　　族史第十屆學術研討會論文(1999年10月).

『論江永女書決非先秦古文字』, 宮哲兵, 『中南民族學院學報』(人文社會科學版),
　　　2001年 第6期.

『論女書的教育功能』, 樂伶俐, 『理論月刊』, 2008年,第6期.

『論女書構成與古越稻作文化』, 謝志民, 『尋根』, 2001年 第4期.

『論女書流傳地女性習俗的傳播學意義及社會功用』, 聶春梅, 『湖南科技學院學報』,
　　　2006年 第2期.

『論女書是瑤字不是漢字』, 謝志民, 中國民族古文字研究會第七次學術研討會論
　　　文集(2004年).

『名涉多科實屬臆說』, 容嗣佑, 『中南民族學院學報』, 1993年 第6期.

『難解的中國女書文化之謎』, 謝志民等, 美國紐約『中外論壇』, 2000年 第6期.

『難以破解的女書字源之謎』, 任里, 『民族論壇』, 2002年,第7期.

『女書: 女性生存焦慮的集中表述』, 駱曉戈, 『湖南科技學院學報』, 2005年 第1期.

『女書: 文化深山里的野玫瑰』, 葉緖民 · 李慶福, 『縱橫』, 2002年 第12期.

『女書: 文化深山里的野玫瑰』, 周有光, 『群言』, 1991年 第9期.

『女書: 我們的終結, 抑或我們的開始』, 傅美蓉, 『婦女研究論叢』, 2003年 第4期.

『女書: 瑤族女性心理需求的一面鏡子一需要層次理論視覺下的女書』, 彭陽, 『船
　　　山學刊』, 2008年 第3期.

『女書: 玉蟾岩神農氏族的文化孑遺與中國文字起源』, 蔡建軍, 『求索』, 2003年
　　　第5期.

『女書:中國女性为自己創造的文字』, 宮哲兵, 『中國民族』, 2005年 第7期.

『女書産生與存在的社會基礎』, 韋慶媛, 『學海』, 2004年 第5期.

『女書傳承中的文化教育效應』, 樂伶俐, 『社會科學家』, 2008年 第6期.

『女書傳人在婚姻家庭中的角色及地位研究』, 劉春侠, 『湖南科技學院學報』, 2005年 第9期.

『女書詞彙中的百越底層』, 謝志民, 『民族語文』, 1991年 第2期.

『女書村的歌謠: 老年舞者, 舞起女書魅力風情』, 袁忠民, 『老年人』, 2007年 第9期.

『女書的發現』(一), 宮哲兵, 『楚天主人』(創刊號) 1993年 第1期.

『女書的發現』(二), 宮哲兵, 『楚天主人』, 1993年 第2期.

『女書的發現』(三), 宮哲兵, 『楚天主人』, 1993年 第3期.

『女書的教學與傳播』, 趙麗明, 『語言研究』, 2001年 第4期.

『女書的教育解讀』, 樂伶俐, 『湖南科技學院報』, 2006年 第10期.

『女書的歷史 · 現狀與未來國際研討會』, 『方言』, 2004年 第4期.

『女書的女性文化透視及文化生態保護』, 田李雋, 『海南師範學院學報』, 2004年 第5期.

『女書的人類學價值』, 王風華 · 胡桂香, 『中華女子學院學報』, 2005年 第6期.

『女書的文字價值』, 趙麗明, 『華中師範大學學報』, 1989年 第6期, 『新華文摘』, 1990年 第3期.

『女書的新研究』, 馮天瑜, 『讀書』, 1996年 第3期.

『女書地區坐歌堂與瑤族坐歌堂比較』, 宮哲兵, 『少數民族』, 1992年 第3期.

『女書時代考』, 宮哲兵, 『華中師範大學學報』, 1992年 第5期.

『女書 – 世界上惟一的女性文字』(英文), 何秋菊, 『women of China』, 2007年 第3期.

『女書書法』, 潘慎, 『文化月刊 · 詩詞版』, 2006年 第1期.

『女書所反映的婦女生活』, 宮哲兵, 『中南民族學院報』, 1992年 第4期.

『女書圖案設計與瑤族圖案的聯系』, 段聖君 · 龔忠玲, 『藝術與文化設計(理論)』,

2008年 第4期.

『女書文化的探索和破解』, 叫緒民 · 李慶福, 『尋根』, 2001年 第4 期, 『新華文摘』, 2001年 第11期.

『女書文化研究20年』, 李慶福, 『廣西民族研究』, 2003年 第2期.

『女書文化研究中心』, 鄒建軍, 『中南民族大學學報』(人文社會科學版), 2003年 第3期.

『女書文字新發現』, 宮哲兵, 『中南民族大學學報』, 2003年 第4期.

『女書消亡的文字學思考』, 何丹, 『浙江大學學報』(人文社會科學版), 2006年 第5期.

『女書敍事詩與女性敍事』, 紀軍, 『華中師範大學優秀碩士論文集』, 2004年 第1期.

『女書敍事詩的敍事特點初探』,　紀軍,　『中南民族大學學報』(人文社會科學版), 2006年 第1期.

『女書押調和女字變形』, 陳其光, 『婦女研究論叢』, 1993年 第2期.

『女書研究: 失眞比失傳更可怕』, 趙麗明, 『社會科學報』, 2007年 6月 14日, 『人大復印資料』, 2007年 第5期.

『女書研究的現狀和存在的問題』, 謝志民, 『中南民族大學學報』, 2003年 第4期.

『女書研究第一人』, 朱習文 · 張日清 · 何文良 , 『老年人』, 1996年 第4期.

『女書研究綜述』, 楊仁里, 『民間論壇』, 1998年 第3期.

『女書與婦女文學』, 宮哲兵 · 劉自標, 『湖南大學學報』(社會科學版), 2000年 第1期.

『女書與女性教育』, 樂伶俐, 『湖南社會科學』, 2006年 第5期.

『女書與史前刻畫符號研究』, 李荆林, 第22屆國際漢藏學術討論會論文(1989年).

『女書與行客 - 女性同性戀者的作品與情感』, 宮哲兵, 『中國性和學』, 2003年 第4期.

『女書與瑤族文化的旅游品牌塑造』, 吳小勇 · 肖海靑, 『湖南科技學院學報』, 2006年第2期.

『論女書流傳地女性習俗的傳播學意義及社會功用』, 聶春梅, 『湖南科技學院學報』,
　　　2006年 第2期.

『女書之鄉坐歌堂』, 楊仁里, 『民族論壇』, 2002年 第9期.

『女書中的女性心理探析』, 樂伶俐, 『船山學刊』, 2007年 第1期.

『女書中反映出的婦女與命運的抗爭』,　北京大學首屆婦女問題國際研討會論文,
　　　周碩沂, 該文載『women Of China 3/1993: Chllenge to Destiny
　　　in Women's script』.

『女書-中國刀女文字』, 趙麗明, 『日本語學』, 特輯(1993年 5月).

『女書裝飾藝術的文化色彩』, 何紅一, 『尋根』, 2001年 第4期.

『女書作品的詩學價值』, 鄒建軍, 『尋根』, 2001年 第4期.

『女書作品的語言特點研究』, 陳如新, 『武漢科技學院學報』, 2007年 第2期.

『女字的造字法和用字法』, 陳其光, 『語言研究』, 1994年 第2期.

『女字和女紅圖案』, 梁耀 · 陳其光, 『中央民族大學學報』(社會科學版), 1997年
　　　第3期.

『破解女書之謎: 湖南江永女書傳人口述紀實』, 趙麗明, 載李小江主編『讓女人自
　　　己說話: 文化尋踪』, 三聯書店, 2003年版.

『奇特的女書-湖南江永婦女文字簡說』,　吳多祿,　『零陵師範高等專科學校學報』,
　　　1995년 第2-3期.

『奇特的文化現象: 關於中國婦女文字』, 趙麗明, 『中國文化』(文化部香港臺灣合
　　　辦)創刊號(1989年 12月).

『奇特而神祕的中國女書(英文)』, 謝志民 · 鄒建軍 · 林冠興, 『women China,
　　　中國婦女(英文版)』, 2001年 第4期.

『奇異的女書概述』, 晟炜, 『中南民族學院報』, 1987年 第1期.

『千家峒與女書 - 湖南江永上江圩鄉的民俗』, [日]百田彌榮子, 『第一書房』, 2000年

7月 5日.

『淺析女書的翻譯作品』, 楊樺 · 劉雙琴, 清華大學中文系.
http://rwzy.tsinhua.edu. cn/nushu

『情迷女書 – 女書故事二則』, 楊仁里, 『民族論壇』, 2004年 第6期.

『全國女書學術考察研討會在湖南江永縣召開』(學術綜述), 趙麗明, 『語文建設』, 1992年
　　　第3期.

『上江圩 – 神祕女書的故鄉』, 楊仁里, 『民族論壇』, 2002年 第7期.

『深閨祕語-揭開女書之謎』, 崔穎, 『百科知識』, 2006年 第1期.

『神奇的女書』, 嚴農, 『文史春秋』, 2004年 第12期.

『世界唯一的女性文字 – 江永女書漫談』, 易葉舟, 『華夏文化』, 2008年 第3期.

『世界唯一的女性文字-女書』, 宮哲兵, 『圖書情報論壇』, 2008年 第1期.

『試論女書譯释中應該注意的幾個問題』, 唐功偉, 『中南民族學院學報』, 1994年
　　　第4期.

『試論女書唱詞〈祝英台〉與壯劇〈梁祝〉的文化差異』, 羅義華, 『江漢大學學報』(人
　　　文社會科學版), 2002年 第5期.

『試析江永女書與瑤族的歷史淵源』, 劉自標, 『貴州民族研究』, 2000年 第4期.

『談女書中的親屬稱謂』, 尤慎, 『湖南科技學院學報』, 2005年 第1期.

『天書 · 女書!』, 蘇楊, 『百科知識』, 1999年 第5期.

『文化旅游現狀考察 – 女書園游客留言薄的初步分析』, 王玉清, 『湖南科技學院學報』,
　　　2006年 第10期.

『文字類型學初探 – 文字三相說』(有關部分), 周有光, 『民族語文』, 1987年 第6期.

『五岭方言和女書』, 陳其光, 『民族語文』, 2004年 第5期.

『稀有文字一婦女文字』, 潘慎, 『語文研究』(山西) 1987年 第1期.

『湘南出辣妹大山藏女書』, 于磊焰 · 明星, 『瞭望』, 2003年,第27期.

『蕭嫻: 女書家第一人』, 戴明賢, 『當代貴州』, 2006年,第3期.

『邂逅女書』, 宮哲兵, 『民族藝術』, 1998年 第3期.

『循着女書幽寂的芳香 ……』, 徐炯權, 『民族論壇』, 2002年 第7期.

『陽煥宜: 瑤家最后的女書傳人』, 田如瑞 · 文龍, 『老年人』, 2005年 第6期.

『瑤山深處綻放的野玫瑰』, 李慶福, 『金色通道』, 2005年 第4期.

『瑤鄉女書』, 唐善軍, 『民族文化』, 1986年 第6期.

『一部珍貴的中華文化史資料』, 李裕, 『中南民族學院學報』, 1993年 第3期.

『一種奇特的文字一女書』, 宮哲兵, 『上海大學學報』, 1987年 第2期.

『原始母系社會的文化 - 江永女書』, 潘愼 · 梁曉霞, 『山西大學學報』(哲學社會
　科學版), 2003年 第4期.

『再談南楚奇字-女書』, 潘愼 · 梁曉霞, 『太原師範專科學報』, 1999年 第3期.

『在中國女書文化搶救工程座談會暨全國女書學術研討會上的講話』,　奉恒高,
　『中南民族學院學報』(人文社會科學版), 2001年 第6期.

『中國女書現象的民俗價値』,　何紅一, 『亞細亞民俗研究』第1集,　民族出版社,
　1997年版.

『中國女書的發掘與研究』, 趙麗明, 『婦女研究論叢』, 1993年 第1期.

『中國女書文化搶救工程』, 謝志民等, 中國女書文化搶救工程座談會暨全國女書
　學術研討會論文(2001年5月).

『中國女書展暨中國女書研究會成立大會在清華大學擧行』,　吳默, 『語言教學與
　研究』, 2004年 第3期.

『中國女性文字的發現與研究在中華民族文化史上的重要意義和價値』, 謝志民, 『時
　代的回響(新中國武漢地區社會科學評述)』, 武漢出版社, 1999年版.

『中國文字學研究領域里的新成果一讀〈女書與史前陶文研究〉』,　史延廷, 『中國
　史研究動態』1997年第9期.

『追索神祕的女性活化石一一國內女書研究槪述』, 耿秋, 『學術研究動態』, 1992年
　第3期

【新聞報道】

『"甲骨文到女書古文字在沈陽人手中新生」,『沈陽日報』, 2006年 1月 16日.

『(藝林 · 素描簿)女書』, 沈嘉柯, 『湖北日報』, 2005年 1月 19일.

『江永女書文化保護記錄工程項目正式啓動』, 國學罔, 2005年 11月 10日.

『谁來續寫女書一世界唯一女性文字面臨傳承危机」,『中國婦女報』, 2001年 3月
　　　12日.

『女書傳奇』, 新華社, 2000年 12月 17日.

『女書創造中國女性隱祕語言空間」, 新華罔, 2007年 3月.

『女書的故事』, 唐善軍 · 寧光前 · 朱煦, 『人民畫報』, 1987年 第6期.

『女書的歷史現狀與未來國際學術研討會在京擧行」, 國學罔, 2004年 9月 14日.

『女書記錄男人無法了解的文字』, 世界經理人罔, 2004年 4月 28日.

『女書商標被搶注喚醒商品市場意識』, 丁文杰, 新華罔, 2004年 2月 14日.

『女書身价猛漲湖南省博物館欲攬精華』, 肖夜明, 『三湘都市報』, 2002年 5月 31日.

『女書是少數民族文字嗎? 與奉大春先生商榷』, 林嘉書, 『人民日報 · 海外版』,
　　　1989年 6月15日.

『女書探祕』, 曾小月, 『山東郵電報』, 2001年 11月 20日.

『女書新歌』, 龍啓云, 『人民畫報』, 1994年 第10期.

『女書又漲身价』, 段绍琪, 『湖南日報』, 2001年 8月 28日.

『女字, 女書』, 熊定春, 『湖南日報』, 1986年 11月 22日.

『搶救女書行動廣受關注』, 肖夜明, 『三湘都市報』, 2002年 5月 22日.

『三八節万名婦女賞女書』, 蔣文龍 · 朱永華, 『湖南日報』, 2005年 3月 8日.

『中國女書村落戶宜昌』, 鄭明强, 『三峽商報訊』, 2003年 10月 22日.

『200專家聚女書故里研討唯一一種女性文字』, 白祖偕 · 劉波, 千龍新聞罔,
　　　2002年 11月 21日.

『Jiang Yong Country's Strange "Women's Language"』(奇特的江永婦

女文字), 『今日中國』(英文版), 1990年 第9期.

『北京大觀園擧辦世界女書書法展計劃申遺』, 『中國書法報』, 2008年 10月 13日.

『第6屆全國女書學術硏討會在我校成功擧行』, 張倩, 『中南民族大學報』, 2006年
    11月 9日.

『東安斬龍桥發現碑刻女書』, 張冬萍, 『瀟湘晨報』, 2005年 9月 21日.

『訪江永探女書-中國文學里另一個隱而不見的系統』,   宮哲兵,   『世界周刊』,
    1993年 1月 31日.

『婦女文字-一個惊人的發現』(上・中・下), 林浩, 『人民日報・海外版』, 1986
    年 第5月.

『女書研究重大發現江永縣外也有女書』, 宮哲兵, 搜狐新聞罔, 2002年 12月 4日.

『古老文字孑遺女性文字獨尊一民院成立女書文化研究中心』, 方瑞蘭, 『武漢晚報』,
    1992年 6月 24日.

『廣西發現古時女書』, 王忠民, 『今日廣西』, 2001年 第11期.

『廣西鍾山發現"女書"踪迹』, 王忠民・李慶福, 『長江日報』, 2001年 9月 28日.

『過去現在和將來讀解, 女書的三時態』, 『湖南日報』, 2005年 11月 23日.

『漢字文化圈』, 周有光, 『中國文化』創刊號(1989年 12月).

『漢字文化圈的文字演變』, 周有光, 『民族語文』, 1989年 第1期.

『漢字型文字的綜合觀察』, 周有光, 『中國社會科學』, 1998年 第2期.

『何艶新-又一位女書自然傳承人』, 趙麗明, 『人民日報』(海外版), 1994年 11月
    12日.

『湖南女書將出深閨』, 『僑報』, 2004年 3月 16日.

『湖南女書詞典"即將出版』, 許毅・陳心翔, 新華社新華罔, 2002年 4月 9日.

『湖南出版〈女書字典〉』, 新華罔, 2003年 6月 1日.

『湖南發行〈女書習俗〉』, 楊斌, 『香港大公報』, 2008年 12月 25日.

『湖南江永發現千年石窟女寺或與女書有文化聯系』, 熊遠帆・通訊員・何義榮,

　　星辰在線 · 湖南新聞, 2009年 2月 6日.

『湖南將擧行南岭瑤族盘王節暨江永女書國際研討會』, 新華罔, 2002年 11月
　　14日.

『湖南女書, 硏究在湖北』, 王孝武 · 賈鵬 · 馬磊, 『今日湖北』, 2002年 第12期.

『湖南啓用江永女書文化記錄工程』, 黃興華, 新華社, 2005年 11月 9日.

『江永女書尋訪記』, 張眞弼 · 顧雪妹, 『中國敎育報』, 1998年 5月 17日.

『江永復興女書習俗迎游客』, 盧朝暉, 『永州日報』, 2007年 5月 25日.

『江永規劃女書保護工程普美村原生態救女書』, 曾輝, 『三湘都市』, 2006年 1月
　　20日.

『江永建成女書園』, 蔣文龍 · 張新國, 『湖南日報』, 2002年 11月 14日.

『江永女書辰河目连戏申報世界記忆工程』, 『湘聲報』, 2001年 8月 31日.

『江永女書: 亟待搶救的世界級文化瑰寶』, 『民族論壇』, 2002年 第7期.

『江永女書』, 人民罔, 2001年 5月 25日.

『江永女書』, 人民罔, 2006年 3月.

『江永女書瀕臨火亡搶救工程迫在眉睫』, 陳責, 『三湘都市報』, 2001年 5月 28日.

『江永女書國際研討會昨擧行』, 『三湘都市報』, 2002年 11月 21日.

『江永女書后繼有人』, 龍軍, 『光明日報』, 2004年 11月 2日.

『江永女書獲吉尼斯世界紀錄證書』, 袁炳忠, 『湖南日報』, 2005年 10月 22日.

『江永女書講述的故事(圖)』, 曾衡林 · 黃純芳, 『湖南日報』, 2004年 2月 20日.

『江永女書亮相首屆非遺節』, 盧朝暉, 『永州日報』, 2007年 5月 27日.

『江永女書探祕: 撩開女書神祕的面紗』, 于磊焰 · 明星, 央視國際罔絡, 2006年 4月.

『江永女書探祕之94岁的生命陽光』, 于磊焰 · 明星, 央視國際罔絡, 2006年 4月.

『江永女書探祕之瀕臨失傳的女書』, 于磊焰 · 明星, 央視國際罔絡, 2006年 4月.

『江永女書探祕之搶救女書文化的希望工程』, 于磊焰 · 明星, 央視國際罔絡, 2006年
　　4月.

『江永女書文化保凸显新亮點』, 永州政府罔, 2007年 4月 26日.

『揭開女書文化之謎』, 張海軍 · 劉永春, 『當代商報』, 2002年 5月 24日.

『揭開女書文化之謎』, 張偉乙, 『湖北日報』, 2001年 8月 30日.

『揭開女書之謎』, 張眞弼, 『中國教育報』, 1998年 2月 1日.

『她們自己的文字』, 宮哲兵, 『中國婦女』(英文版) 1987年 第1期.

『解讀女人的1000個單字』, 宮哲兵, 『探險』, 2003年 第1期.

『解讀神祕的女書』, 馮燕菲 · 唐鵬, 『茂名日報』, 2000年 3月 21日.

『金秋時節話女書』, 曾小月, 『湖北郵電報』, 2001年 11月 2日.

『謹以此篇獻給第四次世界婦女大會再創女書輝煌-訪女書藝術家王澄溪女士』,
　　　陳豫鄭, 『中州今古』, 1995年 第4期.

『考古分析女書并未滅絶 』, 考古罔, 2007年 2月 3日.

『兩教授話女書』, 曾小月, 『湖南日報』, 2001年 10月 19日.

『撩開女書神祕面紗的人』, 朱繼東, 『民族文化報』, 1996年 12月.

『零陵文化研究 · 都龐擷英』, 楊仁里, 2003年.

『內地首部女書小說〈女客〉問世』, 張學軍, 『北京娛樂信報』, 2007年 3月 26日.

『男傳女書第一人』, 肖夜明, 『三湘都市報』, 2002年 5月 27日.

『男人不識的蚊形字！撩開女書神祕面紗』, 新華社新華罔, 2002年 6月 16日.

『男人不識的文字女書: 拿什么來拯救你?』, 劉玉琴, 『人民日報』(海外版), 2005年
　　　4月 21日.

『南楚文化一奇一婦女文字』, 奉大春, 『人民日報』(海外版), 1989年 3月 30日.

『難解的中國女書文字之謎』, 王忠民 · 徐耀康 · 羅德宙, 『西江都市報』, 2001
　　　年 8月 17日.

『難以破解的女書字源之謎』, 任里, 『民族論壇』, 2002年 第7期.

『女書(外二章)』, 謝正龍, 『散文詩』, 2006年 第13期.

『女書, 漸行漸遠的風景』, 劉玉琴, 『人民日報』, 2006年 7月 17日.

『女書: 民族文化瑰寶』, 賈政, 『中國民族報』, 2001年 12月 21日.

『女書: 男人無法進人的世界』, 蔡軍 · 譚峻 · 李慶福, 『旅游時報』, 2002年 12
　　月 12日.

『女書: 女同性戀者的情歌與情感』, 宮哲兵, 搜狐新聞罔, 2004年 11月 5日.

『女書: 奇特的女性文字』, 王忠民, 『廣西政法報』, 2001年 9月 21日 ; 『廣州文
　　摘報』 2001年 10月 2日转载.

『女書: 天堂里的身體獨語』, 肖嚴, 搜狐罔, 2006年 11月 1日.

『女書: 一個惊人的發現』, 王紅兵, 『中國教育報』, 1991年 9月 22日.

『女書』, 『新民周刊』, 2006年 10月 30日.

『女書』, 陳淑蘭, 『新民晩報』, 2000年 7月 12日.

『女書』, 馮俊杰, 『散文』, 2002年 第4期.

『女書瀕危引學者關注人選首批國家非遺名錄』, 『湖北日報』, 2006年 11月 8日.

『女書傳人歐陽紅艷手繪世界最長女書畵卷』, 永州新聞罔, 2008年 3月 10日.

『女書傳人走了江永女書拟申報世界遺産』, 蔣文龍 · 盧朝暉, 『長沙晩報』, 2004年
　　9月 27日.

『女書傳説』, 『東方早報』, 2005年 3月 8日.

『女書工藝品走進市場』, 莫胜, 『三湘都市報』, 2002年 11月.

『女書實物惊艷中南民大(圖)』, 陳俊旺等, 『楚天都市報』, 2004年 5月 14日.

『女書-世界唯一的女性文字』, 宮哲兵, 『中國民族博覽』, 1996年 第8期.

『女書說唱節目與國內十大精品劇目在深同台展演』, 歐陽紅艷, 永州罔, 2007年
　　5月 25日.

『女書學堂』, 永州旅游罔, 2005年 7月 30日.

『女書研究初起步重大問題尚無定論』, 肖夜明, 『三湘都市報』, 2002年 5月 24日.

『女書已無傳人搶救迫在眉睫』, 屈建成, 『今日快報』, 2001年 5月 26日.

『女書欲申報世界文化遺産已人選吉尼斯紀錄』, 姜晋明 · 王婷, 湖北台, 2006年

11月 9日.

『女書之謎: 東安碑刻破解』, 張孺海, 荆楚罔, 2005年 10月 27日.

『女書之鄕坐歌堂』, 楊仁里, 『民族論壇』, 2002年 第7期.

『女書篆刻第一人』, 鄧美德, 『湖南日報』, 2004年 1月 16日.

『女書最早資料一太平天國女書銅币』, 趙麗明, 『人民日報』(海外版), 2000年 3月 2日.

『破譯女書』, 張眞弼 · 顧雪妹, 『中國敎育報』, 1998年 6月 14日.

『普美村里探女書』, 新華罔, 2002年 12月 2日.

『普美村一女書的復活島』, 明星 · 于磊焰, 新華罔, 2005年 11月 7日.

『奇特而神祕的中國女書』, 謝志民 · 鄒建軍, 『中國婦女』, 2001年 第4期.

『奇特女書世界唯一』, 王忠民, 『廣西工作』, 2001年 第11期.

『奇特女書世界唯一』, 王忠民, 『羊城晩報』, 2001年 9月 15日, 『廣西日報』 · 『賀州日報』等转載.

『奇異的女書(新知趣聞)』, 晟炜, 『中國婦女』, 1986年 第10期.

『千古流傳存于世神祕女書拂面來』, 劉圓 · 王霞, 『南國早報』, 2001年 4月 16日.

『千年石窟女寺現女書故鄕歷代住持都是女性(圖)』, 『三湘都市報』, 2009年 2月 6日.

『千年之久女子專用的中國女書即將消逝』, [美]亨利 · 楚, 『環球時報』, 2002年 5月 9日.

『牆內花開牆外香-我省女書研究亟待升溫』, 肖夜明, 『三湘都市報』, 2002年 5月 23日.

『搶救女書的奇女子』, 『湖南日報』, 2002年 7月 17日.

『搶救女書-中南民族學院宣布3項措施』, 程亞 · 黃宗厚, 『武漢晨報』, 2001年 5月 26日.

『搶救江永女書』, 蔣文龍, 『永州日報』, 2001年 7月 21日.

『搶救女書延續文明』, 新華社新華罔, 2002年 6月 4日.

『搶救女書文化』, 楊卉‧熊佳斌‧蔣劍平, 『湖南日報』, 2001年 7月 10日.

『搶救女書文化的希望工程啓動』, 明星‧于磊焰, 新華罔, 2002年 6月 22日.

『亲歷江永女書習俗』, 鄧勇輝‧盧朝暉, 『湖南日報』, 2007年 5月 18日.

『清華中文系教授趙麗明解說女書』, 陳漢辞, 『北京娛樂信報』, 2003年 6月 18日.

『全國首枚女書郵票發行』, 『湖南日報』, 2006年 5月 4日.

『人類唯一的性別文字江永女書惊艷人權展』, 『三湘都市報』, 2006年 11月 29日.

『锐意破難關功成獻祖國一訪揭開女朽奧祕的青年考古學者李荆林』, 陳霞, 『光明
　　　日報』, 1990年 4月 29日.

『上江圩-神祕女書的故鄉』, 楊仁里, 『这民族論壇』, 2002年 第7期.

『深閨里的字謎』, 鄒建軍, 臺灣『聯合報』, 1992年 5月 10日, 『參考消息』.
　　　1992年 6月 6—7日转載.

『神祕女書今抵蓉』, 鄭其, 巴蜀文化罔, 2005年 4月 27日.

『神祕女書遭商標搶注莫要責難搶注者』, 中國廣告罔, 2003年 10月 10日.

『神祕女書最后一位自然傳人陽煥宜去世』, 于磊焰, 新華罔, 2004年 9月 23日.

『神祕女書: 世界仅存女性文字講述隱祕女性内心』, 吳采平, 『新周報』, 2004年
　　　11月 18日.

『神祕女成为全國女子擧重錦標赛徽標主體[圖]』, 新華罔, 2004年 3月 18日.

『神祕文字出閨門』, 楊漢泰, 『學語文報』, 1992年 11月 10日.

『神奇女書揭祕人』, 鍾南, 『河北民族』, 1993年 第2期.

『世界唯一的女性文字瀕臨滅亡危險-中南民院教授發起中國女書文化搶救工程』,
　　　羅盘‧秦岭‧鄧秀麗, 人民罔, 2001年 5月 25日.

『世界唯一女性文字首部〈女書發聲電子字典〉出版』, 『湖北日報』, 2002年 10月
　　　9日.

『世界唯一女性文字面臨傳承危机』, 陳文莉, 新華社, 2000年 12月 15日.

『首部女書學習工具〈女書發聲電子字典〉出版』, 新華罔, 2002年 10月 10日.

『他對女書一見鍾情』, 劉永春, 『當代商報』, 2002年 5月 25日.

『它是江永婦女的最愛』, 宮哲兵, 臺灣婦女新知基金會(1990年 10月 3日0.

『探祕女書島水上漂浮的女兒國』, 中華罔, 2007年 5月 4日.

『探祕世界唯一的女性文字: 唯有女書最稀奇』, 新華罔, 2007年 3月 16日.

『天書五一在成都展出』, 母心 · 劉陳平, 『華西都市報』, 2005年 4月 28日.

『外國作家女書題材小說引進國內』, 鄭媛, 『北京青年報』, 2006年 10月 3日.

『王澄溪女書藝術展在遵開展』, 徐靜, 『遵義日報』, 2006年 10月 25日.

『唯一的女性生活專用手稿』, 王榮, 『中國日報』(英文版), 1991年 10月 8日.

『文字也有性別——奇異的女書』, 林成滔, 載『字里乾坤』, 中國檔案出版社,
    1998年版.

『武漢舉辦中國女書藝術展暨女書梅花筆會』, 俞儉, 新華社武漢分社, 2007年
    3月 6日.

『稀世珍寶: 創世紀的女書』, 鄒建軍, 『書刊導報』, 1992年 4月 24日.

『瀟江源頭獨特文明江永女書薪火代代相傳』, 福客罔, 2007年 4月 25日.

『謝少林百米女書書法長卷獲吉尼斯紀錄』, 鄒富國, 『永州日報』, 2007年 5月
    20日.

『謝少林創作女書百米長卷』, 許朝友, 『解放軍報』, 2007年 5月 29日.

『尋找女書: 一個男人們琢磨不透的世界』, 『北京青年報』, 2002年 7月 16日.

『瑤字追尋記』, 趙麗明, 『民族團結』, 1994年 第3期.

『瑤族女書二三月間將在恭城桃花節撩起神祕面紗』, 李緒君 · 莫模林, 桂林新聞
    罔, 2006年 2月 15日.

『瑤織錦』, 羅耀江, 『民族團結』, 1994年 第3期.

『一位美國女子之念-江永女書』, 唐超奇, 『湖南日報』, 2000年 9月 15日.

『一種奇特的文字和一種奇特的糾紛』, 孟奇, 『湖北青年』, 1986年 第10期.

『一種奇特的文字-江永女書』, 謝志民, 『書法報』, 1985年 4月 3日.

『一種特殊的文字女書』, 方方, 『芳草』, 1985年 第4期.

『永州, 一本百讀不厭的書』, 唐曉君, 『湖南日報』, 2002年 11月 6日.

『永州女書田野考察札記』, 駱曉戈(2007年 1月 3日).

『永州女書文化搶救保護又有新成果』, 湖南省政府門戶岡站, 2007年 4月 10日.

『曾慶炎: 開設女書學堂來保護女書』, 千龍岡, 2005年 7月 31.

『中國女書代言第一人- 陳立新』, 天空, 中國書畵岡, 2007年 3月 26日.

『中國女書文化亟待搶救』, 韋忠南 · 李慶福, 『楚天都市報』, 2001年 5月 25日.

『中國文化之謎-女書之謎』, 國務院新聞辦, 2008年 6月.

『中國文字史上的奇迹一女書(二)』, 中廣岡, 2005年 6月 15日.

『中國印壇又一村』, 鄧美德, 『人民日報』(海外版), 2004年 1月.

『中華文明可能起源永州』, 何冰, 『瀟湘晨報』, 2002年 11月 22日.

『中南民院搶救女書出新招』, 寧微 · 賀濤, 『武漢晚報』, 2001年 5月 26日.

『中南民院實施女書文化搶救工程』, 周芳 · 陳磊, 『湖北日報』, 2001年 5月 28日.

『竹簡保存江永女書竹簡雕刻版在邵陽試制成功』, 劉正平 · 陳火榮 · 屈金軼,
　　　『長沙晚報』, 2005年 2月 28日.

『專家: 市場化導致随意加字女書面臨失真』, 新華岡, 2007年 2月 12日.

『專家呼吁: 尽快啓動"中國女書文化搶救工程"』, 夏大成 · 張毛清, 中央人民廣
　　　播電台内参第240期(2000年 12月 15日).

『專家呼吁搶救女書文化』, 陳文莉, 『光明日報』, 2000年 12月 17日.

『走進大湘南: 江永女書喚傳人』, 李思之, 中新社, 2005年 4月 23日.

『中國文字史上的奇迹一女書(一)』, 中廣岡, 2005年 6月 15日.

【文獻資料】

『湖南各縣調查筆記』, 上海和濟印刷公司(1931年).

『猫(瑤)文歌』及『序』, 袁思永, 國家博物館藏(1945年).

『江永縣解放十年志 · 婦女文字』, 1959年.

『江永縣文物志』, 載『蚊形字』條, 周碩沂執筆, 江永縣文化局湖南省文化局編, 『文物志』編寫組印發, 1982年 4月.

『新華婦女變體字概述』(油印材料), 周碩沂, 1983年.

『南楚奇書』(油印本), 周碩沂, 1985年 10月.

『漢字文化圈的文字演變』(有關部分), 周有光, 『民族語文』, 1989年 第1期.

『漢字文化圈』, 周有光, 『中國文化』(文化部 · 香港 · 臺灣合辦), 1989年 12月(創刊號).

『世界字母簡史』(有關部分), 周有光, 上海教育出版社, 1990年版.

『中國民間祕密語』(有關部分), 曲彥斌, 上海三聯書店, 1990年版.

『漢字與女書』, 趙麗明, 『漢字大觀』, 北京大學出版社, 1991年版.

『江永縣志 · 女書篇』, 吳多祿, 方志出版社1995年版.

『94夏中國女文字現地調査報告』, 趙麗明等, 日本『文教大學部紀要』(1995年).

『漢字型文字的綜合觀察』(有關部分), 周有光, 『中國社會科學』, 1998年 第2期.

『文字也有性別 – 奇異的女書』, 林成滔, 載『字里乾坤』, 中國檔案出版社, 1998年版.

『在中國女書文化搶救工程座談會暨全國女書學術研討會上的講話』, 奉恒高, 『中南民族學院學報』, 2001年 第6期.

『江永縣一節一會論文集』, 江永縣一節一會籌委會辦公室編印(2002年12月).

『永州文史 · 女書專集』, 永州市政協編印(2005年).

『女書(外二章)』, 謝正龍, 『散文詩』, 2006年 第13期.

『永州女書田野考察札記』, 駱曉戈(2007年 1月 3日).

『中國語文概要』, 陳其光, 中央民族學院出版社, 1990年版.

【電視音像 · 電子作品及女書岡站】

『求索者的足迹-記青年學者宮哲兵』, 湖北電視台, 1985年 5月24日播出.

『奇特的女書』, 中央電視台華夏掠影欄目 1985年播出.

『中國女書』, 趙麗明等, 內蒙音像出版社 1995年版.

『女書-中國婦女的隱祕文字』, 加拿大東 · 西電影事業有限公司, 1998年制作
　　并獲獎.

『中國女書文化講座』(一 · 二), 謝志民, 中南民族學院錄像教學片(1999年 5月).

『女書 - 一個人的風景』, 浙江電視台, 2002年制作播出.

『深劇中的話語-女書』, 中央電視台一套 "發現之旅" 欄目分別在 2002年 10月 11日
　　· 19日 · 25日對 "女書" 作專題報道.

『女書發聲電子字典』, 謝志民 · 王利華, 華中科技大學出版社, 2002年版.

湖北電視台『新聞早班车-女書欲申報世界文化遺産已入選吉尼斯紀錄』(2006年
　　11月 9日).

『中國文化之謎 - 女書之謎』, 國務院新聞辦(2008年 6月).

中南民族大學女書文化研究中心罔站:

http://www.lib.scuec.edu.com.cn/nsyj/index. htm.

湖南省永州市 "女書文化" 罔站:

http://www.yzcity.gov.cn/xxwh/nvshu.htm.

紅艷女書館罔站: http://www.hynushu.com/index.asp.

清華大學 "中國女書" 罔站:

http://rwxy.tsinghua.edu.cn/nushu/index.htm.

女書罔絡: http://www.nu888.com/.

江永視窓: http://www.425400.cn/.

永州: 旅游罔 http://www.llly.cn/.

日本罔站(女書世界): http://www2.ttcn.ne.jp/-orie/home.htm.

美國罔站: http : //www.msnbc.msn.com/id/4356095/.

澳大利亞罔站 :

http://www.she.murdoch.edu.au/intersections/back_issues/nushu2.html.

부록 4

여서 원작 선選 - 『요문가(猺(瑤)文歌)』 복사본

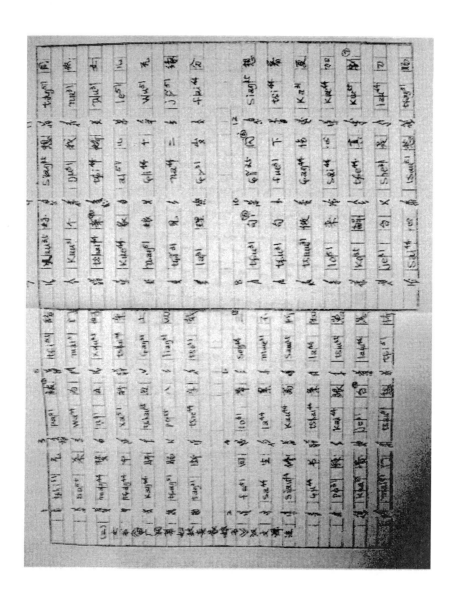

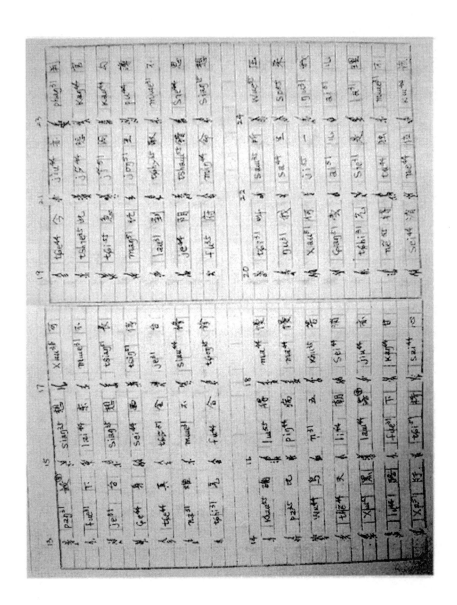

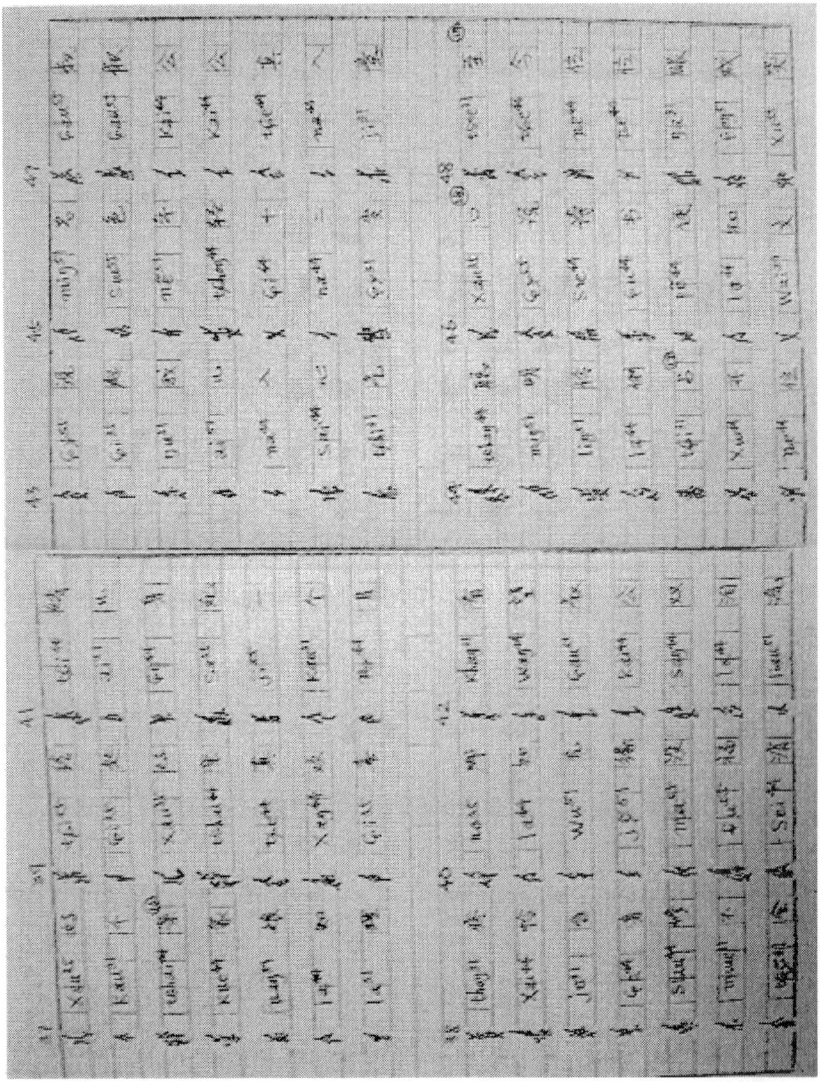

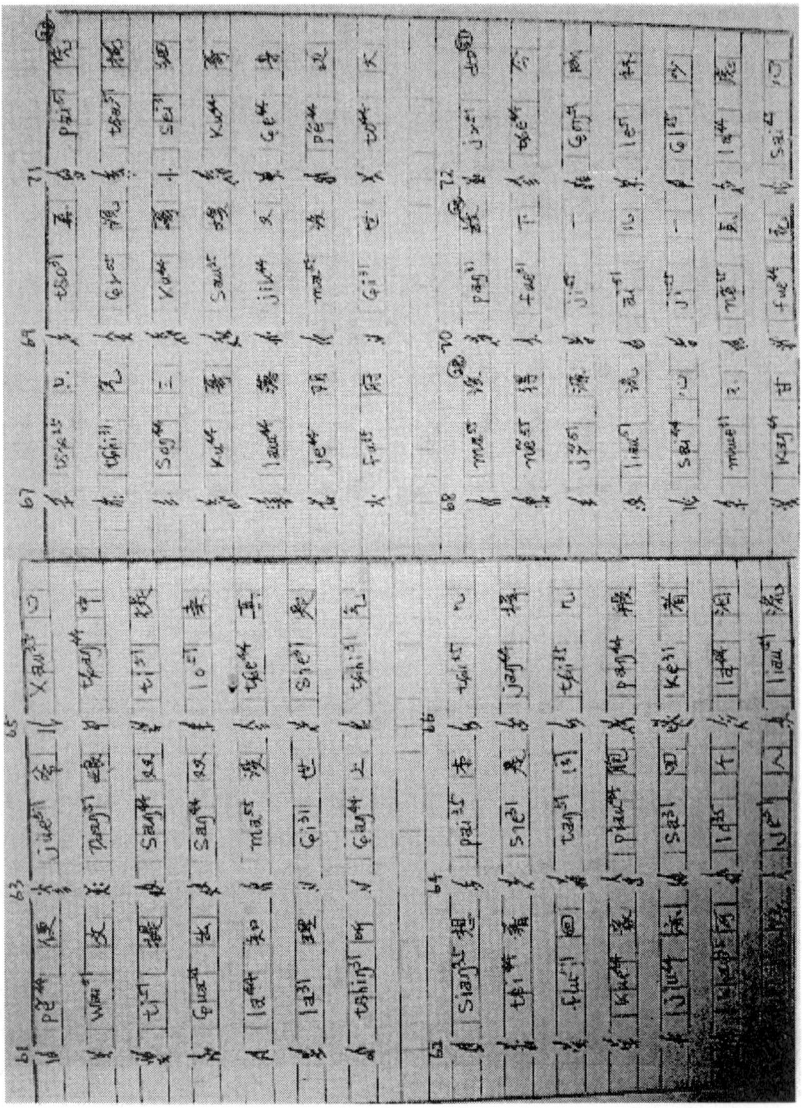

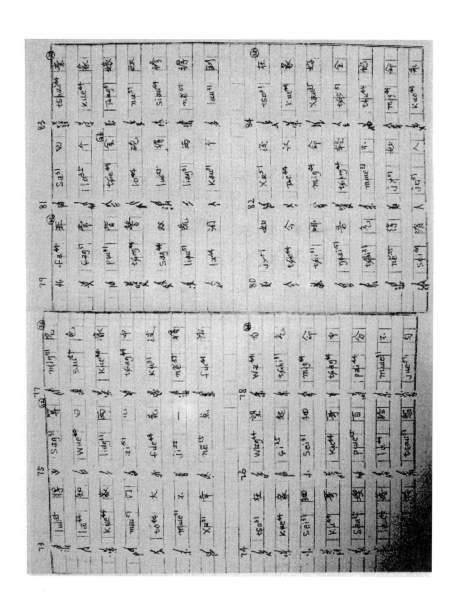

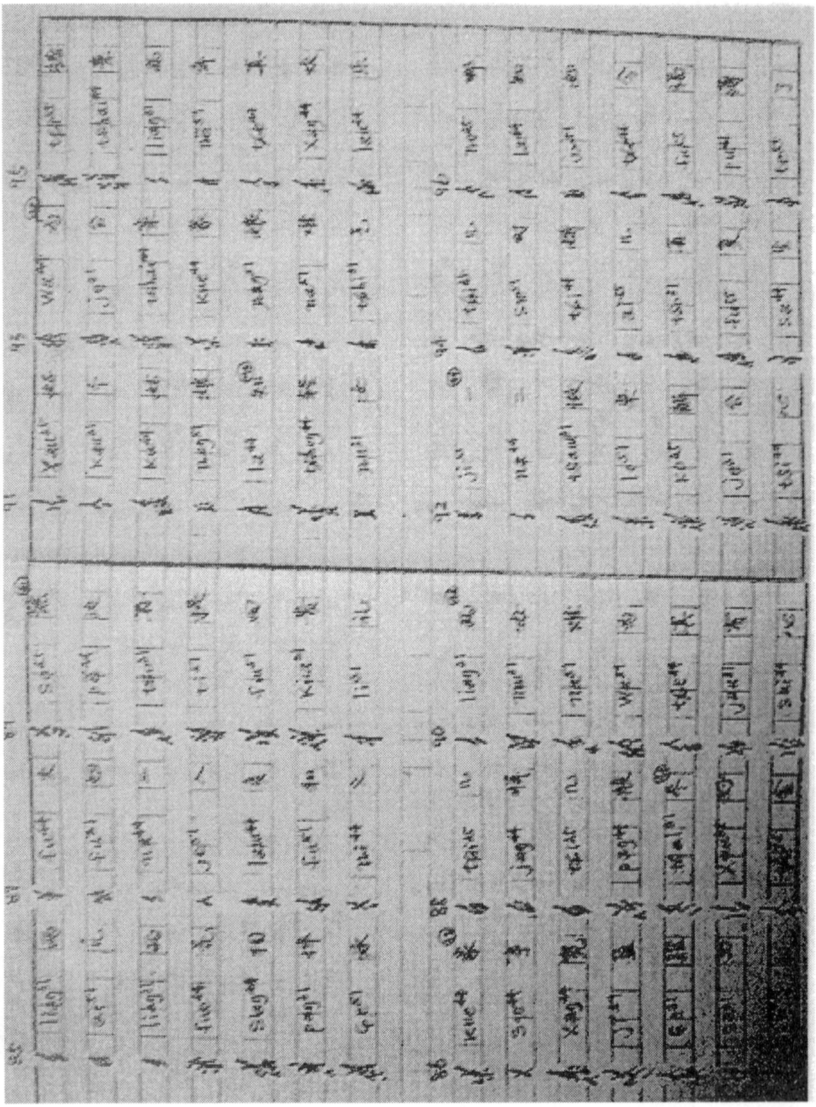

부록 5
여서 서예 및 전각篆刻 작품

(1) 주석기周碩沂 여서 서예 : 옥수탐玉秀探 친서(일부)

(2) 구양홍염歐陽紅艷 여서 서예

(3) 조동우趙冬友 여서 전각과 서예 작품

(4) 왕징계王澄溪, 석천石淺 여서 서예

(5) 진립신陳立新 여서 서예

(6) 주혜연周惠娟 여서 서예 : 동사방여서同師訪女書

주석 : 이 작품들은 예술 작품으로 감상은 가능하나 여서 문자 연구 자료로 활용은 적합하지 않다.

(1) 주석기周碩沂 여서 서예 : 옥수탐玉秀探 친서(일부)

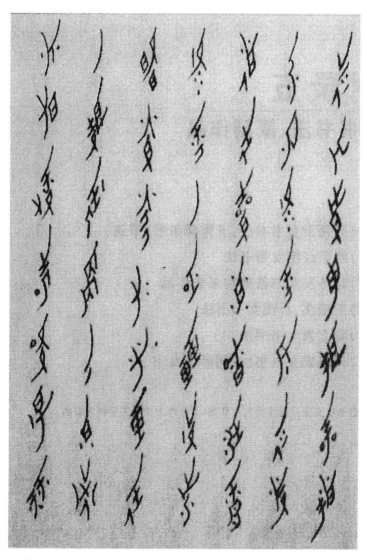

静坐皇宫把筆提　不曾修書先泪垂　我是荆田胡玉秀

修書一本转回家　搭附爷娘刚强在　一謝养恩二请安

又有姑孙各姊妹

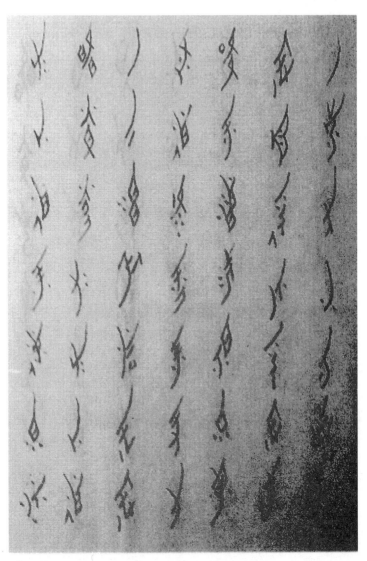

一家大小可安然 因为許久無音訊 各位亲情想念深

始我修書來看際 一二從頭诉原因 搭附爷娘生下我

生下我來像朵花

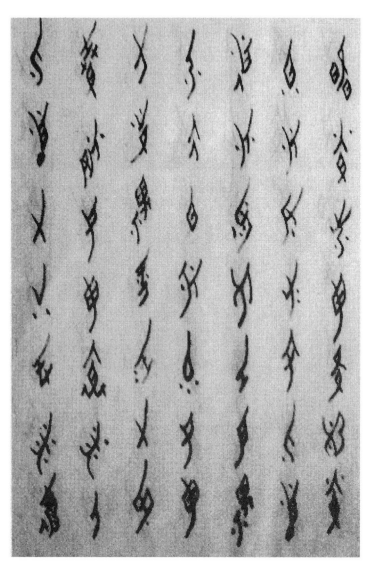

搭附家中多豪富　请個先生教弟郎　我亦旁边跟起讀

不分日夜念文章　七岁讀書到十五　满腹文章胜過人

弟郎十六去過考

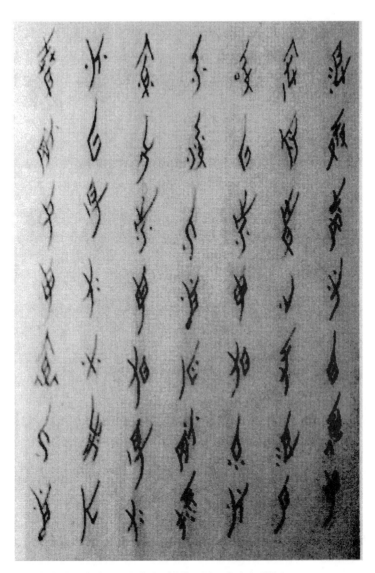

得做離官入朝中　因为皇上看得起　問曰家中有哪個

不該弟郎心腹直　說出家中有姊娘　又曰姊娘才學好

滿腹文章勝弟郎

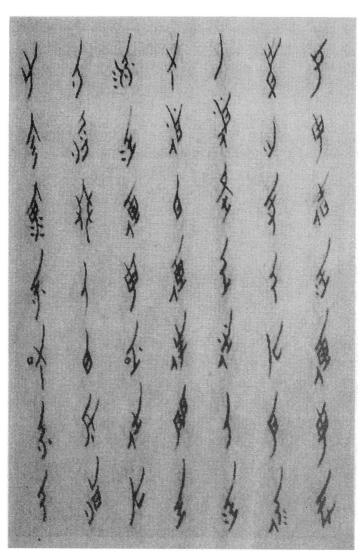

文章接到朝中去　皇上看了好喜歡　一道聖旨差人到

要我入朝伴君王　初到朝中本是好　可比凡人入仙堂

山珍海味吃不了

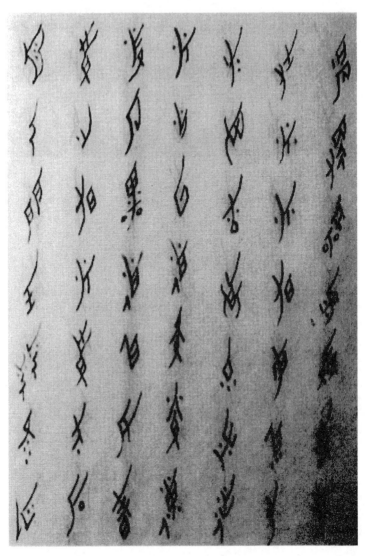

絲羅綢緞做衣裳　左右又有宮娥女　笙簫鼓樂鬧熱盈

個個說我多富貴　誰知害我百年春　皇上有個皇太后

为了君王操盡心

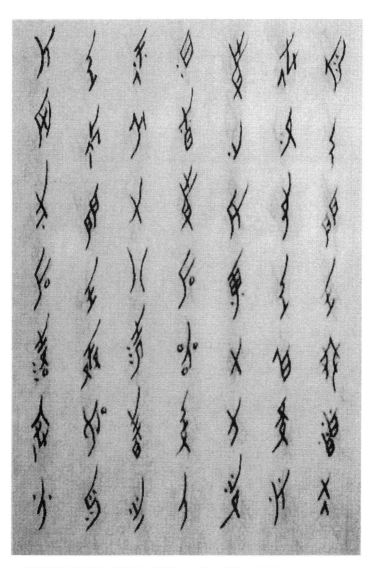

爲了君王成親事　收留女子百多人　皇上年登十七歲

配着黄后姓孟人　我方十八青春少　只與君王做偏房

九月太后落陰府

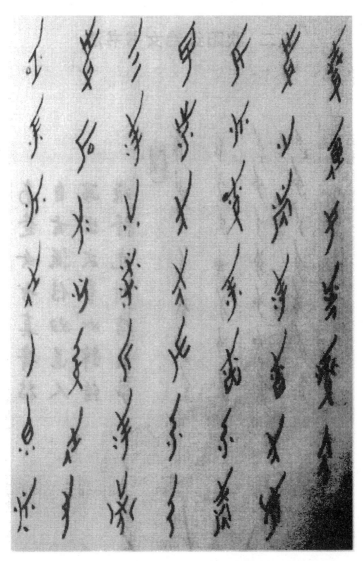

滿朝文武亂紛紛　皇上當時着大急　年又輕來智不高

家中大事忙不了　三時六刻没時安　皇后娘娘孟氏女

本來也是一朵花

(2) 구양홍염歐陽紅艷 여서 서예

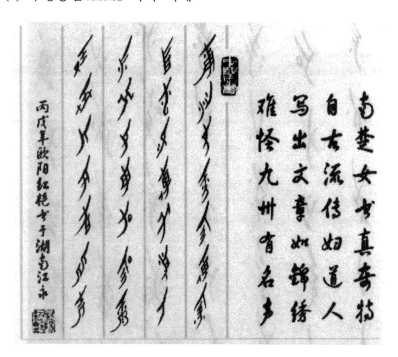

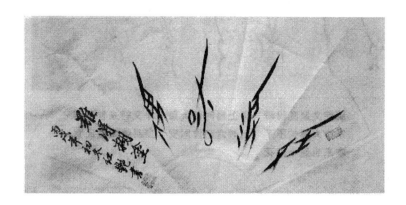

鋤禾日當午　漢滴禾下土　誰知盤中餐　粒粒皆辛苦

江永如書昂湖農迅夢氏人　于湘江永江艷の書館

九嶷山上白雲飛　帝子乘風下翠微　斑竹一枝千滴淚　紅霞萬朵百重衣　洞庭波涌連天雪　長島人歌動地詩　我欲因之夢寥廓　芙蓉國裡盡朝暉

湖南江永女書　胡欣紅艷妙子仙永紅艷女書寫

(3) 조동우趙冬友 여서 전각과 서예 작품

妙不可言

妙筆生花

彈琴復長嘯

梅雪爭春

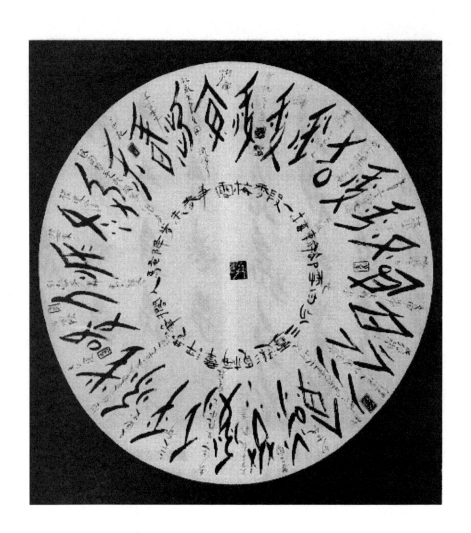

(4) 왕징계王澄溪, 석천石淺 여서 서예

 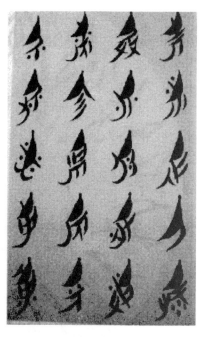

楷書式女書書法(王澄溪書)　　　　重頭式女書書法(王澄溪書)
雪后瓊枝嫩　霜中玉蘂寒　　　　　生當做人傑　死亦爲鬼雄
前村留不得　移入月中看　　　　　至今思項羽　不肯過江東

石淺女書書法 - 王之渙詩

石淺女書書法 - 和

(5) 진립신陳立新 여서 서예

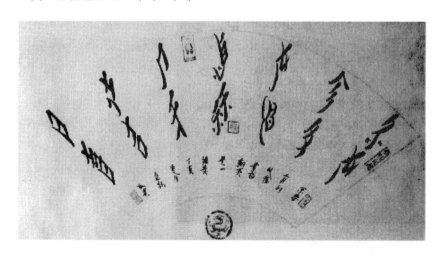

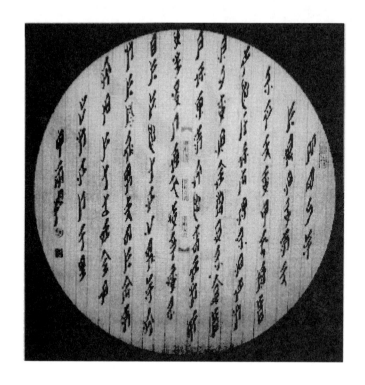

(6) 주혜연周惠娟 여서 서예 : 동사방여서同師訪女書

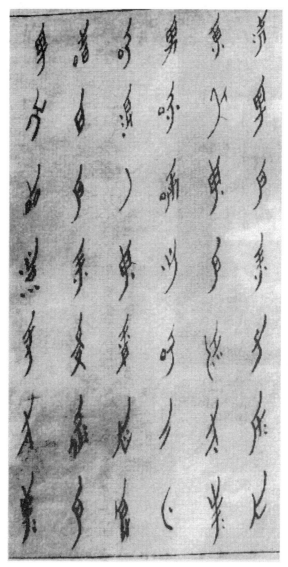

清早起來天氣好　東方出了紅太陽　南風陳陳吹進屋

吹得一身透心涼　孫兒起來多歡喜　走出門前看太陽

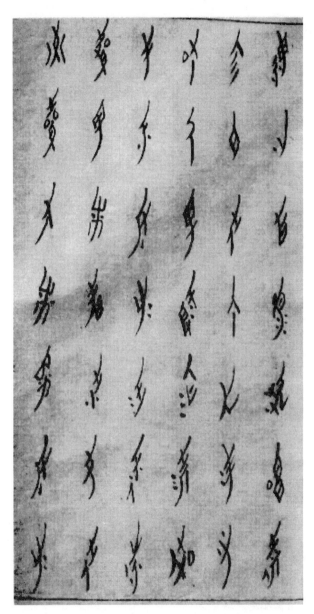

樹上百鳥爭唱歌　今日是個好時光　吃了早飯洗清碗

兩位先生到我家　美國學者史女士　北京大學男先生

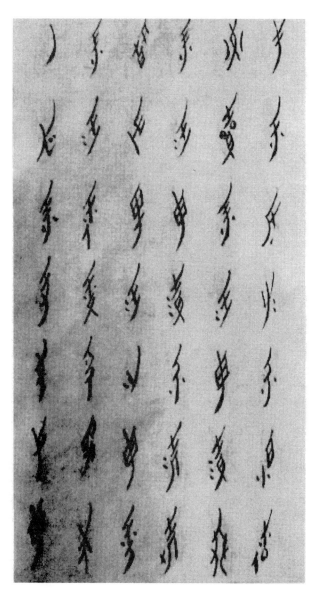

兩位先生不怕苦　北京來到江永城　來到江永不停脚

赶忙來到上江圩　來到我鄉無別事　一心來看女文章

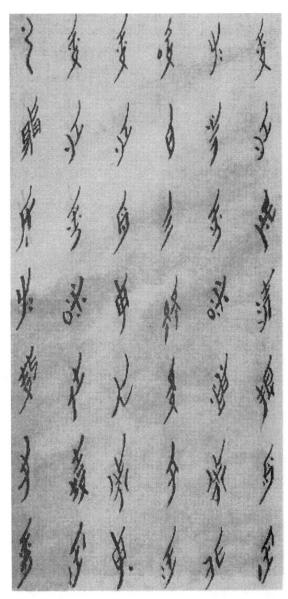

鄉長熱情把房讓　生活書記亲安排　每日三餐多周到

鄉長房中好安身　鄉長書記好榜樣　支持先生訪女書

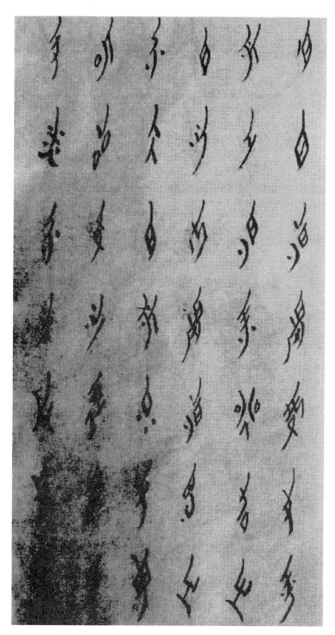

白日同師去采訪　夜間歸來翻譯忙　日日與師同陪坐

不分日夜念文章　聽聞多少奇怪事　看過多少好文章

我鄉女子好才學 自古就會創女文

寫出文章千千萬 傳名四方天下揚

후기

1983년 여서가 중남민족대학에 의해 발견되었을 때 나는 대학 1학년에
재학중이었는데, 당시 이와 관련된 소식을 들었다. 3학년 때 마침 사지민
교수께서 우리 언어학개론 강의 시간에 강영현에서 발견된 여서 상황에
대해 소개해 주셨다. 이와 동시에 특별히 사 교수께서 우리를 위해 북경
에서 5권의 『요어간지瑤語簡志』를 구입해 우리 민족의 언어 상황에 대해 설
명해 주셨다. 이를 계기로 나는 대학원 진학시험에 지원하였으나 애석하
게도 나의 바람대로 이루어지지 못하였다.

1987년 졸업 후, 나는 학교에 남아 학생 관리 업무를 하면서 시간을 내
어 도서관에 가서 궁철병 주편의 『부녀문자와 요족의 천가동』을 읽어 보
았으나 깊은 인상은 받지 못하였다. 1991년 봄 나는 중문학과 87학번 학
생들을 데리고 남녕南寧에 실습을 가서 이모님 댁에 머물게 되었는데, 이
모는 반계홍盤繼紅이라고 부르는 국가 2급 가수로서 광서구廣西區 정협政協의
위원이었다. 일찍이 이모는 광서요학회廣西瑤學會를 따라 강영현을 답사하
면서 수집한 요족과 여서 자료를 집안에 소장하고 있었는데, 나는 남녕에
서 두 달 동안 틈나는 대로 우리 민족문화와 여서와 관련된 자료를 섭렵
할 수 있었다. 1992년 11월 하현賀縣(지금의 하주시賀州市)에서 열린 제1회
상월계삼성구십현시남령요족반왕절湘粤桂三省區十縣市南嶺瑤族盤王節 행사에 초
청을 받아 참가하게 되었다. 원래 회의가 끝난 후 강영현을 고찰할 예정
이었으나, 후에 장웅張雄 선생님을 모시고 광동 연산連山에 답사를 가는 바
람에 또 한 번의 기회를 놓치고 말았다. 1993년 나는 업무로 인해 중문학
과에서 학교의 삼결합기지三結合基地로 자리를 옮겨 여서와 접할 수 있는 기
회가 더욱 적어져 이후 몇 년 동안 여서에 관한 연구에 소홀하게 되었다.
1999년 나는 다시 학교 도서관으로 자리를 옮기게 되었는데, 이때 도서관

으로 자리를 옮기고자 했던 목적은 전문적으로 여서를 연구하고자 함이었다. 이때 마침 사지민 교수께서 이미 퇴직을 하신 후라 내가 자신의 뜻을 이어받아 지속적으로 여서를 연구해 주기를 바라며 일부 여서와 관련된 자료를 주셨다. 2000년 여름 방학에 나는 사지민 교수를 비롯한 추건군, 섭서민 등과 함께 강영현에 도착해 답사를 하게 되었는데, 이것이 나의 첫 번째 현지답사였다. 이때부터 여서가 나를 깊이 끌어 당기게 되었다.

이 책의 내용은 내가 10년 동안 진행한 여서 연구의 작은 결과일 뿐만 아니라, 나와 사지민, 추건군, 섭서민 교수 등이 함께 연구한 공동의 연구 성과라고 말할 수 있다. 이 안에 일부 문장은 함께 작성하기도 하였다. 특히 사지민 교수께서는 연세가 많고 건강도 좋지 않았지만, 그는 나의 연구 지도를 잊지 않고 조언과 자료를 제공해 주셨다. 또한 그 자신 역시 매일 여서 연구에 매달려 『중국여자자전』의 출간을 앞두고 계셨으며, 이와 동시에 『전통여서집석傳統女書集釋』의 출판을 위해 심혈을 기울이고 계셨다. 사지민 교수님의 헌신적인 도움과 연구 정신은 나를 깊이 감동시켜 주었을 뿐만 아니라, 내가 여러 가지 어려움을 딛고 여서를 계속 연구해 나갈 수 있도록 채찍질 해 주셨다. 2000년 이래 나는 이미 20차례 강영현을 답사하였다. 그렇기 때문에 나 역시 강영현 지역민들에게 매우 감사하고 있다. 원래 현위원회 서기였던 장애국으로부터 지금의 오군伍軍서기, 진경무陳景茂 현장, 정협사무실, 선전부, 민위民委, 문화국, 천가동향, 동산령 농장의 각급 책임자, 그리고 여서 전승자인 호미월, 구양홍염, 하정화, 주혜연 등을 비롯해 현지 여서 연구가인 유충화, 양인리, 사명요, 유지표 등은 내가 매번 찾아갈 때마다 친절하게 맞이해 주었을 뿐만 아니라, 답사를 진행할 때 많은 편의를 제공해 주었다. 몇 년 전 여서촌에 들어가는 현수교가 제대로 갖추어져 있지 않아, 매번 여서촌에 들어갈 때마다 고은선의 손자 호강지胡强志가 배를 저어 나를 건네 주었다. 우리는 함께 소강瀟江에서 물고기를 잡기도 하고 여서원의 조성 문제도 함께 논의 하였다. 어쨌든 강영현의 많은 사람들이 사심 없이 나에게 도움을 주었지만, 나는 이들에게 보답할 만한 것이 없어 죄송한 마음을 금할 길이 없다. 이와 동시에 나는 대학의 팽수은彭修銀 교수, 나병무羅秉武 교수, 풍광예馮廣藝 교수, 상백송尙柏松 교수, 그리고 교내 관리 책임자 및 각 부서 책임자를 비롯한 인민출판사, 나의 학생인 대운방代雲芳, 왕염매王艷梅, 유소기劉昭琪 등등 모두 이 여서 연구서의 출판을 위해 여러모로 애써 주신데 깊은 감사의 마음을 전하며, 나의 능력에 한계가 있어 책 속에 적지 않은 오류를 남기고 말았다. 전문가 여러분의 올바른 지적과 가르침을 기대해 본다.

2009年 2月 26日

이경복李慶福

이경복李慶福 지음

1964년 중국 광서성 부천현에서 출생하여 중남민족대학에 도서관 관장을 지냈다. 그는 여서 연구에 40여 년간 종사한 여서 연구의 권위자로서 일찍이 "여서와 고월문화", "포의족 간사수정" 등의 국가 중점 프로젝트를 수행하였으며, 『여서습속』, 『풀기 어려운 여서의 미스터리』, 『여서문화 탐색과 해독』 등 다수의 저서와 논문을 발표하여 학술계에 적지 않은 공헌을 하였다.

임진호任振鎬 옮김

현재 초당대학교 국제학과 교수로 재직하고 있으며, 주요 연구 성과로 『신화로 읽는 중국 문화』, 『갑골문 발견과 연구』, 『문화 문자학』, 『길 위에서 만난 공자』, 『1421년 세계 최초의 항해가 정화』, 『중국 고대 교육사』 등의 관련 저서와 논문을 다수 발표하였다.

김미랑金美娘 옮김

현재 초당대학교 국제학과 교수로 재직하고 있으며, 주요 연구 성과로 『중국어 외래 단음절 형태소의 형성 과정 연구』, 『원 잡극에 수용된 몽고어 어휘 분석』, 『원대 영차시 창작과 은일풍격』, 『원 잡극에 투영된 몽고어 어법 특징』 등의 관련 저서와 논문을 다수 발표하였다.

세계 유일의 여성 문자

중국 여서女書

2024년 12월 25일 초판인쇄
2024년 12월 30일 초판발행

역 자   임진호 · 김미랑 옮김
저 자   이경복 지음
펴 낸 이 한 신 규
본문디자인 안 혜 숙
표지디자인 이 은 영
펴 낸 곳 **문현**출판
05827 서울특별시 송파구 동남로11길 19(가락동)
전화 02-443-0211 팩스 02-443-0212 메일 mun2009@naver.com
등 록 2009년 2월 24일(제2009-14호)

출력 · 인쇄 GS테크 · 수이북스 **제본** 보경문화사 **용지** 종이나무

ⓒ 임진호, 2024
ⓒ 문현출판, 2024, printed in Korea

ISBN 979-11-87505-51-8 93820 정가 33,000원